歌う船［完全版］

アン・マキャフリー

この世に生ま[illegible]頭脳は申し分ないものだった。ところが身体のほうは、機械の助けなしには生きていけない状態だった。そこで〈中央諸世界〉は彼女を金属の殻の中に封じ込め、宇宙船の保守と操縦に従事するさまざまな装置に適合するよう神経シナプスを調節して、宇宙船の身体を与えた。こうして彼女――ヘルヴァは、少女の心とチタン製の身体を持つ優秀なサイボーグ宇宙船となった。彼女は歌いながら、パートナーとともに銀河を思うさま駆けめぐるのだ……旧版の６編に、のちに書かれた短編２編を追加収録した、歴史的名作の新訳完全版！

歌う船［完全版］

アン・マキャフリー
嶋　田　洋　一　訳

創元ＳＦ文庫

THE SHIP WHO SANG

HONEYMOON

THE SHIP THAT RETURNED

by

Anne McCaffrey

目次

今は亡き
わが父
ジョージ・ハーバート・マキャフリー大佐に捧ぐ。
市民にして兵士、愛国者であった彼のために
船は歌った。

歌う船〔完全版〕

船は歌った

その子は〝もの〟として生まれ、あらゆる新生児が受ける脳造影テストに受からなければ、〝もの〟として処理されるはずだった。だが、たとえ四肢がねじれていても精神はねじれておらず、耳が遠く目がかすんでいても、その奥にある心が感受性に優れているという可能性はつねにある。

電子脳造影の結果は思いがけずすばらしいもので、そのことが暗い表情で待っていた両親に伝えられた。二人はつらい決断を迫られた。娘を安楽死させるか、カプセルに閉じ込められた〈頭脳〉として、興味深いさまざまな職務のどれかを指揮監督するメカニズムのひとつとなるか。後者の場合、娘は苦痛を感じることなく、金属外殻の中で心地よく数世紀を生き、中央諸世界のために特別な働きをすることになる。

彼女は生きつづけ、ヘルヴァと名づけられた。まだ動きまわれない生後三カ月までは指が固着した両手を振り、固着した両足を弱々しく蹴って、普通の乳児と同じように世話をされた。仲間もいた。大都市の特殊乳児院にはほかに三人、同じような赤ん坊がいた。その後すぐに彼らは中央研究校に移され、繊細な変容処置が開始された。

赤ん坊の一人は初期移転中に死亡したが、ヘルヴァの〝クラス〟では十七人が金属外殻に適応できた。足を蹴る代わりに、ヘルヴァの神経反応は車輪を回した。手でつかむ代わりにマニピュレーターを動かした。成長するにつれ、さらに多くのシナプスが、宇宙船を保守・操縦するためのさまざまな装置に接続されていくだろう。ヘルヴァは探索船の〈頭脳〉部分として、男女を問わず、動きまわれるパートナーと組んで任務に当たることになる。彼女なら同類の中のエリートになれるだろう。最初の知能テストの結果は通常を上まわり、適応指数もとてつもなく高かったのだ。外殻内で期待どおりに発達し、下垂体《かすいたい》をいじった副作用が出なければ、ヘルヴァは豊かで生き甲斐《がい》に満ちた、特異な生涯を送ることになるだろう。〝正常な〟身体に生まれついていたら送ったはずのものとはまったく異なる生涯を。

とはいえ、脳波パターンのグラフでも初期の知能テストでも、中央諸世界がいずれ知らねばならない、ある基本的な事実までは予測できなかった。充分に時間をかけて観察しつづけなくてはわからないことだ。外殻心理学に基づく大量の薬物の投与が、異常な幽閉状態と任務のプレッシャーから彼女を守るためのものだと納得してくれるのを信じて。人間の脳が動かす宇宙船は、中央諸世界が探索船に与える力と資源を考えれば、〝はぐれ〟になったり、狂ったりしてもらっては困る。当然ながら、頭脳船の実験段階はとっくに終わっていた。下垂体の操作技術はすでに完璧で、生き延びた赤ん坊のほとんどは肉体の成長が止まり、小さな外殻から大きな外殻に乗り換える必要はない。船やコンビナートの制御パネルとの最終接続に失敗して失われる者もごくごく稀《まれ》だった。外殻人《がいかくじん》は出生時の状態に関わりなくいずれも侏儒《しゅじゅ》のサイズだが、うまく方向づけられた脳は宇宙でもっとも完璧な殻の中に収まり、その中から動くことはない。

こうしてヘルヴァは外殻の中にいながらクラスメイトと駆けまわる幸福な年月を過ごした。ごっこ遊びやかくれんぼに興じ、弾道学、推進技術、コンピュータ、ロジスティクス、精神衛生学、異星心理学の基礎、哲学、宇宙開発史、法学、運輸、暗号理論など、理性的で論理的で情報に通じた市民を構成する、ありとあらゆる知識を学んでいった。ヘルヴァにとってはそれほどでもないが、教師陣にとっては重要だったこともある。彼女は条件づけの命令を、栄養液を摂取するように易々《やすやす》と受け入れた。持続低音として響いてくる無意識レベルの指示に、いずれ感謝する日が来るだろう。

ヘルヴァのいる文明世界には、惑星居住者や惑星外の居住者に対する非人道的行為を洗い出し、社会をよくしようと忙しく働く者たちもいた。そうしたグループの一つ――知性ある《SP》少数派の権利保護協会《RIM》――が外殻に収められた〝子供たち〟について怒りを表明したのは、ヘルヴァが十四歳のときだった。中央諸世界は無理強いされて肩をすくめ、研究校の見学ツアーを手配して、その手始めに大々的に、写真を添えて個々の外殻人の来歴を紹介した。最初の数枚の写真から先に進めた調査委員はほとんどいなかった。〝外殻化〟に対する当初の反感の大部分は、その（彼らから見て）醜い肉体が慈悲深く隠されているという安堵《あんど》感に取って代わられた。

ヘルヴァはクラスの過密な訓練スケジュールの合間に美術の授業を選択していた。使うのは顕微鏡レベルの大きさの道具で、将来はそれを使って、制御パネルのさまざまな部分の細かな修理をおこなうことになる。主題は壮大――『最後の晩餐《ばんさん》』の模写――だがカンバスは小さく――微小なネジの頭だ。視覚もそれに合わせて調整している。作業中、彼女は気づかないうちに、奇妙な声で鼻歌を歌っていた。外殻人は自前の声帯と横隔膜を使うが、声自体は口ではなく、マイクを通じて発せられる。ヘルヴァの鼻歌には不思議な響きがあった。何気ない半音階の連なりが、温かく美しく聞こえるのだ。

「まあ、何て愛らしい声をしているの」と、見学者の女性の一人が言った。

ヘルヴァが〝目を上げる〟と、薄片が折り重なったピンクの表面に汚いクレーターが均等に並んだ、恐ろしいパノラマが広がっていた。鼻歌が驚いて息を呑む音に変わる。彼女は反射的に〝視覚〟を調整し、表面のクレーターが普通の毛穴に見えるようになるまで倍率を落とした。

「はい、何年も前からヴォイス・トレーニングを受けていますから」ヘルヴァが穏やかに応じる。「特徴的な声は長い恒星間飛行中に耳障りになりがちなので、矯正する必要があるんです。わたしの好きな授業です」

非殻人《ひかくじん》を見るのははじめてだったが、ヘルヴァは落ち着いていた。おかしな態度を取れば、即座に報告されていただろう。

「歌手みたいにすてきな声だと言ったのよ……あなた」

「ありがとうございます。わたしの作品をご覧になりますか？」ヘルヴァは礼儀正しくそう尋ねた。本能的に個人的なことがらから話をそらしたが、女性の発言は別にファイルして、あとで考えることにした。

「作品?」

「ネジの頭に『最後の晩餐』を模写しているんです」

「あら」女性は小さく声を上げた。

ヘルヴァは視覚の倍率をふたたび上げ、批評的に模写を点検した。

「もちろん、色彩は昔の巨匠の作品と完全に同じではありませんし、遠近感にも難がありますけど、よく描けたと思います」

拡大機能を持たない女性の目は大きく見開かれていた。

「ああ、忘れていました」ヘルヴァの声には痛恨の響きがあった。顔を赤らめることができたなら、そうしていただろう。「普通の人は視覚の倍率を変えられないんでしたね」

このやり取りを見ていたモニター担当者は、誇らしさと意地の悪い喜びにほくそ笑んだ。

ヘルヴァの声には恵まれない者に対する憐《あわ》れみが感じられたのだ。

「これを使ってください」ヘルヴァはマニピュレーターの一つを拡大鏡にして作品の上にかざした。

調査委員の男女はある種のショックを受けたように、身をかがめてネジの頭を覗《のぞ》き込んだ。

そこには信じられないできばえの『最後の晩餐』が描かれていた。

「つまり」妻に無理に連れてこられたらしい男の一人が言った。「主《しゅ》は天使が足を踏み入れるのを恐れる場所でも食事ができるということか」

「それは暗黒時代の、一本の針の先端にどれだけの数の天使が立てるかという議論を踏まえた言葉でしょうか？」

「そういうことだね」

「〝天使〟を〝原子〟に置き換えるなら、解決できない議論ではありません。針の先端にある金属原子の個数の問題になりますから」

「きみはそれを計算できるようにプログラムされている？」

「もちろんです」

「ユーモアのセンスも忘れずにプログラムされているのかな、お嬢さん？」

「調和の感覚を育てる指導をされていて、それが同じ効果を発揮しているように思います」

善良な男は称賛するような笑い声を上げた。視察にかけた時間はむだではなかったと思ったようだ。

調査委員会が研究校で供された新たな視点という食事を消化するには数カ月かかるかもしれない。ただ、彼らはヘルヴァにも考えるべきことを残していった。

彼女が〝歌〟を自分自身で実行するには研究が必要だった。もちろん音楽は聴いていたし、音楽の授業では『トリスタンとイゾルデ』『キャンディード』『オクラホマ！』『フィガロの結婚』といったクラシックや、原子力時代の歌手であるビルギット・ニルソン、ボブ・ディラン、ジェラルディン・トッドなども扱い、金星人の奇妙なコード進行やカペラ星系の視覚的半音階、アルタイル星系の音響コンチェルト、レチクル座の低唱も学んだ。ただ、外殻人が〝歌う〟には大きな技術的困難があった。彼らは問題や状況を事前にあらゆる観点から検討して予想を立てるよう教育されている。楽観主義と現実主義のバランスと不屈の精神によって、自分自身と船と乗員を苛酷な状況から救い出すためだ。だからこそヘルヴァは、口を開けて歌うことができないという数ある制限の一つに悩んだりしなかった。何か方法を考えて制限を回避し、歌えるようになればいいだけだ。

彼女は数世紀にわたる歌唱と器楽の再生方法を調べることから問題に着手した。彼女自身の発声は本質的に、声よりも楽器に近い。息を制御して口腔《こうこう》内で母音を正しく発声するには成長と訓練が必要になるが、厳密に言えば、外殻人は呼吸をしない。酸素などの必要な気体は周囲の環境から肺を経由して取り込むのではなく、外殻内の溶液によって人工的に維持されている。ヘルヴァは実験を繰り返し、横隔膜ユニットを操作すると音声が持続することを発見した。喉の筋肉を弛緩《しかん》させ、口腔を前頭洞《ぜんとうどう》までふくらませることで、喉のマイクを使って正しく発声した母音をもっとも適切に響かせることができる。記録リールにある現代の歌手の歌声と比較してみても、結果はなかなか悪くなかった。ただ、記録した彼女の声はいささか特殊で、不愉快というわけではないが、独特の響きがあった。研究校の図書館でレパートリー曲を入手するのは、完全記憶の訓練を受けた者には何の問題もない。気に入ればどんな曲のどんなパートも歌うことができる。一人の女性がバス、バリトン、テノール、メゾソプラノ、さらにコロラトゥーラソプラノまで歌えるのが不思議だという感覚は、彼女にはなかった。ヘルヴァにとっては歌おうとする曲の正しい発声と横隔膜の制御の問題でしかない。

当局が彼女の特異な趣味に何か言うとしても、それが外に出ることはなかった。外殻人は本来の技術能力に支障がない限り、趣味を持つことを奨励されている。

十六歳の記念日になるとヘルヴァは無条件で卒業し、自分の船、ＸＨ－８３４を与えられた。探索船の中央制御柱の中に恒久的なチタン製外殻が設置され、それが外殻以上に破壊耐性が強い被覆で包まれる。神経、聴覚、視覚、知覚が接続され、封印された。外部装置が迂《う》回《かい》、接続または拡張され、最後にこの上なくデリケートな脳の出力部の接続が完了する。ヘルヴァは麻酔がかかっていて、何が起きているのかわからなかった。目が覚めたとき、彼女は船だった。その脳と知能は航法からこのクラスの探索船に必要な積載まで、あらゆる機能を制御できる。どんな状況下でも、自分自身と移動可能な相棒の面倒を見ることができるはずだ。中央諸世界の年鑑に記録されたさまざまな状況はもちろん、そこに住むもっとも想像力豊かな人々が思い描くどんな状況であっても。

模擬飛行は八歳のときから訓練用の制御パネルを使って経験していたが、はじめての実際の飛行で、彼女はその技術を完全にマスターしていることを示した。大いなる冒険と、動きまわれるパートナーを受け入れる準備はできている。

ヘルヴァが任務を受領する日、基本給だけで基地に待機している有資格者の探索員は九人いた。すぐに取りかかるべき任務もいくつかある。ヘルヴァはすでに中央諸世界のいくつかの局から興味を持たれていて、どの局長も自分のところの任務に彼女を使いたがった。パートナー候補の紹介は誰もがすっかり忘れていた。船はつねにパートナーを自分で選ぶ。そのとき別の頭脳船が基地にいれば、ヘルヴァもまず何をすればいいか、助言が受けられたのだろうが。中央諸世界の局長たちが口論しているあいだに、ロバート・タナーが操縦士の宿舎から忍び出て着陸場に入り込み、ヘルヴァのスリムな金属船体に近づいた。

「ハロー、誰かいるのか?」タナーが声をかけた。

「もちろん」ヘルヴァが外部スキャナーを起動して答えた。「あなたがわたしのパートナー?」

探索員の制服に気づき、希望を込めて尋ねる。

「きみがそう望みさえすれば」もの欲しそうな口調だ。

「誰も来ないものだから、パートナーの都合がつかないんだと思ってた。中央からの指示もないし」

その声はヘルヴァ本人にさえ憐れっぽく聞こえたが、実のところ、彼女はただ暗い着陸場に一人きりで心細いだけだった。普段はいつもほかの外殻人がそばにいたし、最近はつねに数十人の技術者に囲まれていた。急に一人にされて、一時的な解放感はすぐに薄れ、彼女はふさぎ込んでいた。

「中央から指示がないのは残念がるようなことじゃないけど、今もほかに八人が爪を嚙《か》みながら、きみに乗船するよう招待されるのを待ってるんだ、美しいお嬢さん」

タナーはそう言いながらメイン・キャビンに入り、賞賛するように指を彼女のパネルや探索員の耐Gシートに走らせ、キャビンや調理室やトイレや与圧保管庫を覗いてまわった。

「さて、もし中央のケツを叩《たた》くと同時にわれわれも楽しみたいなら、宿舎に連絡して、船の心も温まるパートナー選抜パーティを開こうじゃないか。どうだい?」

ヘルヴァは内心で小さく笑った。彼はこれまでに出会ったときたまの訪問者や研究校のさまざまな技術者とはまるで違っている。朗らかで、自信満々なのだ。パートナー選抜パーティというアイデアも気に入った。もちろん、彼女が理解しているどんな規則にも違反はしていない。

「中央司令部、こちらXH‐834。操縦士宿舎につないで」

「映像で?」

「そうね」

退屈そうな様子でさまざまに寛《くつろ》いでいる若者たちの姿がスクリーンに表示された。

「こちらXH‐834。未配属の探索員は、よかったら船に来てくれない?」

八人が雷に打たれたように反応した。衣服をつかみ、記録リールを止め、ベッドのシーツとタオルの山の中から飛び出す。

ヘルヴァは通信を切った。タナーは楽しそうに小さく笑いながら、座って仲間の到着を待っている。

ヘルヴァは外殻人らしくもなく、期待に胸を躍らせた。舞台初日を迎える女優でも、これほどの懸念や不安や緊張は感じないだろう。女優と違って彼女はヒステリーを起こしたり、骨董品《こっとう》の陶器やドーランを投げつけたりして緊張をほぐすこともできない。もちろん、代わりに食料や飲料の在庫を調べることはできる。彼女は実際にそうして、未使用だった飲食料庫の物品でタナーをもてなした。

探索員は船の〈頭脳〉に対して、俗に〈筋肉〉と呼ばれる。彼らは〈頭脳〉と同じくらいきびしい訓練プログラムを通過しなくてはならず、中央諸世界を構成する各世界の上位一パーセントの学識者だけが探索員訓練プログラムに参加を許される。つまりガントリーを登ってヘルヴァの大きく開いたエアロックに入ってきた八人の若い男たちは、容姿端麗で知的で人当たりのいい、適応力の高い者ばかりだった。全員がヘルヴァに許されたほろ酔いの夜を期待し、同時にどんな汚い手を使ってでもパートナーの座を射止めようと決意していた。

そんな人間的な感覚に襲われてヘルヴァは精神的に息を呑み、そうしてもいいと感じる贅《ぜい》沢《たく》な時間を、短いながらも精いっぱい楽しんだ。

彼女は若者たちを選別した。タナーの楽観主義はおもしろかったが、とくに惹《ひ》かれるものは感じなかった。ブロンドのノルドセンは単純すぎるようだ。黒髪のアル＝アトパイは頑迷なところがあり、共感できない。ミア＝アーニンの苦々しげな態度は、ヘルヴァが照らし出したくない内心の闇を示唆していた。とはいえ、外面的には彼がいちばん熱心なところを見せた。彼女の〝求婚〟はいささか奇妙なもので……これは数回繰り返されるはずの〝結婚〟の、最初のものにすぎない。〈筋肉〉は七十五年間の勤務後に、運が悪ければもっと早くに退役する。一方、〈頭脳〉の肉体は劣化せず、破壊もできない。理論上、外殻人は初期ケアと手術とメンテナンスにかかった巨額の債務を返済すれば、自由にほかの職を探すことができる。だが、現実の外殻人は自爆するか殉職するまで勤務を続けた。実際、ヘルヴァは三百二十二歳の外殻人と話をしたことがあった。そのときは畏敬の念から、するつもりだった個人的な質問が何もできなかった。

彼女が選んだ相手は、タナーが探索員小唄を歌いだし、大胆で鈍感で痛ましいほど無能な〝〈筋肉〉ビリー〟の災難を語ったとき、はじめて存在感を見せた。ほかの者たちが唱和しようとして音をはずし、タナーは両腕を振りまわして沈黙を求めた。

「今必要なのは圧倒的にすばらしいリード・テノールだ。ジェナン、おまえ、カードのいかさま以外に歌も得意だったよな？」

「ひどい言われようだな」ジェナンが気安いユーモアを交えて答える。

「どうしてもテノールが必要なら、わたしがやるわ」ヘルヴァが申し出た。

「大した女性だ」と、タナー。

「〝ラ〟の音を出してみてくれ」ジェナンが笑いながら言う。

朗々として澄んだ高い〝ラ〟の音に続く痺《しび》れるような静寂の中、ジェナンが静かにつぶやいた。「エンリコ・カルーソーがこんな声を聞かされたら、自分のほかの歌声全部と引き換えにしてもいいって言うだろうな」

彼女の全音域がはっきりするまで大した時間はかからなかった。

「タナーが求めたのは、単なる朗々たるリード・テノールだけだったのに、われらがレディはレパートリー劇団を丸ごと一つ持ってきた」ジェナンが冗談めかして言う。「この船に乗る者はどこまでも、どこまでも突き進んでいけるだろう」

「馬頭《ばとう》星雲までも？」ノルドセンが中央諸世界の古い格言を引用した。

「馬頭星雲まで行って帰って、美しい音楽を奏でるでしょう」ヘルヴァが小さく笑いながら言う。

「いっしょにね」と、ジェナン。「ただ、音楽はきみがぼくの声で奏でて、ぼくは聴くだけにしたほうがよさそうだ」

「あら、わたしが聴くつもりだったのに」と、ヘルヴァ。

ジェナンは鍔《つば》が潰れた帽子をひらひらと振りまわして華麗に一礼した。その視線はヘルヴァのいる中央柱のほうを向いている。彼女の好みはその瞬間、はっきりした理由で鮮明になった。集まった若者の中でジェナンだけが、彼女の肉体的存在にまっすぐ注意を向けていた。船の中にいれば彼がどっちを向いていてもその姿が認識できるとわかっていて、彼女の身体が分厚い金属の壁の向こうにあることも知っているというのに。パートナー関係を結んだあとも、位置関係がどうであろうと、ジェナンはかならず彼女のほうを向いて話をした。彼女を個人と認めるこの態度を受けて、ヘルヴァは以後ずっと、たとえそのために多少効率が落ちても、つねに中央マイクで彼と話をした。

ヘルヴァは自分がその夜ジェナンに恋をしたことに気づかなかった。それまで愛や恋を知らず、その無愛想な従兄弟《いとこ》たちである尊敬や賞賛しか向けられてこなかったせいだ。彼の人柄の温かさや思慮深さに対する自身の反応を、ほとんど認識さえできなかった。外殻人である自分は、肉体的な欲望に大きく関わる感情から隔絶していると思っていた。

「さて、ヘルヴァ、きみに会えて本当によかった」彼女がジェナンとヘンリー・パーセルの

『来《きた》れ、汝《なんじ》ら芸術の子よ』のバロック性について議論していると、タナーがいきなりそう言った。「いつかまた宇宙で会おうぜ、ラッキー野郎ジェナン。パーティをありがとう、ヘルヴァ」

「もう帰っちゃうの？」ヘルヴァは遅まきながら、自分とジェナンがほかの者たちそっちのけで議論に熱中していたことに気づいた。

「最高のやつが勝つのさ」タナーが顔をしかめて言う。「戻って、愛の賛歌のリールでも探すよ。次の船で役に立つかもしれない。その船もきみみたいに歌が好きなら」

戻っていく彼らを見送るヘルヴァとジェナンは、どちらも少し困惑していた。

「タナーは結論に飛びつきすぎじゃないか？」

ヘルヴァはコンソールに寄りかかってまっすぐ外殻のほうを向いている彼を見つめた。胸の前で腕を組み、手にしたグラスはとっくに空《から》になっている。ハンサムなのは全員がそうだったが、ジェナンの注意深い目は穏やかな色をたたえ、口元にはたやすく笑みが浮かび、（ヘルヴァがとりわけ惹かれた）声は朗々として深く、不快な倍音や強勢は感じられない。

「ともあれ、よく考えてみてくれ、ヘルヴァ。ぼくでよければ、明日の朝また呼んでくれればいい」

彼女は中央経由でこの選択をチェックし、朝食時に彼を呼び出した。ジェナンは身の回り品を船内に運び入れ、共同辞令を受領し、身上書と履歴書をヘルヴァの記録簿に登録し、彼らの最初の任務の座標を打ち込んだ。こうしてＸＨ‐８３４は正式にＪＨ‐８３４となった。

最初の任務は退屈だが、（医療局がヘルヴァに依頼した）緊急優先任務だった。伝染性の胞子病が蔓延《まんえん》した遠方の星系にワクチンを緊急搬送するのだ。できるだけ急いでスピカ星系に向かわなくてはならない。

ぞくぞくするほどの最大速度で一気に飛び出したあと、ヘルヴァはこの退屈な任務で、自分が〈筋肉〉ほどには肉体を酷使していないことに気づいた。とはいえ、互いの個性を知っていく時間は充分にある。もちろんジェナンはヘルヴァが船として、またパートナーとして、何ができるかを知っている。彼に何を期待できるか彼女が知っているように。ただ、わかっているのはいわばカタログ・スペックでしかなかった。ヘルヴァは単なる記号の羅列ではない、パートナーの人間的な側面をぜひ知っていきたいと思っていた。さらに言えば、二つの人格の相互作用を本から学ぶことはできない。体験することが必要だ。

「父も探索員だったんだ。それも事前にわかってたのかな？」ジェナンが三日めにそう言った。

「もちろん」

「不公平だよな。きみはぼくの家族のことを全部知ってるのに、こっちはきみの家族のことを何も知らない」

「わたしだって知らないもの」と、ヘルヴァ。「あなたの家族のデータを見るまで、自分にも家族がいて、中央諸世界のファイルのどこかにデータがあるはずだなんて、考えもしなかった」

ジェナンは鼻を鳴らした。「外殻人の心理だな！」

ヘルヴァが笑い声を上げる。「そうね。しかもそこに好奇心を抱かないようにプログラムもされてる。あなたもそうしたほうがいい」

ジェナンは飲み物を注文し、ヘルヴァに正対する位置の重力カウチに腰を下ろして両足を緩衝装置に乗せ、回転台の上でごろごろと身体を左右に動かした。

「ヘルヴァって――あとから付けた名前か……」

「北欧ふうでしょ」

「ブロンドじゃないけどな」咎《とが》めるような口調ではない。

「まあ、黒髪のスウェーデン人だっているから」

「ブロンドのトルコ人もいて、そいつのハーレムにいるのは一人だけだ」

「その一人は奥の間に隔離されてて、あなたはいくらでも娼館《しょうかん》に――」ヘルヴァは訓練を重ねた自分の声が震えていることに気づき、愕然《がくぜん》とした。

「なあ」何事か考え込んでいたジェナンが彼女の言葉を遮って言った。「父の印象は母よりもむしろ父の船、シルヴィアと結婚してるみたいだった。昔はシルヴィアを祖母だと思ってたくらいだ。番号が小さかったから、少なくとも曾々祖母《そうそうそぼ》だろうけど。よく何時間も話し込んだものさ」

「番号はいくつだった？」ヘルヴァは彼と同じ時間をともにした者すべてに理不尽な嫉妬を

覚えて尋ねた。

「422だったと思う。今はTSかな。トム・バージェスにも一度会ったよ」

ジェナンの父親はある惑星の熱病で亡くなっていた。ワクチンを届け、地元民のために使いきってしまったのだ。

「トムの話だと、シルヴィアはとてつもなくタフで辛辣になったらしい。きみがいつか今の愛らしさを失ったら、化けて出て取り憑《つ》いてやるからな、お嬢さん」

ヘルヴァが笑うと彼は柱のパネルにつかつかと近づき、そっと指で触れて彼女を驚かせた。

「きみはどんな顔をしているんだろうな」と、もの思わしげにささやく。

ヘルヴァは探索員が抱くこの自然な好奇心についても説明を受けていた。彼女は自分の顔を知らない。また彼らのどちらも決して知ることはないし、できない。

「どんな顔かたちでも肌や髪の色でも、あなたの望みどおりにするわ」習ったとおりそう答える。

「鉄の乙女は、ぼくの想像では、ブロンドの髪を長い編み紐《ひも》で飾ってる」ジェナンはレディ・ゴディヴァが着けているような編み紐を手振りで表現した。「きみはチタンのケースの中にいるから、愛《いと》しのブリュンヒルデと呼ぶことにする」彼はそう言って一礼した。

ヘルヴァが愉快そうに笑いながらふさわしいアリアを歌いだしたとき、スピカ星系から連絡が入った。

「何の騒ぎだ？　何者だ？　中央諸世界医療局でないなら、引き返せ。感染症が流行中だ。

訪問は許可できない」

「船が歌ってるんだ。こちらは中央諸世界のJH－834、ワクチンを持ってきた。着陸座標はどこだ？」

「船が歌っているって？」

「既知宇宙で最高のソプラノ・アルト・テノール・バス歌手だ。リクエストはあるか？」

JH－834はワクチンを届け、それ以上アリアは歌わず、すぐに次の指令を受けてレヴィティカスⅣ星系に向かった。到着までの中継点でジェナンは自分に関してどんな評判が流れているかを知り、ヘルヴァの純潔の名誉を守らざるを得なくなった。

「歌はやめるわ」一週間で三度めになる目のまわりの痣《あざ》の湿布を指示しながら、ヘルヴァが後悔の口調で言った。

「そんな必要はない」ジェナンが歯嚙みして応じる。「忍び笑いをやめさせるために、ここから馬頭星雲まで痣を作りつづけることになったとしても、ぼくたちは歌う船だ」

〝歌う船〟が小マゼラン雲の小規模だが凶悪な麻薬組織を壊滅させると、評判は確実に尊敬に変わった。中央諸世界はすべてのできごとを把握していて、JH－834のファイルに〝特記事項〟を打ち込んだ。一流のチームができあがりつつあった。

この整然とした逮捕劇のあとは、ジェナンとヘルヴァも自分たちが一流のチームだと考えるようになった。

「宇宙にはあらゆる悪徳がはびこってるけど、ぼくは麻薬中毒をいちばん憎んでる」中央諸世界の基地に戻る途中、ジェナンが言った。「そんなもの使わなくても、簡単に地獄に行けるっていうのに」

「だから探索員に志願したの？　麻薬撲滅のために？」

「ぼくの公式の答えはきみの記録簿に入ってるはずだ」

「ずいぶん華々しい言葉がね。引用すると、『四世代にわたって続く、わが一族の誇りある奉職の歴史を継承するため』とあるわ」


ジェナンはうめいた。「若気の至りだ。当時はまだ最終訓練も終えてなかった。いったん最終訓練に入ると、今度は落第なんてプライドが許さなくて……


話したとおり、ぼくはシルヴィアに乗ってた父のところによく顔を出してて、厚かましくも、彼女がぼくを父の後継者と目《もく》してるんじゃないかと思ってた。探索員になるのを勧めるプロパガンダにどっぷり浸かってたんだ。実際、そのつもりだった。まだ七歳のころから、将来は探索員になると決めてたくらいだ」彼は大変な苦労の原因となった幼い自分の決断を非難するかのように肩をすくめた。

「うん、それから？　トルコの英雄サヒル・シランは探索員として、ＪＳ－４２２で馬頭星雲に突入した？」


ジェナンは彼女の皮肉を無視した。

「きみとなら行けるかもしれないな。ただ、シルヴィアの後押しがあってさえ、自分がそんな栄光を手にするなんてことは夢にも考えなかった。これからは、そういう大風呂敷はきみの鋭敏な頭脳に任せることにするよ。ぼくが宇宙の歴史に貢献するのはもっと小さなことでいい」

「ずいぶん控えめね？」

「いや、現実的なんだ。われわれもまた奉仕する、云々《うんぬん》」彼は芝居がかって片手を心臓の上に置いた。

「栄光を追い求める！」ヘルヴァが煽《あお》るように笑う。

「よく言うよ、星雲に向かうわが友。少なくとも、ぼくは欲張りじゃない。惑星パルシーアには父みたいな英雄は一人しかいないだろうが、ぼくも何らかの功績で記憶に残りたい。誰だってそうだ。そうでなくて、何のために任務に命を賭けるんだ？」

「いくつか明確な事実を指摘すると、あなたの父上はパルシーアからの帰途で亡くなった。だから自分と船が疫病を押しとどめた英雄だってことは知らなかった。でも、おかげでパルシーアの入植地は放棄されずに済んで、パルシーア抗麻痺《まひ》物質が発見された。本人はそのことを知らないまま死んだ」

「わかってる」ジェナンが穏やかに答えた。

ヘルヴァは反論じみた口調になったことをすぐに後悔した。ジェナンがどれほど父親のことを想《おも》っているか、よく知っていたのに。記録簿にある彼の人物評には、彼が父親の死を、パルシーアで思いがけず得られた良好な結果によって合理化していることが記されていた。

「人間は事実だけでできてるわけじゃないんだ、ヘルヴァ。父もそうだったし、ぼくもそうだし、基本的にはきみだってそうなんだ。自分を見つめてみろ、834。きみにつながれた無数のケーブルの中心には心が、未発達な人間の心がある。間違いない！」

「ごめん、ジェナン」

彼は一瞬ためらったあと、両手を広げて謝罪を受け入れ、愛情を込めて中央柱を軽く叩いた。

「定期任務がなくなったら、馬頭星雲を目指すのはどうだい？」


探索任務ではよくあることだが、一時間もしないうちに彼らはコースの変更を命じられた。行く先は星雲ではなく、最近入植された星系だった。居住可能惑星が二つあり、片方は熱帯気候、もう片方は氷河期だ。主星のラヴェルが不安定化して、スペクトルが急速な膨張を示しており、吸収線が紫に近づいている。主星が高温になったため、すでに内側の惑星ダフニスの入植者は脱出を余儀なくされていた。スペクトル放射のパターンから見て、外側の惑星クロエも焼きつくされてしまうだろう。近傍にいるすべての宇宙船はクロエの災害対策本部に登録し、残っている入植者の効率的な退避に協力することとなった。

JH－834は命令に従い、クロエの郊外に点在する入植地をまわって、状況の深刻さが理解できていないらしい入植者を回収することになった。実のところ、クロエは主星から分離して冷え固まって以来はじめて氷点を超える気温を享受していた。入植者の多くは熱狂的な信仰者で、苛酷な環境のクロエに移住したのは敬虔《けいけん》な思索生活に身を置くためであり、クロエの急激な雪解けも、恒星の暴走が原因とは考えられていなかった。

そんな彼らを説得するのに手間取って、ジェナンとヘルヴァが最後になる四つめの入植地に向かったときには、予定よりもかなり遅くなってしまっていた。

ヘルヴァはぎざぎざの稜線《りょうせん》の上を飛び越えた。山々が渓谷を囲んで、かつては激しい雪嵐から、今は暑熱から入植地を守っている。ヘルヴァが着陸態勢に入ったのは、燃えさかるコロナをまとった荒々しい恒星が深い渓谷を照らしはじめたころだった。

「歯ブラシだけつかんで、すぐに飛び乗ってもらったほうがいいわ。対策本部も急ぐように言ってる」と、ヘルヴァ。

「全員女性なのか」船を降りて入植者の姿を見たジェナンが驚きの声を上げた。「クロエの男性が毛皮のスカートを穿《は》くっていうんじゃない限り」

「あなたの魅力を印象づけて、かける手間を最小限にするのね。双方向内密通信をオンにしといて」

ジェナンは笑みを浮かべて進み出たが、任務の説明はまったく信じてもらえず、相手は疑念でいっぱいだった。修道院長からこれまで主星の高温化の理由をどう説明してきたのかを聞いて、彼は内心でうめき声を上げた。

「尊敬するマザー、祈りの回路が過負荷になって、主星が一気に自爆しようとしてるんです。だからみなさんを惑星ロザリオの宇宙港まで……」

「あのソドムに？」女性聖職者は侮蔑的に身震いし、彼を睨《にら》みつけた。「警告には感謝しますが、修道院を出て野卑な世界に移る気はありません。朝の瞑想《めいそう》の時間をじゃまされて――」

「主星があなたを丸焼きにしはじめたら、永久にじゃまされることになります。すぐにいっしょに来てください」ジェナンが断固として言う。

「マダム」ここは男の言葉よりも女の言葉のほうが重みが出るかもしれないと思い、ヘルヴァが言った。

「今のは誰？」肉体のない声に、修道女が驚いて叫ぶ。

「わたしはヘルヴァ、船です。わたしが保護しますから、あなたやシスターが男性といっしょになることはありません。用意された場所まで安全にお連れします」

修道院長は用心深く、船の開いたハッチから中を覗き込んだ。

「このような船を使用できるのは中央諸世界だけですから、あなたがふざけているのでないことはわかりました、お若い方。ただ、ここには何の危険もありません」

「ロザリオの今の気温は摂氏三十七度です」と、ヘルヴァ。「陽光が直接この渓谷に射《さ》し込みはじめたら、ここもすぐにその気温になるでしょう。その後さらに上昇し、八十度以上に達するはずです。ここの建物は木造で、隙間を苔《こけ》で埋めています。乾燥した苔です。正午ごろには発火するでしょう」

峰々のあいだから陽光が斜めに射し込みはじめた。強い光が修道院長のうしろにいる落ち着かない一団を暖める。数人が毛皮の上着の襟を開いた。

「ジェナン、時間がない」ヘルヴァが内密通信でささやいた。

「置き去りにはできないよ、ヘルヴァ。十代を過ぎたばかりの少女もいるんだ」

「かわいい子たちだから、院長の気が進まないのも無理ないわね」

「ヘルヴァ」

「主の御心《みこころ》のままに」修道院長は強情にそう言い、救助の手に背中を向けた。

「焼け死ぬのが主の御心なのか？」ジェナンは叫び、祈りをつぶやくシスターたちのあいだをすり抜けた。

「殉教者になりたいのかしら？　彼らの選択よ、ジェナン」ヘルヴァが冷静に言う。「もう出発しないと。こっちは選択の余地なんてない」

「どうして置き去りにできるはずがある、ヘルヴァ？」

「パルシーアの再来？」彼が進み出て一人の女性の肩をつかむと、ヘルヴァが嘲《あざけ》るように言った。「全員を船に引きずり込むことはできないし、争ってる時間もない。乗って、ジェナン。さもないと報告しなくちゃならない」

「みんな死ぬことになる」ジェナンは悄然《しょうぜん》とつぶやいて、しかたなく船に乗ろうと踵《きびす》を返した。

「これ以上リスクは冒《おか》せないの」ヘルヴァの口調は同情的だった。「今でもランデヴーにぎりぎり間に合うかどうかよ。スペクトルの変化が危険なほど早まってるって、研究所から報告があった」

ジェナンがエアロックに足を踏み入れたとき、若い女性の一人が悲鳴を上げ、閉じかけた外扉に身体を押し込んできた。それが呼び水となり、ほかの者たちも狭い開口部に殺到する。ぎっしり詰め込んでも、船内に全員を収容できるスペースはなかった。ジェナンは自分とともにエアロック内に残るしかない三人に宇宙服を手渡した。エアロックには独立した酸素供給装置も冷却装置もないので、宇宙服を着るしかないと修道院長に説明するため、貴重な時間がさらに浪費される。

「追いつかれそう」ヘルヴァが内密通信で、険しい口調でジェナンに言った。「最後の騒ぎで十八分ロスしたわ。最高速度を出すには重量過多だけど、最高速度を出さないと熱波から逃げきれない」

「離陸できるか？　全員、宇宙服は着用した」

「離陸？　ええ、できる。航行？　よたよたね」

ジェナンは自分と女性たちを支えながら、船の上昇速度が遅いことに気づいた。ヘルヴァはできるだけ長く推力をかけつづけ、そのためにキャビン内の乗客は乱暴にGに押しつぶされ、二人が圧死した。彼女は気にもとめなかった。とにかくできる限り多くを助けるだけだ。ヘルヴァが気にかけるのはジェナンだけで、彼の身の安全を考えると、絶望的な恐怖に襲われた。エアロック内は空気がなく、冷却もされておらず、外扉は三層構造ではなく一層で、そこにいる四人は宇宙服を着ていても安全とは言いがたい。宇宙服は標準モデルで、これから船が曝《さら》されるかもしれない極端な高温に耐えられるようにはできていなかった。

ヘルヴァは全力で飛びつづけたが、冷たい安全宙域に至る途中で、恒星の爆発によるすさまじい熱波が彼らをとらえた。

キャビンから聞こえるうめきや哀願や祈りの声に、彼女はいっさい注意を向けなかった。ジェナンの苦しげな息づかいに、彼の宇宙服の空気浄化システムの途切れがちな拍動に、過負荷になった冷却ユニットの吸引音にひたすら耳を澄ます。何もできないまま、エアロックにいる三人の修道女が恐ろしい暑熱に苦しむ声を聞くことしかできない。ジェナンは懸命に彼女たちを落ち着かせようとし、もうすぐ安全で涼しい場所に着くから、あと少しだけ暑さに耐えるんだと声をかけているが、恐怖と苦痛に慣れていない三人は、狭いエアロックの中だというのに、彼に襲いかかろうとした。一人が振りまわした腕が彼の宇宙服のパワー・パックから延びるケーブルに絡まり、損傷を与えた。熱で劣化していたコネクターが腕の重さに耐えきれず、破損した。

どれほどの力を持っていようとも、ヘルヴァは無力だった。ジェナンが息をしようともがき、懇願するように彼女に目を向けて死んでいくのを見ていることしかできない。

反転して引き返し、爆発する恒星のすべてを浄化する炎の中に飛び込まなかったのは、訓練による鉄の条件づけがあったからにすぎない。彼女は感情が消え失せたまま救助船団とランデヴーし、火傷《やけど》と熱中症に苦しむ乗客を指定された輸送船に黙々と移送した。

「探索員の遺体を最寄りの基地まで運んで埋葬します」と、まだぼんやりしたまま中央に報告する。

「エスコートを付ける」と、応答があった。

「必要ありません」

「必要なのだ、XH-834」と、無愛想な声が告げる。ジェナンの頭文字が船名から除かれた衝撃で、抗議を押しとおすことはできなかった。麻痺したように輸送船の近くで待つうちに、スクリーン上に二隻のスリムな頭脳船があらわれた。葬儀に向かうとは思えない速度で接近してくる。

「834? あの歌う船?」

「もう歌わない」

「探索員はジェナンだったわね」

「話はしたくない」

「わたしは422よ」

「シルヴィア?」

「シルヴィアはとっくに死んだわ。わたしは422。今はMS」簡潔な応答があった。「もう一隻はAH-640だけど、ヘンリーはこの通話を聞いてない。そのほうがいいの──あなたが〝はぐれ〟になりたがったとしても、彼には理解できないでしょうから。彼があなたを引き止めようとしたら、わたしがやめさせる」

「〝はぐれ〟?」その言葉の衝撃で、ヘルヴァは無気力を脱した。

「ええ、あなたは若いから、何年もさまよう力があるでしょう。脱走よ。ほかにもいるわ。732は二十年前、白色矮星《わいせい》に向かう任務で探索員を亡《な》くして〝はぐれ〟になった。今も行方不明のままよ」

「〝はぐれ〟なんて聞いたことがない」

「そう条件づけられてるせいね。当然、研究校でそんなことは教えないし」

「条件づけを破るってこと？」ヘルヴァは苦悩の声を上げ、あとにしてきたばかりの燃えさかる白熱の恒星に心惹かれるのを感じた。

「今のあなたなら難しくないと思う」422が静かに言う。さっきの皮肉っぽい響きはもうなかった。「星々が彼方《かなた》から手招きしてるはずよ」

「独りで？」ヘルヴァが心からの叫びを上げる。

「独りで！」422が冷たく応じた。

独りでこの時空を飛びつづける。馬頭星雲さえ近すぎて、彼女の気持ちをくじくには至らないだろう。百年の時を、思い出だけを伴侶として。ほかには何も……何もない。

「パルシーアにその価値はあった？」彼女は静かに422に尋ねた。

「パルシーア？」422が驚いて問いかえす。「彼の父親と？　ええ。わたしたちはそこにいた。必要とされたとき、パルシーアに。あなたが……彼の息子も……クロエにいたのと同じように。罪というのは、どこで必要とされているのかを知らず、そこにいないことよ」

「でも、彼が必要なの。わたしの必要は誰が満たしてくれるの？」ヘルヴァが苦い口調で尋ねる。

「834」丸一日無言の航行が続き、やがてふたたび422が口を開いた。「中央があなたからの報告を求めてる。レグルス基地で代替要員が選抜を待ってるから、そっちにコースを取って」

「代替要員?」そんなものは望んでない……ジェナンを思い起こさせながら、その空白を埋めるには足りない。彼女の船体はクロエの熱がまだろくに冷えていなかった。ヘルヴァは祖先がしていたように、ジェナンを悼む時間を求めていた。

「受け入れられない探索員なんていないわ。あなたがいい船であるなら」422が哲学的なことを言う。「必要なことでもある。早ければ早いほどいい」

「あなた、わたしは〝はぐれ〟にならないって中央に報告したんじゃない?」

「あなたはもう乗り越えたから。わたしがパルシーアでの体験を、またその前のベテルギウスでのグレン・アーサーとの体験を乗り越えたように」

「進みつづけることを条件づけされているから、でしょう? わたしたちは〝はぐれ〟になれない。試したのね」

「そうするしかなかったの。命令で。心理学者にも、どうして〝はぐれ〟が発生するのかわかってない。中央はもちろん、ヘルヴァ、あなたの姉妹船たちも、とても心配してたわ。だからわたしがエスコートに志願した。わたしは……あなたたちを二人とも失うようなことにはしたくなかった」

ヘルヴァはどん底の気分ながら、シルヴィアの荒っぽい同情に対する感謝の念が湧き上がるのを感じた。

「その悲しさはみんな知ってるわ、ヘルヴァ。慰めにはならないでしょうけど、探索員との共感がなかったら、わたしたちはただのしゃべれる機械にすぎない」

ヘルヴァは自分の前に遺体袋に入って横たえられたジェナンの動かない姿を見つめ、静かなキャビンに響く彼の豊かな声を思い起こした。

「シルヴィア！ 彼を助けられなかった」心の底から慟哭《どうこく》があふれる。

「ええ、わかってる」422は優しくつぶやき、黙り込んだ。

三隻は無言で速度を上げ、レグルスにある中央諸世界の大規模基地に向かった。ヘルヴァは沈黙を破って、着陸指示と公式の弔辞に応答した。

三隻が同時に着陸した場所は、レグルスの青い巨木が小さな共同墓地に眠る死者を守る歩《ほ》哨《しょう》のように立ち並ぶ、森のはずれだった。基地の全員が荘重な足取りで整列し、ヘルヴァの前から埋葬地まで一本の通路を作った。儀仗《ぎじょう》隊が列を離れ、ゆっくりとキャビンに入ってくる。彼らはヘルヴァが愛した男の遺体をうやうやしく車輪つきの棺台《ひつぎだい》に載せ、紺地に星をちりばめた中央旗で丁重に覆った。人間が作る通路を棺台がゆっくりと進み、通り過ぎたところから列が崩れて、人々が最後に彼を見送るために歩きだすのを、ヘルヴァはじっと見つめていた。

そのあと簡潔な埋葬の辞が述べられ、大気圏内航空機がまだ口を開いたままの墓の上に献花を投下すると、ヘルヴァはようやく自分だけの別れの言葉を見出《みいだ》した。

最初は静かに、ほとんど聞き取れないくらいの声で始まった夜と鎮魂の歌が痛切な最終楽節へと高まっていき、暗い夜空そのものが船の歌う歌を反響させた。

船は悼んだ

自分が何を見ているのかもわからないまま、ヘルヴァはレグルス基地の人員がジェナンの葬儀を終え、解散するのを見つめていた。もう二度と歌は歌わない。彼女はそう誓った。歌う船はジェナンとともに死んだのだ。

感情の中心から遠く隔たった場所で、無感覚に小さな人影を眺める。連れだって足早に、中断した仕事に戻っていく者。のんびりと宿舎に帰っていく者。中には通りすがりに船体を見上げる者もいたが、彼女はその視線の意味を考えようともしなかった。行く当てはどこにもなく、死んだパートナーの墓前から離れる気もない。

「このままじゃ終われない」麻痺した心を苦悩が打ち負かした。「こんなことをしてちゃだめだ。でも、これからどうすればいい？」

「XH‐834、メデアのセオダが乗船許可を求めます」リフトの下から声がした。

「許可します」ヘルヴァが反射的に答える。

ヘルヴァは悲しみに沈み込んでいて、リフトから出てきた細身の女性がハッチの前に立ったときには、乗船許可を出したことも忘れていた。彼女はヘルヴァの外殻が格納されている中央制御柱に近づいた。その手には指令リールが握られている。

「挿入して」セオダが動こうとしないので、ヘルヴァが鋭く言った。

「どこに？　わたしは正規職員じゃないの。記録リールには命令が入っているけど……」

「中央パネルの上部左側に青いスロットがあるわ。パネル中央の赤いボタンにいちばん近い位置に防塵《ぼうじん》ケースごと記録リールを挿入して、〝転送〟と書いてある青いボタンを押して。あなたが内容を知らず、許可を得ているなら、〝音声〟と書いてある黄色いボタンも押して。あとはシートに座ってればいい」

ヘルヴァは無感情に、セオダが手間取りながらどうにかリールを挿入するのを眺めた。もう少し愛想よく、彼女を安心させるような言い方をすべきだったという思いがちらりと頭をかすめる。セオダが不安そうに操縦席に腰を下ろすと命令が流れだした。

「XH‐834、物理療法士メデアのセオダを伴ってNDEのこと座第Ⅱ星系、惑星アンニゴーニⅣに赴き、惑星ファン・ゴッホで発生した宇宙感染症の生存者に対するリハビリテーション・プログラムを可能な限り支援せよ。大至急、大至急、大至急！」

ヘルヴァは停止信号を叩きつけ、中央管理局を呼び出した。

「物理療法士セオダが後任なの？」

「いや、XH‐834、セオダは〈筋肉〉ではない。後任は到着が遅れている。大至急、繰り返す、大至急アンニゴーニに向かってくれ」

「緊急離陸の許可を」

自分が何をしているのか意識する前に、ヘルヴァは決まりきった離陸手順を開始していた。レグルスを離れるのは彼女がもっとも望まないことだったが、記録リールで命令を受け、

〝大至急〟と繰り返されるのを聞いてしまったのだ。

「全エリア退避完了。離陸できる。それと、XH-834……?」

「何?」

「幸運を」

「了解」ヘルヴァは非公式の穏やかな挨拶を無視した。緊張して何度もバックルをはめそこなっているセオダに、操縦席のハーネスの装着方法を手短に説明する。加速時のセオダの安全を確認すると、ヘルヴァは離陸した。後方スクリーンには基地の共同墓地を見えなくなるまで映しつづけた。

速度をどれだけ上げても大した違いはないというのに、気がつくとヘルヴァは早く任務を終えてレグルス基地に――ジェナンのところに――戻りたいという無意識の欲求から、どこまでも加速しつづけていた。セオダの耐久限度に合わせて速度をきびしく見直し、巡航速度に達すると、もうシートから離れていいと告げる。

セオダはハーネスをはずし、不安そうに床の上に立った。

「急な派遣だったから、もう二十四時間飛びっぱなし」そう言って、くしゃくしゃの汚れた制服を見下ろす。

「キャビンは中央制御柱の後方よ」そう言ったヘルヴァはつい最近までジェナンが使っていた場所にセオダが入ることに気づき、内心で息を呑んだ。思わずキャビンに目を向ける。ジェナンの私物は誰かがすでに運び出していた。彼が遺《のこ》した思い出の品も、短い幸せな時期の記念品も、何もかも。悲しみが深くなる。どうしてこんなことを？　いつやったの？　こんなのは公正じゃない。そして今はこの不器用な女の存在に耐えなくてはならない。

セオダはもうキャビンに入り、寝台に雑嚢《ざつのう》を放り投げてシャワー室に向かっていた。ヘルヴァは礼儀正しく視線を撤退させた。穏やかなシャワーの音はジェナンが立てているのだと思い込もうとしたが、新たな乗員のやり方はまったく違っていた。

その違いが、ああ、その違いがわたしにとってどれほど大きいか。ヘルヴァはジェナンを悼んで泣いた。

悲しみに沈んでいた彼女は徐々に船内の静けさに気づいた。ひそかにスキャンすると、セオダが寝台に仰向《あおむ》けになって手足を投げ出し、疲れきって熟睡していた。眠っている姿を見ると、ヘルヴァが最初に感じたよりも年配らしい。今ならわかる。不器用で手際が悪く見えたのは、セオダが消耗していたせいだった。顔には悲しみと疲労で深い皺《しわ》が刻まれている。閉じた目の下には濃い隈《くま》が見えた。口の端はつねに痛みを感じているかのように引きつっている。爪を短く切った長い指は不安な夢を反映してぴくぴく動いていた。彼女には生来の強さと繊細さが感じられる。掌《てのひら》や指にはいくつもの傷があった。手作業といえばほとんどがボタンを押すだけの時代にあって、あまり見かけないものだ。

ジェナンも自分の手を使って作業をしていた。不意にそんなことを思い出し、新たな悲しみが湧き上がる。

「どれくらい眠ってた？」セオダの声がヘルヴァの回想に割り込んできた。本人が眠そうな顔でメイン・キャビンに入ってくる。「あとどれくらいかかる?」

「眠ってたのは十八時間で、記録リールによると、アンニゴーニの軌道まで銀河系標準時で四十九時間ね」

「ええと、調理室はある?」

「右のいちばん手前のキャビン」

「そう。あなたも何か要る?」セオダが調理室に向かいながら尋ねた。

「必要なものはこの先百年分供給されてるわ」ヘルヴァは冷たくそう言ったが、いちばん必要なものが欠けていることを実感するばかりだった。

「失礼、こういう船のことはほとんど知らなくて。こんなに優遇してもらったのははじめてよ」セオダはそう言って、照れくさそうに微笑した。

「出身は惑星メデアなの?」ヘルヴァは儀礼上しかたなく尋ねた。職業人は雇い主に名前を告げるとき、たいてい出身惑星を明示する。

「ええ、メデアよ」セオダは手にしていた携行食の容器を、不必要なほど力強くテーブルに叩きつけた。その反応は内心の葛藤あるいは悲嘆をあらわしている。ヘルヴァはメデアに関連する重大事件が思い当たらず、これはセオダの個人的な問題だろうと考えた。

「もちろん、頭脳船なら前にも見たことがある。わたしはメデアの人間としてあなたたちに感謝する理由があるけど、実際に乗ったことはなかったの」セオダは緊張した様子で調理室の戸棚の中の備品を落ち着きなくチェックし、食器をどけて奥を覗いたりしていた。「仕事は楽しい？　とても満足感があるでしょうね」

無邪気な質問が熱い燃え殻のように、まだ癒えない嘆きの上に落ちる。ヘルヴァは慌てて話しはじめた。相手の無邪気な問いかけで、これ以上思いがけず心の傷口をえぐられないように。

「わたしはまだ任務に就いて日が浅いの。物理療法士のあなたなら、当然、わたしたちの出自は知ってるわね」

「ええ、もちろん。先天性の障害ね」セオダは下品な話題を口にしたかのように取り乱した。「やっぱりひどいことだと思う。あなたたちに選択の余地なんかないわけだもの」と、腹立たしげにつぶやく。

ヘルヴァは急に優越感を覚えた。「最初はそう感じたけど、今はもう、宇宙を疾走するのをやめて歩くだけで満足するのは難しいと思う」

セオダは〝歩くだけ〟という言葉に軽蔑の響きを感じ、顔を赤らめた。

「その部分は〈筋肉〉になる誰かに任せるわ」ヘルヴァはジェナンを思い起こし、内心でたじろいだ。

「最近、〝歌う船〟というのがいるって耳にしたけど」

「ええ、知ってる」ヘルヴァはあえて気のない返事をした。何もかもがいなくなったジェナンを思い出させる！

「あなたたちはいくつまで生きるの？」

「望む限り、いくつまでも」

「いえ、つまり……いちばん年上の船はいくつ？」

「200番台の船がまだ一隻、現役でいるわ」

「800番台のあなたはまだ若いってこと？」

「そうね」

「わたしはもう若くない」セオダは手にした携行食の空になった容器を見つめた。「人生の終わりも近いと思う」その声には後悔どころか、諦念さえ感じられなかった。

　ここにも深い悲しみを抱えて時を刻んでいる人がいるのだとヘルヴァは思った。

「降下開始まであと何時間くらい？」

「四十七時間」

「研究しないと」セオダは雑嚢の中を掻《か》きまわし、フィルムファイルと閲覧機を取り出した。

「何が起きてるの？」と、ヘルヴァが尋ねる。

　こと座第Ⅱ星系の惑星ファン・ゴッホが、百二十五年前にメデアを襲ったのと同じような宇宙感染症に襲われているのだとセオダが説明した。

　ヘルヴァは突然、なぜセオダが頭脳船を見たことがあるのかを悟った。視覚を顕微鏡化し、彼女の顔に高齢の印である無数の小皺を確認する。メデアが感染症に襲われたとき、その場にいたのは疑いない。記憶をたどり、感染症が人口密集地で流行し、すさまじい勢いで、数日のうちに惑星全体に広がったことを思い出す——猛威の前に犠牲者は多数にのぼり、医療関係者が治療している患者の上に倒れ込むことさえしばしばだったという。空気感染する病原体は人間だけでなく動物にも蔓延し、その後いきなり、銀河系の全資源を投入してでも被害を食い止めようとしていることにウィルスが気づいたかのように、あっさりと消えてしまった。メデアはわずか一週間で壊滅した。生存者は高熱と痛みに耐えられた頑健な者たちと、なぜか免疫のあった者たちだった。彼らは何年もかけて原因を究明しようとし、治療薬かワクチンを開発しようと努力した。

連想記憶の膨大な訓練を受けてきたヘルヴァは、別々だが似たような不可解な感染症の流行がほかに七回繰り返されていることを発見した。メデアよりもうまく対処した例もあるが、記録にある中で最悪だったのは惑星クレマティスで、救助の手が届く前に人口の九十三パーセントが失われ、クレマティスは永久隔離となった。ヘルヴァから見れば、それは馬小屋を施錠して、行方不明の馬の行方は探さないことにしたようなものだ。

「メデアの感染症で充分な経験があるから、あなたがいればファン・ゴッホの人々を助けられると思うわけ？」

「そう思ってる」セオダはたじろいだ様子を見せた。わざとらしく閲覧機を手に取るのを見て、ヘルヴァは相手にそれ以上話をする気がないのを悟った。長い人生の晩年においてさえ、痛ましい連想をもたらす言葉があることは理解できる。たとえ数世紀を経たとしても、ジェナンのことを言われて胸が痛まないとはとても想像できなかった。

船内時計でちょうど六十七時間が過ぎようとしたとき、アンニゴーニがスクリーン上にあられた。ヘルヴァは自分が軌道監視機からの隔離の警告にすぐさま応答していることに気づいた。

「物理療法士セオダを乗せているのか?」ヘルヴァが名乗ると、相手はそう尋ねた。

「乗せてるわ」

「病院都市エルファーのできるだけ近くに着陸位置をセットしてくれ。都市の近くに着陸場はないが、牧草地を空けてある。危険な噴射を制御できるか?」

ヘルヴァは皮肉っぽく、細心の注意を払って着陸する能力があると答えた。緯度と経度が伝えられ、彼女は指定された牧草地の小さな一角に難なく着陸した。白くて埃《ほこり》っぽい道が、白くて窓だらけの細長い複合ビルの立ち並ぶ中へと延びている。距離は五百メートルくらいだ。複合ビルから一台の地上車が近づいてきた。

「セオダ」地上車の到着を待ちながらヘルヴァが言った。「制御パネルの下の機能ボックスに小さな灰色のボタン型装置があって、制服に取りつければいつでもわたしと連絡が取れる。ボタンの上半分を時計回りに回せば双方向通信になるから、あなたが出会う問題にわたしも関与できている気になって、ちょっと満足できる」

「ええ、わかった」

「ボタンの下半分を回すと、部分的にあなたの視覚も共有できる」

「うまくできてるわね」セオダはつぶやき、ボタンの動作を調べてから上着に取りつけた。

地上車が停止し、セオダは高い位置のエアロックから乗員に手を振ってリフトに乗り込んだ。

「ああ、ヘルヴァ、ここまでありがとう。いい旅仲間じゃなくてごめんなさい」

「それはお互いさま。幸運を」

セオダが降下していく。ヘルヴァには今のやり取りが事実ではないとわかっていた。彼らは間違いなくいい仲間で、ただ、それぞれの嘆きに囚《とら》われていただけだ。なぜか今まで彼女が見逃していたのは、この宇宙は悲嘆に満ちていて、彼女がジェナンを救えなかったのも何ら特別な話ではないということだった。姉妹船はみんなそういう経験をして、それでもまだ仕事を続けている。

「わたしがジェナンを愛した以上に〈筋肉〉を愛した船はほかにない」と、不機嫌につぶやく。それが鋼鉄の船体にどれほどふさわしくないかは完全に自覚していた。それでも思いが無意識に悲嘆に立ち戻ろうとするのを抑えることができない。

「乗船許可を求める」リフトの下からがらがら声が届いた。

「身分は？」

「レグルス基地分遣隊所属、上級医療士官オンロ。集束ビーム通信を使用したい」

「許可します」医療士官の名前をファイルでチェックして、ヘルヴァが応じる。

医療士官オンロはエアロックに飛び込み、中央柱にごく短く敬礼して操縦席に突進すると、集束ビーム通信の呼び出しキーを叩いた。

「ちゃんとしたコーヒーはあるかな？」ががら声でそう言うとシートを回転させ、調理室に駆け込む。

「ご自由にどうぞ」ヘルヴァがつぶやいた。セオダが出ていって数日後に、こんな活発な来客があるとは予想していなかった。

オンロは調理室の入口で肩をぶつけ、戸棚を開けたときには勢い余ってコーヒーの容器を叩き落とした。

「コーヒーはいつもどおり、右手の棚の三段めにあるはず」ヘルヴァが冷たい声で言う。

「失礼、容器は今、床に転がってるわ」

オンロは容器を拾い上げ、開けっぱなしだった戸棚の扉の角に頭をぶつけた。ヘルヴァは罵詈《ばり》雑言《ぞうごん》の嵐を予想したが、それはなかった。彼は懸命に自制した様子で注意深く戸棚の扉を閉め、コーヒー容器の加熱シールをはがした。そのまま慎重にメイン・キャビンに引き返し、操縦席に座ると、集束ビームの表示がゆっくりと上昇してピークに達するのを見つめる。すっかり熱くなったコーヒーを口に運ぶあいだも目を離さない。コーヒーを飲み込むと、張りつめていた身体のバネも緩みはじめたようだった。

「われわれは習慣の生き物だと思わないか、XH？　この十八日間、日夜コーヒーを夢見てきた。あの不恰好《ぶかっこう》な金属の塊《かたまり》の中でコーヒーとされているものを口にすると、わたしの場合、眠くなってしまう。コーヒーは覚醒剤ほど効き目はないが、依存性はずっと弱い。ああ、来たな。こいつを扱うたびに、ビームの集束にかかる時間が長くなってる。間違いない」

「こちら中央、レグルス基地」

「XH‐834から報告」と、オンロ。

「誰だ？」任務中とは思えない、あえぐような声が尋ねた。

「こちらオンロ」

「失礼、声じゃわからなかった」

「ヘルヴァが風邪を引いたとでも思ったか？」

「いや、そんなことは思ってない」

「まあ冗談はさておき、こいつをコンピュータにかけて、ちょっとブレインストーミングしてみてくれ。わたしはくたくただ。マシン語もチェックしたほうがいい。このところあまり寝てなくてな」彼はヘルヴァに向きなおった。「何でこんなに運がいいんだ？　三銀河年ぶりの休暇で故郷に帰ったら、この感染症だ。休暇の振り替えが認められるといいんだが」ふたたびビーム通信の相手に向かって「ゴミはこれだ」と言い、手早く資料を送信する。「念のため口述するぞ。

オーソン等級で既知のウィルスまたはその変異株に当てはまらない疾病。徹底的に検査して確実に健康と判定された患者が十時間後に臨床症状を発症、高熱と脊椎痛が三日間続き、筋制御を完全に喪失する。死因は第一位が脳出血、第二位が心不全、第三位が肺虚脱、第四位が窒息、第五位が、これは救急隊の到着が間に合わなかった場合で、餓死。生存者はいずれも随意筋がまったく動かせない。脳の損傷は見られないが、まるで死んでるみたいだ」

「知能障害は？」と、中央管理局。

「確認しようがない。脳が傷ついていても、いつものように、知能だけは残っていることを祈るしかないな」

「『随行娼婦のジュディ・オグラディも大佐の奥方も、一皮剝《む》けば同類だ』」ヘルヴァはキップリングの詩を引用してつぶやいた。医療士官の言葉から、感染症の犠牲者が病気に奪われたものは、彼女が生まれながらに失っていたものほどではないにせよ、同じようなものだとわかる。

「殻にこもったわれらが友は、本人が思っている以上に真実を衝《つ》いている」オンロは鼻を鳴らした。「幼児を除いて、今現在、外殻に入らないほうがましという者は一人もいない。今のままでは何もできないわけだから」

「報告書ができるのを待つか？」と、中央管理局。

「長くかかるのか？」

「少し寝ておいたら？」ヘルヴァが淡々と提案する。「この種の報告書は通常、それほど長くはかからないけど」そう言いながら中央に私的な救難信号を送る。

「長くはかからないよ、医療士官オンロ」合図を受けて、中央が調子を合わせた。

「そんな姿勢じゃ肩が凝るわ、オンロ」彼が長い脚を伸ばして操縦席で仮眠しようとするのを見て、ヘルヴァが忠告した。「操縦士用の寝台を使って。報告書が届いたらすぐに起こすから」

「起こさなかったら保安パネルのネジをはずすぞ」オンロは叩きつけるように言い、酔っ払いのような足取りで寝台によろめき進んだ。

「ええ、もちろん」ヘルヴァが見守る中、彼は大きく二回息をしただけで眠り込んだ。

セオダとの接触は視覚と音声で始まった。セオダはベッドの上に身を乗り出し、身動きしない女性の身体を力強い指で撫《な》でさすっていた。筋肉はぐにゃりとして反応がなく、肌はかさかさで、目は焦点が合っておらず、口は力なく半開きだ。頸部《けいぶ》の腱《けん》が一瞬だけ緊張し、患者が喉の奥深くで意味不明な音を立てた。

「四肢の感覚はないようだ」見えないところにいる人物の声が聞こえた。「胸部と顔面は痛みに反応があるようだが、確証はない。患者がわれわれを認識しているとしても、何の合図も出せないらしい」

ヘルヴァはなかば閉じたまぶたがそれとわからないほどかすかに下がり、また上がったことに気づき、セオダも気づいていることを願った。鼻の穴が広がるのも観察できた。

「セオダ」驚かせないように静かに声をかけたが、それでもセオダは驚いて背筋を伸ばした。

「ヘルヴァ?」

「ええ。こっちの視界は限られてるけど、まぶたと鼻孔の動きが見えた。医療士官オンロの話どおりなら、患者が動かせる筋肉はそれが精いっぱいなのかもしれない。その場にいる一人に右目、もう一人に左目だけを観察してもらって、あなたは鼻孔に集中してみて。返事のパターンを決めて患者に説明して、理解できるかどうか確認するの」

「今のは船か?」視野の外にいる人物が苛立《いらだ》たしげに尋ねた。

「ええ。わたしを運んできたＹＨ‐８３４よ」

「ああ」ばかにするような口調だった。「あの歌うやつか。あれってＪＨだかＧＨだかだと思っていた」

「ヘルヴァは〝あれ〟じゃない」セオダがきびしい調子で言い返す。「提案に乗ってみるべきね。彼女の観察眼はわたしたちよりずっと正確だし、集中力もはるかに上だから」

セオダは患者に向かって、静かにはっきりとこう言った。「わたしの声が聞こえたら、右目を閉じてみて」

何の反応もない時間がとても長く感じられた。やがてとてつもない努力を要するというように、右のまぶたがゆっくりと、ごくわずかに下がった。

「今のが偶然じゃないことを確認するために、鼻の穴を二回広げてみて」

ごくごくゆっくりと鼻孔が動くのをヘルヴァが確認した。上唇と額に小さな汗の玉が浮かんでいる。彼女はすばやくそちらに注意を移した。

「肉体の中に囚われた心にとって、どれだけ大変だったことか」セオダが心からの同情を示す。爪の短い手が汗ばんだ額にそっと触れた。「今は休んで。無理をさせるつもりはないから。とにかくこれで希望が出てきたわ」

次のベッドに向かう彼女がやるせなさそうに肩を落とし、また背筋を伸ばしたのに気づいたのはヘルヴァだけだった。

ヘルヴァはセオダとともに感染症病院を巡回した。男性病棟、女性病棟、小児病棟、乳児病棟まで。患者の年齢はさまざまで、生後数週間の乳児まで感染していた。

「若ければ回復力が高いので、損傷した組織があっても再生する可能性は大きいと期待するところなんだが」セオダの案内人の一人が言った。身動きしない乳児を寝かせた五十台のベビーベッドを示すしぐさの一部がヘルヴァの視野にもとらえられた。

セオダが身をかがめ、ピンクの肌をしたブロンドの、生後三カ月の乳児の小さな身体を抱き上げると、胸のあたりをつねった。力が入りすぎたようで、赤ん坊は目を見開き、口を開いた。喉から小さなしわがれ声が漏れる。

セオダは急いでその子を抱き寄せ、痛くしたことを謝るように揺すってやった。視野と音声が毛布に遮られたが、その前にヘルヴァもまた、セオダが見て気づいたことを見て取っていた。

セオダが赤ん坊を揺すってやっているせいで、ヘルヴァには激しい議論の断片しか伝わってこなかった。やがてセオダが赤ん坊をうつ伏せにしてベビーベッドに戻したので、視野と音声が鮮明になった。彼女は赤ん坊の手足を曲げ伸ばしさせはじめた。這《は》い這いが始まる前の動きを模している。

「これを子供から大人まで全員に、毎日午前と午後、一時間ずつ施術しましょう。必要なら、アンニゴーニの成人と青年すべてを施術者として徴用してもいい。脳に手を伸ばして知能と神経の接続を回復させたいなら、脳機能の初期段階から始めて、脳の中枢を再結線しなくちゃならない。迅速に行動する必要があるわ。自身の肉体の中に幽閉されたかわいそうな人たちは、地獄からの解放をずっと待っているわけだから」

「しかし……しかし……根拠はあるのか、物理療法士セオダ？　メデアの感染症との共通点は当初考えられていたほど多くないと、きみも認めたはずだろう」

「今すぐ根拠を示すことはできないけど、その必要がある？　このやり方が正しいと経験が告げているの」

「経験？　むしろ〝勘〟だろう」相手は食い下がった。「女の勘を根拠に、多忙な市民の労働力を徴用するなど……」

「あの女性が玉の汗を浮かべていたのを見なかったの？　片目をつぶるなんて簡単なことに、どれだけの努力が必要だったかを？」セオダがきびしく問いただす。「あれに比べれば、わたしたちの努力なんて何でもない」

「そう感情的になるな。アンニゴーニは同じウィルスに感染する危険も顧みず、生き残った者たちに門戸を開いて……」

「ばかばかしい」と、セオダ。「そちらの船がファン・ゴッホに接近する前に、感染症が終息したことは確認していたでしょう。ただ、ここでも向こうでも患者がいなくなったわけじゃない。わたしは船に戻って、中央管理局に連絡して、そちらの条件に沿った認可書類を用意してきます」彼女が身体の向きを変えたので、並んでうやうやしく待っている病棟の看護師をヘルヴァも見ることができた。「でも、子供が好きで女の勘を信じられる人は誰でも、認可があろうとなかろうと、わたしがやったとおりにやってみて。失うものは何もないし、生存者を解放できるはずよ」

セオダは病院を飛び出し、文句を言ったり引き止めようとしたりする職員を振り切った。地上車に飛び乗り、船に戻るよう指示する。彼女の剣幕《けんまく》に運転手は口を閉じた。ヘルヴァは彼女が力強い手をこすり合わせ、憤懣《ふんまん》のあまり握りしめ、力を緩めることなく手探りし、つかみ、拳を作るのを見ていた。そのあとセオダはボタンに手を伸ばし、いきなり接続を切った。

ヘルヴァは気にせず、外部スキャナーを広角に設定し、突進してくる地上車をとらえた。乗客を降ろして地上車が去っていく。だが、セオダはリフトに乗り込まなかった。角度があまりよくなくて、ヘルヴァはその場で行ったり来たりするセオダを見ていることしかできない。

オンロは寝台で眠っている。ヘルヴァは待ちつづけた。

「乗船を要請します」ようやくセオダが低い声で言った。

「許可します」

道を探るように片手を前に伸ばしてよろめきながら、セオダが船内に入った。ぐったりと操縦席に沈み込み、制御パネルに両腕を預けて顔を埋める。

「見たでしょ、ヘルヴァ」セオダがつぶやいた。「見たとおりよ。あの人たちは六週間以上あの調子なの。まぶたを動かすだけで、一トンの荷物を動かすくらいの努力が必要だっていうのに。正気を保っていられる患者がどれくらいいると思う?」

「でも新たな希望があるわ、セオダ。忘れないで、精神の根幹が残っていることさえ確認できれば、肉体は迂回させられる。それにも利点があることは知ってるでしょう」

セオダは顔を上げ、シートを回転させて、ヘルヴァの肉体を収めた外殻に驚きの目を向けた。

「もちろん。あなたがその最高の一例ということね」

そう言ったあと、同意できないというように首を横に振る。

「いいえ、ヘルヴァ、そうなるように育てられるのと、ほかに方法がなくてそうなるしかないのとじゃ、まったく話が違う」

「若ければ外殻の中で生きることになってもショックは受けないでしょう。言ったとおり利点もあって、利益といってもいい。あなたの旅に同行したわたしがその証拠よ」

「でも、それまで歩いて、触って、においを嗅いで、笑って泣いて……」

「泣いて……」ヘルヴァは息を呑んだ。「泣くことができる。ああ、そうね」しばらく収まっていた嘆きがふたたび彼女の心を締めつけた。

「ヘルヴァ……わたし……病院で……つまり、あなたのことを聞いて……ごめんなさい。自分の問題でいっぱいいっぱいになってて、あなたが〝歌う船〟だと気がつかなかった。あなたが直前にパートナーを……」声はそのまま小さくなって消えた。

「わたしだって、メデアでウィルスが精神を肉体の中に閉じ込めただけじゃなく、破壊してしまったことを忘れてたわ。心の壊れた身体だけを残して」

セオダは顔をそむけた。

「あの赤ちゃん、かわいそうに」

「中央管理局よりXH‐834、聞こえますか？」セオダは肘《ひじ》のあたりから聞こえてきた声に驚き、明るくなった集束ビーム通信の画面から飛びすさった。

「XH‐834、聞こえてるわ」

「医療士官オンロが要請したコンピュータの報告を記録する準備をしてください」

ヘルヴァは装置を起動し、準備完了の合図を送った。

「口頭報告できる？」セオダが聞こえよがしに言う。

「口頭でお願い」ヘルヴァが要望を中継した。

「年齢、体格、健康状態、民族、血液型、組織構造、食事、居住地、病歴との相関なし。感染はランダムで、過感染《エピデミック》段階。死亡者の検屍《けんし》の結果、筋肉、骨、組織、血液、痰《たん》、尿、骨髄との相関なし。投薬、手術とも効果は否定的。運動療法は可能性あり」

「それよ！」セオダが勝ち誇ったように、勢いよく立ち上がった。「肯定的なのは運動療法だけ」

「〝可能性あり〟だけどね」

「それでも、唯一の可能性よ。再模倣療法が効果的だと確信してる」

「再模倣？」

「そう。変わった療法で、いつもうまくいくとは限らないけど、失敗するのは精神が絶望して諦めてしまった場合だと思う」セオダは自信満々だった。「肉体に囚われ、ごく簡単なやり取りさえできない——どれほど恐ろしいことか想像できる？　ああ、わたし何を言ってるんだろう？」彼女は恐る恐るヘルヴァのほうを向いた。

「そうね」ヘルヴァは内心おもしろがりながら、そっけなく断言した。「今やってるみたいにシナプスを電子的に制御できなくなったとしたら、とても耐えられない。星々のあいだを駆けめぐり、数光年の距離を越えて話し合い、秘匿された場所での話を立ち聞きし、自分自身の堅牢《けんろう》さを守りつづけることを知った今となっては、きっと精神を病んでしまう」

　セオダはまた行ったり来たりしはじめた。

「でも、本気じゃないんでしょう？」と、ヘルヴァ。「コンピュータの報告を根拠に、あんな懐疑的な人たちに本気で徴用を任せるつもり？」

「運動療法の判定は肯定的だった」セオダがかたくなに主張する。顔に頑固そうな皺が寄った。

「可能性があるってだけでしょ。あなたの提案に反対してるわけじゃなくて、周囲の反応を考えろと言ってるの」セオダが反論しようと息を吸い込むのを見て、こう付け加える。「わたしは信じてるけど、きっと周囲は乗ってこない。善きサマリア人ができることはすべてやったと安心して、それが早とちりだったとわかるのは、これがはじめてじゃないわ」

　セオダは唇を引き結んだ。

「あの人たちは救える……少なくとも、努力がむだにならないくらいの人たちは間違いなく救えると思う」

「どうして？　つまり、再模倣療法が有効だとどうして言いきれるの？」

「これは二十世紀の技術で、出生前障害の多くや、事故による重度の脳や神経の損傷の修復に使われてた。わたしの専攻は理学療法史だったの。今ではもう昔みたいに問題になることはほとんどないけど、それでも、もちろんときたまだけど、古い病気がいきなり復活してくることがある。エヴァーツⅡで小児麻痺の感染が広がったみたいに。そうなると昔の技術が見直されるの。

たとえば、この病気はラティー・ウィルス感染症に似てるけど、原株は攻撃が散発的で、時間はかかるけど確実に回復できた。痛みを伴う段階が過ぎるとすぐに施術してたからでしょうね。麻痺の程度もそれほどひどくなかったと思う。でも、数世紀のうちにウィルスは明らかに変異して、毒性が強くなってた。

それでも類似性は否定できない。記録があるわ、ヘルヴァ」セオダの口調に熱がこもり、その熱意で顔が若々しく見えた。「ドマーン＝デラカートの再模倣療法が、ラティー・ウィルス感染症の患者に大きな効果があったの。

まさかと思うでしょうけど」セオダは急に足を止めた。「宇宙感染症の病原体が昔の地球を通過した証拠だってある。銀河系の渦巻きパターンの詳細はわかる？」

「医学と生理学の話に限ってちょうだい、セオダ」ヘルヴァは苦笑した。

セオダはまるで疲労を拭い去り、疲れた脳を刺激して閃《ひらめ》きを得ようとするかのように、両手で顔をこすった。

「子供が一人だけ、証拠が一つだけあればいいの」

「時間はどれくらいかかる？　子供の年齢はいくつが最適？　まぶたが動かせる、あのかわいそうな女性じゃないのはどうして？」

「延髄は生誕時にはもう反射運動を処理できる。十五週になると中脳が機能しはじめ、子供は両手と膝で這うようになる。六十週までには大脳皮質《ひしつ》が働きはじめ、歩行、会話、視覚、聴覚、触覚、手の動きが制御できるようになる」

「一歳では早すぎて……まだ意味のある言葉はしゃべれないわけね」ヘルヴァはそうつぶやいて、自分のはじめての誕生日を難なく思い出した。当時彼女はもう〝歩行〟も〝会話〟もできていた。

「最適なのは五歳だ」別の声が聞こえた。オンロが加熱容器を片手に調理室に立っているのを見て、セオダが息を呑んだ。「それが息子の年齢だからだ。わたしは医療士官オンロ。きみを招聘《しょうへい》したのはわたしだ、物理療法士セオダ。きみは決して諦めないと聞いたから」まだ毛布の折り目の跡がついた顔がきびしく引き締まった。「息子がふたたび歩いて、しゃべって、笑えるようになるまで、わたしは諦めない。もう息子しか残されていないんだ。楽しい休暇を過ごすはずが、こんなことになるとは」オンロは苦しげに笑い、湯気の立つコーヒーを口に運んだ。

「ファン・ゴッホの人なの?」セオダが尋ねる。

「たまたまね。わたしは免疫があった」

「わたしの話を聞いてた? 賛成するの?」

「聞いていた。賛成も反対もない。わずかでも可能性があるなら何でもやってみるつもりだ。きみの考えは合理的だし、コンピュータもきみの治療法に肯定的だ——息子を連れてくる」

彼は踵を返し、エアロックの前でヘルヴァに向かって拳を振った。「一服盛ったな、銀メッキの魔女め」

「不正確な分析だけど、その侮辱は甘んじて受けるわ」ヘルヴァの声とともに彼はエアロック内に消え、顔をしかめてリフトで下降していった。

セオダは興奮の面持《おももち》ちで閲覧機を手に取り、これからやることになる施術の記録を慎重に復習した。

「ステロイドが使われてたんだけど、手持ちはある?」

「報告に薬剤の記載はなかったわ」と、ヘルヴァ。「でも、オンロに言えば病院の合成機で何でも用意できると思う。彼は上級医療士官だから」

「ええ、そうね、助かる」セオダはふたたび過度の集中状態に入った。「どうしてここでステロイドを……ああ、なるほど、集成体がまだなかったのね?」

ヘルヴァは魅せられたように、セオダが記録を精査し、巻き戻しては再チェックし、ノートを取り、独り言をつぶやくのを眺めた。

セオダが四回めのノートの見返しを終えたとき、ヘルヴァは命令口調で、何か食べるようにと言った。セオダがシチューを食べ終えたところに、オンロがぐったりした赤毛の子供を抱いて戻ってきた。オンロの粗野な顔はこわばっていて、子供をそっと寝台に寝かせるときも、ほとんど硬直したように無表情だった。ヘルヴァはたいていの患者に共通する特徴である、なかば閉じた目に気づいた。まるでまぶたが重すぎて開けられないかのようだ。

セオダが寝台の横にひざまずき、自分の目と同じ高さになるよう、少年の顔を横に向けさせた。

「声が聞こえてるのはわかってる。これからあなたの身体を動かして、できていたことを身体に思い出させるからね。すぐにまた太陽の下で駆けまわれるようになる」

彼女はオンロの搾り出すような抗議の声を無視して少年の床の上で腹這いにさせ、片腕と片脚をつかんだ。オンロにも同じことをするよう合図する。

「あなたがまだ赤ちゃんで、はじめて這い這いしようとしてたころに戻すわね。ヘビみたいに腹這いで前進するのよ」

忍耐強く淡々と、彼女は指示を出しつづけた。ヘルヴァが十五分の施術時間を計測し、そのあと一時間休憩して、同じ施術を繰り返す。さらに一時間が経過し、セオダは忍耐強く、少年の身体に歩く動きを模倣させた。直立させて身体を支え、左腕と右脚、右腕と左脚を交互に動かし、一時間休憩してから、また歩く動きを練習する。そのあとふたたび腹這いになって、それが何度も何度も繰り返された。施術する二人は眠れるときに仮眠を取った。ヘルヴァはひそかにハッチを閉鎖し、キャビンに音声を伝えるリレー回路を切り、セオダかオンロを出せという病院からのしつこい連絡を無視した。二十四時間後、セオダは二つのパターンを交互に繰り返しながら、弛緩した肉体に基本的な筋肉運動を加えていった。四肢を動かし、少年の手足の指先に至るまで辛抱強く、さまざまな角度や形を取らせていく。

二十七時間が過ぎると、オンロはそれまでの疲れと心労と失われ行く希望から、激しく揺すっても起きないくらい深く眠り込んだ。セオダは白髪が増えたように見えたが、それでも集中的な再模倣療法を、開始したときと変わらない熱意で続けていた。あらゆる動きを慎重に繰り返させている。

ヘルヴァは外の群衆を無視し、要求にも、脅《おど》しにも、懇願にも耳を貸さなかった。

「セオダ」三十時間後、ヘルヴァがそっと声をかけた。「頸部の筋肉が歪《ゆが》みがちなことに気がついてる？」

「ええ。この子は前に気管切開術まで受けてる。ここに手術痕があるでしょ」彼女は薄い傷痕を指さした。「施術を始めたときよりまぶたが上がるようにもなってる。この子はわたしたちが助けようとしてることがわかってるの。ほら、目が開いた……ほんの少しだけど、それで充分。わたしは正しかった！　正しかったの！」

「あまり時間がないわ」と、ヘルヴァ。「アンニゴーニ当局が中央に船の出動を要請して、それが半時間もすればわたしの横に着陸する。ハッチを開くか、船が損傷する危険を冒すしかないけど、わたしは後者が選べないように条件づけられてる」

セオダが驚いて顔を上げた。

「どういうこと？」

「スクリーンを見て」ヘルヴァは操縦席の制御パネルに映像を出力し、船のまわりに集まった人や車輛《しゃりょう》が見えるようにした。「だんだんしつこくなってきてる」

「知らなかった」

「静かな環境が必要だと思ったから、せめてそれくらいはね。ただ、外から見る限り、上級医療士官とその息子と訪問中の技術顧問がわたしの中に幽閉されてるわけ。つまり彼らは疑ってるの……わたしが〝はぐれ〟になったんじゃないかと」

「でも、治療中だってことは伝えてあるはず……」

「もちろん」

「何てばかげた……」

「施術の時間よ。今は一分でも惜しい」

「まず何か食べさせないと」

セオダは細い血管に濃縮栄養液を慎重に送り込み、液の注入でふくらんだ皮膚を撫でて平らにした。

「いい子みたいね、ヘルヴァ、顔つきから見て」

「そばかすだらけのやんちゃ坊主でしょ」ヘルヴァが鼻を鳴らす。

「そういう子ほど、内心は優しいのよ」セオダは譲らなかった。

ヘルヴァはまぶたが下がって下まぶたに触れ、また上がったのに気づいた。やはりセオダではなく、自分が正しいのだと思う。赤毛でそばかすの子が優しいだなんて！　模倣を補助する辛抱強い施術が再開された。と、どすんと大きな音がして、セオダを驚かせた。床の上で寝ている医療士官の身体が揺れる。片目で外の様子を見ていたヘルヴァはこの衝撃を予想していた。オンロは文句を言いながら起き上がったが、最初は状況がよく呑み込めないようだった。

「何事だ？」そこに二度めの衝撃がある。

「いったい何だ？　誰が叩いてる？」

「惑星の住民の半数くらいよ」ヘルヴァが平然と言い、外部の映像と音声を中継した。耳を聾《ろう》する騒音に、すぐに音声をカットする。

「了解、了解」と、外の群衆に向かって言う。増幅された声は怒りの咆哮《ほうこう》を易々と圧《あっ》した。

「乗船許可を求めます、XH－834」誰かが下で叫んでいる。ヘルヴァはすなおにリフトを作動させ、エアロックを開いた。オンロがハッチの手前まで出ていき、身を乗り出して叫んだ。

「いったい何の騒ぎだ？　さっさと帰れ。良識ってものがないのか？　どういうつもりだ？　このあたりじゃ、ゆっくり眠ることもできないのか？　この騒々しい惑星で唯一静かな場所だというのに」

リフトが彼の前まで上昇してきた。中央の船の〈筋肉〉と、セオダに同行していた尊大な病院職員が乗っている。

「医療士官オンロ、あなたの身を案じていました。とりわけ、息子さんがベッドからいなくなっているのが発見されたので」

「カリフ事務長、つまり女性療法士がわたしと息子を誘拐し、人質に取って〝はぐれ〟船に立て籠もったと思ったのか？　ロマンティストばかりだな。おい、何をしてるんだ……若造」〈筋肉〉がヘルヴァの中央柱の保安パネルに近づくのを見咎めて声をかける。

「中央管理局からの命令です」

「集束ビーム通信機に火を入れて、よけいなことはするなと中央管理局に伝えておけ。ヘルヴァがここで平穏と静寂を保ってくれてなかったら、どうなっていたかわからない」

彼がつかつかとキャビンに戻ると、息子はまたしても床に腹這いになり、セオダが入念にドマーン＝デラカート療法を施していた。

「これで何人救えるかはわからないが、効果はある。若いの、きみは中央管理局に報告しろ。〝地獄に落ちろ〟とわたしの代わりに伝えたあと、セオダに然《しか》るべき権限を与えて人員を徴用できるようにさせるんだ。彼女のリハビリテーション・プログラムを実行するため……必要なら……この惑星の全人口を動員できるようにな」

息子のそばに膝をつく。

「よし、坊や、這い這いしてごらん」

「ちょっと、その子が隙間風のせいで風邪を……」事務長が叫ぶ。

船の足元で一人の女性がリフトを下ろすよう呼びかけていたが、ヘルヴァは子供の顔に汗の玉が浮かぶのを見て、その要求を無視した。筋肉はぴくりとも動かない。

「頑張れ、息子よ、頑張れ！」オンロが声援を送った。

「心は身体が動いていたときのことを覚えているの。右腕を前に、左膝を上げて」セオダの口調は感じているはずの緊張を微塵《みじん》も悟らせない落ち着きと優しさに満ちていた。

ヘルヴァには少年の喉の筋肉が痙攣《けいれん》するように動くのがわかったものの、見ている者たちがもっと劇的な動きを期待しているのは間違いない。

「さあ、おいで、ママのちっちゃくてかわいいそばかすちゃん」ヘルヴァはわざと苛立たしい、侮辱的な声を出した。

むっとした者たちが振り向いて文句を言う前に、少年の肘が確かに数センチ床の上を動き、セオダの支える左膝がわずかに曲がって後方に滑り、喉が大きく動いてしわがれ声が口から漏れた。オンロは言葉にならない喜びの声を上げて息子を抱きしめた。

「見ろ、見ろ、セオダは正しかった」

「子供が自発的に動いたのは確かです、ええ」カリフも認めざるを得ない。「ですが、一例だけでは……」と、納得できない様子で両手を広げる。

「一例で充分だ。たくさん試している時間はない」と、オンロ。「外の連中に伝えてくる。働いてくれるだろう」

彼は息子をエアロックに運んで、何があったかを大声で説明した。盛大な拍手喝采が湧き上がる。船の下にいる小集団が、リフトの下降を懇願していた女性をしきりに指さした。「聞こえない」と、オンロ。多くの人々が口々に同じことを伝えようとしているのだ。ヘルヴァがリフトを下ろすと、その女性が上がってきた。オンロに近づきながら、大声で伝言を伝える。

「乳児病棟では療法士セオダの提案どおり施術をおこない、子供たちの状態はすでにいくらか改善しています。ただ、大きな効果は見られないので、何が悪かったのか知りたいんです。四人の赤ちゃんはもう泣くこともできます」彼女はそう言いながら船内に入り、ぐったりとドア枠にもたれかかっているセオダに駆け寄った。「また赤ちゃんの泣き声を聞いて幸せな気分になれるなんて、思ってもいませんでした。ただ、泣いている子もいれば、ひどい声しか出ない子もいます。おむつを替えるとき手を振ってくれた女の子もいるんです。ああ、あなたの言うとおりにしたおかげです」

セオダは勝ち誇った視線をカリフに向け、彼は肩をすくめてそれを受け入れ、うなずいた。「さて、カリフ」オンロが息子を腕に抱いてリフトに近づきながら元気よく言う。「これからこの療法を大々的にやるわけだが、きみの多忙な惑星の全員を徴用する必要はない。アヴァロンの青年団を呼んでくればいいだろう。彼らなら頼りになる」

「信じてくれてありがとう」セオダが乳児病棟の看護師に言った。

「赤ちゃんの中にわたしの妹の子もいるんです」声は低く、目には涙が浮かんでいる。「町で唯一の生存者でした」

リフトがふたたび上昇してきて、〈筋肉〉と看護師が乗り込んだ。セオダが荷物をまとめはじめる。

「難しいのはここからよ、ヘルヴァ。この先は登り坂になる。忍耐強く励まして、指導していかなくちゃならない。オンロの息子も、罹患《りかん》前の状態を取りもどすには長期間の施術が必要でしょう」

「でも、少なくとも希望はある」

「生きてさえいれば希望はあるわ」

「あなたも息子さんを？」

「ええ、それに娘と夫も。家族全員だった。免疫があったのはわたしだけ」セオダの表情が歪んだ。「訓練を受けていても、長年の経験があっても、家族を救えなかった」

セオダは苦しい記憶を前に目を閉じた。

ヘルヴァも視界を暗くし、精神的に大きく息を吸い込んだ。自分自身の無力さに向けた抗議の声がセオダの言葉と重なって響いた。死の間際、ジェナンが彼女のほうを向いていたというつらい記憶が甦《よみがえ》る。

「人はどうして感情に整理をつけられるのかしら」セオダが弱々しくつぶやいた。「そうしないと生きていけないのかもしれない。価値を見直すことで、正気と自分自身を保っているんでしょうね。職務をしっかり学んで、愛する誰かが自分の能力不足で死ぬことが二度となくなるなら、無知のせいで家族を見殺しにするしかなかったことも許されるような気がすを感じた。

る」

「あなたに宇宙感染症を退《しりぞ》けることができたの？」

「ああ、それはできなかったでしょうね。それでも自分が許せない」

ヘルヴァはセオダの言葉を胸に刻み込み、その意味が痛みを癒す軟膏《なんこう》のように染み込むのを感じた。

「ありがとう、セオダ」ようやくそう言って彼女に視線を向け、「なぜ泣いているの？」と、驚いて尋ねた。寝台の端に座ったセオダの目から、とめどなく涙が流れている。

「あなたのためよ。だって、あなたは泣けないでしょう？　ジェナンを失ったのに、当局は休息の機会さえ与えなかった。ただわたしをここに運ぶよう命令して……」

ヘルヴァはセオダを見つめながら、さまざまな感情に引き裂かれていた。ジェナンのことを嘆く心情を他人が理解してくれたことが信じられない。セオダは自分自身の勝利の瞬間に、ヘルヴァの悲嘆を思いやったのだ。嘆きの固い結び目が緩むのを感じ、突然、自分自身が憐れみの対象であることに驚きを覚える。

「全能の神にかけて、ヘルヴァ、目を覚ませ」オンロが地上から叫んでいるのに気づいて、ヘルヴァは急いでリフトを下ろした。

「いったい何を泣いているんだ？　いや、答えなくていい」キャビンに入ってきた彼はセオダの弱々しい手から雑嚢を奪い取ると、そのままの勢いで調理室に向かった。「気持ちはわかるが、今は惑星全土がきみの指示を待っていて……」そう言いながら、ありったけのコーヒー容器を雑嚢やポケットに詰め込んでいく。「施術方法を教え終えたらいくらでも泣いていい。約束だ」彼女の手を取り、コーヒー容器を山のように押しつける。「そのときは肩を貸してやろう」

「彼女にはわたしがいつでも肩を貸すわ」ヘルヴァがやや落ち着かなげに言う。

オンロは足を止め、じっとヘルヴァを見つめた。

「むちゃを言うな。きみには肩がないだろう」と、苛立ったように言う。

「むちゃでも何でもないわ」セオダが気丈に言う。オンロは彼女をハッチのほうに押しやった。

「さあ、セオダ、行くぞ」

「ありがとう、親友」セオダがヘルヴァのほうを向いてつぶやいた。そのあと向きを変え、オンロに言ってリフトを下ろさせる。

「いいえ、セオダ、感謝するのはわたしのほう」ヘルヴァがハッチの下に見えなくなるセオダの頭に向かって言った。静かに、独り言のように付け加える。「涙を流す必要があったの」

地上車が病院複合施設に戻っていくのを見ていると、セオダが窓から手を振っているのがわかった。ヘルヴァが言葉にできなかったこともちゃんと理解しているようだ。病院に通じる道路の土埃が収まると、彼女はレグルス基地に任務完了の旨《むね》と、帰還の予定を伝えた。

ヘルヴァは百時間の弔意という苦い灰の中から甦った不死鳥のように、燃料の燃えるまばゆい炎の尾を引きながら、星々と癒しに向かって上昇していった。

船は殺した

外殻に収まったヘルヴァの肉体の調整されたシナプスのすべてが、中央諸世界の独裁体制に対する無条件の嫌悪に震えていた。

「急いで、もっと急いで」彼女は姉妹船のSI-822に船同士の私的通信帯域で、無力な反抗のうめきを上げた。中央司令部にさえ盗聴はできない。

セルド／イルサは共感できないというように鼻を鳴らした。「あなたは調停局にいるわたしなんかよりずっと重要な任務に就いてる。こっちは何週間も何週間も、どの惑星の危機がいちばん重大か、彼らが決定するのをひたすら待ちつづけるのよ。現場に着くころには危機は頂点に達してて、処理しなくちゃならない混乱はとてつもなく膨れ上がってる」

「調停局が決定を先延ばししなかったことがある？」ヘルヴァはきびしく言い返した。「どうしてジェナンとわたしが……」彼の名前を口にできたことに驚いて、彼女は言葉を切った。

イルサはその隙をとらえて不満をつぶやきつづけた。ヘルヴァが茫然《ぼうぜん》となって黙り込んだことにも気づいていない。

「訓練のときもっと詳しく説明すべきでしょ。今までに出会った状況なんて、どれも習ってないものばかりだった！　理論、手続き、技法、習ったのはそんなものでしかない。実践的な提案なんて一つもなかった。ゴミよ、ゴミ。くだらないゴミばっかり。彼らが必要としてるのは頭脳船じゃなく、コンピュータなの！」イルサはわめき散らした。「愚かで分別のない、無感情なコンピュータなのよ」

ヘルヴァはその文句の欠陥に気づいたが、黙っていた。彼女とイルサは同期生で、過去の経験から、相手の性格はよくわかっていた。

「ちょっと小耳にはさんだんだけど」イルサが秘密めかして言う。「あなたの任務、病院付属のあの青いブロックのビルに関係があるそうね」

ヘルヴァは右の尾翼近くのスキャナーを調整してその長方形のビルを眺めたが、内部にあるものを示すような特徴は見当たらなかった。

「わたしがいつここを離れることになるか、何か聞いてる？」と、期待を込めてイルサに尋ねる。

「話はここまで。セルドが戻ってきたわ。またいずれ」

ヘルヴァはイルサのパートナーの〈筋肉〉がエアロックに入り、SI‐822がレグルス中央基地から離陸するのを眺めた。いっしょにレヴィティカスⅣに降りていたとき、セルドはヘルヴァの船内でジェナンと合唱したことがあった。なかなかいいバスの声の持ち主だったのを覚えている。彼女は一瞬、嫉妬を感じた。目的のよくわからない病院の別棟に視線を戻し、どんな緊急事態が起きたのだろうと考える。自分はこのまま、退役するまでXHのままなのだろうか？

着陸しているのは広大なレグルス基地のはずれ、共同墓地からいちばん離れたあたりだ。

ジェナンのことは諦めがついていたし、セオダの癒しの涙もあったけれど、彼の墓の近くで悲しみの傷口にさらに塩を塗り込む気にはなれない。たぶん一世紀もすれば……結局、レグルスで待機するのは苦痛だった。SI-822がいなくなった今、苦しみを長すぎる待機への怒りに転じることもできない。

「KH-834、女性の新〈筋肉〉が辞令リールを持ってそちらに向かっている」中央司令部から報告があった。

ヘルヴァはメッセージの受信確認を送信し、興奮が高まるのを感じた。Xではない船体コードで呼ばれてほっとするあまり、〈筋肉〉が女性だということも気にならなかったくらいだ。ジェナンの死で感情が麻痺したようになっていただけに、ふたたび情動を感じられた安堵感もあった。アンニゴーニでの体験が彼女の無気力を打ち破っていた。

巨大な司令部・兵舎複合施設のほうから地上車が一台、滑るように接近してきて、ヘルヴァの足元で停止した。ヘルヴァはすぐさまリフトを下ろし、小柄な人影が三つのバッグをリフトの床に置くのを見つめた。

〝K〟はしばらく滞在するつもりらしい。リフトが上昇し、新〈筋肉〉がエアロックの枠の中に、明るいレグルスの空を背景にしてあらわれた。

「カノープスのキラ、XH-834への乗船許可を求めます」若い女はそう言うと、その奥にヘルヴァがいるチタン製パネルに向かって敬礼した。

「許可します。ようこそ、カノープスのキラ」

女は布製のバッグを無造作に船内に蹴り込んだ。あとの二つの荷物は注意深く操縦席に運んでいく。その一つは奇妙な形をしていて、ヘルヴァは一瞬考えたあと、それがギターと呼ばれる古代の楽器であることを確認した。

「当然、音楽好きの人間を送り込んでくるわよね」ヘルヴァはそう思った。ジェナンとのいちばん大切な思い出に土足で踏み込まれたようで、そのことを喜ぶべきかどうか、まったくわからない。ヘルヴァはこの場にふさわしくないそんな思いを容赦なく抑え込んだ。実働人員は音楽好きが多数派だ。芸術の無限の可能性が移動時間の無聊《ぶりよう》を慰めてくれるから。

キラがもう一つの小型バッグを開き、ヘルヴァはこっそり中を覗いた。薬瓶《くすりびん》など、医療器具でいっぱいだ。キラは手早く中身を確認してバッグを閉じ、激しい加速にも耐えられるよう、寝台のうしろの棚にしっかりと固定した。

キラは体型も性格も性別も、ジェナンとは正反対だった。粗探ししたい気分になっていたヘルヴァは、どこまで意図的にやっているのだろうと勘ぐった。とはいえ、それは中央司令部がヘルヴァの想定以上に感受性が高いことを示唆していた。心中ひそかに、彼らはコンピユータの言いなりだと思っていたのだが。

カノープスのキラは服を着ていてさえ四十キロもなさそうだった。細面《ほそおもて》で、頬骨も目立たず、〈筋肉〉に選抜されたのが不思議なくらい繊細に見える。髪は濃いブラウン、それがいくつもの細い三つ編みに編まれて、卵形の顔を取り巻いている。左右に離れたアーモンド形の目は澄んだ冷たい、濃い緑色をしていて、睫毛《まつげ》が濃い。細い指は先に向かってさらに細くなり、いかにも上品だった。小さな足も同様で、重い船内ブーツを履いていても不思議と上品に感じる。身のこなしはすばやく確実で、快活な印象だった。抑えきれないエネルギーに満ちていて、好奇心の強さを思わせる。

キラがメイン・キャビンに戻ってきた。セオダのゆったりした動きに慣れていたヘルヴァは慌ててその動きに合わせた。

キラが指令リールを操縦装置のスロットに押し込み、ロックした。コードが音声展開されると、ヘルヴァは驚きの声を上げた。

「三十万人の乳児？」

キラの陽気な笑い声はスタッカートのアルペジオだった。

「〝コウノトリ作戦〟だそうだよ」

「あなたは一時的なパートナー？」ヘルヴァは声に苛立ちがにじまないよう、気をつけて尋ねた。キラには彼女を惹きつける何かがあった。

キラが歪んだ微笑を浮かべる。「この作戦には少し時間がかかる。集め終わってるのはまだ三万人だけ。この時代でも、赤ちゃんを作るには時間がかかるからね」

「船にそんな設備は……」託児所扱いされるのは業腹《ごうはら》だったが、〝積み荷〟の状態の説明が始まると、彼女は思わず途中で言葉を切った。「リボン状の乳児？」

あらかじめ任務の説明を受けていたキラは憤慨したヘルヴァの反応を見て笑い声を上げた。

説明は淡々と続き、ヘルヴァは船内の広くもない貨物区画に運び込まれることになる、何キロメートルにも及ぶプラスティック・チューブと、液体の入ったタンクの重要性を理解した。

うしかい座β《ベータ》星、ネッカル星系で予期しない放射線フレアが発生し、新たに入植した惑星の全住民が生殖能力を失い、異常停電によって胎児バンクの胎児も全滅してしまった。ＫＨ－８３４の任務は、緊急の呼びかけに応じたいくつかの惑星からネッカル星系に胎児を急送することだった。

宇宙航行のごく初期、まだ人類が火星も、木星の衛星の地表も歩いていなかったころ、遺伝学は長足の進歩を見せた。初期段階の人間の胎児を別の子宮に移し、血縁関係のない代理母がその子を子宮内で育てて出産できるようになったのだ。人類の繁殖における次の大きな一歩は、男性の精子を人工的に女性の卵子と結合させることだった。受精は成功し、胎児は正常に発達を遂げ、生まれた子供は普通に育って、バランスの取れた成人になった。

危険な職業に就いた者、あるいは非常に優れた知性や肉体に恵まれた者は、のちに種族保存協会《RCA》として知られるようになる組織に精子や卵子を提供することが求められた。

文明が新しい、危険な世界に拡大するようになると、若い男女が自分たちの精子や卵子をＲＣＡに託すのが慣例となった。胎児を遺伝学的に分類して集中的に育成するのは理に適《かな》っている。こうして、ある民族集団の一世代が大きく欠落したような場合など、適切な胎児を補充してバランスを取ることが可能になった。

個人の利用では、若くして夫に先立たれた妻が、ＲＣＡに保管された夫の精子で子供を作る例があった。家名や事業の継続のため、特定の遺伝的特徴を持った息子を望む男性からの申請もある。当然ながら、ばかげた目的でＲＣＡを利用する者もいた。著名な宇宙探検家や芸術家を崇拝する女性は、相手が承諾すれば、その精子の提供をＲＣＡに請求できる。とはいえ、自然妊娠が例外になったわけではなく、主流はあくまでも従来どおりの妊娠だった。ヘルヴァ自身も両親から自然妊娠で生まれている。

ＲＣＡの基本的な役割は、ネッカル星系で起きたような緊急事態に備えた精子と卵子の保管所だった。個人の力で種族を繁栄させることはできない。地球にあるＲＣＡ本部に連絡が行き、ネッカル人に似た遺伝子タイプの受精卵三十万個の準備と搬送が要請された。ＲＣＡは手元にあった三万個を用意し、中央諸世界じゅうの主要ＲＣＡ保管所に協力を要請、ＫＨ－８３４が回収してネッカルに搬送することになった。

説明が終わり、ヘルヴァに再生の一時停止を求める無音の合図があった。彼女は一瞬の間のあと、任務の情報は得られたが、新たなパートナーの情報が何もなかったことに気づいた。いくら一時的な任務でも、それなりの期間はいっしょにいることになる。キラと効率的に連携を取るためにも基本的な経歴情報は不可欠だというのに。ヘルヴァはすなおにリールの再生を止め、あとで聞きなおせるよう内容を記録した。今回の任務にはいろいろと普通ではない要素があるようだ。中央諸世界は自身の存続のため、謎めいた動きを見せることがある。

「それにしても」ヘルヴァが短い沈黙を破った。「まさかこの歳で母親になるとはね。中央諸世界が配下に求めるものを過小評価してたわ」

空気を和らげようとしただけの軽口にキラは激しく反応し、ヘルヴァはこのパートナーがどんな星の下に生まれたのだろうと思った。

「任務に取りかかる前に、これであたしのことを知っておいて」キラがそれまでの快活さが消え失せた、死んだような声で言った。

保存キーを叩いて任務内容を船のファイルにコピーし、別のリールを挿入して、いささか乱暴にスイッチを入れる。音声が流れるあいだ、彼女はまるで耳が聞こえないか、自身の経歴が受け入れられないかのように、背筋を伸ばしてじっと座っていた。

カノープスのキラ・ファレルノヴァ・ミルスキィは〈筋肉〉の訓練を一年だけ残してすべて修了していた。十世代にわたって実働人員を輩出してきた、中央諸世界の実働部門で顕著な——一度は圧倒的な——キャリアを誇る家系の出だ。結婚休暇で訓練校を離れたが、休暇は二年後に夫の死で幕を閉じた。その後は長期の入院と治療が続き、その間にキラは医療訓練を要望して受け入れられ、〈筋肉〉訓練には復帰しなかった。今回の一時的配属は上層部からの要請によるものだ。彼女の経歴がこの緊急事態に完璧に適合していたせいだった。

続いて感情面と精神面と教育に関する個人データが羅列された。そこから見えてくるのは、ヘルヴァの予想どおり、カノープスのキラ・ミルスキィは、本人が半分でもその気になりさえすれば、傑出した〈筋肉〉になれるということだった。と、まだ続きがあることを示唆するように、音声が突然途絶えた。その唐突な終わり方は陳腐な評価や推奨の言葉よりもはるかに雄弁に、そのあとの部分が消去されたことを告げていた。たぶん指令リールのいちばん最後に移動させたのだろう。中央諸世界にはいろいろと狡猾《こうかつ》な面があり、この明らかな削除もその一つだと思えた。当然、キラもそれを感じ取ったに違いない。今聞いた彼女の経歴には多くの欠落がある。〈筋肉〉訓練生の経歴であることを考えれば、それは明らかだった。ヘルヴァの心はさまざまな可能性を考慮して踊りまわり、あの無音の一時停止の合図さえなければと、精神的に歯噛みした。何とも居心地が悪い。新たなパートナーは覚悟を決めたように身をこわばらせている。中央によって、事前に彼女への偏見を植えつけられているのだ。ヘルヴァは歯の隙間から息を吐き出すような不作法な音を立て、キラが驚いた反応を見せたのでほっとした。

「あいつら、何を考えてるんだろう?」と、侮蔑的につぶやく。「まともなリールとは言えないわ。たわ言の半分は入れ忘れてる。しいっ!」ふたたび歯の隙間から息を吐き出す音を立てる。「でもまあ、わたしたちならうまくやれる。まさにそのたわ言の半分を入れ忘れてくれたおかげで。任務自体が一時的なものだしね」

キラは何も言わなかったが、不快な目に遭うのを予期していたかのような身体のこわばりは消えていた。ごくりと唾を呑み、神経質に唇を舐《な》める。まだ自分の立場に不安があるようで、いつ不愉快なことが起きるかと神経を尖《とが》らせているのが見て取れた。

「じゃあ、積み荷を運び込んで、揺りかご船にお色直ししましょう」

キラはぎくしゃくと立ち上がり、ヘルヴァの柱に向かってどうにか笑みを見せた。「喜んで。船艙《せんそう》に資材は届いてるかい?」

『長く長く編んだレースの布に／タンデム自転車を乗せて』ヘルヴァが古い早口歌を引用して答える。何としても双方に居心地のいい関係を作る決意だった。

キラの笑みの緊張した感じが薄れ、動作も滑らかになった。

「うん、そんな感じかも」と、キラ。

「もちろん、タンデム自転車って見たことがないけど……」

「紫の雌牛も？」キラが少女のような笑い声を上げた。

「んん、紫の雌牛って、わが〈筋肉〉、今の任務を考えると適切すぎる比喩じゃないかな」

ヘルヴァがキラの笑い声に感じた棘《とげ》を無視して応じる。「中央がわたしにぴったりだと考えた貨物室に、三十万台の機械式乳首が入ると思ってるなんて言わないでよ」

「まさか」と、キラ。「あたしたちの最初の割り当ては十万だけさ。レグルスからネッカルに向かいながらあちこちで寄付されたものを拾って、受精卵を子宮に移植するか、別容器に移すかしなくちゃならない四週間の期限内に、必要な数がそろうまで銀河系内《ホイール》を回りつづけることになるね」

それはヘルヴァもリールの情報で知っていた。「三十万人というのは、これから発展するはずの人口百万人の惑星にとって、そう大した数ではなさそうだけど」

「親愛なるＫＨ‐８３４」キラは響きを堪能するように船名を口にした。「〝一時的〟って言葉は、われらが愛すべき中央が使うときはとくに、まるでゴムみたいに、いくらでも延びるんだ。ほかにも年代別の人口が偏らないよう、社会保障の進んでない世界から孤児を集めて、輸送船で運ぶチームもある。もう生まれた子供はあたしたちには関係ないけどね」

「天に栄光あれ！」ヘルヴァが小声でつぶやく。彼女には活発な子供たちを多数収容するほどのスペースがなかったし、ラヴェル星系でのこともあって、まだそんな気にはなれなかった。

キラが肩越しにヘルヴァに微笑《ほほえ》み、病院に搬送を要請した。

「ポンプを作動させてくれるかい？」キラがそう言ったとき、ヘルヴァはちょうどその作業を始めたところだった。

受精卵を収めた小袋が詰まった何キロメートルものプラスティック・チューブに、胎児の成長に必要な栄養液と羊水《ようすい》が供給された。

微小な生体細胞を収めた小袋が連なったリボンに宇宙航行をさせるには、一惑星の最重要人物に大がかりな外科手術を施すような慎重さが必要だった。すべての小袋に栄養液を吸い込む吸入部と、老廃物を捨てるための排出弁がなくてはならない。リボンは一メートルごとに検査して、正しく接続されていることを確認した。宇宙航行という苛酷な状況に対して、リボンと栄養液とチューブが本物の子宮以上に強力な緩衝材になる。KH‐834が四週間以内にネッカルまでの旅を終えられれば、三万個の受精卵はすべて生き延びるだろう。

キラがこの任務に真剣に取り組んでいるのは明らかだったが、その態度はプロフェッショナルでありながらも、どこか隔意を感じさせた。だから中央は保険として母性本能に頼ることにしたのかもしれない。ヘルヴァは下垂体を操作された外殻人である自分がこの挑戦に気高く立ち向かおうとしていることを、内心おもしろく感じた。キラはまだ若く、いずれは母になるかもしれないが、今のところまったく無関心そうだ。ただ、ヘルヴァが小さな乗客たちに感じる親近感は、基本的に外殻人の反応だった。結局、彼らも彼女と同じように殻の中に収まっているのだ。違うのは、彼らはいずれその科学的な殻を破り、外界に生まれ出るという点だった。ヘルヴァはそうはならないし、なりたくもない。それでも彼女は小さな乗客たちに普通以上の庇護《ひご》欲を覚えた。キラの精神はこの状況に反応していないらしく、ヘルヴァにはそれが不思議だった。

キラの冷淡な反応の原因を探ろうとしたが、うまくいかない。貴重な積み荷の搬入と設置を終えた技師たちは引き上げていき、ヘルヴァは離陸の準備に追われた。

自分で自分の面倒を見られる乗員がいるのはありがたかった。セオダが心理的に重荷だったというわけではないが、キラは手順を理解していて、ヘルヴァが彼女のことを気にかける必要がない。離陸時の推力は最小限に絞った。全力で離陸しても三重に防護された受精卵が傷つくことはないだろうが、無用な危険は冒したくない。ネッカル星系まで行く時間はたっぷりとあった。

最初の目的地は惑星タリサだ。未来のネッカル市民四万人分の受精卵が準備されている。

離陸後、キラは〝託児所〟の回路を慎重にチェックし、結果をヘルヴァの遠隔モニターで共有して、レグルスを離れてタリサに向かうと司令部に報告した。

手続きが終わると、キラは座ったまま操縦席をゆっくり回転させた。華奢《きゃしゃ》な身体がシートのパッドに埋もれて、責任の人きさのわりに、いかにも若く頼りなく見える。

「飲食料庫は充分補充してあるわ」と、ヘルヴァ。

キラは大きく伸びをして肩を回し、背中の筋肉をほぐした。強く首を振ると髪留めが散乱し、巻きつけてあった三つ編みがほどける。ヘルヴァは魅せられたようにそれを見つめた。女性宙航士《ちゅうこうし》の髪は肩までの長さが定番だ。キラの三つ編みは先端が床をかすめていた。成熟した雰囲気を髪型が裏切っている。キラは昔のお伽噺《ときばなし》の怪物の原型になった生き物のように操縦席から立ち上がり、デッキを横切って調理室に向かった。

「もしかして、コンピュータにも計算できない確率で、〝コーヒー〟と呼ばれる飲み物を備蓄したりしてない？」キラがもの欲しそうに尋ねる。

ヘルヴァはオンロを思い出してくすりと笑った。彼らの職業にとって普遍的な必需品らしい。

「通常のこの種の船の三倍が備蓄してあるわ」

「おお」キラはわざとらしく至福の表情を浮かべて天を見上げた。「わかってるじゃないか！　ここまで運んできてくれた船は惑星ドラコニス発の局所輸送船で、一滴の備蓄もなかったんだ。死ぬかと思った」

キラは戸棚を開け、加熱シールをはがし、熱くなった液体から立ちのぼるかぐわしいアロマを深々と吸い込んだ。一口飲んで、熱さに顔をしかめる。彼女は心底ほっとした表情でカウンターに寄りかかった。「あんたとはうまくやれそうだ、ヘルヴァ。間違いない」

ヘルヴァはその軽快な声の中に疲労のざらつきを感じた。どうして乗客は誰も彼も疲労困《こん》憊《ぱい》してるの？　乗ってきてすぐに眠り込んでしまうことが多いのもわたしのせい？　託児所船としては強みかもしれない、とヘルヴァは皮肉っぽく考えた。

「長い一日だったんでしょ、キラ。少し休んだら？　どのみちわたしが起きてるから」

頭脳船が眠らないことを知っているキラは小さく笑った。ちらりと貨物区画のほうに目を向ける。

「そっちにも耳をそばだててるわ」

「コーヒーを飲んだら仮眠する」キラはそう言い、キャビンのドアの前でヘルヴァの柱のほうに向きなおった。

「覗き見するかい？」と、唇を尖らせ、緑の目を輝かせて尋ねる。

「だいじょうぶ」ヘルヴァは威厳たっぷりに答えた。「わたしはとても礼儀正しい船なの、探索員」

「貴殿のような立場の者ならば、つねに礼儀正しくふるまうのが当然であろう」キラの仰々しい口ぶりに、ヘルヴァは彼女が王家の出ではないかと想像した。

キラはつんと頭をそらして自分のキャビンに向かい、揺れる三つ編みに足を取られて室内に倒れ込んだ。ヘルヴァはキラの顔を覗き見たい誘惑に駆られた。

「覗くんじゃないよ！」キラの声は苦笑交じりだった。

ヘルヴァは聴覚を止めるとは約束しておらず、キラがくすくすと笑う声を耳にした。その後間もなく、船内の静寂を破るのは浅くゆっくりした寝息の音だけになった。

ヘルヴァは一時停止を求める合図のあとの部分をファイルから取り出した。内容は短く、謎めいていた。

「探索員ミルスキィはディラン主義活動家であり、中央諸世界の任務を受任するにあたり、その技術の不使用を受け入れていない。そのため、政府関係者への改宗の勧誘および／または中央諸世界への侮辱を禁じる惑星法に抵触するため、以下の星系の惑星で上陸休暇は認められない。ラスアルゲティ（ヘルクレス座α星）、ラスアルハグェ（へびつかい座α星）、およびサビク（へびつかい座η星）。該当する探索員および船はペガスス座の恒星バハム（θ星）およびホマム（ζ星）、またはエリダヌス座の恒星ベード（ο1星）およびケード（ο2星）に属する惑星に接近してはならない。繰り返す、接近してはならない」

　これ以上ないほど明確な規制だが、その背後にある理由は理解できなかった。キラは〝ディラン主義活動家〟とかいうものらしい。聞き覚えはあったし、キラがギターを大切にしていることから、ある種の音楽グループだろうことも予想できる。いずれ会話の中で自然と明らかになるわ、とヘルヴァは思った。

　タリサまでの六日間は、あるときはおてんば娘、あるときは女王様というキラのころころ変わる気分と態度のおかげで、活気に満ちた日々となった。堅苦しいセオダとは異なり、また胸が痛むジェナンとの思い出とは正反対のもので、ヘルヴァとしては歓迎だ。彼女には文字どおり、キラが次に何をするか見当がつかなかった。それでも〝乗客〟をチェックするときのキラは手際よく、丹念に、徹底してプロの仕事ぶりを見せた。
二番めに訪問する惑星ドゥベからは、四万個の受精卵の寄贈を確認する連絡があった。着陸後すぐに搬入する手筈《てはず》だ。キラは予想到着時刻の計算をチェックし、ヘルヴァと同時に同じ結果に到達した。見た目は子供のようだし行動もそうだが、キラの頭脳の働きは鋭く正確だ。

　タリサでの積み込みはキラが細部まで目を光らせていたため、事故を未然に防ぐことができた。仕事を早く終わらせようと焦った作業員が、混み合った貨物室で栄養液のタンクから伸びるチューブにつまずいたのだ。

　キラはすさまじい勢いで罵声を浴びせ、彼の祖先や現在の彼やこれからの出世の可能性を否定し、もしまたこんなことをしたらその場で破滅させると脅しつけた。ヘルヴァが知っている基本言語以外に少なくとも三つの言語を駆使し、ほかにとてつもなく凶悪な響きの言葉も使っている。それでも、やがて癇癪《かんしゃく》が収まると、キラは作業員に背を向け、冷静さを取りもどし、現場責任者に謝罪した。

　タリサを離れると、キラは頭を振って三つ編みを留めているピンを振り落とし、操縦席に座って安堵のため息をついた。

「あの人についてあなたが使った言語のうち三つはわかったけど、ほかのは聞いたことがなかったんだけど」

「昔の地球のロシア語と自由新ハンガリー語を混ぜ合わせたんだ。とても激烈に聞こえるから」と、キラ。「実際にはパプリカシュっていうセルヴィア料理のレシピをまくし立てただけさ。そうは聞こえなかったろう?」そう言って、緑の目を見開いてヘルヴァに大きな笑みを向ける。

「効果もあったわ。あの男、まっ青になってた」

「ソーンは……」キラは何か言いかけてやめ、唇を引き結んだ。その顔に、一瞬、内心の苦悩が垣間《かいま》見《み》えた。「そうだね」と、目を閉じてつぶやく。「お腹が空いたな」子供のように息せききった声だ。「だから」目がぱっと開き、表情がふたたび引き締まる。「パプリカシュを作ることにする! さっきので猛然と、正確なレシピを思い出した」彼女は踊るような足取りでキャビンを横切った。「ロマの年寄りに教えてもらったんだ」ヘルヴァに向かって指を振る。「覗いちゃだめだよ。家族だけの秘密なんだから」

キラは爪先立ちでくるくる回転しながら調理室に向かった。息切れしそうに笑いながら、カウンターをつかんで身体を支える。

「すばらしい香りだと思わない?」その後、できあがった料理をヘルヴァの柱のほうに掲げて尋ねた。「麵と、皮がぱりぱりの厚切りのパンがあるともっといいんだけど。うん!」口いっぱいに頰張《ほおば》って、嬉しそうに食べてからつぶやく。「これは完璧。腕は落ちてない」指を唇に当て、空中に向かって放ち、贅沢な味わいを表現する。「すばらしいね」操縦席の大きなシートの上であぐらをかき、せっせと料理を口に運ぶ。跳ねたシチューをときどき指ですくって舐め取った。

「タンクから栄養を供給されてるのが残念に思えてくる」と、ヘルヴァ。「食事なんていう単純な作業をあなたほど楽しんでる人は見たことがない。カロリーの取り過ぎに悩んでるようにも見えないし」

キラはどうでもよさそうに肩をすくめた。「新陳代謝が優秀で、絶対に体形が変わらない。それがあたし！」快活な声に、わずかに苦いものが感じられた。

急に気分が変化するのは生来の不安定な精神のせいではなく、ひどく傷ついた女性がその痛みを何とか上書きしようとあがく、懸命な自己防衛ではないのかとヘルヴァは疑いはじめた。

クロゼットに慎重に収納されたギター・ケースのことを思い出す。そこにあることをキラがおくびにも出さないまま、今も静かに待ちつづけている。ヘルヴァを最近襲った不幸に配慮してのことなのだろうか――キラは当然、ジェナンの死のことも、834につきまといはじめている伝説のことも知っているはずだ。それとも彼女なりの理由からギターを避けているのか？

キラが食事を終えた。皿は膝の上に置かれている。何かくよくよと考え込んでいる表情で、視線は制御パネル上の一点に釘づけになっていた。

全体的に無気力で、不健康な印象がある。この雰囲気は何とかしなくてはならない。何ということのない会話しかしていないのに、どこかで彼女の敏感すぎる点に触れてしまったらしい。

ヘルヴァは豊富な音楽レパートリーの中からとくに意識せずに選んだ古いアリアを穏やかに歌いはじめた。

「しばし楽《がく》の音《ね》に
汝の悩み　みな癒されよ
痛みは奇蹟《きせき》の如《ごと》く消え失せる（ドライデンの戯曲の一節）」

「あたしの痛みをどう癒すっていうんだ？」キラが叫び、緑の目を大きく見開いて、憎しみに満ちた視線をチタンの柱に向けた。「何がこの痛みを癒してくれるかわかるかい？」中間動作を省略したような激しい動きで、一気に立ち上がる。キラの肉体が怒りのあまり急に膨れ上がったように思え、ヘルヴァは怯《ひる》んだ。「死だよ！　死！」彼女は腕をまっすぐ上に伸ばし、手首を返して、見せつけるようにヘルヴァのほうに向けた。動脈の上に幾筋もの白い線が見えた。

「あんたは」腕を脇に下ろす。「あんたは死ぬチャンスがあった。誰も止めることはできなかった。どうしてやらなかった？　パートナーが死んだあと、どうして生きつづけられたんだ？」その声には鋭い侮蔑が感じられた。

ヘルヴァは大きく息を吸い込み、爆発する恒星ラヴェルの白熱の中に飛び込みたいというじれったい熱望の記憶に抵抗した。

「たとえ死にたいと思っても、それが許されない！　許されないんだ」キラは荒々しく歩きまわりはじめたが、それでも優雅さは失わなかった。「そう、あんたたちは強い条件づけを刻み込まれてるから、それができない。この偉大な社会では何でも許されるけど、望むものが死である場合だけは許されない。この三年間、あたしが一度も一人にされたことがないってわかってる？　今は……」キラの顔は怒りと侮蔑で醜く歪んでいた。「……今はあんたがあたしの監視役。あたしが感情的に不安定だってこっそり報告を受けてることに気がついてないなんて、一瞬も思わないことだね」

「座って」ヘルヴァは冷たい声で言い、任務を指示するリールの秘匿されていた最後の部分を再生した。その内容を知ったキラは操縦席にぐったりと腰を下ろした。顔からはいっさいの表情が消えていた。

「ごめん、ヘルヴァ。本当にごめん」彼女は震える両手を上げて謝罪した。「やっと一人にしてもらえたことが信じられなかったんだ」

「彼らは条件づけがとてもうまいの」ヘルヴァが穏やかな声で言う。「そうなるしかなかった。船や人が嘆きのあまり〝はぐれ〟になるのを放置するわけにはいかないから。ただ、ずっとあなたを一人にしてはいたんだと思う。バハムやホマムやベードやケードみたいな、儀式的自死が認められてる例外的な世界に行かせないようにしてただけで。あなたに自殺を許さないのは、中央諸世界の基本理念が生き長らえること、可能な限りいつでもどこでも繁殖しつづけることだからだと思う。人間の生命を維持するためなら、彼らはどんな極端な手段も厭《いと》わない。わたしがその生きた証拠よ。ＲＣＡは同じ理念の別側面ね。あなたが自殺方法を探すのはこの理念に対する叛逆《はんぎゃく》だから、許すわけにはいかないわけ。ペガスス座やエリダヌス座の惑星にしても、自殺には厳格な条件があって、グロテスクな儀式も定められてる。本当に絶望しきった人にしかできないようにね」

ヘルヴァは苛立たしげにため息をついた。「彼らが喪失の嘆きを和らげる方法を見つけようとするのは当然でしょ。死とは、栄光に満ちた偉大な中央諸世界が唯一治癒させられないものだから」

乱れた髪がヘルヴァの視界からキラの顔を隠している。細い指も動かない。嘆きの淵に沈み込んでいるのだ。突然、ヘルヴァは自己憐憫《れんびん》に浸る相手に底知れない苛立ちを覚えた。確かに彼女も自殺の誘惑に駆られたが、条件づけがそれを思いとどまらせた。暗い宇宙に向かって嘆きの声を上げながらも、セオダとともに惑星アンニゴーニに向かい、生きるという仕事に従事しつづけた。セオダが自身の悲劇を乗り越えてそうしたように。宇宙のあらゆる場所、あらゆる時代に、すべての人々がそうしてきたように。キラの医療アドヴァイザーが彼女は悲しみにのたうっていると認識したのなら、きちんと精神ブロックを……いや、だめだ、キラは〈筋肉〉の訓練を修了しかけていた。そのことを忘れていた。彼女は精神ブロックに抵抗できるから、治療法は強度な条件づけしかない。消去できないなら、抑制するしかなかった。

ヘルヴァは自分の置かれた状況に憤《いきどお》りながら、冷静に〈筋肉〉を見つめた。中央はキラを彼女に割り当てたとき、自分たちが何を求めているのか、確実に理解していたに違いない。それもまた基本理念の一つなのだ。使えるものは何でも使って任務を完遂する、というのが。

「キラ、ディラン主義者って何なの？」

下がっていた頭がさっと上がり、髪のカーテンに隠されていた顔が見える。探索員は瞬《まばた》きし、振り向いてヘルヴァの中央制御柱を見つめた。

「その質問は予想してなかったな」静かな声で言い、鼻を鳴らすように軽く笑い、頭を振って髪を払いのける。キラは考え込むようにヘルヴァのほうを見た。「わかった。心理療法を試みた罪は見逃してあげる。ただ」咎めるように指を中央柱に突きつける。「あたしがこの任務を強制されて、あんたがあたしの船になったってことがひどく不審に思えるんだけど」

「ええ、そう思うのは当然ね」ヘルヴァは冷静に同意した。

キラはその細い手を四角いパネルの上に置いた。中央制御柱の中のヘルヴァのチタン製外殻にはそこからしかアクセスできない。それは謝罪と懇願を示していて、単純ですばやかった。ヘルヴァが触れられたことに気づいたとしても、その圧力はごく小さなものだったろう。

「ディラン主義者というのは音楽を武器に人々を刺激して、社会のあり方に異議を唱え、抗議する者のこと。熟練のディラン主義者はね。あたしはそうじゃなかったけど……」その口調から、夫のソーンはそうだったと言いたいのだろうと思えた。「熟練者ならメロディと歌詞で説得力のある主張を展開できて、それは聴く者の無意識に浸透していく」

「サブリミナル効果がある歌ってこと？」

「ええと、頭の中でメロディが延々と鳴りつづけたって経験はない？」キラは自分のキャビンのドアの前で足を止めた。

「んん、あるわね」ヘルヴァはそう答えたが、ロヴォロドルスの天上組曲《てんじょうくみきょく》第二番がキラの考えているものに当てはまるのかどうか、確信はなかった。それでも言いたいことはわかる。

「本当に才能あるディラン・スタイリストなら」キラはそう言いながら、ギター・ケースを持って戻ってきた。「誰もが思わず口ずさんだりハミングしたり口笛で吹いたり指で叩いたりするような、メッセージを乗せたメロディを作ることができる。朝、目が覚めたとき頭の中で、よくできたディラン・スタイルの歌が鳴りつづけてることだってある。信念を変えさせようとするとき、それがどれほど効果的か、想像はつくだろ」

ヘルヴァは爆笑した。「へびつかい座回廊であなたが中央を侮辱したと思われてるのも納得ね」

キラはいたずらっ子のような笑みを浮かべた。「楽章と楽節と歌詞に乗せて、『時間と才能と能力を中央諸世界の任務に使うのは何というむだ遣いだろう』ってやったんだよ」

ずっと使っていなかったギターでコードを鳴らし、顔をしかめる。ペグを回して六弦から順にチューニングしていく表情はいつになく穏やかだった。もう一度コードを鳴らし、Eの弦を少しだけ締め増して、その結果響いた美しい音に満足そうな表情を見せる。

指が電光のように動き、一連のコードを奏でた。一見か弱い印象の楽器から、思いがけず大きな音が響いた。古代の作曲家バッハのフーガが聞こえてヘルヴァが驚いたとたん、キラは不協和音を掻き鳴らし、両手で弦を押さえて反響を止めた。

「いてて」キラは小さく叫んで両手をぱたぱたさせ、ぎゅっと握りしめた。「あれから弾いてなかったから……」

メジャーのコードを鳴らし、そこからマイナーに転調する。「二人で一晩……実際には次の日の午《ひる》まで……かけて、初期のディランの歌を分析してみたことがある。問題は、ディランは分析できないってこと。彼の言葉を標準語や心理学の用語で解析しようとしても……意味がない。感じ取るしかない。音楽と歌詞が織りなす総合的な心象に内臓が反応するんだ。それが彼のスタイルの目的のすべて。内臓が反応すると心に鞭《むち》が入って、そこにある硬いブロックから、また少しかけらが飛び散る」

「彼の作品はよくできた心理療法なのね」ヘルヴァがそっけなく言った。

キラは怒りの表情を見せたが、それはすぐに苦笑に変わった。ギターも笑い声を響かせる。

「心理療法の問題点は、ごく簡単な動きや言葉があまりにも多くの混乱した別の意味を持つことで、そうなると相手も混乱して、あらゆる人を、あらゆるものを疑うようになってしまうところだね」キラのギターが彼女の口調に合わせて嘲笑《あざわら》うような音色を響かせた。

制御パネルの赤い警告灯が光り、同時にヘルヴァの内部モニターにもインパルスが届いた。ヘルヴァが目視チェックを作動させたときには、キラはギターを操縦席に残して第三船艙への通路に駆け込んでいた。

損害を評価するあいだだけ船艙のドアの前で足を止め、予備の備品が収納された次の船艙に向かう。

不器用な技師が引き起こした不具合はすでに栄養液の容器のチューブを固定することで対応が終わっていた。ただ、そのときまだわからなかったのは、チューブの反対側の端の栓が緩んでいたことだった。そこから栄養液が漏れ出して警報が作動したのだ。ヘルヴァは不安を感じながら視覚映像を拡大し、問題のタンクから栄養液が供給されている受精卵の状態を調べた。接合部近くでは液面の低下が見られたものの、リボンはまだ栄養液に浸っていた。新しいチューブと接合部品を持って戻ってきたキラは気泡がリボン部分に入り込まないよう注意しながら、緩んだ部分を手際よく取りはずした。リボン全体を小袋ごとに拡大鏡でチェックし、気泡がないか、小袋の上端と栄養液の供給口の接合部分にひび割れがないかを確認していく。

それが終わると、ほかのリボンの接合部や経路や容器や接続も確認した。数時間がかりの作業だったが、手順を省略しようとはしなかった。

ヘルヴァとキラはほっとして、もう一度内部モニターをチェックしてからハッチを閉じた。

「あいつを切り刻んでパプリカシュにしてやればよかった。そうされて当然だよ!」自分のキャビンに引っ込みながら、キラがつぶやくのが聞こえた。

ヘルヴァは彼女が穏やかな寝息を立てはじめるまで耳を澄ましていた。その間ずっと、操縦席からギターが静かに彼女を見つめている。さっき聴いた音色が寝ずの番を続ける彼女に付きまとっていた。

ドゥベに着くとキラは執拗《しつよう》に、不具合のあったリボンをスペクトル検査して、数千個の受精卵に障害が生じていないことを確認するよう主張した。情緒面でどんな問題に苦しんでいるにせよ、任務とは切り離しているようだ。キラの個人的な苦悩を垣間見たヘルヴァにとって、その客観性はいっそう好ましいものに思えた。

ＫＨ－８３４はドゥベからメラク（おおぐま座β星）に向かった。そこでさらに二万個の受精卵を収容する。短い航行中、キラもヘルヴァもいわゆる〝パプリカシュ事件〟には触れようとしなかった。キラはギターを片付けず、〝夜〟になるとディラン主義者のウィットと、それが社会に浸透した例をヘルヴァに示した。そこには原子力時代初期の〝抗議の十年〟に流行《はや》った古代の夢の歌から、現代の作品までが含まれていた。

アリオスから通信が入り、キラのみごとな演奏によるディラン初期の『風に吹かれて』は中断された。

キラが慎重にギターを脇に置き、応答する。その顔に小さな驚きの表情が浮かんだ。

「一万五千？」と、確認のために繰り返す。相手の返答はヘルヴァから見ると不必要にそっけなく、通信が切れた。

キラが通信に応対しているあいだにヘルヴァは船の記録ファイルを作動させ、惑星の情報を調べた。

「妙だわ」

「何が？」キラが予想到着時刻を計算しながら尋ねる。

「ＲＣＡ保管所の存在が記録されてない。きびしい惑星ね。非常に不安定な火山活動期にあって、溶鉱技術を多用してる。中央諸世界のどこよりも死亡率が高い」

「そこに着陸することに中央司令部が何と言うか、確認したほうがいいね」と、キラ。

「制限リストには載ってないの、キラ」ヘルヴァはそう言いながら集束ビーム通信機を作動させた。

「アリオス？」中央司令部からいつにない驚いた声が返ってきた。「そこに救難信号は送っていない。保管所があった記録もない。民族的には可能性はあるが。少し待て」

キラはヘルヴァに向かって片眉を上げて見せた。「ご存じの誰かに確認中か。あなたが勝ったら二つね。呼びかけを中止するほうに一つ賭ける」

「何を二つなの？」と、ヘルヴァ。

「ＫＨ」中央司令部が通信に復帰した。「アリオスに向かえ。保管所はリストに載っていないが、交易商が報告した採鉱技術の発展度合いから、種族の保存を考慮できる技術水準にあるものと考えられる。宗教的権威が強い社会なので、敵対するな。繰り返す、敵対するな。すみやかに報告を」

「何を賭けたか知らないけど、わたしが二つね」ヘルヴァがからかうように言った。

「了解」キラは肩をすくめた。「ライブラリに記録映像はあるかい？」

ヘルヴァが映像を映し出す。最初は小さな宇宙港だった。噴火していない火山の中腹に都市があり、巨大な寺院が威容を誇っている。そこに続く広い階段はヘルヴァに古代メソポタミアの階段神殿、ジッグラトを思い起こさせた。宗教の権威が強い世界はあまり好きではなかったが、今のところ、それが偏見だという自覚はある。陰鬱で破滅的な宗教が多すぎるのだ。この星系の第四惑星アリオスは主星から遠いため陽光がほとんど届かず、活発な火山活動はダンテ的な地獄を思わせる。最後の映像では松明《たいまつ》を掲げたフード姿の人々が列をなして、寺院の前の広大な中央広場を横切っていた。

「何ともおもしろみのない場所だね」キラは顔をしかめた。「まあ、たった一万五千なら、長居することもないか」彼女は陰気な映像を打ち消そうとするかのように、陽気な曲を口ずさんだ。

「ネッカルで必要な民族だってことだけど」ヘルヴァが疑わしげな口調で言う。

「フードに隠れて顔がわからないよ」と、キラ。「受精卵もフードをかぶってるわけじゃないよね？　そうだったら、ネッカル人は面食らうだろうね」彼女の小さな笑い声に、ギターの笑い声も加わった。

「羊膜のフードに包まれて生まれる、幸帽児《こうぼうじ》分娩《ぶんべん》というわけね」

キラは脅すようにギターをヘルヴァのほうに向け、三つの船艙の状態を調べた。

「まだメラクの二万個があることを考えると、この一万五千個の追加で、ちょっと混雑しそうだね」キラが手を止めずに言う。

「アリオスは空間的にネッカルへの途上にあるから、時間の余裕はある。あとは〝ホヨトホー〟と叫んで、次のコウノトリ航行に移るだけよ」

キラは背筋を伸ばし、鼻に皺を寄せてヘルヴァのほうを見た。

「〝ホヨトホー〟はワルキューレのかけ声で、コウノトリ作戦にはふさわしくないよ」

「あなたにはそうかもしれないけど、わたしにはふさわしいの。鎧《よろい》の乙女なんだから」

「はっ!」キラは無言で、接合部を拡大レンズで覗き込んだ。

二人は調査を終え、キラは調理室に立ち寄って、ぼんやりとコーヒーに手を伸ばした。ほとんど一週間ぶりに、不機嫌な顔でぶらぶらとメイン・キャビンに入り、操縦席の上であぐらをかき、静かに座り込む。動いているのは加熱されたコーヒーの湯気だけだ。

「コウノトリ航行開始!」キラがようやく声を上げた。「わかるだろ、ヘルヴァ? あたしも同じ民族の一員なんだ。運んでる命のかけらは、あたしみたいな人間の子供たちだ。ただ、彼らはあたしとは違う。彼らは子孫を残したけど、あたしは残してない」

「おかしなことを言うわね」ヘルヴァはキラが爆発するのを防ごうとした。「成人したとき、RCAの義務を果たしてるはずでしょ?」

「いや」キラが即座に応じる。「果たしてない。もうソーンに出会っていて、たくさん子供を産むつもりだった。カノープスのキラ・ファレルノヴァ・ミルスキィに、染色体の繁殖を保証する機関なんて必要なかった。実際」と、皮肉っぽい口調になり、「RCA向けに、缶から出された子供をストレートに嘲った、ウィットと諧謔《かいぎやく》に満ちたディランを書いたくらい」

シートを回転させてヘルヴァのほうを向き、自嘲ぎみに顔をしかめる。

「あたしの検閲済みの身上書から省かれてる多くの項目の一つに、あたしのたった一人の子供が予定日前に母親の子宮を引き裂いて、死んで生まれてきて、あたしは二度と妊娠できなくなったってことがある」

キラは小さな尻を上げ、細い手を広げた。「この腹にもう生命は宿らない……受精も着床もしない。ソーンの忘れ形見も、いっしょに成し遂げたことも、何もない。それもこれも」そう言って指を鳴らし、「あたしたちの極度に自己中心的な、根拠のない自信のせい」

そういう事故があるから、RCAは若者に精子や卵子の委託を推奨している。だが、そのことをキラに指摘するのは無意味だった。自分が愚かだったことはとっくに痛感しているのだから。

「だからソーンの死後〈筋肉〉にはならず、医療の世界に進んだ。でも、子宮を復活させたり、また妊娠できるようになったりする成果は得られなかった。科学はさまざまな奇蹟的成果を可能にするけど、あたしの場合はだめだった」

キラは重いため息をついたが、苦々しさは最初の爆発のときほどではなかった。見たところ生きることまでは諦めていなくても、妊娠についてはもう諦めているのだろうかとヘルヴァは思った。

「だからこそ、親愛なるヘルヴァ、よりによってあたしがこの特別な積み荷を託されて銀河系を周回しているのが、何とも皮肉に思えるんだ」

ヘルヴァは言葉を控えた。キラはコーヒーを飲み終え、休憩に入った。二、三時間後にはメラクに到着し、そのあとアリオスに向かうことになる。

メラクでの積み込みは記録的短時間で終わった。技術者が全員、手早く慎重だったおかげだ。アリオスまでは数日かかり、そのあとネッカルに向けて最後の空間ホップをおこなう。探索員と船は快適な日々を過ごした。クラシックや古楽《こがく》が中心のヘルヴァのレパートリーに欠けている部分を、キラが昔のテラの民族音楽や、今では主要世界となっている惑星の初期入植時代の音楽で埋めていった。

アリオス着陸の直前、ヘルヴァはキラを起こした。探索員はすばやく地味なチュニックに着替え、髪を頭皮ぴったりに編み込んだ。頭が痛くないのかと心配になるくらいだった。

着陸のときから幸先《さいさき》が悪かった。手始めに、宇宙港はアリオスの大陸を貫く活発な火山群の影にすっぽりと覆われていた。指示された着陸地点は、この敵対的な惑星の宇宙港で管制を司《つかさど》る小さな長方形の建物からかなり離れた場所だった。それでは積み込みに時間がかかるとキラが抗議したが、地上車の到着を待て、と無愛想な声が返ってきただけだった。やがて到着した巨大な搬送トラックにはフード姿の人々が満載されていた。彼らは地上で肘と肘がくっつくほど隙間なくヘルヴァを取り囲んだ。殺気立ったその態度は、ヘルヴァのような船に対する侮辱にさえ思えた。

「中央諸世界医療局の探索船に、どうしてこんな警護が必要なんだ?」キラが硬い口調で管制塔に尋ねた。

「そちらの積み荷を守るためだ」

同時に、警護部隊の責任者だという士官が探索船への乗船を要請してきた。

「で？」ヘルヴァが静かにキラに尋ねる。

「打てる手は多くなさそうだけど、この状況は記録して、集束ビームでレグルスに送っとくべきだろうね」

「同感。あと、わたしは黙ってることにする」

「名案だ」キラは服に付けた連絡ボタンを調整した。

辺境の惑星では、動きまわれる〈筋肉〉とその船である〈頭脳〉の連携が正しく理解されていないことも少なくない。そういう世界では、必要になるまで〈頭脳〉の能力を隠しておくほうが有利になることが多かった。ヘルヴァはボタンを通じてキラが見聞きすることを共有できる。

黒いフードをかぶった不気味な長身の士官がヘルヴァの開けたエアロックに姿を見せた。顔は見えないが、キラを圧倒するように立っている。襞《ひだ》のあるローブの下から細い手が突き出し、胸と隠れた顔に触れた。一種の敬礼と解釈できなくもない。

キラも同じしぐさを返し、相手の言葉を待った。

「二等運航士ノネスだ」

「医療探索員、カノープスのキラよ」威厳を感じさせる口調だ。ヘルヴァは彼女が出身惑星を告げただけで、船のパートナーであることを示す〝KH-834〟を名乗らなかったことを聞き逃さなかった。

「寄付について話し合うため、本山《ほんざん》寺院に来てもらう」ノネスがうつろな、抑制された声で言った。

「この種の搬送では時間が重要になる」キラが穏やかに指摘する。

「時間は〈命じる者〉が決める。彼はおまえに来いと命じている」

「受精卵の積み込み準備はできてるの？」キラが情報を求める。

ノネスの身体を包むローブにさざ波が走った。

「冒瀆《ぼうとく》だ」

「わざとじゃない」キラは冷静に、それ以上の謝罪を拒否した。

「来い」士官が威厳に満ちた声で命令する。「〈命じる者〉が来いと言っているのだ、女」陰気なきびしい声が狭いキャビン内に響きわたった。

キラはその恐ろしい咆哮にも動じる様子を見せず、ヘルヴァの新たな敬意を勝ち取った。

ノネスのフードを留めている、楕円《だえん》形の滑らかな留め具にちらりと目を向ける。その装置が何なのか、ヘルヴァもキラも見抜いていた。キラが身につけたボタンと同じような、双方向通信装置だ。探索員以外に支給されるようなものではない。

そんなものを誰が辺境の惑星に持ち込んだのか中央が知ることになったら、新星級のスキャンダルが巻き起こるだろう。

「命令に従うのだ。寺院じきじきの命令だ」ノネスが畏怖に震える声で叫んだ。「ぐずぐずするな」

ヘルヴァは声の調子から、〝寺院〟は女性だろうと推測した。

「あたしは命令を受けてる」キラが回避するように言う。

「それは〈永遠の真理〉だ」ノネスがおごそかにうなずいた。キラの答えが彼の信仰に合致していたらしい。儀式張って片手を上げ、こう付け加える。「汝の勝利の瞬間に死が訪れんことを」

キラは優雅に一礼しようとして動きを止め、フードに隠された顔を見上げた。ショックのあまり目を丸くしている。

「汝の勝利の瞬間に死が訪れんことを?」そうつぶやく彼女の顔からは血の気が引いていた。

「死は最大の祝福ではないか?」士官は彼女の無知に軽く驚いているようだった。

ヘルヴァは無言を貫くことしかできず、なかば出かけたうめきを本能の深いところで抑え込んだ。アリオスでは死が最大の祝福であることは、少し考えればすぐにわかる。死は過重な労働からの、つねに煙をたなびかせる火山だらけの陰鬱な惑星からの、解放にほかならないのだから。溶融採鉱という日常的な危険に加え、火山がいつ足元で噴火するかわからないという不安のせいで存在のはかなさが強調され、死が塗炭の苦しみと悲惨な生活からの歓迎すべき脱出口と観念されている。中央司令部に心があるかどうかは知らないが、キラにアリオス着陸を禁止しなかったのは、彼女の衝動を知った上でのことなのか? 彼女は条件づけに逆らう必要さえ感じないだろう。

「そう、死は最大の祝福。それは永遠の真理」キラが恍惚《こうこつ》とした表情で復唱する。

「いっしょに来るのだ」ノネスが穏やかに説得する口調で言い、骨張った手でキラを手招きした。「来い」陰気で貪欲《どんよく》そうな声だ。

地上車がKH－834の足元を離れると、すぐに警護部隊も動きだした。

「あの女は〈命じる者〉に会うんだ」一人がうらやましそうにつぶやいた。「顔出し娼婦には不相応な報賞だな。さて！　リフトで上がって、積み荷を確保しよう。考えてもみろ！　〈命じる者〉への罪を贖《あがな》うために死すべき者が、さらに何千人もだ」

ヘルヴァにはそれで充分だった。リフトを止め、エアロックをがっちりと施錠する。アリオス人は悪態をつき、壁やドアを叩いたが、アリオスの技術水準で作られる武器程度に対してならヘルヴァは無敵だ。集束ビーム通信で中央司令部に事態を報告する。アリオスの宗教指導者は中央の船の積み荷を強奪し、それどころか〈筋肉〉を捕虜にしようと決断した日を、後悔することになるだろう。

ヘルヴァは冷静にキラのことを考えた。彼女は悲嘆のあまり死を望んでいたが、任務を放棄するとは思えない。できないはずだ。一方、アリオス人は船に独自の思考と行動が可能なことを知らない。キラがいなければ船はその場に釘づけで何もできず、じっくり時間をかけて、受精卵を引きわたすよう彼女を説得できると思っているだろう。

このまま離陸してしまうこともできる、とヘルヴァは考えた。狂信者たちの求める報酬が死であるなら、警護部隊を焼きつくすことを顧慮する必要はない。彼らには当然の報いだ。だが、キラを置き去りにはできなかった。まだ早い。時間はある。中央司令部は何をしてるの？　必要なときにいたためしがない！　そもそもどうして、死に取り憑かれた惑星にキラが着陸することを許可したの？　ばかね、とヘルヴァは自分を罵った。ここの宗教がこんなことになってるなんて、知らなかったからに決まってる。

足元の地面が震えた。はるか北で火の玉が空に向かって噴き上がり、爆発して炎のかけらを周囲に振りまいた。〝花火〟はそのあとも続き、ヘルヴァの尾翼の下でさらに不気味な震動が生じた。安定装置で対応できないほどバランスが崩れたら、すぐに離陸できるよう準備する。北東のどこかで別の火山が呼応するかのように噴火した。

キラを乗せた地上車が中央ビルに到着する。ヘルヴァはキラにトランス状態から覚めて連絡ボタンのスイッチを押すよう念を送ったが、効果はなかった。

警護隊員は火山の噴火にも動じることなく、何とかしてリフトを動かそうとしていた。フードは何度となくずり落ちて顔をあらわにしたが、彼らはそのたびに、まるで素顔が卑猥《ひわい》なものででもあるかのように、急いでフードを引っ張り上げた。噴出する火の玉の赤い光が苦《く》行者《ぎょうしゃ》めいたやつれた顔を照らし出す。どの顔も火山灰に汚れ、目は栄養不足と疲労の蓄積でどんよりと曇っていた。

地上車を降りたキラは警護隊員に付き添われて小型車に乗り換え、街のビル群の中に向かって、ヘルヴァの視界から消えていった。地上車はUターンして、ヘルヴァのいる現場に引き返しはじめた。

目端の利く隊員が仲間に、ガントリーを船に横付けすることを提案した。苦労しつつゆっくりと、着陸場の奥からガントリーが運ばれてくる。

ヘルヴァは意地悪く微笑むようにその様子を眺めていた。宇宙港の施設から離れた場所に着陸するよう指示したのが裏目に出た形だ。永遠に続くアリオスの薄闇のせいで、エアロックが固く閉じられていることもわかっていないのだろう。

中央司令部に集束ビームを飛ばし、応答の遅さに悪態をつく。キラと連絡がつかないことが心配でしかたなかった。

「連絡ボタンか」ぼそりとつぶやき、ノネスのフードの妙な装置のことを思い起こす。もしあれが正規の支給品かその互換装置だとすれば、利用できるかもしれない。寺院の女性はそれを使って、キラがノネスの命令に従うよう後押ししていた。

ヘルヴァは時間をむだにせず、連絡ボタンの周波数帯を広帯域でスキャンした。結果は混《こん》沌《とん》の渦巻く万華鏡を覗いたようなもので、目と耳が混乱して頭がくらくらし、慌てて接続を切るはめになった。まだ精神的によろめきながら、数十万のデータを同時に送り込まれて、よく耐えられたものだと不思議に感じる。ガントリーを設置しようとしている警護隊員の映像を急いでチェックすると、全員がフードの頸《くび》のところにノネスと同じボタンを着けているのがわかった。

「輝く偉大な銀河系にかけて」ヘルヴァはうめいた。「あれだけの混沌を処理できるなんて、この宗教は精神分裂的だわ」

懸命に正気を手放さないようにしながら、ヘルヴァは帯域を絞って少しだけ覗き込み、混乱した音と映像にたじろいだ。どれか一つのボタンのデータに限定しようとしても、無数の映像が返ってきて溺れそうになる。蠅《はえ》が複眼で見ている光景を一点に絞ろうとするようなものだ。

彼女は苦労して視野を小さく限定し、互いに矛盾したり重なり合ったりするデータの中から一つだけを受け入れようとした。音声は完全に切り捨てた。幸い、選択した部分のカメラはすべて一点に集中していた。広大な広場を横切っているところで、旋回しながら身体を揺らすフードをかぶった人々が集まっている。彼らはローブをはためかせながら、活動していない火山の山腹に向かう幅広い長い階段を登っていた。ヘルヴァが記録映像で見たジッグラトだ。

突然、あらゆる風景と人物が傾いた。船体が地震で揺れていることにヘルヴァが気づくのに一瞬の間があった。さらに三つの火山がマグマを空に向かって噴き上げている。彼女は警戒しながら状況を見守った。宇宙港の着陸場があまりにも不安定になったら、地表から離れなくてはならない。

恍惚としたうめき声が周囲に満ち、大地が小さく身じろぎしたことで広場にできた細かい亀裂からガスが噴き出して景色を霞《かす》ませた。ヘルヴァは混乱していて、ガスの重要性にも、声が連絡ボタンではなく、外部音を拾う船の〝耳〟に届いていることにも、なかなか気がつかなかった。

集束ビームの出力を上げ、火山活動による障害を突破して、何とか中央司令部に連絡しようとする。同時に、キラを見失わないよう、絞り込んだ連絡ボタンの映像にも目を凝らした。

広場にいる全員が腕を高く掲げて振り、フードをはねのけて歓喜に顔を輝かせ、火花の飛び散る、ガスで曇った空を見上げている。やがてアリオス人はくるくる旋回し、身をかがめて、噴き出すガスを深々と吸い込みはじめた。ヘルヴァはそれを信じられない思いで見つめていた。人々は押し合いながら亀裂に殺到し、ガスを大きく吸い込み、よろめく足取りでその場から離れていく。うっとりした表情で、両腕を高く挙げ、動きは不規則だ。どうやらガスには幻覚作用か陶酔作用があるらしかった。ただでさえいくつもの火山が噴火しているのに、これではさらに危険が大きくなる。だが、広場はすでに酩酊《めいてい》した者と、懸命に酩酊しようとしている者に埋めつくされていた。

この悪魔じみた宗教の本山寺院前の広場で噴出しているガスも、ヘルヴァには影響がない。寺院上層部は明らかにこの効果を知った上で計算に入れていた。彼女はこの悪行に憤慨し、さらに力を入れて、キラと同行者の居場所を突き止めようとした。二人は小型車を降りたあと、南側から広場に入ったはずだ。探していると、フードをかぶっていない小柄な姿を取り囲む一団が目に留まった。この狂気の惑星にあって、その姿は見間違いようがない。一団は広場に入ろうとしているところで、ジッグラトの階段に向かう確固とした歩みが、ふらふらとさまよい歩く酩酊者の群れに何度も阻まれた。

ヘルヴァは全面的に警戒しながら帯域を広げ、ボタンからボタンへと乗り換えながらキラに接近していった。頭がおかしくなりそうだった。曖昧に混じり合った数千本の映画が一つのスクリーンで上映されているようなものだ。ヘルヴァは生まれてはじめて目眩《めまい》と吐き気を覚えた。キラが死の寺院に入る前に彼女と接触しようとして、災厄が差し迫っているという感覚が強くなる。寺院は巨大なジッグラトの頂上、古い火山のすぐ横に位置しているため、幻覚性のガスの濃度も高いに違いない。ヘルヴァは中央に感謝した。キラは訓練のおかげで幻覚効果の影響を受けにくくなっている。ただ、トランス状態にあって行動できないのでは、影響を受けているのと変わらないだろう。

ヘルヴァは精神的にも肉体的にもキラに手を差しのべられない自分の無力さにうめいた。

「おおおお」それに応えるように群衆からもうめき声が上がった。「寺院が泣いている」千の喉から歪んだ叫びがほとばしる。ガントリーと格闘していた宇宙港の警護部隊もその詠唱に加わった。

「うわ」ヘルヴァは息を呑んだ。その新たな声にも群衆が反応したことで、自分の言葉が全アリオス人に中継されているのではないかという推測が裏づけられた。彼女の声が寺院の女性の声と誤認されたのだ。

ヘルヴァは複眼映像を無視して寺院の頂上の円筒形の部分を見つめ、それまで意識していなかった事実に気づいた。円筒は船の中央部で、船首と尾翼は昔の噴火で溶岩に埋もれている。寺院の入口はエアロックにほかならず、その近くに消えかけた、中央諸世界の頭脳船の認識番号らしいものが見えた。

その話を聞いた日のことははっきりと覚えている。ジェナンが死んだとき、悲しみに打ちひしがれた別の船の話をシルヴィアから聞いたのだ。あれがその732に違いない。悲しみに浸って死者を悼むのに、どす赤い暴力的な世界ほどふさわしい場所があるだろうか？　それとも732は噴火している火山の灼熱《しゃくねつ》のマグマに飛び込もうとして、最後の瞬間に火口から脇にそれ、山腹の溶岩の中で身動きできなくなったのか？　精神の苦悩をこの敵対的な世界に向け、最愛の人の死を埋め合わせるため、何千という人々を死なせてきたのか？

任務のために必要なことが突然ヘルヴァの中で明瞭になり、それを実行する計画が脳裏に浮かんだ。真の絶望の守護神を友として、ヘルヴァは歌いはじめた。その声は愛撫《あいぶ》するような深いバリトン、短調の響きが憧れを掻き立て、理性を停止させて純粋な本能を立ち上がらせる。

「死はわたしのもの、永遠《とわ》にわたしのもの」

アリオス人が反応し、すなおにその歌を真似《まね》ると、彼女は同じフレーズを三度上げて繰り返した。信じられないほどリハーサルを重ねた世界級の合唱隊を自在に使えるようなものだ。

ヘルヴァはそれを徹底的に利用した。

「わたしには眠りもなく、休息もない」

次は五度下げる。

「夢がわたしに取り憑き、苦しめるから」

合唱隊が不協和音を奏でると音程を七度上げ、内なる怒りを高めて、憧れが胸を貫くようにする。

「眠らせて、休ませて、死なせて」

ヘルヴァの歌声が憧れに満ちた荒々しいテノールに高まり、ふたたび低くなる。

そこで最初の歌詞を繰り返すが、今度はバリトンに軽蔑の響きを帯びさせた。

「死はわたしのもの、永遠にわたしのもの。

眠らせて、休ませて、死なせて」

最後の言葉はクレッシェンドして朗々とした嘲笑を響かせ、支援の合唱が七度上で嘆きの声を終わらせると、ようやく彼女の声はからかうようなささやきにまで小さくなった。

「中央司令部よりKH-834、聞こえるか？　応答せよ！」レグルス基地中央司令部の緊張した声がヘルヴァのすばらしい即興演奏に割り込んできた。

「メイデイ、メイデイ」ヘルヴァは衝撃的なソプラノで、集束ビームとアリオスの連絡周波数帯の両方を使って応答した。合唱隊もいっしょになって緊急事態を告げる。キラがその叫びに本能的に反応してよろめき、ヘルヴァは息を呑んだ。

「メイデイ？」と、中央司令部。「つまりきみは――ばかげたディランをアリオスに投入したのか？」

ヘルヴァは衝撃とともに、まさにそのとおりだということを認識した。キラに対する訴えかけは、トランス状態にある探索員に届き得る唯一の方法である音楽を通じてなされ、それが昇華して、ディラン主義的なサブリミナル効果へと結晶化していた。ヘルヴァは得意になった。その効果を目的に沿って扱う方法もわかっている。ほとんど気づかれない程度にテンポを速め、最初のフレーズを繰り返す。それはもう憧れに満ちたレガートではなく、からかうようなスタッカートだった。合唱が唯々諾々《いいだくだく》とこの手本に追従すると、ヘルヴァは中央司令部に報告した。

「アリオスの宗教指導者は〝はぐれ〟になった732で、宗教的動機は死ぬことよ！」

「〈筋肉〉は、きみの〈筋肉〉はどこだ？」

「732の解除コードは何なの？」ヘルヴァは息せききって尋ね、ディランの第二フレーズを歌った。さらにテンポを速め、音とビートに緊迫感を持たせる。

「報告を！」と、中央司令部。

「そんな余裕がないの、ばかね。解除コードを！」ヘルヴァは声を一オクターヴ半跳ね上げ、声域を英雄《ヘルデン》テノールに切り替えた。彼女の歌声は純粋な感情の矢となって広場に降り注ぎ、詰め込まれた声がトランス状態の探索員を貫いた。

キラを護送する者たちは広場に満ちる危険なガスでなかば朦朧《もうろう》となり、よろめいていた。キラの腕をつかんでいるが、圧倒的な合唱というBGMに包まれたヘルヴァには、彼らがキラを拘束しているのか、彼女にしがみついて身体を支えているのかわからなかった。幻覚の影響を受けていないのはキラだけだ。

「眠らせて、休ませて、死なせて！」

ヘルヴァのテノールが侮蔑的に響き、キラの希死念慮を激しく打ち据える。

「ばかなことを」と、中央司令部。「彼女は死にたがってるんだぞ！」

「解除コードを教えて！」ヘルヴァは集束ビームに甲高《かんだか》いソプラノの声を乗せ、苦々しいほど強力で逆らいがたい怒りに満ちたその声を雷鳴のように轟《とどろ》かせた。

「眠らせて、休ませて、死なせて！」

そのフレーズが嘲るように広場に響きわたる。合唱隊はヘルヴァの信じがたい声の高さに追従できず、オクターヴ下げて声を合わせた。広場全体に広がった挑発的な声を、火山噴火のとてつもない轟音が貫く。

突然、音もなく、魂《たましい》を打ち砕くほどの悲痛さがあふれ、無数の混沌のかけらが溶け去って、ヘルヴァは一つの映像——キラ！——だけを見つめていた。カーテンを引いた暗い部屋の中だ。真鍮《しんちゅう》の火鉢の赤い火明かりが不均一に室内を照らしている。暗視度を上げて薄闇を見通すと、彼女の意識は部屋の中で異彩を放つ、恐ろしい物体に吸い寄せられた。一段高い、黒い玄武岩《げんぶがん》の板の上に、かつて人間だったものの腐敗した残骸があった。肉が腐り落ちて白い歯が剝き出しになり、笑みを浮かべているかのようだ。頸の腱が大きく盛り上がり、食道の軟骨は探索員のカヴァオールの布地の下に見えなくなっている。致命的な一撃を受けて陥没した胸腔の上で両手を組み、爪の伸びすぎた指が絡まり合っている。732の死んだ〈筋肉〉は粛然と横たわっていた。

ヘルヴァはそれをキラの連絡ボタン越しに見ていた……やっとだ。

嘆きの詠唱が室内に満ち、壁からも天井からも床からも、意味はないが弔意だけは感じられる音が響いている。破壊不可能なチタンの外殻に収まった狂った脳はすべての回路を開放し、何もかも忘れて嘆き悲しんでいた。

ヘルヴァはできる限り小さなささやき声で、急いでキラに語りかけた。「あれは〝はぐれ〟の732で、狂気に侵されてる。破壊するしかないわ」ヘルヴァにとっては、732をかつて〈頭脳〉だった女性ではなく、人格のない〝あれ〟と考えるほうが楽だった。

キラは何も答えず、身体を揺らしている。

痺れるような一瞬、ヘルヴァはキラがまだ強力な死の願望に囚われていて、何かの拍子にボタンを作動させただけではないかと考えた。ヘルヴァのディランによる嘲りはキラの自己破壊的なトランス状態を貫いて、〈筋肉〉を正気に戻すのに成功したのだろうか？〝はぐれ〟を破壊するには、たとえ解除コードがわかっても、自由に動ける〈筋肉〉の協力が不可欠だ。

キラがゆっくりと、玄武岩の台に横たわる幽鬼じみた死体に近づいた。泣き声が大きくなり、つぶやきがはっきりした。

「彼は連れ去られた。〈命じる者〉は連れ去られた」７３２が詠唱すると、群衆はヘルヴァのときと同じように、声をそろえて詠唱を繰り返した。「彼はもういない。セバーは逝ってしまった」

どうにもならないの？ ヘルヴァは無言で叫んだ。心は絶望に圧倒されている。

不気味なことに、別の声が７３２の泣き声に重なって聞こえてきた。

「あの矮星には明らかに問題があるんだ、リア」印象的な声はくぐもっていて、どうにか意味がわかる程度だ。「たとえそれが……」

男の声だが、再生速度のせいで間延びして、まるでパロディのようだ。船があまりにも何度も再生して放送したため、記録媒体が劣化して、セバーの声まで石板の上の死体のように朽ち果てていた。

キラは優雅に旋回しながら身体を揺らしつづけている。

「語れ、おおセバー、汝のしもべキラが、汝の愛した楽の音のごとき声を聴けるよう」キラはそう言いながら、狂った732の外殻が収められた柱に向かって一礼した。

ヘルヴァはキラが出した合図に気づき、心からの安堵の声が漏れるのをどうにか抑え込んだ。

「中央司令部、解除コードを！」ヘルヴァが集束ビームで要請したとたん、732の声がいきなり途切れた。船が息を呑むのが感じられるようだった。

遅い！　遅い！　中央司令部は何をしてるの？

「リア、連絡ボタンの接続が悪い。中継を改善できるか？　あの矮星の悪影響が……」

ヘルヴァがセバーの深いバリトンの声でアドリブの台詞《せりふ》を言うと、キラまで思わず飛び上がった。

「はっきり聞こえないんだ。リア？　リア？　混線してないか？」

「セバー？　セバーなの？」〝はぐれ〟船の声は期待に上ずっていた。「動けないの。ここから動けない。火山の縁が吹き飛んだせいでコースをはずれてしまって。死のうとしたわ。わたしも死のうとしたの」

キラは隔壁にかけられたカーテンをいじっている。冒瀆に気づいた護送者が多幸感から覚め、キラに突進した。彼女はすばやく一人の喉に手刀を叩き込み、もう一人の下をかいくぐると、全身を使って石板に投げつけた。頭が不気味な音を立てて玄武岩に衝突し、男はぐったりとその場に倒れた。

「KH、解除コードは〝ナ・ソム・テ・アー・ロ〟だ。音程に気をつけろ！」

ヘルヴァは自分が事実上、同僚の死刑を執行しようとしているのを知りながら、解除コードを732に向かって送信した。音節と音程がアクセス・パネルの開放機構を作動させる。

キラがパネルを見て、外殻内部を麻酔剤で満たす放出弁をすばやく操作した。

「あなたの姿が見えない、セバー。どこ……」732の悲痛な嘆きの声が静まり、望みつづけた忘却の彼方に消えていった。

キラが振り返る。カーテンに隠された隔壁ががちゃがちゃと音を立て、奥の区画からフード姿の人影がいくつもメイン・キャビンに入ってきた。

「止まれ！」ヘルヴァがリアの声で命じた。「〈命じる者〉は決定した。顔出し女を船に戻せ。そのような冒瀆者は選ばれしアリオスにふさわしくない」

キラはふたたびトランス状態の表情を浮かべ、朦朧としているフード姿の者たちに続いて階段を下っていった。

「ヘルヴァ、そこでいったい何が起きているんだ？」834のキャビンに中央司令部の声が響いた。

「〈命じる者〉は決定した」広場では狂信的な群衆がうめき、幻覚性の煙の中で身体を揺らしている。

「ヘルヴァ！」と、中央司令部。

「ああ、ちょっと黙ってて」ヘルヴァは堪忍袋の緒が切れそうだった。

「彼は命じた。これは〈永遠の真理〉である」

略酊してふらふらしているアリオス人がキラの帰船を妨害しないようしばらく見張っていたが、彼らにはそんなこと、とてもできそうになかった。煙と熱狂に疲れ果て、数百人単位でばたばたと倒れているのだ。

「航行日誌にはきみがディラン主義に関する特別規制をわざと無視したことが記載されている。うまい説明を考えておいたほうが……」

「あなたにもディランをかますわよ、まぬけ」ヘルヴァは憤然と相手の言葉を遮った。「結果は手段を正当化する。しかも、どういう理由か誰にもわからないけど、そっちの立入制限リストには惑星アリオスが載ってなかった。神の爪にかけて、絶対に載ってなくちゃいけなかったのに！」

中央司令部は憤慨して悪態をついた。

「落ち着きなさい」ヘルヴァが辛辣に言う。「わたしはずっと行方不明だった〝はぐれ〟を見つけて、彼女を殺した。あなたの大事なカノープスのキラにも、手荒だけど効果的な治療を施した。一介の〈頭脳〉外殻に、これ以上何を望むの？　ええ？」

中央司令部は六十秒ほど、痺れたように沈黙した。

「キラはどこだ？」声から察するに、どうやら悔い改めたらしい。

「無事よ」

「通信に出せ」

「無事だってば！」ヘルヴァは疲れた口調で繰り返した。

「寺院から戻ってくる途中よ」

キラを乗せた地上車がリフトの前でブレーキ音とともに停止したとき、複数の火山が同時噴火して宇宙港を揺るがした。ヘルヴァがロックを解除すると、キラは護送者がわれに返る前にリフトに飛び乗った。船の安定装置の下で地面が波打っている。キラはエアロックから操縦席に直行し、ヘルヴァはハッチを閉じると、不吉な惑星アリオスから大急ぎで離陸した。

船尾スキャナーはガントリーがゆっくりと倒壊し、警護隊員が安全な場所まで撤退していく様子をとらえていた。遠ざかる惑星表面で輝くいくつもの宝石のような光点は、噴火している火山だろう。

「ＫＨ－８３４の探索員キラより報告」細身の彼女はマントを脱ぎ、きびきびと中央司令部に呼びかけた。ヘルヴァはまた髪留めが散乱するのではないかと思ったがそんなことはなく、キラは集束ビーム通信機の前で直立不動の姿勢を取った。簡潔な報告のあと、なぜ交易業者はアリオス人全員が装着している、一目でわかる〈中央〉タイプの連絡ボタンの存在を報告しなかったのかと尋ねる。また、それ以上に犯罪的な、幻覚性ガスの噴出の報告がなかったことも指摘した。

「幻覚性ガス？」中央司令部の口調は弱々しかった。そんな状況は入植地にとって悪夢でしかない。幻覚性ガスによって全人口が違法な支配を受ける可能性があり、実際、アリオスではそうなっていた。

「過去五十年間にアリオスで交易をおこなった業者をすべて洗い出し、このような重要な情報を中央諸世界に報告しなかった理由を問いただすよう、強く主張します。また、あの異常な惑星の入植を許可した阿呆《あほう》な議員も見つけ出すべきでしょう」

中央司令部はしどろもどろだった。

「たわごとはやめて」キラが穏やかにたしなめる。「大至急、惑星治療チームをあそこに派遣するよう指示して。社会全体が生きることに目を向けるようにしなくちゃならない。報告書はネッカルで提出するけど、今は子供たちの状態を調べるのが先ね。荒っぽい離陸だったから。以上」キラは集束ビーム通信を切断した。

流れるような動きで調理室に向かい、編んだ髪をほどいて、乱暴に頭皮をマッサージする。「頭がずきずきするわ！」キラはそう言いながらコーヒーに手を伸ばした。「あのガス、信じられないくらい臭かった」カウンターに寄りかかり、疲労のあまりがっくりと肩を落とす。

キラが考えをまとめているのがわかったので、ヘルヴァは黙って待ちつづけた。

「寺院に近づくにつれて、悲嘆の恐ろしい毒気が強くなっていった。目に見えるようだったよ、ヘルヴァ」そのあと痛切に付け加える。「その中でのたうちまわってたら、あんたのディランが届いたんだ、ヘルヴァ」

キラは尊敬の念に目を大きく見開いた。「首筋の毛が逆立ったね。最後の和音はここに響いた」そう言って拳を腹に打ちつける。「ソーンだったら、あんな強力なディランが作曲できるなら、内臓だって差し出したと思う」筋肉が痙攣したかのように、彼女は激しく肩を震わせた。

「あの無惨な死体！」目を閉じて身震いし、鋭くかぶりを振って印象を払いのけようとする。「考えたんだ……」彼女はつぶやきながら、自分を見つめるように薄く目を開いた。「つまり、あたしもソーンに同じことをしてたんだって」

「そうかもしれない」ヘルヴァが穏やかに同意する。

キラはコーヒーを一口飲んだ。その顔は疲れているものの生き生きとして、快活さを装っていた表情が内面の落ち着きに取って代わられていた。「ばかだったよ」痛烈な自己嫌悪が感じられる口調だ。

「中央司令部だって間違うことはあるんだから」と、ヘルヴァ。

キラは頭をのけぞらせて大笑いした。

「それこそ〈永遠の真理〉だね！」そう言って、踊りながらメイン・キャビンに戻ってくる。

ヘルヴァは勝利のダンスを眺めながら、キラに関する限り、今回のできごとの帰結に大きな喜びを覚えた。同僚の一人を殺すことになったのを後悔することはできない。リアは何年も前に探索員とともに死んだのだ。苦しみつづけていた彼女の亡霊はようやく安らぎを得て、キラも同じ苦しみから解放された。キラとヘルヴァはコウノトリ航行を続け、受精卵を回収し……

ヘルヴァが歓声を上げ、キラが驚いて彼女を見つめた。

「どうしたんだい？」

「誰もこういう提案をしなかったのが不思議なくらい。した人はいたけど、あなたが拒否したのかな」

「言ってくれないと、何の話かわからないよ」キラが苛立たしげに言う。

「あなたが嘆き悲しむ心理の一端は……」

「もう克服したよ」キラの目には怒りの色があった。

「……はっ、としか言えないわ。その一端は、あなたとソーンのあいだの子供が作れないこと、でしょ？」

キラは顔面蒼白《そうはく》になったが、ヘルヴァは先を続けた。

「あなたたちの両親はどちらもRCAの義務を果たしてる、でしょ？　つまり生殖細胞は保管されてる。あなたの母親の卵子と彼の父親の……」

キラは目を丸くして、あんぐりと口を開けた。信じられないほど輝かしい表情が顔に浮かぶ。涙が頬を伝い落ちた。彼女はそっと手を伸ばし、静かにアクセス・パネルに触れた。

ヘルヴァは自分の考えが受け入れられて、奇妙なほどの、恥ずかしいほどの喜びを感じた。

と、キラがはっと息を呑み、不安そうな顔になった。

「でも、あんたは……あんただって母親の……」

「いいえ」ヘルヴァは鋭い声で言い、穏やかに先を続けた。「その必要はないわ」今の彼女は心の底からわかっていた。悲しみをどう解決するかは本当に人それぞれで、彼女もキラも、セオダがそうだったように、別々の道筋でそこに到達したのだ。

キラは何ともいえない顔をしていた。ヘルヴァが提示した解決策は、ヘルヴァもそうするのでない限り受け入れるわけにはいかない、とでも言いたげだ。

「そうは言っても、こんな女はそうそういないわ」船は小さく笑い、誇りを持って〝女〟と自称した。彼女もまた、動きまわれる姉妹たちと同じく、少女の段階を卒業したのだ。「一度に十三万人の子供を産むんだもの」

キラはヘルヴァのたとえをおもしろがって大笑いした。ギターを手に取り、出だしのアルペジオを大きな音で掻き鳴らす。やがて船と探索員の二人はスウィングするシューベルトのセレナーデで星々を驚かせながら、ネッカルに向かって救援の旅を続けていった。

劇的任務

ヘルヴァは音量を落とし、受精卵チューブの棚と栄養液の大型ビーカーがすべて運び出されていくのを嬉しく思った。とはいえ、そのために作業員が内装を傷つけるのはまったく嬉しくない。

それでなくても金属フレームが床を傷つけ、こぼれた栄養液が隔壁を汚しているのだ。これ以上傷を増やされたくない。それでも何も言わなかったのは、きちんとした性格のキラ・ファレルノヴァがいた操縦士キャビンにさえ、見逃しようのない長期滞在の痕跡があるからだった。レグルスに戻ったときこの惨めな内装を、彼女とチームを組もうと待っている〈筋肉〉候補に見せたくはない。

彼女はネッカル宇宙港の商用着陸場で隣りにいた頭脳船にそんなことを話した。

「ばかげてる。クレジットのむだ遣いだぜ、ヘルヴァ」TA-618のアモンが少し不機嫌そうに応じた。「新しい〈筋肉〉がきみの趣味を気に入るって、どうしてわかる？　本人の住居手当から支払わせればいいんだよ。実際のところ、ヘルヴァ、頭を使わないと、いつまで経《た》っても自由は買えないぞ。きみがどうしてそこまで〈筋肉〉を乗せたがるのか、理解できないね」

「人間が好きなのよ」

アモンは不作法な音を立てた。彼は着陸して以来ずっと、動きまわれるパートナーの短所について愚痴をこぼしつづけている。ヘルヴァはアモンとトレイスが十五標準年にわたっていっしょにいるのを知っていた。長い付き合いになった場合、いちばん難しいとされている時期だ。

「わたしくらい多くの〈筋肉〉と付き合ってくれれば、きみも博愛主義者ではいられなくなるさ。〈筋肉〉が口を開く前に何を言おうとしてるかわかるようになれば、わたしがどんなストレスを感じているか、少しは理解できるだろう」

「キラ・ファレルノヴァとわたしはこのコウノトリ航行で三年も……」

「関係ないね。短期の任務だとわかってたんだから。それなら何だって耐えられる。二十五年から三十年も、ずっと逃れられないとわかっていたら……」

「そんなに嫌なら、別の人に替えればいいじゃない」

「それで今の債務にキャンセル料を上乗せされるのか？」

「ああ、忘れてた」そう口にした瞬間、今の発言は思慮を欠いていたと思った。銀河系のあらゆることに対する彼の愚痴の中でも、外世界ステーションでかかった保守修理費用の高さはかなり上位にランクインしている。宇宙デブリの嵐に巻き込まれ、船首の半分を交換する損傷を負ったのだ。中央諸世界は彼の過失が原因であり、補償対象になる任務中の事故には当たらないと主張した。

「おまけに」と、アモンが渋い口調で付け加える。「次に配属される者を拒否する権利がなくなってしまう」

「それは確かね」

「ネッカル人が感謝して、ボーナスを倍にしてくれた誰かとは違うからな」

ヘルヴァは不当な発言に言い返そうとして言葉を呑み込み、事態が好転するといいわね、と言うにとどめた。

「経験者の助言には耳を傾けておけよ、ヘルヴァ」アモンはヘルヴァの態度にほだされたようだった。「ソロの任務はできるだけ受けて、できるうちにボーナスを積み上げておくんだ。そうすれば交渉できるようになる。わたしはだめだったがね。ああ、彼が来た！」

「彼も急いでるようね」

「何があいつのケツに火をつけたもんだか」アモンの口調はあまりにも苦々しげで、ヘルヴァは彼の〈筋肉〉にどれほどの落ち度があるのかと気になった。頭脳船だって人間だ。ちょうどそのとき、船と船のあいだの公開回線に〈筋肉〉の興奮した挨拶が飛び込んできた。

「アモン、許可を得て離陸してくれ。大至急レグルス基地に戻るんだ。たった今聞いた……」

通信が聞こえなくなった。

いい知らせを独り占めしようとするのはいかにもアモンらしくて、ヘルヴァは腹も立たなかった。幸運を、と思いながら外部スキャナーを作動させ、彼が離陸するのを見送る。いい任務を受けて配送ボーナスが入れば債務を完済できて、〈筋肉〉の問題さえほとんど片づくかもしれなかった。キラと彼女がネッカルに到着した日、通信で挨拶してきたトレイスは好人物に思えた。それだけに残念ね……とヘルヴァは思った。〈筋肉〉が先に知ったということは、知らせは集束ビームで届いたものではない。

「ネッカル管制、こちらXH－834」

「ヘルヴァか？　ちょうど連絡しようとしていたところだ。地上クルーの作業に問題はないかい？　何か要求があったら連中に伝えてくれ」通信士は愛想のいい男だった。

ネッカルを最近襲った災禍を考えれば、アモンと同じように不機嫌になりそうなものだが。

「TA－618がどうしてあんなに急いでたのか、教えてもらえないかと思って」

「ああ、うん、確かにちょっとびっくりだよな？　隣りの星系にあんなのがいるなんて、だろ？　いつも言ってるんだが、銀河系にはどんな趣味のやつだろうと存在できるだけの空間がある。でも人が……あいつらを人と呼ぶとして……大昔の古典演劇を観たがるなんて誰が思う？　想像できるか？」腹立たしいことに、通信士は小さく笑い声を上げた。

アモンは相手が何を言うか先にわかるのがいやだと言ってたっけ？　ヘルヴァは通信相手が何か傾聴に値することを言うのを待ちながら、そんなことを考えた。

「わからないわ。あなたが何を聞いたのか、まだ教えてもらってないもの」まだしゃべりつづけそうな相手をヘルヴァが遮った。

「おっと、失礼。きみたち船はどんな噂にも耳ざといと……いや、これは失言かな……そう思ってたもんだから。さて、わたしの情報源はどれもきわめて信頼できて、この話は二つのルートから別々に耳に入った。操縦士トレイスにもそう言ってある。からす座β星系を探索していた船が規則的なエネルギー放出を観測したんだ。出どころは第六惑星と判明したものの……ありえないことに……そこはメタン＝アンモニア大気惑星だった。そんな環境で知的生命が進化したなんて話、聞いたことがないだろ？」

「ないわ。続けて」

「で、乗員は探査プローブを改良して、そこの空気に耐えられるようにしようとした。はは、〝空気〟ってことはないよな」

「わたしたちが呼吸してるものは、そこの住民には毒かもしれない」ヘルヴァが指摘する。

「ああ、まったくだ。何にせよ、乗員がばたばたしはじめる前に向こうから探知してきた。これを聞いてどう思う？」

「魅力的ね。話に引き込まれる」

「で、調査局の連中は色めき立ってる。こんなチャンスを逃す手はないからな。からす座β人に科学情報の交換を申し出て、中央諸世界連盟への加盟を持ちかけた。まあ」少し考え込み、「彼らの文明尺度がすぐに加盟できるくらい高いって、どうしてわかるのかね？　プローブを惑星表面まで降ろすこともできてないってのに」

「からす座β人が調査船とコンタクトできて、星系外で観測可能なほどの規則的なエネルギー放出でばか騒ぎができるなら、こっちの文明度のほうが低いくらいかもしれない」

「なるほど。そういう角度から考えたことはなかった」通信士のへこたれなさは驚異的だった。少し黙ったあと、すぐにまたしゃべりだしたのだ。「まあ、こっちは向こうが何としても欲しがってるものを持ってるからな」そう言って、まるで自分が発明したものであるかのように嬉しそうに宣言する。「演劇を！」

「演劇？」

「そのとおり。メタン＝アンモニア惑星では、どんな形式の芸術も発展するのは難しそうだ。とにかく話としては、われわれに必要な向こうのエネルギー処理方法と、昔の演劇を交換するってことらしい」

「新しいランプと古いランプを？」ヘルヴァがつぶやく。

「どうだい？」

「それだと、どうしてTAが大急ぎで飛び出していったのかがわからない」

「ああ、まあ、簡単な話さ。きみたち船には全星域で、この件の調査報告のために招集がかかることになってる。ほら、きみは歌う船とか言われてるから、こういうのはぴったりなんじゃないかな」

「そうかもしれない」ヘルヴァはとりあえずそう答えた。「でも、わたしはこれから新しい〈筋肉〉パートナーが割り当てられることになってる。そんな重要な任務に未熟なチームを送り出すとは思えないわ」

「何だよ、やりたくないのか？　トレイスによると、三倍のボーナスがつくらしい。正気の船ならそのために戦いも辞さないだろうってことだ」

「わたしは正気だけど、三倍のボーナスよりもっと大事なものがあるの」

通信士の沈黙は、彼が口にするどんな決まり文句よりも雄弁だった。幸い、集束ビーム通信が入ってきたので、ヘルヴァはそちらに意識を移した。

通信は任務コードから始まっていて、彼女は記録装置をオンにしてからメッセージを開いた。

レグルス基地への途中にある、惑星ドゥール（しし座δ星）Ⅲにただちに向かうようにとの指示だ。大学宇宙港の第二十四繋留《けいりゅう》場で四名の公務の乗客を乗せ、遅滞なく基地に向かえとのこと。

「これが命令だってことなら、マダム、すぐに離陸許可を出すよ」ヘルヴァが戻ってくると通信士が言った。

「まだいいわ、相棒。乗客を拾うんだから、汚れ放題の不定期船みたいな姿は見せたくない。さっき言ってたでしょ、何か要求があったら……」

「はいはい、もちろんそのつもりさ」ネッカル人は請け合った。

ヘルヴァは人間の乗員には耐えられない加速度でドゥール星系に向かった。船艙とキャビンはぴかぴかに磨き上げられ、つい最近まで数万個の受精卵の揺りかごが揺れていた場所には成人用の寝台が並んでいる。

胸にアモンの辛辣な言葉が引っかかっていたため、彼女は意欲ある内装業者を説得し、標準的な塗料に適度な化学物質を混ぜ込ませた。操縦士キャビンの柔らかい緑色の塗料にはトゥバン（りゅう座α星）星系の軽石の粉末を混ぜ、照明を変化させることで、操縦士の性格に合わせて色合いを変えられるようにした。調理室には力強いオレンジ色を使った。喉の渇きを感じさせるとともに、早く食事を終えて立ち去りたいと思わせるよう計算されている。メイン・キャビンは青みがかった灰白色で、ほかのキャビンは青とベージュにした。アモンの問題点は頭を使わないことだとヘルヴァは思った。あるいは〈筋肉〉のために色彩心理学を使うことに思い至らなかっただけかもしれない、と寛容に考えなおす。適応に苦労するのは居住するパートナーのほうだと聞いたことがあったのだ。

　塗料の混合が終われば、内装の仕上げに大した時間はかからない。内装の監督と作業員の仕事ぶりは効率的だった。きちんときれいに仕上げるにはもっと時間がかかって当然だと思っていたのだ。これでレグルスに人員を運ぶのに恥ずかしい思いをしなくて済む。とはいえ、実は彼女もこの旅を楽しみにしていた。はじめての人々と会うのはいつでも刺激になる。はじめての〈筋肉〉とも、と力強く自分に言い聞かせる。塗装費用は公務の乗客の輸送料でまかなえるから、アモンの忠告はどうでもいい。

　彼が債務の完済を望んでるって？　遠くで瞬《また》く恒星ドゥールに向かって宇宙を疾走しながら、ヘルヴァは思った。まあ、頭脳船にだってご褒美は必要だ。何気なく自分の債務を確認した彼女は、それが急激に減少していることを知って嬉しい驚きを覚えた。

　驚くべきことだ！〈筋肉〉なしでも今の半分の調子で任務をこなしていけば、三標準年以内に中央諸世界から自分を買い戻せるだろう。たった十年で自分の主人になれる？　とても考えられない。だって、アモンは百五十年近くも任務に従事して、債務の大きさに文句を言いつづけている。もちろん、彼は何にでも文句を言うから、その言葉には誇張があると考え、かなり割り引いて受け取らなくてはならないわけだが。実際、アモンと同世代で〝自由な〟船も存在した。ＹＧ－６３５がそうだ。彼はさそり座連邦で雑多な仕事をしていて、その環境に合わせて自分を改造している。

　さらに言えば、彼女は幸運にも恵まれた。あの運命的なラヴェルでの任務で得たボーナスはパートナーの命の代償だったが、資産が増えたのは確かだ。アンニゴーニの感染症の任務では通常の報酬全額に加え、特別ボーナスが支給された。ＲＣＡの依頼でネッカルにコウノトリ航行したときはキラとパートナーを組み、キラがＲＣＡに雇われていたので、両方から報酬を得ることになった。アリオスの件では７３２の発見報酬があり、今回はネッカルからの多額の謝礼もある。大がかりな修理はなく――これは就役から間がないので当然だが――初期のケアと保守整備に巨額の出費があったにもかかわらず、彼女の財政はかなり余裕があった。

　ヘルヴァは債務を完済したとしても、間違いなく中央諸世界の任務を受けつづけるだろう。彼女は仕事を楽しんでいた。もちろん、ときおり中央諸世界に〝しっかりしろ〟と言ってやるのも気分がいいはずだ。〈筋肉〉を雇ったり解雇したりするのも彼女の自由になる。

　そう、そんな自由のためにも、債務の完済には意味があった。

トレイスがそれほど癇《かん》に障るなら、アモンはなぜ違約金を払ってでも追い出さないのか、彼女にはいまだに理解できなかった。中央諸世界が多額の債務を抱えた船を見捨てるとも思えないが……まあ、それは彼女の問題ではない。ただ、乗客を乗せてレグルスに着陸するときには〈筋肉〉がいるほうがいいだろうと思えた。債務があろうとなかろうと、彼女には権利がある。

昼と夜を分ける必要もないまま高速で飛びつづける航行には終わりがないように思えた。彼女は眠らず、時計は無意味に時を刻むだけだ。外殻人の条件づけはパートナーの存在を前提にしている。世話をして、役に立ち、ともに生きる誰かが必要なのだ。ヘルヴァは他人と感情的に交流するのが好きだった。アイデアを交換すること、そう、苛立って罵り合うような交流さえ好ましい。どれも直接に経験したいことだ。すべてに幻滅した年寄りの〈頭脳〉から聞かされる愚痴としてではなく。

ドゥールⅢの宇宙港は一部が北東半球の山地の陰になっていた。山地の反対側の山体内部には、この大学惑星の巨大な複合管理施設が設置されている。

第二十四繋留場に着陸したヘルヴァが船体番号を申告すると、繋留施設の伸縮自在なチューブの口が人員用ハッチを正確に探り当てた。ふたりの男が接合の完了を待っている。一人は荷物を満載した手押しカートに寄りかかり、もう一人はチュニックをあちこち引っ張ったり、ちらちらと手首ユニットに目をやったりしていた。

「むだにできる時間はない。荷物はどこに運べばいいか、わかっているな？」

荷役係はわざわざ返事をしたりはせず、カートを巧みに船内に導いた。メイン・キャビンを通り過ぎ、通路を進ませる。

「ほう、まるで就航したばかりのようだ」いかにも役人然とした男のほうが驚いたようにあたりを見まわし、しぶしぶという感じで賛嘆の声を上げた。足を止めて調理室を眺め、あちこちに首を突っ込み、クロゼットや引き出しを覗いていく。「このクラスの船だと、備品庫の鍵はどこにあるんだ？」彼は荷物をキャビンに降ろしている荷役係に尋ねた。

「船に尋ねてくれ。これが筋肉頭脳船《BB》だって気がついてないのか？」

「ああ、そうだったか。大変失礼した」

ヘルヴァは寛大に、相手が彼女の実際の居場所にまだ気づいていないことを認めた。メイン・キャビンの全方位に向けて円を描くように一礼したことからも明らかだ。

「レグルス基地まで通常の人間四名を運ぶための設備はそろっているのかね？」

「ええ」

「ああ、ほっとしたよ。急な話だったんで、どんな船が来るのかも知らなかったんだ。BB船とは！　奮発したな。航行中、船内重力は調整できるんだろう？」男が手首ユニットから目を上げて尋ねる。

「ええ。どれくらいがいいの？　事前の指示は受けてないんだけど」

「指示がなかった？」彼はひどく不安になったようだった。「いや、あって然るべきだ。なかったのはおかしい。そう、間違っている。そんなはずがない。だが、太陽俳優《ソラール》は要望したはずで……まあ、調整できるなら問題はない、だろう？」

こんなとっちらかったのがほかにもなんて、勘弁して。ヘルヴァは内心でうめいた。「お望みの重力を教えてちょうだい」

接続チューブの入口ハッチの前で拍手と喝采が湧き上がった。わかっている、というように、役人がそちらに目を向ける。「来たようだな。ソラールから話があるだろう。あるいは彼の付き添い医師、ミス・ステアから。すぐ離陸できるように準備しておいてくれよ」

荷役係が戻ってきてメイン・キャビンに入り、ヘルヴァの柱に向かって快活に敬礼した。「荷物は全部積み込んだぜ」役人にそう言ってハッチをくぐり、チューブ内を引き返していく。

「けっこう」彼の上司は上の空で応じ、同じようにハッチに向かった。わずかにしかめられていた表情がすぐに貼りついたような笑みに変わる。騒々しい一団がチューブ内を進みはじめた。

最前列の四人が乗客に違いない。船内スーツを着ていることからもそう思えた。映像を拡大すると、誰が重力制御を必要としているのかは明らかだった。少なくとも〇・五Gくらいにはしないとだめだろう。その男は一Gの重力に慣れていないようで、見るからに苦労して歩いていた。身体の重さで筋肉が張りつめている。顔の肉まで垂れ下がっているのがわかった。ハンサムな顔が台なしだ。それでも彼は胸を張り、頭を高く掲げていた。肉体の負担くらいで尊厳を放棄する気はないらしい。

その男があまりにも興味深かったので、もう一人の男とふたりの女に、ヘルヴァはちらりと目を向けただけだった。四人がエアロックに向かっていく。

役人はすばやく脇にどいた。チュニックに学界の記章をいくつもつけた特徴的な老人が、横にいる印象的な女性に片手を差し出した。

「あなた専用のこの魔法の絨毯《じゅうたん》がレグルス基地まで連れていってくれます。あなたにお会いできて、アンスラ・コルマー、個人的にとても光栄に思っています。公式には、個人的にソラール・プレインを訪問する予定を切り上げてまで、われわれの学生にあなたの芸術を伝えることを選んでくれたご厚意に、ドゥール大学は感謝しています。あなたの『アンティゴネー』は示唆に富んでいるし、『フォルス二世』の独白で、わたしははじめて色彩とにおいとリズムの重要な相互関係が理解できました。あなたはこの芸術の驚くほど多才な体現者であり、すぐにも栄誉ある〝太陽女優《ソラーラ》〟の称号を贈られるものと信じています」

念入りに化粧したアンスラ・コルマーの顔に浮かんだ微笑がわずかに硬くなった。きらめく目にはユーモアのかけらさえ見当たらない。

「ご親切にどうも、学長。とりわけ、ドゥールに独自のソラールが誕生してからは」彼女は身体を半回転させ、重力に悩む男のほうを向いた。「よくこの人を送り出す気になりましたね？」そう言って、返事を待たずにハッチをくぐり、メイン・キャビンに足を踏み入れる。

騒々しいファンの群れに背を向けた彼女の顔に抑えた怒りと憎しみの表情が浮かぶのを、へルヴァは見逃さなかった。

学長はまるで彼女の当てこすりがわかっているかのように咳払《せきばら》いした。ソラールに向かって重々しく一礼する。

「気が変わったりはしていませんか、プレイン？」

「中央諸世界からきわめて強い要請を受けたのですよ、学長。引き受けるのは職業上の義務というものでしょう。あなたから受けた多大な厚意に対して、この件を引き受けた名誉が有利に働くことを願っています」プレインの声は声量豊かで、訓練された俳優のものだった。

ヘルヴァはそこに、まるで補助を受けているような奇妙な空虚さや、ときおり混じる弱々しさを感じた。彼女のセンサーは若い学生や辛抱強い係員といったファンの群れの耳よりも鋭敏にできている。

「ソラール・プレインは学期が終わる前に凱旋《がいせん》してくるでしょう」もう一人の男の乗客が言った。「ミス・ステアの手腕がありますから」

「まったくです、デイヴォ・フィラナサー」学長が心からの同意を示す。彼は向きを変え、ソラール・プレインの隣りの若い女性と握手した。

ヘルヴァはこの別れの場面に交錯するさまざまな感情に魅了された。少なくとも退屈な旅にはなりそうにない。

「これ以上操縦士を待たせるわけにはいかなくてね」ソラール・プレインが言った。人好きのする申し訳なさそうな笑みを見せ、群衆に向かって大きく手を振る。彼がミス・ステアに腕を取られてエアロックの中に後退すると、人々は悲しげなため息をつき、残念だとつぶやき、涙を流す者さえいた。

デイヴォ・フィラナサーと呼ばれた男も笑顔で手を振りながら二人に同行する。

ソラール・プレインは横の若い女性のほうを向き、ヘルヴァは彼が短くこう言ったのに気づいた。

「もう耐えられないよ、カーラ。操縦士に言って、ハッチを閉めさせてくれ」

ヘルヴァは即座にエアロックのハッチを閉じた。

「手を貸して、デイヴォ」群衆の姿が見えなくなるとカーラが叫んだ。大柄なソラールの身体が彼女のほうに倒れそうになるのを、腰に腕を回して押しとどめている。

「ばかなやつだ」デイヴォはそうつぶやいたが、慎重の上にも慎重に手を貸している……プレインを傷つけるのを恐れているかのように。

「だいじょうぶ、わたしはだいじょうぶだ」プレインがかすれてささやくような声で主張した。

「あのお別れパーティは狂気の沙汰だったわ。こんな状態で朝まで、通常重力下でなんて」と、カーラ。

「英雄は英雄らしく別れを告げないとね」と、アンスラ・コルマー。振り向いた彼女の顔に浮かんだ笑みは正直なまでに悪意に満ちていた。その目にはプレインの不調を喜ぶ強い光が宿っている。

「英雄はまだ盾の上に横たえられてはいないよ、アンスラ」ソラールの口ぶりは彼女に逆らうのを楽しんでいるようだった。彼はカーラを押しのけ、支えようとするデイヴォの手を下ろさせて、ゆっくり慎重にキャビンを横切った。

「不発だったかな、アンスラ？」デイヴォはそう言い、少し離れてソラールのあとをついていった。

「アンスラの辛辣な言葉がわたしの背骨に力を与えてくれるのさ」ソラールが小さく笑い、ヘルヴァはまたしても、その言葉の裏の苦々しげな含意には治療効果があるに違いないと思った。ソラールの付き添い医師は同意しないだろうが。

「もう充分でしょう」カーラ・ステアのいかにも専門家らしい冷静な声が響いた。彼女は自力で歩こうとしているプレインの意志を無視して腰に腕を回し、身体を支えて寝台に向かった。「緩衝マットレスのはずだけど」と言ってメッシュの毛布をめくる。「いいわ」器用にソラールの身体の向きを変え、寝台に横たえる。そのあと腰のポーチから診断装置を取り出した。落ち着いた表情で、じっと装置の表示を見つめる。

表示を覗いたヘルヴァはいくつかの数値にとまどいを覚えた。無理をして歩いたので脈拍数は上がっているが、心臓の負荷はとくに過剰ではない。血圧はストレスがかかっているにしては低すぎ、低重力に慣れているにしては高すぎる。それ以上に不可解なのは脳波だった。プレインは筋肉に負荷をかけすぎた反動で仰向けのまま小さく震えており、疲れて年老いて見えた。

「今度はなにを投与しようというんだ、カーラ？」彼女が静注《じょうちゅう》スプレイを準備しているのを見てプレインが上体を起こし、強い口調で尋ねた。

「弛緩薬と……」

「鎮静剤とブロック麻酔は禁止だ」

「わたしは医者なの、ソラール・プレイン」毅然《きぜん》とした、冷静な口調だ。

プレインは手を伸ばし、彼女の手首をつかんだ。ヘルヴァにはその指が手首に強く食い込んでいるのがわかった。カーラ・ステアがまっすぐに相手の目を見つめる。

「あのパーティで無理をしたから、鎮静剤なしでは離陸を乗り切れないと……」

「弛緩薬だけでいい、カーラ。不快感には耐えられる……自力で。宇宙に出てしまえば、操縦士が重力を調整してくれるだろう」

そんな意志力の戦いを、デイヴァは興味深そうに眺めていた。奇妙なことに、ヘルヴァはデイヴァがプレインを応援しているように感じた。若い医師がスプレイのアンプルを交換し、一本の薬剤だけを噴射したとき、彼が漏らした安堵の吐息からの判断だ。

「その操縦士はどこにいるわけ？」カーラがデイヴァに向かって言う。

「操縦士？」アンスラが鸚鵡《おうむ》返しに言い、操縦席のシートを軽く揺すった。「ソラールの古典演劇の経歴を称賛するのに夢中で、ブリーフィングのとき何も聞いてなかったみたいね」

「いや、アンスラ、頼むから鉤爪《かぎづめ》は引っ込めてくれ。うんざりしてきた」デイヴァはそう言ってカーラをシートの一つに座らせた。警告するような笑みを浮かべている。「これは頭脳船なんだ、カーラ。操縦士はいらない。われわれは航行中、座ってるだけでいい」

「ミス・コルマー、もしあなたが……」カーラが言いかける。

「それと、おとなしくしてろ」デイヴォがきびしい口調になった。片手をカーラの前腕にかけ、反抗するなと警告する。「早く離陸できれば、プレインにとってもそのほうがいい。だろう？」

　彼女は不承不承従った。アンスラは煽るように、降伏した相手に勝ち誇った笑みを向けた。

「行こう」デイヴォが肩越しにヘルヴァにうなずきかけた。

「ありがとう、ミスタ・フィラナサー。ＸＨ‐８３４にようこそ」ヘルヴァは落ち着いた口調で、努めて冷静に語りかけた。「離陸に備えてハーネスを装着してください」アンスラ・コルマーはハーネスを着けるあいだだけシートを揺するのを中断した。「ミス・ステア、ソラール・プレインの体調は標準的な離陸速度に耐えられると思いますか？」

「緩衝マットレスに横になっていれば、問題ないわ」

「薬もやってるし」アンスラがばかにするように付け加える。

「ソラール・プレインに鎮静剤は使っていません」医師がぴしゃりと言い、立ち上がろうとしてハーネスに引き戻された。

「アンスラ、口を慎め！　プレインはドラッグなどやっていないし、やったこともない！」

「離陸許可が出たわ」ヘルヴァは嘘をついて口論を牽制《けんせい》し、メイン・スピーカーからエンジン音を少し流しさえした。

操船を開始するときもプレインから目を離さない。緩衝マットレスの上にいるのでだいじょうぶだろうが、一Gに耐えるのがやっとだとしたら、離陸時にはかなりの苦痛を感じることになる。ヘルヴァは徐々に加速するのではなく、一気に離陸しようと決断した。推力を上げ、彼が数分で苦痛のあまり意識を失うのを見届ける。

ドゥールⅢの引力から自由になってレグルスに向かうコースに乗ると、彼女は全推力を切り、いつもなら乗客が快適に過ごせるように維持している船体の回転も止めてしまった。プレインは意識がないままだが、頸の血管は安定して拍動している。

「彼の様子を見にいかないと」メイン・キャビンでカーラが言った。

ヘルヴァが彼女に目を向けると、付き添い医師はおかしな恰好で、メイン・キャビンの奥の壁に貼りついていた。

「ゆっくり動くんだ」デイヴォが助言する。「〇・五Gに慣れてるんだから、荒っぽい動きには荒っぽい反動があることくらいわかってるだろう」

「ほんとに、ばかみたいな恰好」と、アンスラ。

「ソラール・プレインは最大推力に達する前に気絶したわ、ミス・ステア。今は苦痛を感じてないようね」ヘルヴァが報告した。

「彼のところに行かないと」カーラは頑固だった。「骨が脆《もろ》くなってるの」

骨粗鬆症《こつそしょう》？　それなのに宇宙航行を許可したの？　正気？　だったら、何で脳波はあんなに興奮してたの？

「重力を戻したほうがいい？　耐衝ネットがあるから……」

「だめ、だめ」カーラが抗議する。

「もしわたしがレグルスまでずっと自由落下状態に耐えると思ってるなら、考えなおしたほうがいいわ」アンスラの顔のおもしろがるような表情は消えていた。

「重力のストレスがかからない時間は長いほうが……」

「だめよ」アンスラが即座に拒否する。「ずっと自由落下状態だったら、肉体がどうなるかわかってる。わたしは絶対に……」

「筋肉ゆるゆるにはなりたくない、かい？」デイヴォが彼女に笑みを向けた。「いつでもアイソメトリック運動に付き合ってくれていいんだぜ。自由落下には慣れておいたほうがいい。ブリーフィングのとき聞いたろう……きみはしっかりブリーフィングを聞いてたらしいから……公演は全部、自由落下状態でやるんだ。慣れておけよ」

「精神だけが転移すると聞いてるわ。今は肉体の問題なんだけど」

「そしてソラール・プレインの肉体は休息が必要なの」何とかキャビン中央に戻ってきたカーラが言った。「この公演でたった一人の演出家なんだから」

「妥協案として、お嬢さん方」デイヴォが言った。「起きているあいだは〇・五G、夜になってぐっすり眠っているあいだは自由落下ってことにしないか」

「そんなことができるの？」カーラは希望を抱いたようだった。「エネルギーが必要なので、ドゥールⅢではずっと〇・五Gにしておくしかなかったの」

「お嬢様には〇・五Gでご容認いただけますかな?」デイヴォがふざけて一礼しながらアンスラに尋ねた。

「〇・五Gでも一Gでも、どうせもたないわ」カーラが出ていってキャビンのハッチが閉まる音を聞きながら、アンスラが顔をしかめて言った。

ハーネスをはずし、シートの中で身体をひねると、デイヴォに正対した状態でいちばん楽な姿勢を取る。

「どうして死にかけた男を擁護しつづけるのか、理解できないわ、デイヴォ。反論はなし。彼は精神が弱ってる。見ればわかる。だって、彼のことならよく知ってるもの」彼女の笑みは二人の親密さを示唆していた。「彼の精神こそ転移すべきなのよ」突然、彼女の態度がわずかに変わった。「脇役じゃなくて、もっと重要な役をやろうと思ったことはないの、デイヴォ?」

ヘルヴァはじっとデイヴォを見つめた。彼のことは俳優ではなく、プレインの友人かアシスタントだと思い込んでいた。ほかの二人が見せる、明らかに本職らしい物腰が見られなかったのだ。

「あなたは俳優組合で、古典演劇の俳優として高い評価を得てるでしょ」アンスラが言った。

「どうしてプレインに人生を支配されて、指図を受けつづけてるの?」

デイヴォは一瞬、無表情になって彼女を見つめたあと、無邪気な笑みを浮かべた。「たまたまプレイン・リストンを、職業上も個人的にも尊敬して……」

アンスラは不作法な音を立てた。「あなたはまるでマチネの日の代役みたいに、彼の防波堤になってる。彼が自由落下状態で動く〝実験〟をしてるあいだ、彼から教えを受けて！　はっ！　下っ端どもが英雄の弱みに気づかないよう、身体を張って守ってたのよ！」

「きみの動機のほうがよほど怪しげだろう。最後の契約が切れてから二カ月もぶらぶらしてたあと、旧友のプレイン・リストンを〝訪問〟する？　それこそ〝はっ！〟だ」

ヘルヴァは化粧の下の女の肌に赤みが差したことに気づいた。

「わたしの訪問は、デイヴォ・フィラナサー、きわめて適切なものよ」アンスラは甘ったるい笑みを浮かべた。「ブリーフィングによれば、ひとたびからす座βで……何て言ってたかしら、空《から》の外皮？……に転移したら、外観はどうでもよくなる。問題は能力だけ。いつも思ってたんだけど、デイヴォ、あなたが古典演劇を選ぶのはいい判断じゃないわ。痩せぎすで飢えたような見た目だから、いつもイアーゴかカシウスみたいな役になる。あなたなら……ロミオだってできる……からす座βでなら」彼女は目がくらむような笑みを見せた。

「無理だな。プレイン・リストンが演出兼ロミオのあいだは。だろう？」デイヴォは目を輝かせて身を乗り出したが、細面の暗い表情は不可解だった。「おれの本音をその耳で聞いたって、真実を信じる気はないんだろう、アンスラ？　プレイン・リストンがもうアンスラ・コルマーに夢中じゃないってことも」

「どうでもいいわ」彼女はつんとして、無関心そうだ。

デイヴォは微笑しただけだった。カウチに背を預け、彼女の態度に合わせる。「きみも自分で演出家を選んでたんだろう、ええ？　ジュリエットに舞台を支配させるような演出家を？　そこにおれみたいな、人はいいが弱々しいロミオを配する。プレインがきみにやらせようとしてる演技の半分の努力で、二倍もうまく見えるってわけだ。ほら、認めちまえよ、アンスラ」と、彼女の策略に苛立ちながら言う。「きみがどんなに怠けようとしても、プレインはいつだって最高の演技を引き出すんだ。

だが、今回に限って、重要なのはそこじゃない。きみの自己満足よりも重視すべきことがある。本当にブリーフィングをちゃんと聞いたのか？　からす座β人は不安定な同位体の半減期を調整できる。その技術を中央諸世界が手に入れたら、パイル航法に革命が起きて、われわれは銀河間の海さえ……」彼は言葉を切り、嘲るような笑い声を上げた。「まあ、ここでうまく彼らを喜ばせれば、来シーズンには馬頭星雲で上演してるかもしれないぞ、アンスラ・コルマー。あるいは」と、考え込むように目を細め、「ソラーラ・アンスラと呼んだほうがいいかな？」

「よく考えることね、デイヴォ」彼女は警戒と緊張を感じさせる姿勢を取った。「どれだけのものがかかってるのか。利他主義なんてどうでもいい。そんなもので契約は取れないし、報酬も得られないから。からす座βの転移装置がなかったら、こんなツアーに参加しようなんて一瞬も考えなかった」

デイヴォに鋭く見つめられ、彼女はかすかな笑みを浮かべた。

「実際、デイヴォ、『ロミオとジュリエット』みたいな、ありそうにない社会構造に基づいた時代遅れのラヴ・ストーリーに、からす座β人がどんな意味を見出すと思うわけ？」

「きみはおれが思っていた以上の偽善者だな」

「わたしたちは幻想を創り出すのであって、信じるわけじゃない。心の弱ったロミオなんて、転移の件がなかったら何の価値もないわ。その装置がメタン＝アンモニア大気中で作動するなら、どこでだって使える。まったく新しい次元の観客だって……」

「そしてその新メディアでランキングがトップの演者、ソラーラ・アンスラってわけか？」

デイヴォの黒い目がじっと彼女を見つめている。

ヘルヴァは彼が彼女の主張の欠陥を見抜いたのだろうかと思った。

「何がいけないの？　ブレインが死にかけてることは付き添い医師じゃなくたってわかる。あれだけ弱ってたら、圧力に耐えきれないでしょ。服用してるマインドトラップのせいで、頭蓋骨もすっかり軟化して……」

「頭蓋骨はそうだろうが、脳は違う……」デイヴォが反論した。「おれの脳だってそうだ。彼の世話になったことは、死んでいようと死にかけていようと、忘れることはない。おれはつねに彼とともにある。よく覚えておけ、アンスラ・コルマー。どうしてもあの好人物をいびるのをやめないなら、また、公演に溶け込むつもりがあると態度で示さないなら、きみに対して危険禁止条項を発動する。この劇的任務はきわめて重要なので、危険分子を抱え込むリスクは冒せない。コンピュータが演技力と能力を基準にブレインを選んだことを忘れるな。医療面でのハンディはあっても、やっぱり彼が確率プロファイルで最高点を得てるんだ。しゃんとしろ、アンスラ。さもないとコンピュータにきみの心理データをいくつか追加して、適性プロファイルを更新することになる」

デイヴォは勢いよく立ち上がり、低重力のせいで天井まで跳ね上がった。動きを修正し、ゆっくりと調理室に向かう。

「自動操縦装置、今のわたしとデイヴォ・フィラナサーとの会話を消去しなさい」アンスラが怒りに満ちた硬い口調で命じる。「命令は理解できた?」

「はい」ヘルヴァは慎重に、乾いた機械的な声を出した。

「実行して。わたしに割り当てられたキャビンはどれ?」

「二番です」

ヘルヴァは女優が背筋を伸ばしてよろめくように通路を歩いていくのを見ながら、ネッカルに長居して船内を磨き上げ、内装がいつもどおりきちんとしていることにきわめて人間的な満足を覚えた。

あまり楽しい夜ではなかった。命令が届いたときに期待したのとは大違いだ。デイヴォは無言でぴりぴりしながらカーラとアンスラを監視し、開けっぱなしのブレインのキャビンの前をしょっちゅう行ったり来たりしていた。カーラは落ち込んでいるが、それを表に出さないようにしている。ブレインが投薬を拒むのを聞いていたヘルヴァは、センサーのおかげで、彼が口論を避けるために眠ったふりをしているのを知っていた。アンスラはむっつりした冷たい視線で若い付き添い医師を追いつづけている。ヘルヴァは話しかけられたときだけ返事をし、船の自動操縦装置のふりをしつづけた。デイヴォはたぶん彼女の正体に気づいているだろうが。

彼とアンスラの話し合いはブレインの助けにならず、むしろ彼女の敵対心を増大させ、船内の緊張を高めただけだった。ヘルヴァは彼がわざとアンスラを誘導して野心を吐露させ、ヘルヴァを女優の野望の証人にしたのではないかと疑った。ただ、証人の前でアンスラから妥協を引き出すつもりだったなら、どうして二度めのチャンスを与えたのだろう？　もしかすると、デイヴォは彼女が心を入れ替えると本気で思っているのか？

まあ、それはヘルヴァの問題ではない。必要があればあの会話を再生するだけだ。狡猾な女優と恋する付き添い医師と死にかけた俳優のことは、ほかの船に心配させておけばいい。アモンが全部まとめて面倒を見るかもしれないし。ガス大気中を自由落下しながら上演される『ロミオとジュリエット』！　姿勢安定装置によるシェイクスピア？　ヘルヴァもアンスラと同意見だった。アイデア自体がどうかしてる！

長い、震える吐息が彼女の回想に割り込んできた。夢見が悪いのか？　いや、ブレインは眠っていなかった。ほかは全員、メッシュの毛布の下でぐっすりで、誰よりも休息を必要としているのは彼なのに。

『アーメン、アーメン！　どんな悲しみでも来るがいい。あの人を一目見る歓《よろこ》び、その大きさに等しい悲しみなどあるはずがない。どうか聖なる言葉で二人の手を結び合わせてください。そうすれば、愛をむさぼる死が何をしようと構わない。ジュリエットを妻と呼べればそれで充分です』（『ロミオとジュリエット』二幕六場）

台詞に挑む声が高まる。肉体の衰弱をものともしない、豊かで、優しく、汚れない声だ。だが、それに続く笑い声はうつろで苦々しげだった。

『ぼくは舵取《かじと》りではないけれど、これほどの宝を得るためなら、たとえきみが最果ての海に洗われる岸辺にいても冒険に乗り出す』（『ロミオとジュリエット』二幕二場）

ふたたび長い間を置いて、

『おまえは捨て鉢になった舵取り、今こそ波に揉《も》まれ疲れたこの船を岩角に当てて砕いてくれ！　愛するジュリエットのために』（『ロミオとジュリエット』五幕三場）

さらに長い間があり、ヘルヴァは彼が眠り込んだのではないかと思った。

『おお、死よ、汝の棘はどこにある？　墓よ、汝の勝利は？』（新約聖書の一節）

ヘルヴァは彼の感情的な声にこもった灼《や》けるような後悔と憧れの念に気圧《けお》されるのを感じた。彼は死にたがっている！　この公演旅行で死ぬことを期待しているのだ。

キラのとりわけ華々しい悪態を並べて気持ちを落ち着かせたヘルヴァは、からす座βの精神転移のことをもっとよく知りたいと思った。彼らが噂どおり放射性同位体を安定させられるなら、エネルギー工学の驚異的な天才ぞろいなのは明らかだ。脳がエネルギーのきわめて原始的な形である電気信号を発していることを考えれば、電荷をある受容体から別の受容体に移すことも可能だろう。理論的には簡単だが、実際には？　エネルギーの減衰や、受容体への転写ミスが起きるだろう。戻ってきたらばかになっていたり？　データ不足と判断して、ヘルヴァは考えるのをやめた。いずれにせよ、彼女の問題ではない。

プレインが首尾よく死におおせるとも思えなかった。カーラ・ステアが彼の命の灯《ひ》を守り抜こうと決意しているのだ。からす座β人のことはよく知らないが、ヘルヴァがこれまでに出会った文明社会では、知性ある存在が自分の生命を浪費することは許されないのが普通だ。キラ・ファレルノヴァも自殺がきわめて難しいことを実感していた。

カーラはプレインの熱烈すぎるほどのファンだが、愚かには見えない。彼の肉体的苦痛だけでなく、希死念慮にも気づいているだろう。

ヘルヴァの思考は迷走し、方向が定まらなかった。診断・予防・治療がそろった現代の医療環境で、どうしてプレイン・リストンの身体があそこまで衰弱したのかを知るには、手がかりがあまりにも少ない。年齢は明らかに二度めの五十代だが——骨の軟化？　骨髄にカルシウムを打ち、サプリメントでリンを補充すればいいだけだ。だが、アンスラは薬物中毒を当てこすっていた。脳が柔らかいと……いや、頭蓋骨だ……〝服用してるマインドトラップのせいで、頭蓋骨もすっかり軟化して〟と言っていた。だが、マインドトラップは無害な薬物のはずだった。精神を拡張する薬で、情報を欠けることなく保持したい者のあいだでは昔から広く使われている。成人の脳では一日に十万個のニューロンが失われる。役者にとって記憶力の減退は死活問題だろう。マインドトラップを長期にわたって過剰服用すると、骨に有害な残留物が蓄積するという可能性はあるだろうか？

ヘルヴァは船の記憶バンクを検索したが、マインドトラップの副作用の記録は見当たらなかった。とはいえ、相手は何百という惑星で公演してきた俳優だ。絶えず宇宙放射線に曝されていたため、細胞の遺伝子が小さく傷ついたのでは？　タンパク質の分解阻害？　だが、それならどこかの医療工学者がとっくに気づいて、問題のある酵素を単体分離し、修正しているのではないか？

ヘルヴァは眠れない男を観察した。登場人物ごとに声色を変えて台詞をつぶやいている。ヘルヴァはうっとりと、ソラールの口から流れ出るさまざまな場面の完璧な台詞まわしに夜通し耳を傾けた。夜明けの直前になってようやく連禱《れんとう》がやみ、名優にも安息が訪れた。

夜明けが訪れて去り、ヘルヴァは全システムの定時チェックをおこない、探知機でスキャンし、あたりにほかの宇宙船がいないことを確認した。彼女は苛立ち……安堵した。

最初に起きてきたのはカーラだった。彼女はすぐさまプレインの様子を見にいった。彼が静かに眠っていて、顔からも疲労の色が消えているのを見て、不安はかなり解消したようだ。その表情には限りない優しさと愛が見て取れた。カーラはそのまま寝台のそばを離れ、キャビンのドアを開け、調理室に漂っていった。

すぐにデイヴォが合流した。「今朝はどう？」

カーラは身を守るように、医学的な所見を述べはじめた。

「きみの恋人の内臓の状態が知りたいわけじゃ……」

「プレイン・リストンはわたしの恋人じゃない」

「おや、では、汝の行動は欲望に追いついておらぬのか？」

「デイヴォ、やめて！」

「赤くなるなよ、きみ。からかっただけだ。〝はい〟か〝いいえ〟で答えてくれればいい。プレインは今日、リハーサルができるか？　自由落下の舞台は難しそうだし、本人もいくつかの場面を、時間があるうちにさらっておきたいと言ってたからな。ヘルヴァは要求すれば自由落下状態にしてくれる。そうだな、ヘルヴァ？」

「はい」

「何だか人間みたいね」カーラは小さな身震いを抑えた。

「おいおい、カーラ、ヘルヴァは人間だよ。そうだろう、ヘルヴァ？」

「あら、気がついてたの？」

デイヴォはカーラの驚いた顔を見て笑いだした。

「親愛なるミス・ステア、医師であるきみなら、この船の船長の正体に心当たりがあるんじゃないか？」

「気がかりなことが多くて」彼女は言い訳するように顎を上げた。「でも、ごめんなさい」と、ヘルヴァのいる中央柱に向きなおる。「失礼なことを、ヘルヴァ……」プレインのキャビンの閉じたドアを見て、顔を赤らめる。

「あなたには分別があった」ヘルヴァは相手が急にとまどいはじめたことに気づき、そう言った。「わたしがそうあろうとしてるようにね」デイヴォはその一言で、カーラが赤面した理由に気づいたようだ。

「サイボーグにも仁義ありってわけか？」そう言って目をくるりと動かし、言葉を強調する。

「そうよ。わたしたちがすばらしく信用できて、忠実で、礼儀正しく、誠実で、思慮深く、非人間的なほど清廉だっていう証拠でもある」

デイヴォは大きな笑い声を上げ、カーラがプレインのキャビンを指さして制止するまで笑いつづけた。

「何だ？　むしろ目を覚ましてもらいたいね。楽しい笑い声で目覚めるのは精神的にもいいことに違いない」

「登場のきっかけとしては悪くない台詞だ」プレインがドアを開けながら言った。小さな笑みを浮かべ、楽な姿勢で胸を張り、昂然《こうぜん》と頭を上げて、疲労や衰弱の痕跡はすっかり消え去っている。充分に休息したわけではないはずだけど、とヘルヴァは思った。ほとんど夜通し台詞をつぶやいていたのだ。だが、彼は若返ったようにさえ見えた。「もう行けるか、デイヴォ?」

「何か食べるまでどこにも行かせないわ、ソラール」カーラが強い調子で言う。

プレインはおとなしく同意した。

ヘルヴァは四人の性格に起因する対立から距離を置くつもりだったのに、気がつくと食い入るようにリハーサルを見ていた。カーラが台本を押しつけられ、プロンプターを務めている。

「さて」プレインがきびきびと話しはじめた。「からす座β人に個人的な対立という概念があるのか、あるとして、それに対してどんな態度を取るのかは、何もわかっていない。この決闘を不可避なものにした古代の掟《おきて》が彼らに理解されるかどうかも不明だ。とはいえ、人類の社会構造や昔の道徳律の説明は、この劇団の役目ではない。調査船の船長によると、からす座β人は乗員が『オセロー』を視聴しているのを見て、具体的な目的もなく、刺激と興奮のためだけにエネルギーを浪費するという特殊な〝公式〟に夢中になったそうだ」とまどったような笑いを漏らす。「演劇をエネルギーのむだ遣いと評価する層はつねに存在してきた。だが、われわれがシェイクスピアを社会批評として演じても意味がない。古典主義者になって――グローブ座で上演されたように、純粋なシェイクスピアを演じるだけだ」

「純粋さにこだわるなら、ジュリエットは思春期前の少年が演じるべきだな」デイヴォがからかうように指摘した。

「そこまで忠実にやる気はないよ、デイヴォ」プレインが笑い声を上げる。「配役は今のままでいいと思う。自由落下状態で演技するのはそれだけでも難題だし、提供される外皮にも慣れる必要がある。今のうちに舞台での動きを頭に叩き込んでおけば、からす座β星系に到着したときには、新しい身体に慣れるだけで済むだろう。わたしは単に衣装の変更としか思っていない。

では、ティボルト役のデイヴォは下手《しもて》へ。ベンヴォーリオとマキューシオは舞台南面で待機し、わたし、ロミオは楕円の東から登場する」

ヘルヴァはプレインとデイヴォが自由落下状態での演技を練習してきていることに気づいた。あらゆる動きを器用に調整して前進し、踊りながら優雅に後退する。ただ、肉体には大きな負担がかかり、二人ともすぐに汗だくになった。それでも動きを身体に覚え込ませるため、決闘の手順を何度となく繰り返す。

熱心に試行錯誤し、改良を重ね、二人は決闘の場面を二度、完璧に演じきった。プレインの体調不良を加味しても、ヘルヴァは大いに感銘を受けた。

アンスラが物憂げにメイン・キャビンに漂ってきて、ヘルヴァが思わず警報システムを再確認したほど、急激に雰囲気が変化した。

「おはよう、マダム」プレインが陽気に挨拶する。「バルコニーの場面をやれるかな、麗《うるわ》しのジュリエット?」

「親愛なるソラール、デイヴォとずいぶん激しい稽古をしてたようだけど、まだやれるの?」

プレインは一瞬ためらったあと一礼し、心からの笑みを見せた。「きみさえよければ、ジュリエット」そう言って、派手な身振りで頭上を示す。彼女はそこで演技することになっていた。

彼が背を向けてキャビンの端に漂っていくと、嘲りを無視されたアンスラは肩をすくめ、上方に身を投じた。

「ベンヴォーリオの台詞を頼む」と、プレインがカーラに指示する。

アンスラの登場に慌てたカーラは緊張した様子で台本をめくった。

「第二幕第一場だ、カーラ」デイヴォが励ますようにささやく。

ヘルヴァは声をテノールに落とした。

『行こう、見つかりたくないやつを

見つけようとしてもむだだからな』（『ロミオとジュリエット』二幕一場）

「何たること、今のは誰だ？」プレインが驚いて叫び、急に振り向いたため、身体が壁に向かって漂いだした。彼は上の空のまま、片手をついて動きを止めた。

「わたしよ」ヘルヴァがすなおに、通常の声で答える。

「自由自在に声が変えられるのか？」

「だって、単なる音声出力の問題だもの。わたしの声は音声ユニットを通じて再構成されてるから、その場その場で必要な声が出せるわ」

その事実がプレインに与えた衝撃も、アンスラが受けた衝撃に比べたら何でもないもののようだった。

「どうして台詞が読めたんだ？」カーラが手にした台本を指さして、プレインが尋ねた。

「ライブラリのテクストをスキャンしたの」ヘルヴァは子供時代の趣味の話をするのをためらった。古典映画に夢中になり、そこから自然とシェイクスピアや、オペラやオペレッタにも親しむようになった。当時の唯一の趣味で、スキャンしたのは自分自身の記憶だった。

プレインは思わず両腕を広げ、天井にぶつかって向きを修正するはめになった。

「何という信じがたい幸運。ほかのものも何か読めるかね？　読んでみてくれないか？」

「何なの？　船を相手にオーディションをするつもり、プレイン？」アンスラの声はあからさまに、彼は頭がおかしくなったとほのめかしていた。

「思い違いでなければ」ディヴォが目に皮肉な光を宿して口をはさんだ。「このヘルヴァは〝歌う船〟としても知られてたはずだ。何年か前に彼女の３Ｄ放映を見たことがあったろう、アンスラ？　確かに見たはずだ。当時、おれたちは『ドラコニスのギリシャ人』を上演してた」

「失礼、ディヴォ」演出のプレインがそう言って、ヘルヴァの中央制御柱に向きなおった。

「きみは〝歌う船〟なのか？」

「ええ」

「よかったら、第一幕第三場の乳母《うば》の台詞を読んでみてくれないか。キャピュレット夫人と乳母がジュリエットの結婚について話し合う場面だ。出だしは『甘かろうとつらかろうと、一年数ある日の中で』……」

「乳母は俗なタイプ？」

「ああ、とにかく下卑《げび》た性格で。彼女の台詞は人物設定の精華なんだ。ただ、彼女は劇作家に与えられた台詞しかしゃべれない。つまり、もちろん、人物になりきれるかどうかのテストだな」

「今はわたしの出番のリハーサルで、講義の時間じゃなかったはずだけど」アンスラが刺々《とげとげ》しく指摘する。

プレインは断固とした身振りで彼女を黙らせた。そのあと声をかすれた老齢のコントラルトに変える。「夫人の台詞に続けてくれ。『二週間とちょっと』……」

ヘルヴァは積極的に関わるしかないと覚悟を決め、乳母のアンジェリカになりきった。

ヘルヴァは危急の計算があるともっともらしい理由を挙げ、二十四時間ぶっとおしになりそうだった稽古を中断させた。危急だったのはアンスラの機嫌だ。

デイヴォとカーラは喜んでほかの台詞を引き受けた。デイヴォは脇役の内面を洞察した台詞まわしで、ヘルヴァのひそかな称賛と、プレインの惜しみない感謝を引き出した。カーラはモンタギュー夫人役に挑戦した。アンスラのジュリエットは徐々に説得力を失っていった。

〝演技している〟のではなく〝読んでいる〟だけなのだ。彼女は情熱に、プレインのロミオの若々しい熱意と穏やかな情熱に反応できていなかった。いかにもぎごちない。声は若々しく、しぐさは少女らしいものの、ジュリエットに求められる資質を何とか引き出そうとするプレインの努力にことごとく反抗している。

プレインの丁重で落ち着いた口調には苛立ちの片鱗《へんりん》さえなかったが、見ている者には明白だ。ヘルヴァにとって、アンスラの態度は二重に許せないものだった。

ヘルヴァが引っ込むと、ちゃんとした温かい食事をする時間だとカーラが言った。そのあと、全員少し眠るべきだと主張する。ヘルヴァはカーラが手早くプレインの医療チェックを済ませるのをこっそり見ていた。あれほど集中した長時間のリハーサルのあとだというのにソラールは元気いっぱいで、その強靭《きょうじん》さは驚くべきものだった。

「休まなくちゃだめよ、ソラール・プレイン。診断装置の数値がどうだろうと。睡眠でエネルギーを補給しないと、今日みたいな力は発揮できない」カーラが有無をいわさぬ口調で告げる。「わたしは疲れてる！　このあとまだ惑星に着陸しなくちゃならないのよ」

彼は少年のように顔をしかめたが、おとなしく緩衝マットレスに横たわり、目を閉じて片手を胸の上に置いた。

カーラは力の抜けた彼の身体にそっと毛布をかけると、すばやく振り向いて急ぎ足でキャビンから出ていった。プレインがぱちっと目を開く。その目の表情は、ヘルヴァには倫理的に、とても正視できないものだった。つまりカーラは確かにプレインの太陽であり、アンスラは嘆きのあまり病的に青ざめた嫉妬の月なのだ……
ヘルヴァはあと一日足らずでこの状況から解放されることに圧倒的な安堵を覚えた。とはいえ、アンスラはすでに単なる嫉妬を超えて、軽率にも復讐《ふくしゅう》をほのめかしている。ヘルヴァが自動装置でないと知ったことで計画を諦めるだろうか？

乗客全員が眠りに就く中、プレインだけは『リチャード三世』の台詞を暗誦《あんしょう》しはじめた。冒頭のグロスター公の『さあ、おれたちの不満の冬は』から、最後のリッチモンド伯の『命を吹き返した平和が、神のご加護によって、ここに末永く保たれますよう！』まで。その日のできごとを考えると、ヘルヴァはその選択が眠りに就くのに最適だと思わざるを得なかった。しかしマインドトラップはこれほど完璧な記憶を……

夜明け前、ヘルヴァは命令を思い出し、自分の愚鈍さを痛感しながら集束ビーム通信でレグルスに連絡した。

「きみの声が聞けてよかった、ヘルヴァ」と、中央司令部は機嫌よく応答した。

「そういう愛想のよさは信用できないわね。何をさせるつもり？　〈筋肉〉なしでの任務はお断り。権利を主張させてもらうわ」

「なあ、ぴりぴりするなよ。どうしてそう疑り深いんだ？　しかも無神経だし」

「こっちの状況はわかってるはず。よく聞いて。軌道ステーションの無重量区画に空いてる個室が……いえ、続き部屋がある？」

「調べてみよう。だが、なぜだ？」

「調べて答えて」

「了解」

「けっこう。そこにソラール・プレインとその随伴者を受け入れる用意をして。現在、彼らの任務の準備として船内を自由落下状態にしてるから、一Gに戻したくないの」

「いい提案だ。で、この任務の続きに魅力を感じないか、ヘルヴァ?」

「甘言を弄してもむだよ、中央」

「ソラール・プレインのために軌道上の宿泊施設を手配するくらい、彼らを気遣ってるというのに?」

ヘルヴァはどうにか自制し、あまり気遣っていると聞こえないように言った。

「わたしは思いやり深くなるように育てられたの。せっかく自由落下状態に慣れてきたのに、元に戻しちゃうのはもったいないと思うだけよ」

「だいじょうぶだ、ヘルヴァ。からす座作戦は最優先事項だから」

「ねえ、その精神転移っていうのに興味があるんだけど……」

「やめとけ。質問はなしだ。きみの考えはよくわかった」

「いいわ、引っ込んでる。でも、あなたって小心者ね」彼女は通信を切った。

乗客が起きてくるまで、ヘルヴァは中央のコメントの意味を考えていた。どうやら彼女の力が必要らしい。まあ、そのためなら媚《こ》びたり懇願したり、賄賂を提示したりもするだろうが、彼女はパートナーが決まらない限り、どんな誘惑にも屈しない覚悟だった。

ヘルヴァは超光速通信による中央とのやり取りをわざわざ乗客に知らせることはせず、まるでもともとそういう手筈だったかのように、軌道ステーションの無重量区画のハッチに接舷した。眼下ではレグルスⅣが主星の光を反射してゆっくりと自転していた。

「レグルス基地に着陸すると聞いてたのに」ステーションのハッチを見て、アンスラが抗議の声を上げた。彼女は開口部のまん中に浮遊して目を丸くしているエアロック担当者を睨みつけた。

「無重量区画?」デイヴォも声を上げる。「おれはここのほうがいいな」

「こんなのおかしいわ」アンスラが混乱している担当者に向かって言う。「基地に連れていきなさい。この件の責任者に話があります」

「XH-834は乗客をここで降ろしたあと、すぐに基地に着陸する予定です、ミス・コルマー」担当者がなだめるように説明した。

「あなたがメイン・キャビンに移動したら、ミス・コルマー、すぐにエアロックを閉められるんだけど」と、ヘルヴァ。プレインとカーラはもうステーション側のエアロックの中だ。担当者はアンスラをよけ、エアロック内に浮かんだ荷物をステーションのほうに押していった。その姿が見えなくなると、ヘルヴァは即座に外扉を閉じた。

アンスラは中に戻るしかない。

「報告を待ってなさい、あなた、この……この……」

「物体？　密告者？　悪魔？　スパイ？」ヘルヴァが助け船を出す。

「廃船にしてやる、このブリキの雌犬！」

ちょうどそのときヘルヴァが推力をかけ、自由落下状態に慣れていたアンスラを近くのシートの中に後ろ向きに吹っ飛ばした。再突入から着地までのあいだ、彼女はそこに座ったまま激しく悪態をつきつづけた。

「無礼な行為を後悔することになるわよ、身体のないサラ・ベルナール（十九世紀フランスの大女優）」アンスラは捨て台詞を残して、よろよろと人員用リフトに向かった。

「あなたが標準的な再突入機動に耐えられなかったのは残念だわ、ミス・コルマー。だからステーションにいるように言ったのに」ヘルヴァは着陸した場所の目と鼻の先にあるマウル管理局複合棟までアンスラを運ぶため待機している車輛にも聞こえるよう、外部スピーカー越しに大音量でそう言った。

「おい、ヘルヴァ、あのコルマーってのに何をしたんだ？」しばらくすると、中央司令部から私用回線で問い合わせがあった。「上層部といい関係を保ってなかったら、公式に譴責《けんせき》されて罰金を科されてたところだ。知ってのとおり、彼女には何人か、仲のいい高官の友達がいるからな」

「だからこの任務に参加できたのね」

「なあ、わたしはきみの味方だが、その種の発言は……」

「嫌らしくやるつもりなら、神かけて本物の、編集も検閲もされてない、最近の旅における不滅の瞬間の映像を宇宙に向けて発信してる」

「たとえばどんな？」

「嫌らしくやるつもりならって言ったでしょ」ヘルヴァは通信を切り、共感してくれる仲間はいないかと周囲を見わたした。

　管理局の着陸場には二十隻もの頭脳船が集まっていた。何かの大会？　同郷者集合週間？　ヘルヴァは自分と同じクラスの船が五隻並んだ先頭にいるアモンに気づいた。ＶＬ‐８３０に信号を送ろうとしたが、うまくいかない。実際、どの船ともつながらなかった。船船間通信周波数が過負荷になっている。

　からす座βのあのとんでもない任務にみんな憧れてたの？　警告してやらないと。管制塔に連絡し、できれば〈筋肉〉の宿舎に近い別の着陸場に移りたいと告げる。二十平方キロの敷地内には彼女とおしゃべりがしたい船もいるだろう。

「よく連絡してくれた」中央司令部が管制塔との通話に割り込んできた。「その場に留まるようにって命令だ、おしゃべりさん」

「せめて話し相手くらい調達できない？　〈筋肉〉の宿舎から。覚えてる？　今回は〈筋肉〉を配属するって約束だった。いたほうがいいと思うの。この憐れな女がたった一人、守ってくれる者もなく……」

「話し相手は手配する」中央司令部はしぶしぶ約束し、通信を切った。

ヘルヴァは回線を開いたまま、待ち受けるように人員用リフトを地上に下ろした。待ちつづける。待ちすぎて苛立ちを感じはじめたころ、ようやく乗船要請があった。いそいそとリフトを作動させた彼女は、エアロックに入ってきたのがたった一人なのを見て失望を覚えた。

「あなたは〈筋肉〉じゃない」

「それはどうも」引き締まった身体つきの小柄な男の声はあまりにも聞き慣れたものだった。

「あなたは……」

「中央諸世界BB船局管理官、惑星級通信調整士官、レグルスのナイアル・パロランだ」

「大した心臓ね」

彼は愛想よく微笑み、ヘルヴァの大音声にも怯む様子を見せなかった。「わたしが四人いても、きみ一人の心臓にはかなわないさ」手動スイッチでハッチを閉じ、中央柱に正対するカウチにぶらぶらと近づく。制服は標準的なものだが、小柄で均整の取れた身体に合うよう仕立てなおされていた。ブーツはミザール（座《おおくま》星）星系の灰色トカゲの革製で、ふくらはぎまでぴったりと覆っている。

「楽にして」

「そのつもりだ。きみの管理官になったからには、もっときみのことを知っておきたい」

「どうして？」

彼は意地悪い視線をヘルヴァに向け、白い歯を見せて微笑した。

「ヘルヴァことXH‐834の所有権を巡って、なぜこれほどの嵐が吹き荒れてるのか知りたいんだ」

「〈筋肉〉のあいだでってこと?」彼女は嬉しくなった。

「ずいぶん飢えてるみたいな声だな。栄養液の残量を調べてみては?」

「あなたは信用できない、パロラン」一拍置いて、ヘルヴァが言った。「取り柄なんてないもの……ヘルヴァには」

「それは違うと思うがね、ベイビー」彼は指の短い、掌の大きな手で口元と顎を拭った。「きみには確かな取り柄が……」

「ネッカルで塗装を新しくしたの」

「知ってる。口座を調べた」

「あの恩知らずども。無料だと思ってた」その驚きぶりに彼が小さく笑うと、ヘルヴァは言葉を続けた。「口座を覗いたなら、配属された相手を拒否した罰金くらい払える余裕があるのはわかってるでしょ」

「おやおや、きみも一杯食わされることがあるんだな」ナイアルは喜びのあまり、シートの中で身体を前後に揺すった。「ぼくはきみに嘘をつかなかったろう?」

「一度もね。わたしが欲しいのは〈筋肉〉なの、パロラン。あなたみたいな横柄な口先野郎じゃない」

彼は歓声を上げた。

「理由がわかった」彼は急に真顔になり、身を乗り出し、パネルを見つめた。それはあまりにもよく知っているしぐさで、ヘルヴァは胃がよじれるのを感じた。

パロランが話しはじめ、ヘルヴァは耳を傾けた。

「補足。からす座β星系での任務において、〈頭脳〉と〈筋肉〉は作戦全体を通じてからす座β人と直接接触するため、通常とは異なる外交技能が要求される。外殻人は追加任務として、からす座βの精神転移メカニズムを直接間接に制御する責任を負う。そのためには追加のシナプス結合が必要となる」

ヘルヴァは口笛のような音を立てた。つまり少なくともチタンの柱を開けるということで、それはどんな外殻人にとっても困難な経験だった。最悪の場合、ほとんどの者にとってトラウマになりかねない、外殻内への実際の侵襲まであり得る。

「最新の二つのクラスの船では、外殻内への侵襲は必要ない。将来の変更に備えて脳領域に補助端子が接続されている」

「アモンはそうじゃないみたいね」と、ヘルヴァ。

「彼はどのみちだめだ。シェイクスピアなんて名前も知らないし、彼の〈筋肉〉も酒場での喧嘩《けんか》沙汰が絶えない」

「〈筋肉〉も演技するの？　だったら、わたしもだめじゃない。今のところ〈筋肉〉がいないんだから。違う？」

「きみが本気で怒ってるときは、神がきみに言葉を控えさせてくれますように。実のところ、チャドレス・トゥロを任務に復帰させようと……」

「また臨時雇い？　絶対にいや」

「この任務が受けられるなら即座に〈筋肉〉を交換するって船が何隻もいるんだぞ。くそ、ヘルヴァ」パロランは大声を上げた。「わがままを言うな。話を聞け。きみは今まで、正当な理由があれば受け入れてきただろう」

ヘルヴァはその不快な告発を無言で消化した。

「聞くわ」

「それでこそぼくのヘルヴァだ」

「わたしは〝あなたのヘルヴァ〟じゃない」

「アンスラ・コルマーみたいな口調だな」

ヘルヴァは憤慨して悪態をついた。

「実際、有力者のコネを利用するとこなんか……」

「彼女はソラール・プレインを任務から放り出そうなんてしてないでしょ？　だって、もしその気なら……」

「彼女にはとても影響力のあるバックがついてるんだ」ナイアルの態度にはある種の緊張が感じられた。狡猾そうな目のきらめきに、ヘルヴァは警戒を強めた。

小さく笑い声を上げ、その効果を見る。反応があった。

「そんなことだと思った」と、大きく笑いだす。「適性曲線がまだプレインに有利なら、その〝バック〟には何の意味もないわ。そして適性曲線を変化させるようなことは何も起きてない。でしょ？」

「役者連中がそこらじゅうで噂をばらまくだろう」ナイアルは渋い表情になった。「一晩じゅう寝ないで、彼らの悪夢に聞き耳を立ててたらしいな」

「実に興味深い、本当の人生みたいな幕間劇《まくあい》がいくつかあったって話したでしょ。彼女がブレインにあまり強く当たるようなことがあったら教えてちょうだい」

ナイアルがさっと顔を上げた。失望の表情はもうない。

「なあ、ヘルヴァ、きみは自分がどれほど貴重な存在になれるか、わかってるのか？ きみはアンスラに目をつけた。彼女が船から船へと渡り歩いて、〈頭脳〉と〈筋肉〉に探りを入れてることに気がついてるか？ 任務の成功を後押しできる、本当に同情的なパートナー船をレイリー司令官に推薦してることに？」

「彼女ならやりかねない。わたしがあなたなら、デイヴォ・フィラナサーから彼女に対して危険禁止条項を申し立てさせるわ。彼女はロミオより目立とうとしてる」

「わかってるさ！」ナイアルは跳ねるようにカウチから立ち上がり、キャビンの中を歩きまわりはじめた。「きみもわかってるだろう。それでも彼女には魅力があって、適性プロファイルではジュリエット役として優位に立ってる。それを揺るがすことはできない。きみが必要なんだ！」

ヘルヴァはあえて何も言わない。

「ブレインから、きみを使えるかと問い合わせがあった」

「これは正式な任務の通達なの、管理官？」

「ボーナスは三倍だ、ヘルヴァ」ナイアルは諦めない。「稼働できる限り生涯にわたる無料の保守点検チケットだとしても同じことよ、パロラン。自分の権利はわかってる。これは正式な任務の通達なの？」

「チタンに包まれた頑固な雌ロバめ！」パロランは叫ぶと同時にヘルヴァに背を向けてキャビンを飛び出し、ハッチの解除レバーを乱暴に押し上げ、リフト制御レバーを叩きつけるように下げると、振り向きもせずに下降していった。

ヘルヴァは彼を睨みつけた。さまざまな侮辱、傲慢な態度、ひねくれた議論、それとない脅迫、あからさまな賄賂に心底から怒りを覚える。だが、彼女には権利があり、その一つは指示を受ける相手の選択だ……

誰かが乗船許可を要請していた。

「今さら謝りにきたんなら、ナイアル・パロラン……」

「謝りに？　ぼくたち、遅刻でもしました？　やっと外出許可が出たんだけど」バリトンの声がスピーカーから響いた。

ヘルヴァはしばらく黙り込み、交錯するいくつもの声を判別した。

「誰が乗船したいの？」

「何だか怒ってるみたいだ」かすれたささやきが聞こえた。

「ぼくたちは〈筋肉〉宿舎から来て、ぜひあなたに……ええと……」

「〝求愛したい〟だろ、まぬけ」かすれたささやきの主がうながす。

「許可します」なぜか不機嫌になっているのを表に出さないようにして、ヘルヴァが応じた。男性五名、女性二名の都合七名がリフトに身体を押し込み、足を踏んだ、脇腹に肘が当ったと言い争いながら上昇してくる。ヘルヴァはリフトに負担がかかるのを感じた。やがて急に無重量状態になったかのように、全員がエアロック内に飛び込んでくる。誰もがまっ先に挨拶しようとしているのだ。ヘルヴァは微笑んでいる整った顔立ちを見つめた。強靭で長身の男女は何とかして彼女を喜ばせ、〝求愛〟して、彼女の〈筋肉〉になろうとしていた。

XH-834が〝求愛〟を受けるという話が広まるとほかの者たちも集まりはじめた。ヘルヴァは新来者がエアロックに入るたび、すぐにリフトを地上に戻した。だからカーラ・ステアが乗船許可を求めずにハッチをくぐったのも驚くようなことではなかった。

「ほら、ぽかんとしてないでこっちに来いよ。みんなといっしょにチャンスに賭けようぜ」誰かが彼女を励ました。

「その人は競合相手じゃないわ」ヘルヴァが歌うように言う。「操縦士キャビンに通してあげて」

カーラは抗《あらが》うように片手を上げた。顔には混乱ととまどいの表情がある。だが、声を発する前に、彼女は〈筋肉〉候補の中から操縦士キャビンへと押し出されていた。

「ソラールは何ともないんでしょうね、カーラ?」ドアが閉まって喧噪《けんそう》が聞こえなくなると、ヘルヴァが尋ねた。

カーラは不安を安堵に洗い流され、大声で叫んだ。「彼の身を案じてくれるのね」

「芸術家としても人間としても、ソラール・プレインは尊敬に値するわ」ヘルヴァは言葉を選んで慎重に答えた。この訪問の背後にはパロランがいるかもしれない。

「だったらどうして彼の要請を拒んだの？」何とか落ち着いて話そうとしているが、その声には甲高い響きがあった。

「拒んだ覚えはないけど」

カーラは怒ったように唇を引き結んだ。「だったら、アンスラ・コルマーがあなたの名前を消去したのね」

「それは知らないわ、カーラ。わたしは……非公式に……話を持ちかけられて、ソラール・プレインに指名されたことをとても光栄に思った。でも、はっきりと……非公式に……一時雇いの〈筋肉〉を受け入れて別の任務に就く気はないって通告したの」

「理解できない。コルマーの妨害だと思ってた。彼に求められてることがあなたに伝わってないんだと。台詞を暗誦するどころか、シェイクスピアが誰なのかさえ知らない船ばかりだってことがわからない？　彼はあなたなら喜んで乳母を演じるだろうと思ってた。あのときの朗読に、本当に心を動かされてた。だって、あんなに完璧で、不可能を可能にするみたいだったから。最高の人材が必要なの。完璧でなくてはならないから……」懸命に落ち着いた声を出そうとしているのがわかる。「どうしても、完璧じゃないと」

「彼の最後の演技だから？」

カーラはその場にくずおれ、隔壁に身体を預けた。目には涙が浮かんでいる。

「女の涙はやめてよね」ヘルヴァが憤然として言う。「つまり、これは彼の〝白鳥の歌〟で、わたしにもそれを歌えってこと？」

「お願い……一グラムでも人間性が残ってるなら……」カーラははっとして両手で口を覆い、目を丸くした。

「実はこの二十二キロほどの肉体は間違いなく人間なんだけど、カーラ……」

「ああ、ヘルヴァ、ごめんなさい」カーラは口ごもった。「本当にごめんなさい。ここに来る権利なんかなかった。ごめんなさい。ただ説明できればと……」

筋肉に力を入れ、ぎごちなく立ち上がる。

「わたしがここに来たことは忘れてください」カーラは堅苦しい口調でそう言い、ハッチの解除機構を手探りした。「衝動的に行動するのは、いつだって間違いね」

「ほかの船がシェイクスピアを知らないっていうのは本当？」

「嘘をついて自分を貶《おとし》めたりしないわ」

「アンスラは事態をすっかり難しくしたようね」

カーラはもう虚勢さえ保《あ》っていられないようで、わずかの間、弱々しくハッチに頭を預けた。細い身体の曲線すべてに敗北感があらわれている。

「アンスラは彼のことを悪しざまに言いまくってるわ。例えば……やめとく。とにかく、配役に関して彼を貶めてる。それに……ヘルヴァ、わたしはあの人が信用できない」

「だったら役からはずせばいいでしょ、おばかさん」

「わたしが？　どうやって？　一介の付き添い医師なのよ」

「カーラ、彼は死にかけてる。そのことで自分をごまかしても……」

「いいえ。それははっきり認識してる」何かが彼女の姿勢を正させた。「わたしはただ、彼の最後の完璧な演技を台なしにされたくないだけ。彼に残されてるのは演技だけで、それは本当にすばらしいから」

「あなたなら彼に言って、アンスラを交代させられるでしょ」

カーラは悲しげに首を横に振った。「彼はアンスラこそ今いる最高のジュリエット女優だと思ってて、だから耐えてるの、彼女の……気性に。それと……」カーラはためらい、表情豊かな顔から、正直に話すかどうか悩んでいるのがわかった。「実際、ドゥールⅢでリハーサルをしたときはすばらしかった。そのあと……彼女は変わってしまった。一夜にして。でもプレインは何もしない。アンスラは彼を破滅させるわ、ヘルヴァ。わたしにはわかる。どうやるかはともかく、きっと破滅させる」

「わたしが見張ってるうちは、させないわ」ヘルヴァが決然と言った。

そのあとチャドレス・トゥロが到着したスピードにヘルヴァは疑念を抱いたが、カーラの来訪がパロランの仕込みでないことはわかっていた。それに、ヘルヴァはチャドレスが気に入った。引退したのもそう昔のことではないようだ。足取りは軽やかだし、意匠の変わっていない古い船内スーツも、強靭で筋肉質の身体にぴったりフィットしている。功績を示す小さな星章はたくさんあるが勲章は着けておらず、自慢屋ではないことがうかがえた。

「ようこそ、メラクのチャドレス・トゥロ。短いあいだとはいえ、パートナーができて嬉しいわ」

チャドレスは皮肉な響きを感じ取ったようだった。「わたしを受け入れたことを後悔していないといいんだが」

「だいじょうぶ、あなたはこの二時間ではじめて、会えてよかったと思った人だから」

彼は目を輝かせた。「きみは〈頭脳〉のあいだでのけ者にされていて、わたしは怒った〈筋肉〉を避けるため、こっそり乗り込まなくてはならなかった。まあ、彼らの怒りはすぐに消えるさ。いつもそうなんだ。ただ、公式には、きみの経歴は実にすばらしい。きみにわたしを受け入れさせたことはパロラン管理官の個人的な手柄と……」

「あの図太いくそ野郎……」

「なるほどね」チャドレスは笑った。「まあいい。この任務を正しく遂行できるのはきみしかいないと考えたのはわたしだけではなく、その根拠は噂……伝説……しかなかった。いずれにせよ、きわどい任務になるだろうし、かかっているものは大きく、いろいろと激しく……」

「個性的な人々？」

チャドレスはまた笑った。「わたしはたくさんの俳優に会ったことがあるし、古典演劇のファンでもある。呼びもどされたのもそのせいで……」言葉を切り、少し遠い目をして、かすかに顔をしかめる。「実際、この機会に飛びついた。ハーネスに固定されたまま死にたい者もいるんだ。まあいい。さあ、指令リールだ」彼はそれをスロットに押し込んだ。再生スイッチに触れる前にエアロックを閉じ、制御卓を除くすべての音声をオフにする。そのあと操縦席に座り、耳を傾けた。

ヘルヴァは自分がリールの情報のほとんどを知っていることに驚いた。ネッカルの通信士はかなり正確に事情を把握していた。

通常任務中の調査船がからす座β星系近くで、とてつもなく強力なパルス・エネルギー放出を感知した。たどっていくと、出所は巨大なメタン＝アンモニア惑星である第六惑星で、調査船はその周回軌道に乗った。腐食性大気の中にプローブを下ろす準備ができる前に、からす座β人からコンタクトがあった。

〝まるで巨大な手に頭を包まれ、知識が脳に押し込まれるようだった〟というのが船長の報告だった。

とはいえ、この不思議なコミュニケーション方法の正確さに問題はなく、からす座β人は予期しない来訪者の性質を把握し、想像もつかないほど科学が発達した彼らが求める〝商品〟の存在に気づいた。

船長の言葉はさらに続く。〝言ってみれば、半世紀にわたって難解なテーマに脇目も振らずに取り組んできた研究者のようなものだ。研究に目処《めど》がつき、周囲を見まわす余裕ができて、ほかにも興味深いものが存在していることに気づく……女の子とか〟ここで忍び笑いが入る。〝セックスとか。理論はわかっているものの応用ができず、ぜひ学びたいと思っている〟

そんなからす座β人の好奇心を掻き立てた商品見本が『ロミオとジュリエット』だった。それが受け入れられたら、次は人間の劇団が向こうの研修生に、からす座β第六惑星の自由落下環境に合わせた全幕の振り付けを教える。見返りに提供されるのは、半減期がきわめて短いために潜在的な利用可能性が不明な、ある種の超ウラン元素群の同位体を安定させる技術だ。中央諸世界はそうした技術を必要としていて、XH－834はこの劇的任務を何としても成功させなくてはならない。

「まあ、昔ながらの故郷世界方式で、やるだけやってみましょうか」ヘルヴァが言った。

「自信ありげには聞こえないな」

「話が単純すぎるのよ。その〝精神転移〟で予期しない問題が起きないって、どうしてわかるの？　例えばからす座β人の外皮に閉じ込められたまま、戻ってこられなくなるとか？」

「きみに〝強制切断〟と〝時間管理〟の権限を与えたのは、それも理由の一つだ」

「からす座β人がコルマーのジュリエットを見つづけたくて、わたしの〝強制切断〟を無効化したら？」

チャドレスはその指摘ににやりとし、操縦席の制御パネルの上に送受信機の回路図を放り投げた。「銀河系じゅうの脳波の専門家がこれにゴー・サインを出した。余分な回路はなく、すべて完全に説明がつく。しかも製造したのはからす座β人ではなく、われわれだ。人類の耐久限度は七時間だと、明確に指定されている」

「へえ！」

「落ち着け。転移ヘルメットには時間管理機能があって、われわれの計時法で最大七時間に設定してある。何も起きたりはしない」

「その限度時間が過ぎたら人格に何が起きるか……」

「取り越し苦労はよせ。それでなくても問題はいろいろあるんだ。ところで、話をした調査船の船長は〝転移〟を大いに奨励していた。俳優にとっては最高の手段だと言って。きみだってそんな惑星の地表に降りてみたいだろう。それができるんだ！　痛みもストレスもなく。簡単そのものさ」

「簡単なものは破局に拡大する傾向があるけど！」

チャドレスは彼女を悲観論者と呼び、任務の説明を続けた。ヘルヴァはここレグルスとからす座βとのあいだで破滅的な変化をもたらす要因を六つほど思いついた。未知の装置の導入は、その中でもっとも影響が小さいものだった。

装置をヘルヴァに合わせて調整するのはさらに簡単だった。小型装置を顕微鏡レンズで観察した彼女は、その独創性を認めざるを得なかった。装置は彼女の大脳から伸びる数本の極細のケーブルに接続される。一本は視神経を制御する部位の奥深くにつながっていた。精神転移は人間の脳のその部分で引き起こされる。ほかに二本、交差反応にリンクするケーブルがあり、これを通じて彼女はほかの可動体の精神リレーを入れたり切ったりできる。三本のシナプス接続ケーブルはどれも自律起動するため、操縦席の制御パネルには表示されない。接続にはヘルヴァに麻酔をかけなくてはならないが、彼女はそれをひどく嫌っていた。レグルス基地の司令官その人がチタンの柱の奥にある彼女の外殻への唯一のアクセス経路である保安パネルを開くための音階を口ずさむのを耳にするのは、何とも神経に堪えた。彼が麻酔薬を放出するまで、まるで永遠の無防備状態で漂っている気分になる。彼女は本能的に、意識を失うまいと抵抗した。憐れな732もこんなのを感じたの？　それとも、狂気が恐怖など消し去ってしまっていた？

意識が戻ると、ヘルヴァの思考はすぐに正常化した。驚いて誰もいないキャビンを見わたし、レイリー司令官が自分を無防備な状態で放置したことに苛立ちを覚えたが、最後に彼と話してからずいぶん時間が経過していることに気づく。正確には十八時間二十分三十二秒だ。

「目が覚めたか、ヘルヴァ？」チャドレスがハッチをくぐって姿を見せた。「なるほど、彼らが教えてくれた時間は秒単位までぴったりだったな。頭痛はないかって訊くことになってるんだが？」

「頭痛？　感じるはずがある？　わたしには痛み反射がないんだから」

メイン・キャビン内を見まわすと、送受信機がカウチの横にまとめて置かれ、追加人員用の壁面ユニットが増設されていた。すべてのキャビンに寝台が追加され、操縦士キャビンにはテーブルが一台置かれている。

「これじゃまるで兵員輸送船ね」

「まさしくそのとおり」と、チャドレスが同意する。「兵員も集まってきてる」

リフトで上がってきた五名をチャドレスが紹介したが、ヘルヴァはむしろ彼らを演劇の配役で考えるほうが楽だと感じた。その紹介もサイレンによって中断した。地上車がわらわらと集まってくる。

「アンスラが見せ場を作ったらしい」エスカラス大公役の男が冷たい声で言った。

チャドレスがレイリー司令官も含めた全員の乗船を拒否しても、残念がる者はいなかった。司令官がそれを快《こころよ》く受け入れたため、ほかの者たちも従わざるを得ない。アンスラはリフトで上昇しながら、ファンに手を振って微笑みかけるだけで我慢するしかなかった。

「また来たわよ、ヘルヴァ」彼女は明るく嬉しそうな声でそう言ったが、当然、ヘルヴァは騙《だま》されなかった。

「ようこそ、ミス・コルマー」キューが出たら適切な台詞を言うだけ、とヘルヴァは思った。

直後に中央司令部から――ナイアル・パロランではない声で――軌道ステーションへの接舷許可が届いた。復路は速く、ヘルヴァはすぐに無重量エアロックに到達した。

状況はドゥールⅢに着陸したときの再現だった。微笑む人々の中心にデイヴォ、ソラール・プレイン、カーラがいて、そこにほかの俳優たちが加わる。彼らは浮遊しながらみごとな姿勢制御でキャビンに入り、カウチに身体を押し込んで、機動と加速に備えてハーネスを締めた。むだな時間や動きはいっさいない。

プレインは緊張しながらも楽しげで、ヘルヴァはちらりとカーラに目を向けた。彼女の態度は患者の本当の健康状態を反映しているはずだから。カーラは明るい表情で、プレインと同じように目を輝かせ、誇りと自信を感じさせた。アンスラに向かって礼儀正しく会釈する。女優は全員に向かって笑みを浮かべつづけていた。

一方、デイヴォは疲れた様子で何か考え込んでいた。すぐに自分のキャビンに向かい、寝台に飛び込む。

プレインがヘルヴァの前に漂ってきた。「きみにはとても感謝している。個人的な好みを棚上げして、よくこの任務を引き受けてくれた。レイリー司令官は、きみが戻ってきたら最優先で対応すると約束してくれた」

なぜ彼の言葉に不安を覚えるのか、ヘルヴァには分析している余裕がなかった。軌道ステーションから〝幸運を祈る〟という言葉とともに、発進許可が届いたのだ。規則に従ってチャドレスが手動で操縦するが、ヘルヴァは自分でやるのに慣れていて、見ているしかないのはなかなかつらかった。彼の操縦が下手だというのではない。〝くそ、くそ、くそ〟と内心で毒づきながら、ヘルヴァは混み合ったキャビン内を見わたした。せめて頭の半分がお決まりの作業に追われることを願いながら。どうしてこんな話を引き受けてしまったんだろう？

チャドレスが向きを変えて自由落下を宣言すると同時に、プレインはリハーサルの開始を告げた。まずは惑星で合流した五人に、彼らが見ていない演出を指導する。五人とも自由落下状態で演技したことがあり、役柄は把握していた。必要なのは動きに習熟し、壁から聞こえる乳母の声に慣れることだけだ。ただ、アンスラだけはこの点に難色を示し、演出家に向かってゆらゆらと身体を揺らした。魅了するつもりなのか脅すつもりなのかは判然としない。

「ねえ、プレイン、わたしは才能ある女優に求められるどんな感情でも表現できるけど、ジュリエットの乳母が、何というか……実体のない声だけの存在だなんていうのは、さすがに無理だわ。壁を相手にどうやって演技しろと？　それに、どう言えばいいか……ヘルヴァ（という名前を口にするのさえ一苦労らしい）は肉体を動かしたことがないと理解してるけど、それでどうして自由落下状態の演技ができるわけ？」

「わたしに対する演技の指示は明瞭で、回路に書き込まれてるから、失敗しようがないの。あなたがジュリエットのいるべき場所にいる限りはだけど」と、ヘルヴァが答える。

この指摘に実際に声を上げて笑う者はいなかったが、アンスラは顔をしかめ、唇を嚙んで所定の位置に戻った。

ただ、〝才能ある女優に求められるどんな感情でも表現できる〟という彼女の主張は、本物の俳優と共演する場面ではいささか怪しく感じられた。ジュリエットは相変わらずぎごちなく、場違いに見える。ロミオの情熱の炎が燃え移らない。ただ、どこがどう悪いのかと言われると、それはヘルヴァの理解を超えていた。ロミオは霊感を受けていて……霊感を与えるのだが。

すかすかになった骨を圧迫していた重力から数日にわたって解放されたプレインは、この事業がほかのあらゆる面ですばらしい成功を見せていることに力づけられ、伝染力のある活気と熱意を発散していた。まさに不屈の人と言っていい。

第一幕第四場の、彼とマキューシオとベンヴォーリオそのほかが仮面舞踏会の参加者と松明持ちを兼ねて登場する場面で、マキューシオが台詞を言い終えた。

「『……おい、昼間の松明だ、行こう！』」

陽気な夜を前に友人たちが軽口を叩き合う、軽快なやり取りが特徴的な場面だ。

マキューシオが同じ台詞を繰り返す。ヘルヴァは自分がプロンプターも兼ねていることを思い出し、急いで次の台詞を探した。

「『今は昼間じゃない』」と、ロミオの台詞を読む。

周囲が沈黙しているので、彼女も同じ台詞を繰り返した。

「台詞はわかっている」沈黙が長引き、ようやくプレインが口を開いた。「誰の台詞だ？」

ヘルヴァは息を呑んだ。「あなたのよ」

一瞬、彼の目に悲痛な表情が浮かんだ。だが、彼はすぐに爆笑し、恐ろしい表情も消えてしまった。「逃げるのはいつもほんの小さな台詞だ」そう言って、すばやくマキューシオにキューを出す。

その夜、全員が寝静まったあともプレインだけは落ち着かないようだった。ヘルヴァは恥知らずにも、彼がほかの五人と共有しているキャビンの音量を上げた。第四場の台詞を何度も何度も繰り返している。それもやがて静かになり、ヘルヴァはプレインが眠ったのだろうと思った。だが、やがて彼の右手がゆっくりとベルトに近づき、船内スーツのポケットから小さな錠剤を取り出すのが見えた。睡眠中の無意味な動きを装って、彼は錠剤を口に含んだ。秘密めいたその行動とリハーサル時の様子から、ヘルヴァはソラールについて悲劇的な洞察をせざるを得なかった。彼は薬物中毒だ。それもきわめて深刻な度合いの。銀河系薬局方では無害とされているマインドトラップが、彼には精神と肉体に致命的な影響を与える毒になるのだろう。本人もそのことに気づいている。それでも、ソラール・プレインにとって記憶の喪失は破滅であり、それを防ぐため、自己破壊に走った。

アンスラ以外、リハーサルは順調だった。彼女の意図的な妨害行為に対してプレインがどうやって怒りを抑えているのか、ヘルヴァにはわからなかった。〝ソラーラ〟が演じる場面はことごとくだらけて、炎は消え、ペースが落ちてしまう。それでもプレインは反応を示さなかった。結局アンスラは、誰が見ても容認できない行動に彼を駆り立てるのを諦めたようだった。代わりに性格的にずっとひ弱なカーラをちくちくといたぶるようになった。

幸い、女性に割り当てられた操縦士キャビンでは、キャピユレット夫人役のニア・タブがいっしょだった。彼女は人間関係の扱いがうまい。問題点を指摘することなく、緩衝材になってアンスラの敵意からカーラを守っていた。カーラの台詞にも助け船を出し、女性しかいない場では軽妙な独白で場をなごませた。そんな彼女さえ、繊細で不安を抱えた付き添い医師にかかるアンスラの戦術的な圧迫が強まっていることには気づいているようだった。

「ねえ、コルマーのことで本当に困ったときは、わたしを頼ってくれる？」ある朝、ニア・タブがカーラにそう言った。

「ありがとう」カーラが弱々しい笑みを見せて答える。

「あの、ここだけの話だけど、プレインは中毒ってわけじゃないでしょ？　薬物中毒はたくさん見てきたけど、彼はそんなふうに見えなくて――」

「マインドトラップを長期間使用しすぎたせいで、有害な化学反応が起きてしまったの」

「マインドトラップは世界でいちばん無害な薬だと思ってた。わたしも何度となく使ったことがあるし」

「通常はね。でも、ソラールは七十年以上も使いつづけていて、本来体外に排出されるはずのシリコン残留物が組織内に蓄積してる。それに、彼は体液が貯留する問題を抱えてて、最初に処方された利尿剤がマインドトラップの残留物と相性が悪かった。カリウムが排出されすぎるようになって、もう正常に戻せないの」

「つまりどういうこと？　わたしには元気そうに見えるけど」

カーラの声は冷静で臨床的で、涙に暮れるよりも悲劇的だった。

「低重力環境、とくに自由落下状態では、骨格に負担がかからないから元気になるの。彼の骨は脆くて、落下や打撃や長時間の重い負担が加わると……事実上……壊れてしまう。シリコンは重要な臓器を徐々に窒息させ、死に至らしめる」

「臓器を交換しないと！」

カーラは首を横に振った。ニアがその手を軽く、同情を込めて叩く。ヘルヴァがリハーサルの開始を告げ、二人は話を中断した。そのリハーサルは過去最悪のものになった。アンスラの態度はすでに全員を陰鬱な気分にさせていた。みんな調子が悪く、台詞を飛ばしたり、舞台での動きを忘れたりする。マキューシオとパリスが台本にない喧嘩を始め、プレインは休憩を宣言した。

「みんな調子が出ないようだ。今日と明日は休みにする。ヘルヴァ、携行食のアルコール飲料を出してくれ。ニアとカーラ、悪いんだが、調理室でどんな驚くべき料理ができるか見てくれないか? ヘルヴァ、何かおもしろい3Dはないかな? 古代イングランドにひたりきりだったから、忘れていた現代世界とのつながりを取りもどす必要がある」

アンスラはゆっくりとメイン・キャビンを出て、女性区画のハッチを叩きつけるように閉めた。ヘルヴァが覗き見ると、彼女は憤然と鏡を見つめていた。不満げにくよくよと自己観察する姿は不愉快だった。ニアとカーラは調理室で他愛《たあい》ないおしゃべりに興じている。

ヘルヴァはあらゆる場所に気を配り、トラブルの……これ以上のトラブルの……気配はないかと耳をそばだてた。ディヴォがプレインに向かって浮遊していく。これまでヘルヴァはメイン・キャビンでしか話をしていなかったので、乗客たちは彼女が船内のあらゆる場所に目と耳を持っていることを忘れていると期待できそうだった。

「もうわかってるはずだ、プレイン」ディヴォが言った。「アンスラはこの企画をめちゃくちゃにしようと思ってて、今のところすばらしい成果を上げてる」

プレインはしばらく友人の顔を見つめ、ゆっくりと笑みを浮かべた。「打てる手があるのか？」

「彼女の心の均衡を崩してやればいい。移動距離の大きいツアーでやったことがあったろう？」

「配役の総入れ替え？」

「そのとおり。誰の台詞だろうと、みんな頭に入ってるわけだからな」

プレインはいたずらっぽく、にやにやしはじめた。「それで……ヘルヴァにジュリエットをやらせるわけか」

「いや、カーラがジュリエットだ！」デイヴォは驚いて見つめるプレインの視線を真剣そのものの表情で見つめ返した。

「では、ロミオは？」

「今のままでいい」デイヴォは冷静にそう答え、軽い調子で言い添えた。「おれは修道士ロレンスになって、きみたちを結婚させる」

プレインは全員が食事を終えてトラキア・ビールで寛ぐのを待った。彼の発表は騒々しく下品な賛同の声に迎えられた。

「おれはキャピュレット夫人がやりたい」エスカラス大公役の男がしわがれたファルセットで言う。

「ぼくはモンタギュー夫人を」修道士ロレンスが震え声のコントラルトで言い、本来のバスに戻して「あの女はアル中だと、ずっと思ってたんだ」と付け加えた。

「わたしはエスカラスがいい」ヘルヴァが本来の俳優そのものの声で言い、エスカラスはジョッキを取り落とした。

「きみなら一人で全部の役ができるな」デイヴォの声はトラキア・ビール程度でなるはずがないくらい間延びしていた。「きみにできない役なんてない」

「そうかしら？　だったら、わたしは乳母をやるわ」アンスラ・コルマーが宣言した。「あの役をどう演じればいいか、ヘルヴァが理解できるように」

「カーラがジュリエットだ」デイヴォがアンスラの目を見つめて断言する。「舞台の準備だ、さあ、序詞《じょし》を。位置につけ、諸君。位置につけ」

「『いずれ劣らぬ二つの名家……』」ヘルヴァが低い声で序詞を述べはじめ、全員が考えなおす間もなく演技の準備に入った。

デイヴォがサムソン役で、本来はキャピュレット役のチャドレスがグレゴリーを演じ、出だしのばかげた掛け合いが始まった。バルサザーが登場し、両家の対立が説明されるあいだ、酔っ払ったようにふらふらと動きまわる。早口の台詞が続き、俳優たちは互いに相手を舞台上の正しい位置に移動させたり、わざと舞台奥に押しやったりした。

本来はエスカラスのキャピュレット夫人が、アンスラ演じる乳母のアンジェリカとともに登場する。アンスラは意図的に邪悪にふるまい、諧謔を排除し、ジュリエットのときとはまったく異なる演技を見せた。退場時の台詞、『お嬢様、幸せな昼に幸せな夜が加わりますよう』に至っては、そのあまりの辛辣さにエスカラスがたじろいだほどだった。

だが、仮面舞踏会でジュリエットとロミオが出会う場面でアンスラの悪意は裏目に出た。プレインのロミオはいつもと違って穏やかで、その声が震えているのは疲労のせいではなく、新たに見出した愛のせいだった。優しく相手を守ろうとする、熱烈な愛だ。カーラの目も同じように愛する者を見出し、そのジュリエットは息を呑むような、内気で愛らしい、何とも尊い存在だった。恥ずかしそうに頬を染めながら台詞を口にする。


『聖者の手は巡礼の手が触れるためにある。

掌の触れ合いは、巡礼たちの口づけ』（『ロミオとジュリエット』一幕五場）

カーラは掌を下に向けてロミオの手に重ねた。プレインは何度もアンスラを指導したが、どうしても台詞と動きのタイミングが合わず、無意味になってしまっていた演技だ。ロミオがジュリエットの手を取る。彼の目に宿る熱情とそれに応じる彼女の歓びが、このちょっとした場面を何とも優しいものにしていて、全員が魅せられたように釘づけになった。

「『きみの唇のおかげでこの唇の罪は浄《きよ》められる』」ロミオの声はどこまでも穏やかで、まるでかすかな谺《こだま》のようだ。なのにその台詞は彼の唇がジュリエットの唇に触れるまで、はっきりとその場に残りつづけた。口づけは熱烈な愛の告白にほかならなかった。

アンスラは完全に自分の役を忘れ、周囲の目も構わずにまだ抱き合っている二人のほうに飛び出していった。接近警報が鳴りだす。目的地に到着したのだ。

「さて」チャドレスがメイン・キャビンでシートに座った俳優全員に向かって言った。パーティの残骸はすでに大急ぎで片付けられている。「送受信機は頭の大きさに合わせてあるから、付け心地は悪くないはずだ。最初にこれを使った調査船の乗員の報告は全員聞いているな。転移プロセスは痛みもなく、簡単だ。自分が地表にいると思えば、もうそうなっている」

「見たこともない地表にいるって、どうすれば思えるの？」ニア・タブが手にした送受信機に向かって顔をしかめながら尋ねた。

「いちばん近いのはテラのカリブ海の海中だろう。さもなければアルデバランの水惑星だな。あるいはヴェガⅣか。さまざまな形と色の海藻に囲まれていると想像するんだ。そう、調査隊は色彩の重要性を繰り返し強調していた。からす座β人はヒドロ虫綱《ちゅうこう》の海棲《かいせい》動物（クラゲのこと）に似ていて、大きな袋状の胴体から、神経の末端らしい複雑な触手が伸びている」

「うげ、なんて衣装なの！」ニアが身震いしてつぶやく。

「ぴったりだと聞いているがね」チャドレスは彼女ににやりと笑いかけた。「さて、ヘルヴァはわれわれの安全装置だ。彼女には自動帰還リレーが設置されている。からす座β環境にあまり長居しないよう、警告されているからな」

「どうして？」アンスラが退屈そうな声で尋ねる。

「間違いなく理由があるはずだが、からす座β人は教えてくれなくてね。さて、プレイン？」

ソラールが立ち上がり、全員を見わたした。「シェイクスピアとエネルギー処理技術の交換というこの奇妙な取引の重要性は、みんな知ってのとおりだ。詩人の言葉は異星人やヒューマノイドのものも含めてあらゆる言語に翻訳され、その戯曲の神髄はどれほど異質な者にも、蛮人から文明人まで、あらゆる存在に理解されている。ウィリアム・シェイクスピアがからす座β人に伝えられることなどないと考える理由はない……われわれが、心《ハート》を込めて仕事をやってのければ……あるいは、からす座β人の外皮において心臓《ハート》に相当するものを込めて、だな。

さあ、紳士淑女諸君、開幕だ！」彼は腰を下ろし、カウチに背を預けて完全にリラックスした。すぐに送受信機の縁に光が灯る。

「その程度のことだったら」ニアも自分の送受信機を頭に装着した。

ほかの者たちもほぼ同時《とも》にそれにならい、船内で意識があるのはチャドレスとヘルヴァだけになった。

「プレインの様子を見ておいて」と、ヘルヴァ。

「見た限り問題はない。下で会おう、ヘルヴァ」

そう言って彼も転移する。ヘルヴァは新しくできたシナプスが熱くなるような、不気味な感覚にとらわれた。だが、そんなことはあり得ない。地表に降りることを意識する。そのあとすぐに、生まれてはじめて外殻の外に出るのだという思いが追いかけてきた。原始的な恐怖の大波に襲われ……

転移！

最初に感じた違いは圧力だった……封じ込められるような圧力だ。からす座β人は登場人物ごとに空の外皮を用意すると言っていた。彼女も外皮に入れられ、その外皮がさらに別の何かに押し包まれているらしい。周囲全体からそれを〝感じる〟ことができた。閉塞感を払いのけられるかどうか、試しに小さく身体を動かしてみる。全身のあらゆる部分に感覚があるというのはどこか不潔な印象だった。それでいて、緩やかでありながら圧迫されていると感じる。重力の圧迫ではないが何かの圧力下にあり、その中で動いている感覚だった。まあ、身体を動かすのは目新しい技術ではない。行動の一種でしかないのだから。もう一度身じろぎすると、〝自分〟の一部であるものが身体の下から浮き上がってきた。それを見ることはできない。見ようとしても、そのまま離れていってしまう。ふむ。彼女は無数のスキャナーを使って、船のどの部分でも見ることができた。肉体はいろいろと制約が多いようだ。ともあれ、できるだけ周囲を見まわしてみる。さらに下に目を向けると、やがて視界の果てに泡立つ黄土色の噴出物が知覚できた。それが〝地面〟らしい。彼女の頭上と周囲では葉叢《はむら》が揺れ、信じられないほど多種多様な色彩が全スペクトルで息づいている。それらの色彩の中には〝音〟や〝香り〟を伴うものもあった。〝香り〟だけはヘルヴァにとって新しい感覚だ。これまでずっと嗅覚の代わりに計器の目盛りを見てきたから。

「適応できてるか、ヘルヴァ？」慣れ親しんだ存在が彼女の心の大きな部分を占めた。本能的に〝声〟のしたほうに向きなおったが、本当の声でないことはわかっている。それは周囲の圧力の断続的な中断パターンだった。

「肉体の感覚って妙なものね」

「きみにとってはそうだろう」

「あなたはどんな感じ、チャドレス？」その存在は紛れもなく彼女の〈筋肉〉だった。

「ビロードみたいに柔らかくふかふかで、とても気持ちのいい肌触りだってことは保証しよう。しかも無限の力を感じる」チャドレスは感動しているようだ。「若返って、肉体が新しくなったみたいだ」彼の思念に疑うような、おもしろがるような印象が加わった。「彼らがわれわれに新品の、染み一つない外皮を提供してくれたのは確かだろう」

「どこで手に入れたのかが気になるけど」

　別の思念体が近づいてきた。チャドレスとヘルヴァはすぐにそれが本物のからす座β人だと気づいた。存在感がきわめて濃密で、年齢の高さと知識の深さを、基本エネルギーの独特な使い方をまざまざと感じさせる。

「わたしがきみたちのマネジャーを務める」彼はそう自己紹介した。「ほかの者たちは全員封入した。このエネルギー表現体のまま進行できる」

『バラと呼ばれる花を別の名で呼んでも、甘い香りに変わりはない』（『ロミオとジュリエット』二幕二場）ヘルヴァはそんなことを考えながら、固定されていないまっ黒な物質の塊に囲まれ、全体が息づく葉叢に縁取られた球形の領域に進み出た。突然、誰もが同じ形をしているのに、色彩と圧力のわずかな変動で全員を見分けることができるようになった。

プレインもマネジャーと同じくらい濃密だった。ヘルヴァは存在の濃密さを年齢や知識と同一視しはじめた。そうなると、自分がほかの者たちからどう〝感じられて〟いるのかが気になる。やがてプレインがリハーサルを開始するため、彼女に序詞をやってくれと言ってきた。

とまどいの一瞬、船内の音響装置なしでどうやって前口上を再現しようかと逡巡《しゅんじゅん》する。外殻の中に戻りたいという強い願望が湧き上がった。だが、プレインは演出家であり、役者はその演出に従うものだ。

「『いずれ劣らぬ二つの名家……』」するとなぜか思念体が拡大し、暗くなり、彼女は自分以上のものになっていた。

葉叢の陰からサムソンとグレゴリーが登場する。彼らの思念体は浅く軽く、重要性を感じさせなかった。場面が進むと全員が自分を濃密化させたり希薄化させたりできるようになり、第四幕にかかるころにはこの新たな媒体も、見せ方の違いも、もう奇妙には感じられなくなっていた。

時間制限で船内に引き戻され、自分たちが悲しいことに血肉だけの存在だと意識すると、ほとんど肉体的な苦痛さえ覚えた。誰もが口数少なく、たっぷりした食事を急いで掻き込むと寝台に潜り込んだ。

ヘルヴァは残念ながら眠ることができず、物心ついて以来はじめて、すべてを忘れて穏やかな眠りに就いている者たちを羨ましいと思った。動きまわった経験が条件づけにもたらしたかもしれない影響のことは考えないようにする。彼女は意を決して、外部を全面スキャンした。何か変化があったからというわけではなく、何も変化していないことを確かめるためだ。船は惑星周回軌道上にあり、頭上には暗い宇宙空間が広がっている。眼下には彩りもさまざまな沸き立つ雲海が見え、ときおりそこに閃光《せんこう》が走る。システムをチェックすると、機関室に小さな不安要素が見つかった。何かが読み取りを妨害している。だが、計器上ではシステムに異状は見当たらなかった。何らかの力を〝感じる〟ことはできないが、何もないと考える根拠もない。単に彼女には使えないというだけだ。その意味を考えていると、かすかなささやきのようなものが聞こえた。ちょうどいい気晴らしとばかりに耳をそばだてる。それはブレインのつぶやきだった。

『もしお父様の魔法で、ねえ、お父様、海がこんなに荒れ狂っているのなら、穏やかにさせて……』（『テンペスト』一幕二場）

ヘルヴァは眠そうな声が徐々に小さくなって途絶えるまで聞いていた。最後の言葉はこんなものだった。

『みなさまも罪の赦《ゆる》しを請われるからは、ご寛容をもってどうかこの身を自由に』（『テンペスト』エピローグ）

次の〝日〟の稽古は続きからだったが、ヘルヴァはからす座β人が誰も〝舞台〟を離れていないような、それどころか、俳優たちがいなかったことに気づいてもいないような印象を受けた。彼らはエネルギーだけでなく、時間まで自在に操れるのか？　時間とは、アルフェッカ（かんむり座α星）星系のある理論家が主張しているように、エネルギー放出の別の一面にすぎないのか？

今日のヘルヴァの感覚は前回より鋭敏だった。外皮を制御できているし、そこから感覚データもつねに受信できている。俳優たちは演技を始めていたが、アンスラは明らかに、わざとやる気を出していない。

時間切れ直前、マネジャーが全員の前でアンスラに近づいた。

「エネルギーを節約する合理的な理由は存在しない。この実験の目的はエネルギー消費の低減ではないから。この形でのエネルギー放射が圧力感覚と思念体にどんな効果をもたらすか、検証するのが目的だ。きみは実験を妨害している。平衡要素が求めるままにエネルギーを失うようにせよ」

「いやだと言ったら？」

アンスラの最後通牒《つうちょう》に答えて圧力と色彩のさざ波が生じた。

「外皮が永久に空っぽに……」ここで時間が切れた。

「みんなの前で侮辱されればかにされるために、あの異様な海洋風景のところに戻る気なんてないわ」アンスラが言い放つ。

聞き手を感動させはしないものの、その堂々たる態度は大したものだとヘルヴァは思った。

「もうたくさんだ、アンスラ・コルマー」ブレインがカウチから起き上がりながら静かに言った。その声は氷のようで、目の光は冷たく、断固とした態度だ。「きみは個人的な好みと意見を全員に知らしめた。だが、今は個人的な嗜好《しこう》の違いよりも大きなものがかかっている。ここにいる全員、きみの気まぐれとつまらない策略にさんざん耐えてきた。明日、舞台に戻ったら、マネジャーに言われたとおり、平衡要素が求めるままにエネルギーを消費するのだ」

「誰がわたしにそれを強要できるの？」アンスラは挑発的な姿勢を取った。

「わたしたちの誰でもよ、ハニー」シートから立ち上がろうとしたチャドレスとデイヴォの機先を制して、ニア・タブが答えた。「わたしたちの誰でも、喜んで強要するわ。実際、わたしたちがここであなたを何とかしたら、からす座β人の外皮の中にいられてよかったって思うことになる」

「やれるもんですか！」

立場をはっきりさせたアンスラが引くに引けなくなっているのか、それとも自分の立場が脅《おびや》かされるとは端《はな》から思っていないのだろうかと、ヘルヴァは考え込んだ。幸い、アンスラは肉体の苦痛に弱いようで、ニアの平手打ち五、六発がそれを充分に立証した。

「あら、だめよ、ハニー」すすり泣きながら自分のキャビンに逃げ込もうとするアンスラの腕をつかんで、ニアが大声で言った。「あなたはずっとわたしのそばにいなくちゃ——目を離したら何をするかわからない。座って、食べて、おとなしくしてなさい。明日は自由落下で演じられた最高のジュリエットをやってもらうわ」

からす座βでのリハーサルによる心理的な疲労も相俟《あいま》って、その場面は全員の余力をことごとく奪い取った。チャドレスとカーラはアルコール飲料も高タンパク質スープもパスした。食事を終えると誰もがまっすぐ寝台に漂っていき、メッシュの毛布の下に潜り込んだ。

「ニアとアンスラから目を離さないでいてくれるか、ヘルヴァ?」チャドレスが言った。

ヘルヴァは彼がどこか変わったように感じた。新たな深みが加わり、どこかからす座β人を思わせる。

「彼女、ちゃんと演技すると思う?」カーラがブレインに尋ねている。まだ起きているのはこの二人だけで、離れがたいようだ。

「彼女の色は怒りと恐怖が入り混じった……」ブレインは途中で言葉を切り、カーラを見つめた。

「からす座β人みたいな考え方になってるわ」彼女は視線を左右させて笑った。「伝染性があるんでしょ? 演じる役柄になりきるようなもの? ほら、わたしみたいな素人でもコツがつかめるんだもの!」

「転移したきみはとても濃密な、温かい存在だったよ、カーラ」

彼女の笑いは喉の奥で止まり、目に憑かれたような憧れが宿る。もう一息で唇が触れ合いそうになったとき、プレインの喉の奥でがらがらと音がした。彼はカーラに背を向けて通路に向かった。

アンスラは次のリハーサルでエネルギーを失ったかのように従順になり、おかげで最後まで通しで稽古を続けることができた。プレインはこの結果を大いに喜び、初回の上演が可能になったとマネジャーに伝えた。

「わたしのエネルギー群体は、これらの外皮の総合圧力思念体を経験できることに興奮している」マネジャーはそう答え、ヘルヴァがからす座β人の喜びの色と解釈している薄紫色を放出した。「次の転移時でよろしいか?」

プレインが心から同意する。

「この放射に満足したら、からす座β人と契約できるよう、われわれのパターンの転移を調整してもらえるのか?」チャドレスが思念体の色合いを細かく制御して超越的な力に対する敬意を示しながら尋ねた。

「肯定。自我体の喪失がプログラムされた最小量を超えているのは明白だ。エントロピーが基本的エネルギー要求量を上まわっている」

ヘルヴァはわれに返った瞬間、その言葉の意味を分析してみるべきだと感じた。そこには何か……不気味な……印象があったが、からす座β人の外皮の中に封じられているあいだは何も感じなかった。この人格の分裂は危険なことになりかねない。

船に戻ると、心理的に目的をねじ曲げられた者を特定するのは容易になった。前夜のプレインとチャドレスがそうだったように、彼らにはからす座β人の用語を使う傾向がある。ただ一人影響を受けていないのはアンスラだったが、それは彼女が個人的な悲嘆に沈み込んでいて、エネルギーが……ほら、これよ、とヘルヴァはうめいた……客観的な経験を積むエネルギーが残っていないせいだった。

からす座β星系における初日は、こうした形のエネルギー消耗をからす座β人が受け入れたという点で、熱狂的な勝利となった。葉叢の向こうの観客は脈打ち震えながら俳優の放出を吸収し、この形のエネルギーに飢えている印象だった。

ヘルヴァは観衆のフィードバックが熱反応を引き起こし、外皮が信じられない大きさにふくらむのを感じた。無制限の質量を得て、興奮がどこまでも高まる。それでもからす座β人が筋立てを理解していることはわかった。威勢を競う二つのエネルギー集団が対立していて、その中の二つの若い、だが決して浅薄ではない思念体が、結合して新たな熱群体を作りたいと思っており、ヘルヴァが乳母としてエネルギーを与え、二つの若い思念体のあいだでベータ粒子を交換するまばゆい光が生じ、ニューロンの連結が誓約され、最後にはその二つの思念体が核である生命エネルギーの費消を強いられることで、対立する両集団が同じエネルギー・レヴェルで共存できることを認識させたのだ。

大公が二つの思念体のエントロピー的死を宣告すると、葉叢のエリアの外で新星爆発のような喝采が起きた。ヘルヴァはフィードバックを受けて膨れ上がり、みずからの献身に恍惚となりながら、手近にいた消耗した思念体に数エルグの圧力を注ぎ込んでいた。どっちを向いても大気がばりばり、ぱちぱちと音を立て、電光を閃かせている。計り知れないほどのポジティヴな力が再結合し、消費したエネルギーを再吸収して爆発しているのだ。

そしてようやく、ヘルヴァは彼女を手術した外科医を称賛することになった。この栄光に満ちた瞬間から無慈悲に引きずり出してくれたことを称賛し、罵倒する。ばらばらに飛び散った意識をくらくらしながら掻き集めると、警告灯と警報の意味が流れ込んできて、差し迫った危険に否応《いやおう》なく気づかされた。

ぐったりした肉体がいくつも転がっている。まるで命のない人形のようで、かすかに胸が上下していることだけが生きている証《あか》しだった。

恐る恐る送受信機を操作する。点灯していたランプはしぶしぶといった感じで消えたものの、やはり誰も身動きしない。アンスラがうめき声を上げるまでの時間は、ヘルヴァには永遠にも等しく感じられた。

「アンスラ、アンスラ」ヘルヴァは力強く繰り返し呼びかけ、トランス状態の彼女に何とか声を届かせようとした。「アンスラ、アンスラ」

「な……なに？」

「調理室に行って。青い静注スプレイの、刺激剤Kを取ってきて」

まるでロボットを動かすようだった。何度も指示を繰り返し、アンスラに言うことを聞かせようとする。必要な行動を起こすようヘルヴァに激励され、命令され、要求されて、アンスラは目をしばたたき、ぎくしゃくと動きだした。やがてついに彼女の手に正しい静注スプレイを握らせ、非協力的な肉体を使って、腕に静注スプレイを押しつけさせることに成功した。刺激剤は効果を発揮した。

「ああ、神様、神様」アンスラがしわがれ声でつぶやいている。「ああ、神様」

「アンスラ。全員に注射して。ほら、やるのよ」

女優はまだ自動人形のようなものだったので、ヘルヴァは彼女を誘導して、まずカーラとブレインに刺激剤を注射させた。次がチャドレスだ。失神した者たちが次々と肉体に戻ってくる。

「もう一度あそこに行く気にはなれない」エスカラスがかすれた震え声でブレインに言った。両手でこめかみを押さえる。そこには送受信機の痕が赤く帯状に残っていた。「観客に好かれすぎてるって理由で、舞台に立てなくなる日が来るとは思わなかった。だけど、ほら、あの場所は……そう」恐怖を思い出して目を大きく見開き、「〝純粋なエントロピー〟と言いそうになった」と、笑い声を上げ、「つまり、それこそが問題なわけだ」

ブレインもほかの者たちと同じように消耗していたが、どうにか弱々しい笑みを浮かべた。「予期しない反応に圧倒されたのは疑いない。今この瞬間」そこで間を置いて言葉を強調する。「再上演は考えられない。反論はなしだ。われわれは——ホストの言葉を借りるなら

――質量をもっと必要性の高いエネルギーに変換し、放出を維持しなくてはならない。ただ、わたしがきみたち全員をとても、とても誇りに思っていることだけは言っておきたい」

それがいいわ、とヘルヴァは思った。今の無力な状態では、自分たちが囚われの身だという破滅的な真実を、俳優たちが受け入れることはできないだろう。

船内に静寂が広がり、プレインの夜の連禱もなくなった。ヘルヴァ自身、意識を失う寸前だった。疲れきっていて、明日の問題を心配する余力はなかった。

翌日も目に見える変化はなかった。まだ全員がぐったりしている。それでもカーラはプロ意識を取りもどし、まどろんですべてを忘れようとする者たちに高タンパク食を与え、治療用の静注スプレイを投与した。

夕刻になると、ヘルヴァは調理室でチャドレスと話し合った。

「できるだけ先延ばしするしかないぞ、ヘルヴァ。みんな干からびかけてるのはわたしでもわかる」ゆっくりとかぶりを振り、「きみはどんな具合だ?」

ヘルヴァはこう言って時間を稼いだ。「外殻人も普通の動ける人間と変わらないって、いつも言ってるでしょ。そのことがはっきりしたわ。わたし自身、惑星上に戻るのはすごく抵抗を感じる。ただ、そうするしかないこともわかってる」

「どういう意味だ、ヘルヴァ?」チャドレスにはもう多少の好奇心を見せる以上の力は残っていなかった。

「向こうはわたしたちが今どうしてるのかと思ってるはず。研修生をそろえて、学ぶ気満々なんだから」

チャドレスは惨めなうめき声を上げた。

「ヘルヴァ、ここの連中に、それを受け入れろなんて言えるか？」

「だから、チャドレス、そうするしかないの」

「話が見えないな」

「動力源の配線のどこかにちょっとした障害があって、たとえば流星群を避けようにも、避けられなくなってる」

チャドレスはテーブルに突っ伏して、両手で頭を抱えた。「ヘルヴァ、もう戻れない。とても無理だ。わたしには……」

「戻る必要なんてない。すぐにはね。そもそも、送受信機を装着する気力さえないでしょ」

ヘルヴァはわざと相手の言葉を曲解した。「わたし次第ってこと」

「何がきみ次第なんだ？」調理室に漂ってきたプレインが尋ねた。

「わたしが下に行って説明してくる」

「とんでもない」プレインは反対して胸を張ろうとしたが、ヒーターのほうにゆらゆらと漂いだしただけだった。「演出はわたしだ。契約を守れそうにないと説明するなら、それはわたしの役目だ」

チャドレスが苦悩のうめきを漏らす。

「あなたはふらふらでしょ、ブレイン。チャドレスも。だからわたしが行く。これが最終決定。チャドレス、この続きはわたしが戻ってきてからね」返事がない。「チャドレス？」ヘルヴァは彼がうなずいて承知するまで手を緩めようとしなかった。

ふたたび外皮に入ったとき、ヘルヴァの精神は瞬間的な苦痛に襲われた。神経の末端に無数の感触があり、強力な圧力思念体がいくつか存在することがわかる。こんな純粋エネルギーの支配者に、人類の脆弱《ぜいじゃく》さをどう説明すればいいのだろう？

とはいえ、大気中には異常なほどエネルギー放出がなかった。濃くて厚くて豊かなマネジャーは賢明にも、彼の圧力思念体の質量を抑え込んでいる。礼儀正しく距離を取っているほかの者たちはたぶん研修生だろう。からす座β人の意識に思いやりという段階があるとするなら、それを活性化させているのはマネジャーに違いなかった。彼はヘルヴァが説明のための方程式を提示し、未解決の部分を指摘するのに辛抱強く付き合った。返事は消耗の表明で、それは前例のないフィードバックと不安定な反応質量が結果として訪問者にこのようなエントロピーをもたらしたことについての謝罪としか考えられなかった。原因はからす座β人自体にあるとしている。

それでもマネジャーは厳格に、きわめて重要な新しい条件が生じたことをヘルヴァに伝えてきた。この熱核の周囲に存在するすべてのエネルギー群体が、今回のユニークな放出を再現できる公式を得たがっているらしい。放出の効果で、再活性化が不可能なほど喪失が進んだと思われていた静的なエネルギー群体も若返るだろう。その公式は広めなくてはならない。

それと交換なら、どんなものも貴重すぎるということはない。

ヘルヴァは自分が絶望のエネルギーを放出していると感じながら、不可能であることを繰り返した。

調整が必要だ、とマネジャーは主張した。あるユニット――彼はジュリエットを意味する音の方程式を描いた――が固有エネルギーのすばらしい制御を見せた。あれを呼び戻し、公式を開放させたい。さもないと……マネジャーは触手を使い、人間が肩をすくめるのに相当する、見る者を不安にさせる動きを見せた。

ヘルヴァが帰還を表明する勇気を奮い起こすにはかなりの時間がかかった。単純な任務だったはずが、なぜこんなひどいことになってしまったのかと考え、難局を打開する方法を冷徹に模索する。何か手があるはずだ。

舞台をめちゃくちゃにしようとしていたはずのアンスラ・コルマーが、自己中心的な性格のおかげでただ一人この状況を切り抜けているのは、宇宙的な皮肉に思えた。だが、彼女に全員を救うことができるのか？

「たとえみんなの頭がおかしくなっても、わたしだけはそうはならない」アンスラは即答した。「何があっても……たとえ殴り殺されたって……あそこには……あの……毒ガス工場には戻らない。契約はちゃんと果たしたはずよ」

「それがそうじゃないんだ、アンスラ」デイヴォが弱々しい声で指摘した。「誰もきみを俳優ギルドに告発しようなんて思っちゃいないだろうが、契約書には、からす座β人がわれわれの演劇パフォーマンスを技術の対価と認めた場合、彼らの研修生を指導しなくてはならないと書いてある」

「向こうに戻って？　ジュリエットの演技を教えるためだけに？」アンスラは甲高い、なかばヒステリックな笑い声を上げ、プレインに向きなおった。「レグルスの連中に、あなたはきっと失敗するって言ってやったの。そのとおりになったわね！　嬉しいわ。本当に嬉しい！」

彼女の憎悪はその場にいる者たちの、すでに赤剝《あかむ》けて敏感になっている感受性に塩を塗り込むかのようだった。彼女はまだ笑いながら壁をよけてキャビンに向かい、鏡の前で人形のようにくずおれた。笑うのと、自分の姿を見つめるのとを交互に繰り返している。

「完全におかしくなってるわ」ニアが平板な声で言った。

「それはどうかな。われわれ全員がおかしくなってるというならともかく」デイヴォが慎重に指摘する。

「まあ、ここに座り込んで恨みつらみに付き合ってるわけにもいかない」ニアが憤然と言った。「アンスラには役を演じてもらわないとね」

「舞台は続けねばならない《ショー・マスト・ゴー・オン》ってわけか？」エスカラスが皮肉っぽく尋ねる。「この舞台はごめんだな」

「全員に謝罪したい」プレインが立ち上がって口を開いた。「アンスラの不満はわたしに対するものだ。きみたちが犠牲になる謂《いわ》れはない」

「くそ、プレイン、そういう役割は勘弁してくれ」デイヴィが爆発した。

「きみたちの役割はない。解決するのは簡単だ」ソラールの口調と態度は単なる事実を述べるもので、英雄気取りという糾弾は空振りに終わった。「演出家として、わたしはこの戯曲のすべての台詞を暗記している。実のところ、古代、中世、古典、原子力時代、現代の、二百十二の戯曲の台詞をそらんじることができる」

「ストレスで死んでしまうわ」カーラが叫び、彼を抱きしめた。

プレインはその腕をほどき、穏やかに彼女に微笑みかけた。

「どのみち死にかけているさ。だったら、最後の台詞は気の利いたものがいい」

「来週は『イースト・リン』よ（『イースト・リン』は十九世紀後半の人気演目で、劇場はこの惹句で観客に期待を持たせた）」ヘルヴァが大声で割り込み、からかうような大笑いで狙いどおり全員を唖然《あぜん》とさせた。プレインは深く傷ついたようだが、それは英雄的な自己犠牲よりも少しは健康的なことに思えた。「みんな落ち着いて。何もかもおしまいってわけじゃない。アンスラ・コルマーが復讐に燃えた悪辣な女狐《めぎつね》だったおかげで。そもそも、ソラール・プレイン、こっちはからす座β人に、全部の資産を一気に吐き出して与えるつもりなんかなかったわけでしょ。戯曲を一本、『ロミオとジュリエット』を見せるって契約で、葉叢の向こうの彼らはその虜《とりこ》になったけど、それさえ見せればあとはわたしがエンジンをふかして、大急ぎで彼らの影響圏から離脱するだけ。わたしたちの脆弱な精神がからす座β人のフィードバックから受ける衝撃を弱める方法を頭のいい人たちが考え出すまで、彼らの思念体を濃くしないことを強く緊急に推奨するわ。

それと、ソラール・プレイン、この船内で台詞を完璧に記憶してるのはあなただけじゃない。ばかげて聞こえるかもしれないけど、わたしもそうだし、デイヴォも、それにたぶんエスカラスも、『ロミオとジュリエット』の台詞は全部頭に入ってると思う。この三人なら、肉体面も感情面も、あなたより惑星に降下するのにふさわしい……」

全員から抗議の声が上がった。

「いいから聞いて！」ヘルヴァは声を荒らげ、満面の笑みを思わせる声で先を続けた。「こちらは船長です」笑い声が上がると、真剣そのものの声に戻す。「わたし、ヘルヴァは、この任務と船内の全員に対する最終責任を負っています」

「『ロミオとジュリエット』の台詞なら、わたしも全部覚えてる」ニアがヘルヴァの話の続きを待たず、静かに言った。「知ってるでしょ、百歳になる前まではジュリエットを演じてた。あなたは一つ忘れてることがあるわ、ヘルヴァ。とても重要な点を。問題は今回がリハーサルじゃなく、本番だっていうこと。リハーサルなら何とでもなる。研修生の指導で途中何度も休憩をはさむから、七時間ぶっ通しなんてことはない。からす座β人がそれほど演劇を求めているなら、休憩のタイミングもこっちで決められる」表情が変わった。彼女はアンスラが静かに笑いつづけている女性用キャビンのほうを見やった。「あの女にわたしの関わった最高の舞台を台なしにさせたりしたら、わたしは自分が許せない」

エスカラスが爆笑し、ニアを力強く抱きしめた。

「さそり座の七人の聖人の足の爪にかけて、まったく同感だ！」

「わたしもだ」ベンヴォーリオが同意する。「まったく、あの女ときたら！」彼はアンスラのほうに向けて不作法なしぐさをして見せた。

「よし、ヘルヴァ、からす座β人にもう一日休むと伝えてくれ」チャドレスが言った。「そのあと惑星に降りて、仕事を完遂する。舞台は続けねばならない！」

「ジュリエットは誰がやる？」デイヴォはそう言ってから、まっすぐカーラを指さした。

「きみがジュリエットだ」

「だめ、無理よ！」

「なぜだめなんだ、愛しのきみ？」ブレインは彼女が頬に押しつけていた両手を自分のほうに引き寄せ、全員の前でそっと唇にキスをした。「きみはアンスラが演じた最高のジュリエット以上にジュリエットだよ」

「一つだけ心配なことがある」と、エスカラス。「ほかの全員が向こうにいるあいだ、彼女をここにいさせたくない」彼はそう言うと、糾弾するように指をアンスラのほうに向けた。

「まったくだ」デイヴォが口笛を吹いて同意する。

「問題ないわ」ヘルヴァが請け合った。「ミス・コルマーには……休んでいてもらう、というのが正式な言い方かな。そのための手助けをします」彼女はそう言うと、操縦士キャビンを催眠ガスで満たした。

マネジャーは受け入れ信号を送ってきて、問題が解決して安心したことを示した。ヘルヴァはタンパク質が豊富な食事のあと、全員を寝台で休ませた。キャビンの催眠ガスはすでに排出してあったが、それでもカーラとニアはカウチで寝ると言って聞かなかった。カーラの同意のもと、船内で一人になるアンスラには時限性の鎮静剤を投与し、意識を失わせることになった。

出演者の投票で、最初のリハーサルは四時間に限定された。やがて研修生たちがエネルギー放出にきわめて慎重だと判明し、不安は一掃された。実際、船に戻ってきたときの雰囲気はヒステリーに近い安堵に満ちていた。

「からす座β人は今までいっしょに仕事をした中でいちばん覚えのいい研修生だな。一度言ったことは決して忘れない」エスカラスが大声で言う。

「確かによく自分を制御してる」デイヴォも同意した。「ただ、演劇に生気を吹き込むのにどの程度の放出が適当なのか、わかってるのかな？　つまり、昔ながらの〝アマチュアとプロの差〟ってやつが」

「いい指摘だ、デイヴォ」と、プレイン。「わたしもその点をマネジャーと話し合い、放出するエネルギー・レヴェルについて議論した。彼はいつエネルギーを放出すれば正しい反応が生み出せるかわかるように、われわれの演技中、つねに測定していると言っていた。大した思念体だよ。そう、あれは大した思念体だ」

「レヴェルを完全に保つセンスも優れている」チャドレスが考え深げにうなずく。

「あなた、人間よりもからす座β人みたいね」ニアが混ぜっ返した。

プレインとチャドレスがとまどった表情で彼女を見る。

「本当にそうね」カーラもうなずいた。

「模倣は最大の称賛だからな」プレインが沈黙を破ってそう言ったが、ヘルヴァはその陽気な口調が無理をしている印象を受けた。

二度めのリハーサルがうまくいったので、プレインはあと一度、少し長めの稽古をつければ、契約は完了だと判断した。

「だったら、さっさとやってしまおう」と、エスカラス。「あの異常な場所にはどこか人を惹きつけるものがある。人間らしく考えるのが難しくなるんだ」

エスカラスの言うとおりだとヘルヴァは思った。あまりにも簡単に、からす座β人の用語で考えはじめてしまうのだ。プレインとチャドレスはすでに演劇用語で考えるのをやめ、すっかり別の枠組みにはまっているようだった。彼らが演出について興奮ぎみに話し合っているのを聞くと、励起位相《れいきいそう》、外殻電子運動、粒子放出、副殻《ふくかく》方位といった用語を使っていて、舞台の話なのか核物理学の話なのか迷うくらいだった。

何にせよ、ヘルヴァはプレインから目を離さなかった。カーラも同様だが、プレインのロミオを相手にジュリエットを演じるのは彼女の回路に過負荷をかけ、自由意志を鈍らせる……ヘルヴァはぐっと自制した。ここを離れるのは早ければ早いほどいい。

カーラがアンスラに追加の鎮静剤を投与した。女優はすでに四十時間連続で意識をなくしている。あと五時間増えても問題はないだろう。船内の雰囲気は目に見えてよくなっていた。

ヘルヴァはカーラに直接降下すると告げ、船の全回路をチェックした。からす座β人がエンジンのブロックを解除すればいつでも出発できる。最後の瞬間にもたもたしたくはなかった。

降下してみると、プレインは舞台の外から研修生を指導していた。ヘルヴァも自分の研修生を見つけ、第四幕第二場の稽古を始めた。

今回、研修生たちは抑え込んだエネルギーを制御するのに今まで以上に苦労していた。劇的な要素に欠けるのではないかというデイヴォの心配は杞憂《きゆう》だったようだとヘルヴァは思った。指導者の脆弱な魂がなくても、彼らは公式が必要とする刺激を細部まで放出するだろう。ヘルヴァは刺激を制御するのに努力が必要になっていた。プレインも同じらしい。彼と研修生は二名のバルサザーを伴って、ロミオが死ぬ墓地の場面に登場しようとしているが、プレインはエネルギーがあふれ出ているようだ。

「時間制限は決定していて、変更はできないんだな?」と、神経質に尋ねる。

ヘルヴァが答える前に、彼はもう演技を始めていた。

リハーサルはすぐに終わった。マネジャーは多大な努力で自発的な放射を抑制しながら俳優たちを称賛した。同位体を安定させるための情報は特別に用意した記憶媒体ですでに船に送ってあり、エンジンのブロックも解除したという。彼が広帯域で放射を続けるので、ヘルヴァは思わずエントロピーに引き寄せられるのを感じ、急いで決然と別れを告げた。

転移で戻ってきたヘルヴァは一瞬――永遠にも思える後悔の一瞬――方向感覚を失った。

機関室にはしっかりと保護された記憶媒体が設置されていた。今のところ強い放射線を出しているので、そのままにしておくほうがよさそうだ

薄暗いキャビンで誰かがうめいた。薄暗い？　だが、彼女は照明を落としていない！　船内のすべての照明を点灯し、操縦士キャビンでアンスラの姿を探す。寝台は空っぽだった。どうやって鎮静剤の影響を脱したの？　船内をスキャンすると、アンスラがブレインの身体のそばにうずくまっていた。彼女の手にはブレインとカーラの送受信機のケーブルが握られている。

「アンスラ、それは殺人よ！」ヘルヴァは彼女を麻痺させようと、最大音量で叫んだ。復讐に燃えるアンスラは二人からヘルメットをむしり取り、装置を破壊しようとしている。

ヘルヴァは何とかしてその前に送受信機でほかの者たちを帰還させ、アンスラの意図をくじこうと懸命になった。女の荒い息づかいがメトロノームのように刻む時はひどく長く感じられ、ようやくヘルメットの端から、送受信機のランプが瞬いて消えるのが見えた。ただ、ランプの一つは点灯したままだ。チャドレスのが。

「デイヴォ！　デイヴォ！」ヘルヴァが叫ぶ。

切迫した声を感じ取ったのか、デイヴォがかぶりを振りながら起き上がり、ふらつきながら反応した。アンスラを見て、彼女がしようとしていることに気づき、突進する。彼の体当たりでアンスラは奥の壁に押しつけられた。ほかの者たちも生気を取りもどしはじめる。

「エスカラス、デイヴォと協力して、あの女を押さえて」と、ヘルヴァ。アンスラは身をよ

じってわめき、狂気がもたらすばか力でデイヴォを打ち据えていた。「ベンヴォーリオ、こっちに来て。しっかりしなさい。チャドレスの様子はどう？　脈はある？」

ベンヴォーリオはぐったりした身体の脇に身をかがめた。「ゆっくりすぎるみたいだ。それにひどく……弱々しい」

「わたしはからす座β人のところに戻る。誰か——ニア、起きてるでしょ。アンスラがとっちらかした中から使える送受信機を二台探して、プレインとカーラに装着して。ふたりを連れもどさないと」

「待て、ヘルヴァ」デイヴォの声を聞きながら、彼女は転移した。

すぐ横にマネジャーがいた。明らかにプレインとカーラとチャドレスのものである外皮もいっしょだ。彼らの思念体の圧力は圧倒的だった。

「いっしょに行こう、ヘルヴァ。われわれといっしょに。宇宙のあらゆる力を制御できる、新しい、まったく新しい人生が待っている。どうして身動きできない外殻の中の、無菌室のような人生に戻らなくてはならない？　いっしょに行こう」

あまりにも魅力的でそれ以上聞くのが恐くなり、ヘルヴァは安全な船の中に、彼女の知る唯一の安全な場所に撤退した。

「ヘルヴァ！」デイヴォの声が彼女のすべての耳に響いた。

「ここにいるわ」彼女がつぶやく。

「よかった。いっしょに行く気かと思った」

「彼らは戻らないつもりなの？」

「アンスラの行為がなかったとしてもね」デイヴィが言うと、ニアもうなずいた。

「それがカーラとブレインの出した答えよ」と、ニア。「まあ、これで二人はエネルギーを結合できるようになったわけだし」彼女はそう言って陰気な笑い声を上げた。

「でも、チャドレスは？」

「〈筋肉〉が逃げ出したのがショックだったのか？」デイヴィが同情的に尋ねる。「だが、彼はずっと〈筋肉〉でいるわけじゃなかったんだろう、ヘルヴァ？」

「わたしもいっしょに行くことにしたら、どうなってたと思う？」

「そうだな、チャドレスはきみにそんなことができるとは思ってなかったが、そうすべきだとは思ってたようだ」

「自分がどこで必要とされてるのかって問題ね、デイヴィ。行動しないことが助けになる場合もあるんだと思う」独り言のようにそう言い、息はしているが生気のない四人の身体を見る。「四人」彼女はアンスラがいっしょに横たわっていることに気づき、思わず大声を上げた。「どういうこと？　どうしてこんな？」

「簡単よ」ニアがそっけなく肩をすくめて答える。「罪には罰があるってだけのこと。から す座β人はわたしたちより、不安定なエネルギーにうまく対処できるわけだしね、ヘルヴァ。もう出発できる？」

「情報は渡したとマネジャーが言ってたな」と、エスカラス。「エンジンのブロックは解除されたのか？」

「ええ」ヘルヴァはため息をついた。まだ何もしたくない。

「ヘルヴァ」デイヴォが静かに声をかけ、掌をチタンの柱に当てた。「ヘルヴァ、『本心をつかむには、演劇こそがうってつけ』（『ハムレット』二幕二場）なのさ」

彼女が帰りの航行データを弱々しくコンピュータに入力するあいだも、彼の言葉は優しい免罪の宣告のように心の中に響きつづけた。


ヘルヴァはえもいわれぬ安堵を覚えながら、公式報告に立ち会った専門家たちがXH－834の足元を照らす投光器の光の中、拡散するエネルギーのように、待っている地上車に向かって散っていくのを眺めた……この比喩は不適切だ、と自己検閲する。夜を貫いていくつもの光条が瞬き、もつれた網目を形成して、地上車は向きを変え、走り去っていった。一瞬、すべてのライトが平行になり、レグルス基地タワーの暗い下層階の輪郭を浮かび上がらせる。だが、地上車がすべて基地の建物に向かうわけではないようだった。何台かは基地の構内を出て、遠い都市圏へと向かっていく。

外殻人は疲労とは無縁と考えられているが、ヘルヴァは消耗し、落ち込んでいた。からす座β人に対応するのと、頭の固い専門家に何があったのかを説明するのと、どっちがよりひどい経験だったかわからないくらいだ。プレインがニューロンの喪失を遅らせるためにマインドトラップを使ったのも無理はない。いつでもスキャンできる記憶バンクがなかったら、喜んで忘れてしまいたいできごとばかりだ。そうできないのが残念だった。

ヘルヴァはため息をついた。中央諸世界医療局所属の優美なBB船XH‐834であるヘルヴァではなく、一人の女性であるヘルヴァが。

彼らはわたしたちをチタンの外殻に入れ、それをチタンの隔壁の奥に安置して、わたしたちは無敵だと考えている。肉体的な損傷など、この宇宙が住民に与える有害な事象の中ではもっとも軽いものにすぎないのに。すぐに治ってしまうのだから。

基地タワーに明かりが灯りはじめ、ヘルヴァは意地悪な喜びを感じた。今夜眠れないのはほかの者たちだ。当然だろう。からす座β星系で彼女がどうにかたどり着いた解決策に対し、質問の嵐で彼女を攻め立てたのだから。からす座β人の社会はどの程度強力なのか？　一体の大きさはどれくらいだ？　ブレインとカーラとチャドレス、それにアンスラを包み込んだ人類／からす座β人外皮は、彼らの忠誠心と記憶をいつまで保持できると思う？　第二次探査隊を派遣する場合、いつごろできる、あるいは、すべきだろうか？　演劇に関するブレインの百科事典的知識をすべて引きわたした場合、ヘルヴァなら情報の対価として次に何を推奨する？　からす座β星系の環境が、なぜ人間の精神にとって危険だと思うのか？　ヘルヴァはその危険性を説明できるか？　彼女なら条件づけに使える何らかの予防措置を提案できないか？

任務に参加したほかのメンバー全員が徹底的に訊問《じんもん》され、肉体的にも精神的にもつつきまわされ、探られたという事実も、慰めにはならなかった。彼女がそれを免れたのは、外殻医療班が酸性度試験をおこない、彼女の生命を維持している栄養素の摂取量をチェックしたからだ。タンパク質の消費量が増えていたが、それは彼女に要求された特別な活動に相応のものと判断された。

基地のコンピュータは今夜も大車輪で働くことになる。だが、彼女は何も考えたくなかった。からす座β人のことも、彼らの外皮に入って残ることになった四人のことも。新たな傘で惑星大気中に降下して、エネルギーを交換し、失っていくのだろうが……

「何も考えたくないの」ヘルヴァは声に出してそう言った。

落ち着きなく外を眺め、〈筋肉〉の宿舎の窓の明かりをちらりととらえる。だが、彼らを呼び出す気にはなれなかった。新たな個性との触れ合いは、いつもなら刺激的な、活気をもたらす体験なのに、今は心に余裕がなかった。とはいえ、今夜は一人にもなりたくない。

「この基地から一センチでも動く前に、何としても〈筋肉〉を確保するわ」彼女はそう心に誓った。

ジェナンが埋葬された共同墓地は、基地が広大なおかげで数キロ離れた闇の中だ。それでも心理的に、すぐそこにあるように感じられた。

すでに閉じられた人生の一幕に思いを馳《は》せるよりはと、彼女は自虐的にこの数時間のできごとを思い返した。手にした情報をすべて伝えることはできただろうか？　無意識のうちに、重要な事実やちょっとした観察結果を隠してはいない？　からす座β人の外皮の中で人間の精神が抱える分裂症的なトラウマを、本当に分析できていただろうか？　あるいは……

地上車が一台、彼女の足元で急停車し、誰かが人員用リフトを動かした。報告に立ち会った面々を降ろしたあと、そのままになっていたのだ。

「いったい誰が……」

「パロランだ！」その鋭い声は確かに管理官のものだった。

彼女の担当管理官であるナイアル・パロランは当然ながら報告の場に立ち会っていた。ただ、調停役に徹して、口を開くのは専門家が興奮したり、ヘルヴァが明確にできない点をしつこく追及したりしたときだけだった。彼女はそのことに感謝していたし、彼の思いがけない手際のよさに感服してもいた。態度はぶっきらぼうだが、パロランはなかなか声望があるらしい。引き返してきたのは個人的に話をするためだろうか？

エアロックに入った彼は両足を広げて立ち、両腕をだらりと下げた。思いがけず好戦的に、彼女のいる柱を睨みつける。

「わたしが何をしたって言うの？」急に不安になって、ヘルヴァが尋ねた。

パロランが姿勢を崩し、よろめきながら進んでくる。どうもかなり飲んできたようだ。

「匿《かくま》ってくだされ、お嬢様」そう言って大げさに一礼する。

「コーヒーはいかが？」

「品切れだろう。あの道化師連中が全部飲んでしまった。だが、中央司令部の知る限り、きみは立入禁止で、外部と連絡が取れない。ぼくがそう命じたからな、ベイビー——つまりここはいちばん安全な場所ということだ」

「あなたがからす座β星系のことでトラブルに巻き込まれるはずは……」

「トラブル？」彼はヘルヴァの柱に正対するカウチに腰を下ろし、いきなりぐったりとクッションにもたれかかった。「もちろんそんなものはない。ぼくのヘルヴァ嬢にも、非凡な管理者ナイアル・パロランにも。だが、われわれ二人がそろうとそうはいかない」大きく片手を振って、基地だけでなく銀河系全体を示す。「まあ、きみがとやかく言われることじゃないし、ぼくだってそうだ。朝までには、わからず屋どもも少しは事情を理解できるように……」その声は次第に小さなささやきになった。

ヘルヴァは彼が眠ってしまったと思ったが、すぐに薄目で彼女を見つめていることに気づいた。

「誰かが忘れずに、きみがどれほど期待以上の活躍を見せたか、教えてくれたか？　司令官はちゃんと、きみの打ち立てたすばらしい記録に、さらに二つの称賛事項が加わったことを伝えたか？　とてつもないボーナスもだ！」カウチを叩いて言葉を強調する。「この調子ならすぐに完済だ」声を和らげ、「ぼくも礼を言っていなかったな、ヘルヴァ。面倒で怪しげな汚れ仕事を、騙すみたいな形で……」

「あなたが騙したわけじゃないわ、パロラン……」

「はっ！」彼は背を弓なりに反らして爆笑し、ふたたびクッションに沈み込んだ。「とにかく、きみはよくやってくれた、ベイビー。ほかの船ならこうはいかなかったろう」

「ほかの船なら全員を連れて帰れたかもしれない」

「ばかげた雑音はいろいろ耳に入るが、ヘルヴァ」パロランは座りなおし、背筋を伸ばした。「まさかきみからそんな不合理なたわ言が出てくるとはね！　プレインとカーラには転移先に残りたい理由があった。チャドレスも同じだ。三人にとっては利のある話だった。アンスラ・コルマーは自業自得だろう。策士策に溺れるってやつだ。この宇宙には真の正義があるらしい。からす座β人はハムラビ法典なんて聞いたこともないだろうが！」

ふたたびカウチにもたれ、両手で後頭部を支える。

「連中が冷や汗をかくのを見てみたいね。官僚主義に凝り固まったくそ野郎どもが」彼はそう言って小さく笑った。

「四人の遺体の上に？　ちゃんとした葬儀の準備が進んでるんじゃないの？」

「どうして？　臨床的には、彼らの肉体はまだ生きてるんだ、ヘルヴァ。きみの肉体は臨床的には死んでるが」外殻人の前でそのことは口にしないという暗黙の了解を、彼は頭から無視した。「ただ、きみもぼくも、今夜この基地にいる誰も、きみのことをゾンビだとは思ってない。死とは何だ、ヘルヴァ？　心の、魂の、きみをきみたらしめてるものの喪失？　独立した動作の欠如？　きみは筋肉を動かせないが、ベイビー、どんな動作だってできる」

「酔ってるみたいね、ナイアル・パロラン」

「とんでもない！　パロランは酩酊とはほど遠い。寛いでるだけだよ、ベイビー。寛いでるだけだ」運動能力の減衰を否定するように、一気に上体を起こす。「倫理的・社会的には、きみはからす座β星系の外で四名の遺体を高速船に引きわたした。機能はするものの空っぽの抜け殻をね。その本来の住人、所有者、彼らを彼らたらしめてた者たちはもう戻ってこない」

彼は立ち上がり、ヘルヴァに近づいた。「これはチャンスだ、ベイビー。選ぶといい……カーラの身体だろうな。あれがいちばん若い。あるいはアンスラか。大きな変化を望むなら、チャドレスって手もある」

可能性が乱舞する目がくらむような一瞬、ヘルヴァはこの驚くべき提案を考慮した。からす座β人の外皮に留まることを考えたときのように。専門家を前にした彼女の報告は本当に公平なものだっただろうか？

「当然、わたしが動きまわれる人間になりたいと思ってるって前提があるわけね、パロラン」何とか理性的な声で応じることができた。「つい最近、別の身体に入ってたばかりよ。今の自分のほうがいいわ」

パロランは謎めいた表情でじっと彼女を見つめた。片手を伸ばし、内部外殻にアクセスする滑らかな金属パネルの継ぎ目をそっと撫でる。

「よく言った、ヘルヴァ、よく言った」向きを変え、調理室に入る。興奮性飲料ではなくスープを選んだので、ヘルヴァはほっとした。メイン・キャビンでふたたびシートに腰を下ろし、加熱シールを破る。蒸気の噴き上がる音にうっとりと聞き入っているようだ。加熱が終わって蓋が開く音に、はっとした様子でかぶりを振る。

「きみならそう言うと思ってた」一気安げな口調だった。

「だったら、どうして訊いたの？　試験かしら、管理官？」

ナイアルは目を上げ、ヘルヴァの咎めるような口調に苦笑した。「きみが対象ではないがね、ぼくのベイビー……」

「わたしは〝あなたのベイビー〟じゃない……」

「……なんて、ささいなことだ！」熱いスープを慎重に一口飲む。

「だったら、どうして？」彼女は諦めなかった。

ナイアルが肩をすくめる。「きみがチタンの貞操帯から解放される、生涯で一度しかないチャンスだと思ったからだ」

ヘルヴァは爆笑した。「からす座β星系の経験だけで、もうたくさん」

「やってみて気に入らなかった？」

「動くのが？　自由が？」彼女はそう言って、パロランが眉の動きと邪悪な笑みでほのめかす意味をあえて無視した。

「肉体の動き、肉体の自由だ」パロランが慎重に意味を限定する。

「〝肉体〟を定義してよ。船としてのわたしの肉体は、あなたには想像もつかないくらい強くて自由なの。わたしは考えて、感じて、息をしてる。心臓は鼓動し、血液は血管の中を流れ、肺は活動してる。あなたのとは違っても、ちゃんと機能してる」

「あの四人の心臓と血管と肺もそうだ。基地病院の生命維持室に入ってる、あの四人の――抜け殻も。だが、彼らは生きてない」

「わたしは？」

「生きてるのか？」

「酔ってるわね、パロラン」非難する声は冷たく平板だった。

「酔ってないよ、ヘルヴァ。深遠な倫理問題を討論しようとしてるのに、きみがはぐらかすからだ」

「わたしがはぐらかしてるのはナイアル・パロラン？　それともパロラン管理官？」

「ナイアル・パロランだ」

「どうして深遠な倫理問題をヘルヴァと討論したいの、ナイアル・パロラン？」

意外にも、彼は肩をすくめてシートの背にもたれ、スープのカップの取っ手に指をかけて、不機嫌そうに中身を覗き込んだ。

「暇つぶしさ」ようやくそう答える。「今夜は二人とも時間があって、何もしないのはもったいない。この貴重な時間を（と言いながら皮肉なしぐさを見せ）世間話で終わらせるのもばかげてる。深遠な倫理問題を討論するにはもってこいだし、そもそもこれはきみが持ち出した話題だ。どのみち、誰も解決しようとはしないし。あの臭い惑星大気圏をあとにする前に、からす座β人自身に自分たちのごみを片付けさせるべきだったんだ。そういえば、彼らの息は臭かったか？」

ヘルヴァはその質問に答えながら、心の別の部分ではその行動を不思議に思っていた。

「わたし、ヘルヴァには嗅覚がないから、わたし、ヘルヴァはからす座β星系第六惑星の大気のにおいを感知してない。ほかのみんなも何も言ってなかったから、思うに、からす座β星系に行った者にとって、大気のにおいは特別なものじゃなかったんでしょう」

「ははあ！」彼は細い人差し指を咎めるように突きつけた。「その肉体感覚はないんだ」

「欲しいとも思わないし……コーヒーの香りだけは残念だけど。みんながすばらしいって言うから」

「朝になったら忘れずに注文しておいてくれ」

「もう飲食料庫の注文ファイルに入れてあるわ」ヘルヴァが甘い声で言う。

「それでこそぼくのベイビーだ」

「わたしは〝あなたのベイビー〟じゃない。それで、退屈な質問だとは思うけど、どうしてここにいるの、ナイアル・パロラン？」

「あいつら専門家連中にじゃまされたくなくてね」彼はそうつぶやき、親指を立てて肩越しに基地タワーのほうを指し示した。「やつらに捕まったら結局そうなる。ここなら大丈夫だ。中央司令部が〇八〇〇時まできみを、ヘルヴァＸＨ‐８３４を呼び出すのを禁じてるからな。何しろきみは、ぼくのベイビーのヘルヴァ、もう充分連中に付き合わされた。その問いが空中に鳴り響く。「否定しなくていい」すぐに返事がなかったので、彼は先を続けた。「きみのことはよくわかってる……そうさ、ベイビー、誰よりもよくわかってる……きみは連中に〝いい加減にしろ〟と言いたいのをぎりぎりで耐えてきた。本当にぎりぎりで……」しばらく声が途切れた。「今回の任務はきみが認める以上に、きみに無理を強いるものだった」

ヘルヴァは何も言わない。

彼はうなずき、もう一口スープを飲んだ。

「酔ってないのね」

「そう言ったろ」彼は相好《そうごう》を崩した。

「思ってもみなかった」彼の思いがけない同情に深く感動したことを隠すため、わざと明るい口調で先を続ける。「管理官の仕事に、船のお守《も》りが含まれてるなんて」

ナイアルは細い指を振って言葉を強調した。「幅広い職権があるのさ」

「で、わたしは本当に〇八〇〇時まで連絡がつかないの？　それとも、単に見栄えのいい〈筋肉〉候補と会えないようにしてるだけ？」

「いやいや」彼は抗議するように眉を上げた。「きみを呼び出せないっていうのは間違いなく本当だよ。きみから呼びかけることはできる。逆はできない。さらに……」

「あなたがここにいるのは、わたしが〈筋肉〉候補に呼びかけないようにするためね」

「この石頭！」彼は爆発した。「やれよ。〈筋肉〉を呼べばいい。宿舎の全員を叩き起こして。愉快なパーティと行こう……」コンソールのほうに歩きだす。

「あなたはどうしてここにいるの？」

「おい、声を抑えろ、ベイビー。ここがいちばん安全な場所だからだよ」彼女の正面に戻り、いたずらっぽい笑みを浮かべる。「本当に宿舎の〈筋肉〉を呼び出さなくていいんだな？」

「肯定。どうして逃げてるの？」

「要するに」ふたたびカウチに腰を下ろし、寛いだ姿勢になる。「ばかげた質問と嫌疑にうんざりして……」

「嫌疑？」ヘルヴァはその言葉に引っかかった。

ナイアルが不作法な音を立てる。「連中は（と、まだ明かりの点《つ》いているタワーの窓を指で示し）統合失調症になった〈頭脳〉のエネルギーをブロックして〝はぐれ〟になるのを防ぐとか、ばかげた理論を弄んでるのさ」

「わたしのこと？」

ふたたび不作法な音がする。「ぼくはきみを知ってるからな、ベイビー。レイリーもだ。だからきみに関するくだらない話には耳を貸さない」

「それはどうも」

「そういう態度はやめろ、ヘルヴァ」パロランの声が硬くなった。「ぼくはきみを中央のために働かせる。意に沿わない任務もあるだろうが、それはきみのためにも中央のためにもいいことだから……」

「いいこと？　からす座βの任務みたいに？」

「そうだ。よく考えればいいことだったろう、ヘルヴァ。甲冑《かっちゅう》の中に閉じ込められてるきみにとっては！」

「わたしをその甲冑から無理やり引きずり出そうとしたでしょ……カーラの身体に入れるた

めに」

パロランは黙り込んだ。怒りの視線が柱を貫通し、外殻にまで届くかのようだ。と、彼は突然力を抜き、リラックスした様子でシートに背を預けた。ただ、ヘルヴァは顎の筋肉が強く緊張しているのを見逃さなかった。

「ああ、そのとおりだ」静かにそう言い、ため息をついて、カウチの上に足を乗せ、わざとらしくあくびをする。「なあ、きみが歌うのを聴いたことがないんだが、頼んでもいいかな？」

「眠気覚まし？　それとも、子守歌がいい？」

ナイアル・パロランはまたあくびをし、両手を頭のうしろで組むと、ブーツを履いたままの足首を重ねて天井を見つめた。

「お任せで」

驚いたことに、ヘルヴァは歌いたくなった。

船は欺いた

「頭脳船は失踪したりしない」議論の余地のない断固とした口調に聞こえることを願いながらヘルヴァが言った。

テロンが顎を突き出すと、まるで猪首《いくび》のネアンデルタール人のようだった。最初はおもしろがっていたが、やがて腹立たしくなり、今ではすっかり耐えがたいものになっている。

「中央の話を聞いただろう」テロンが諭すように応じる。「失踪することはあるんだ。実際、失踪している」

「失踪という事実は外殻心理学に合致しない」ヘルヴァは最大音量でわめきそうになるのをかろうじて抑えた。音量だけで圧倒して、相手に理解を押しつけたい気分だったのだ。非論理的だとは思うが、一標準年のあいだテロンとうまくやろうとしてきてわかったのは、自分の反応が理性的なものから感情的なものに、どんどん傾いていっていることだった。

このパートナー関係は明らかに耐えがたい——それどころか精神を蝕《むしば》む——ものになっていて、任務を終えてレグルス基地に帰還したら、その後も継続することはできそうになかった。

テロンにはうんざりだった。結論が一致しないなら、ロケット噴射に翻弄される二枚の羽根のようにぶつかり合っても意味はない。自分が適応できない状況にいることを認めるのは難しかったが、彼女とテロンは明らかに相容《あいい》れなかった。判断を誤ったことを受け入れ、修正するしかない。それが唯一の妥当な行動だ。

内心でうめき声を上げる。テロンの態度には伝染性があるようで、彼女はますます彼のような話し方になっていた。

「仲間に対するきみの信頼には頭が下がるが、この場合は見当はずれだ」テロンが偉そうに講釈する。「事実として、中央諸世界の任務に就いた頭脳船四隻が操縦士ごと跡形もなく失踪している。一つ、船はリールを変更できるが、操縦士はできない。二つ、船はいずれも予定の寄港地にあらわれなかった。三つ、どの船も直近の、または予定の寄港地にもっとも近い宙域にあらわれなかった。以上の事実から、船は失踪したと言える。何らかの理由で航路を変更したんだろう。つまり、船は信頼できない存在ということになる。この結論は提示されたデータに基づいていて、動かしがたいものだ。理性的知性の持ち主なら、この結論の有効性を認めるしかない」

テロンが苛立たしい薄笑いを浮かべる。ヘルヴァは最初、それを甘い微笑みと思ったものだった。

十ずつ区切りながら、ゆっくりと千まで数える。ふたたび話しはじめたとき、彼女の声は完全に抑制されていた。

「提示されたデータは不完全で、動機が解明されてない。四隻が自発的に姿を消す理由がないわ。大きな債務を負っていたわけでもない。実際、ＲＤはあと三標準年で完済できるはずだった」わたしと同じようにね。「以上から、またわたしにしかアクセスできない特別情報から……」〝わたし〟の部分をほとんど吐き出すように勢いよく言い、「あなたの結論は受け入れられない」

「わたしの知らない、きみにしかアクセスできない特別情報が本当にあるとしても」テロンが保護者ぶった笑みを浮かべる。「わたしの結論は変わらない。中央も同じ結論に達しているんだから」

ほら来た、とヘルヴァは思った。昔ながらの絶対的権威を引っ張り出せばわたしを足止めできると思ってる。

いずれにせよ、彼との議論は無意味だ。かつてナイアル・パロランは彼女のことを〝間違った根拠に固執している〟と言ったが、テロンがまさにそれだった。しかも彼の場合、頭が固く独断的、鈍感で規則に盲従して視野が狭く、想像力や直感で思考プロセスを彩るようなことは一瞬たりともない。

ナイアル・パロランのことなど考えるべきではなかった。それで気分がよくなるわけでもないのに。あのおしゃべりなちびの世話焼きはまたしても無断の非公式訪問で、彼女がアクシオン人を選ぶのをやめさせようとしてきた。

「彼は〈筋肉〉の訓練に理論の点数で合格しただけだ。彼にふさわしいのはゴミ集めであって、きみじゃない!」ナイアル・パロランは彼女のメイン・キャビンをうろつきながら、そう叫んだ。

「彼のパートナーになるのはあなたじゃない。プロファイルを見ると、わたしとはとてもしっくりいきそう」

「頭を使え、ベイビー。彼をよく見るんだ。筋骨隆々だがハートがなく、見てくれが完璧すぎて信用できない。くそ、あいつは……まるでアンドロイドだ。脳は金属製で、議論に勝つためにだけプログラムされてる。きみはきっと頭がおかしくなるぞ」

「彼は信頼できて、バランスが取れてて、博学で、よく適応してて……」

「一方のきみは意地の悪い、ブリキ缶の中の乙女だ」パロランはそう言って、知り合って以来二度めに、振り向きもせずに彼女のキャビンから出ていった。

そして結局、アクシオンのテロンという〈筋肉〉に対するナイアル・パロランの評価は的確だったと、ヘルヴァは意気消沈しながら納得せざるを得なかった。今やヘルヴァの評価でテロンに有利といえるのは、彼が一時的なのも恒久的なのも含めて、これまでの〈筋肉〉とはまったく違っているという点だけだった。

もしもう一度〝信頼できない存在〟と言われたら、彼をエアロックから叩き出してしまうだろう。

だが、テロンは最後の一言でヘルヴァを黙らせたと思ったようだった。操縦コンソールの前に座り、いつものように指を曲げ伸ばしし、貴重な全能のデータをコンピュータに打ち込んで航程リールをチェックする。ヘルヴァが理不尽に航程を変更し、彼もろとも失踪しようとするのを警戒しているのは明らかだった。

テロンはゆっくり整然と作業をこなした。広い額に皺を寄せることもなく、頰の大きな顔は穏やかで、褐色の目は手元の作業につねに集中している。

いったいぜんたい何だって、彼を選ぶなどという洞察力に欠けた行動を取ったのだろう？ ヘルヴァは不思議に思った。外殻内のアドレナリン・レヴェルは高いままだ。わたしの愛おしい、カプセル化された精神は、おかしくなってしまったに違いない。栄養液が酸性化してるのかもしれない。レグルスに戻ったら内分泌チェックを要求しなくては。今のわたしはどこかおかしい。

いいえ、いいえ、そうじゃない。ヘルヴァは自分自身に反駁《はんばく》した。わたしには、テロンを追い払っても治らないような不具合は何もない。自分の正気を疑うのは、彼がそう仕向けたからだ。自分が正常なのはわかってる。そうじゃなければ、わたしはこの船じゃない。

忘れないで、とヘルヴァは自分に言い聞かせた。この旅が終わる前に、彼はわたしが中央諸世界の自治を脅かす存在だと納得させてしまうかもしれない。わたしの知性は信頼できず、既知世界から排除するのがいちばん安全なのだと。彼は頭脳船がデータを編集し、些細《ささい》な点を無視し、一見すると非論理的な論理に従って任務を成功させていると信じ込んでいて、だから彼ら／彼女／彼（〝それ〟とは言わないと信じたい）は〝信頼できない存在〟だと主張する。彼女とキラがアリオスでの任務で成功を収めたのが典型例だ。

その種の例を挙げるなら、ヘルヴァは頭脳船としての短いキャリアの中で、すでに何度かそういう決断を下していた。テロンは〝親切心から〟彼女の逸脱ぶりを指摘し、同じ条件下でのもっとずっと論理的な行動を提示して、彼が、アクシオンのテロンが彼女の〈筋肉〉パートナーでいる限り、決して命令外の行動は取らないようにと忠告した。まず彼と中央の同意を得ない限り、何も、繰り返す、何もしてはならない、と。知性ある存在の特徴は、逸脱することなく命令に従える能力なのだから。

「本気で言ってるのね」テロンがこのことをはじめておごそかに宣言したとき、ヘルヴァは笑いを含んで応じたものだった——当時の彼女にはまだユーモア感覚が残っていたのだ——「……惑星への着陸命令が出たあとでわたしが調査して、船体を蝕む腐食性の大気があって、突入したらあなたもわたしも死ぬことになると判明した場合でも、その命令に従わなくちゃならないってことね……つまり、死ぬために」

「中央諸世界の船に不可能な命令が与えられることはない」テロンが非難がましく反論する。

「半リーグ、半リーグ
半リーグ先へ（テニスンの詩の一節）」

「目下の議論に半リーグがどう関係するのか理解できない」テロンが冷たく言う。

「微妙な点を指摘しようとしたの。言いなおすわ」

「簡潔に、つまり、理解できるように頼む」

「命令は、事前に察知できないけれど影響の大きい事実によって変更できる。今言った腐食性の大気みたいに……」

「それは仮定の話……」

「……だけど、論点としては有効でしょ。あまり探査の進んでいない星系によく行くことになるのは、あなたも認めるはず。だからこれは単なる仮定の話じゃない。事前命令は知性と経験に基づいた再評価を経て変更される可能性がある。時として、事前の命令に対する違反および／または不服従に見える行動も必要になる」

テロンはそのとき首を横に振った。悲しそうにではない。ヘルヴァは彼がこれまでの人生で深く人間的な感情を経験したことがないと確信していた。彼はただ非難がましいだけだった。

「中央諸世界が頭脳制御船に人間の操縦士を乗せることにこだわる理由がはっきりした。必要だからだ。この船のような強力な道具を、信頼できない存在が事実上コントロールしている以上、操縦士は不可欠だ」

ヘルヴァは相手の誤解ぶりに唖然となった。操縦コンソールで彼女の操船を制御することはできない。彼女が操縦コンソールを制御することはできる。その点を指摘しようとしたが、彼はさらに話しつづけた。

「いずれはこんな便宜的な方法は必要なくなるだろう。自動操縦が完全なものになれば、人間の脳は不要になる」

「人間は必要よ」ヘルヴァは一語一語を強調して言った。

「ああ、そう、人間ね。人間はどうしても過《あやま》ちを犯しやすい。多くのプレッシャーにさらされる、偉大な任務に対して脆弱すぎる存在だ」テロンはいきなり説教モードに入ることがあった。「過つは人の常、赦すは神の業《わざ》（アレグザンダー・ポープ「批評論」の一節）」そう言ってため息をつく。「この過ちやすい人間という要素は、自動化が完全に――そう、これだよ、ヘルヴァ。この言葉が最適だ――自動化が完全になれば、人間は排除されるだろう。中央諸世界が今のところ採用している、間に合わせの技術など必要なくなる。自動化が完全なものになったとき、船はようやく、本当に信頼できるものとなるんだ」庇護者ぶった様子で操縦コンソールを軽く叩く。

ヘルヴァは一言もコメントしなかった。学校時代と条件づけの際の、歴史に基づく、争う余地のない議論が思い浮かんだのだ。彼女が急に気づいたのは、そうした議論の基盤に、残念ながら、信頼性に関する彼の独特な理論を裏づけるような事案があるという事実だった――結果的にうまくいってはいても。そういう場合、頭脳船は事前命令を無視あるいは逸脱して行動していた。異常な状況にあって、そうするしかなかったのだ。テロンの揺るぎない論理に従うなら、知性そのもの――外殻人のものであれ、非殻人のものであれ――が信頼できないということになる。知性に基づく結論がつねに論理的とは限らないということを、彼は決して認めないだろう。

そして今、知性と本能と訓練と条件づけと理性のすべてが、頭脳船はただ消えてしまったりしないとヘルヴァに告げていた。四隻続けてなんてあり得ない。わずか一レグルス月のうちに。百年に一隻なら、まあ、論理的な可能性としてはあるだろう。それでもかならず、何らかの前兆がある。納得できる理由が。たとえば732のように――あれはアリオスで、悲嘆のあまり精神を病んだのが原因だった。

あの任務が終わったとき、どうしてキラを出ていかせてしまったんだろう？　船の失踪が続いている件について、キラならばヘルヴァと完全に同意見だったろう。だが、それがとてつもなく異常なことだとテロンを説得できるとは、毛ほども期待できなかった。納得するには直感が必要だが、テロンにはそれがまったく感じられない。

あんな説教癖があって、どうして心理検査を通過できたんだろう？　彼についてはもう一つ気づいたことがあった。本人が意識しているかどうかはともかく、ヘルヴァのような〝サイボーグ〟という存在を、テロンは忌まわしいものと感じている。中央諸世界の大多数を占める一般市民と違って、〈筋肉〉は当然、チタンの隔壁の奥にある外殻の中に、動くことのできない完全な人体が存在することをはっきりと認識している。

あれほど苛立たしい性格でなかったら、テロンに同情さえできていただろう。彼に反感を抱く前から、その思考と行動がすべて〝完全〟という概念に動機づけられていることはわかっていた。彼は心理的に過ちを、何か間違いを犯すことを恐れている。間違いは失敗につながりかねず、失敗は是認できないものだからだ。間違いを犯さなければ失敗の咎を負うことはなく、成功者でいられる。

でも、わたしは間違いを犯すのが恐くないし、失敗を認めることも恐れてない。ヘルヴァはそう思った。実際、テロンについては間違いを犯した。外殻人は信頼できないと言い出したテロンは彼女にとっても、中央諸世界にとっても害になる。別にやり返そうというつもりではないけど。〈筋肉〉の交代を要請し、罰金を払おう。それでも大赤字になるほどではない。新しいパートナーといくつかいい任務をこなせば、まだ完済は可能だ。テロンには出ていってもらう！

別れる決意が固まって、だいぶ気が楽になった。

その〝翌日〟、テロンは目を覚ますと、まずいつものようにすべての計器やダイヤルやメーターを船首から船尾までチェックした。これで午前中はほとんどつぶれてしまう。ヘルヴァなら十分もかからずに終わる作業だ。慣例では計器のチェックは〈頭脳〉に任され、テロン以外のどんな〈筋肉〉もそうしている。ヘルヴァは疲れた気分でテロンにチェック結果を報告し、彼はそれを自分のチェック結果と照合した。

「整然として問題なし」照合が終わると彼は……彼らは……いつものようにコメントし、テロンは操縦席に座ってタニア・ボレアリス（大熊座《おおぐま》星）星系に到着するのを待った。

ＴＨ‐８３４は以前にもタニア・ボレアリス星系第四惑星ダレルに着陸したことがあったので、宇宙港の職員はテロンのことをよく知っていて、あらゆる指示を〈筋肉〉ではなくヘルヴァに伝える程度には彼を軽んじていた。ただ、彼らがヘルヴァを重視すればするほど、のちのちテロンは扱いにくくなる。宇宙港職員や、稀少《きしょう》な薬品を手渡す相手である保健医療局長に対する彼の態度は以前の二倍も官僚的で尊大だった。薬品の性質と効能を考えればある程度慎重になる必要はあるものの、貴重な積み荷を引きわたす前に集束ビーム通信で中央司令部を呼び出し、ブラント局長のＩＤキューブのレプリカを要求して確認したのは、明らかに行きすぎだった。

しかも悪いことに、通信の相手はBB船局管理官のナイアル・パロランだった。ヘルヴァには彼の慎重な官僚的言い回しに込められたニュアンスがすべて理解できる。

彼女は内心やきもきしていた。相手がパロランなのはしかたがない。だが、外殻を破ってあらゆる方向に爆散したいという衝動は、これまで経験したことのないものだった。彼女がいつ〈筋肉〉の変更の意図を伝えようとも、パロランは耐えがたいほどの正論をぶつけてくるだろう。レグルス基地に戻る前に、寄港地はあと三つある。タニア・アウストラリス（おおぐま座μ星）星系に一カ所と、アルラ・アウストラリス（おおぐま座ξ星）星系に二カ所だ。ナイアル・パロランは今のうちに笑わせておいたほうがいい。彼女がテロンを見捨てるころには笑い飽きているように。

ヘルヴァはパロランの独善的な対応に備え、個人的に信号を送って、集束ビーム回線を開いておくよう合図した。手順の奴隷であるテロンはブラント局長を船外で待つ地上車まで見送るだろう。彼女の意図を伝えるチャンスがあるとしたら、そのときだ。

「管制塔よりTH－834。アンシオラスのヒホンから乗船許可の要請が来ています」

「拒否するわ」ヘルヴァはろくにテロンのほうを見もせずに答えた。

「こちらテロン操縦士」〈筋肉〉が無理に割り込んできた。大股でコンソールに近づき、直接回線を開いたのだ。「要請の目的は？」

「わかりません。一行は地上車でそちらに向かっています」

テロンは通信を切り、開いたエアロックの外に目を向けた。ブラントの地上車が近づいてくる車とすれ違うところだった。

「正しい手順でなされた要請を独断で拒否する権限は、きみにはないんだ、ヘルヴァ」

「アンシオラスのヒホンのことを何か知ってるの？」ヘルヴァが尋ねる。「それに、この任務は部外秘のはずだけど」

「この任務の性質は完全に理解している。アンシオラスのヒホンというのは聞いたことがないが、だから存在しないということにはならない。それに、どこか宗教的な響きがある。あらゆる宗教に敬意を払うのは、われわれの本質的な任務の一つだ。彼を受け入れるべきだ」

「確かにね。でも、テロン操縦士に言っておくと、わたしはあなたより何年か長い経験があって、記憶バンクにもアクセスできる。電子的な記憶バンクは人間よりも記憶違いを起こしにくいでしょ？　その中に〝ヒホン〟は存在しない」

「正しい手順でなされた要請だ」テロンが繰り返す。

「まず中央に問い合わせてみるべきでは？」

「公式の認可なしに行動することもある」

「あら、そうなの？」

地上車が到着し、ヒホン一行がうやうやしく乗船許可を求めた。彼らが到着したため、ヘルヴァは個人的に中央と話す機会を逸してしまった。テロンがヒホンとの会見に子供っぽく固執するので、ヘルヴァの怒りは倍増した。彼女が正面きって彼の命令を取り消したら、彼は間違いなく彼女を叱りつけていただろう。こうして彼が主導権を握っていれば、当然、すべて順調ということになる。

四人の男性が乗船してきた。二人は簡素な灰色のチュニック姿で、まるで重要人物を護衛するように、するりとエアロックに足を踏み入れた。腰のベルトにつけた武器を携行し、首からは鎖で、妙な円筒形のホイッスルのようなものをぶら下げている。三人めは髪こそ白髪交じりだが精力的な印象で、うやうやしく第四の男を先導している。四人めは白髪の老人で、堂々たる体軀《たいく》を濃い灰色の長いローブに包み、ホイッスルを神聖な護符のように手にしていた。護衛が首から提げているものよりも大きいが、デザインは同じだ。

白髪交じりの男の態度は従順だが、ヘルヴァは油断ならないものを感じた。第四の男を先導しながら、キャビンの細部まで何一つ見逃さずに目を光らせているようなのだ。彼がまだ操縦コンソールの前にいるテロンのほうに向きを変えたとき、老人がヘルヴァの収まっているチタン製の隔壁に手を伸ばした。その動きが終わる寸前、ヘルヴァの心の中で警報が鳴り響いた。

「テロン、こいつらは悪党よ！」叫びながら、中央司令部との集束ビーム回線がまだつながっていることに期待を寄せる。

白髪の男は威厳ある態度をかなぐり捨て、恐ろしげな抑揚で何かつぶやきながら、指をヘルヴァの〈柱〉に向けた。

ヘルヴァが意識を失う寸前、護衛の二人がホイッスルを吹いているのが見えた。鋭い超音波が船の回路を妨害しているようだ。テロンは白髪交じりの男に殴り倒され、キャビンの床の上でぐったりとなっている。やがて老人が外殻内に噴射した麻酔ガスがヘルヴァを圧倒した。

回路が作動してない。ヘルヴァはそう考え……とたんに意識を取りもどした。

何も見えない。何も聞こえない。かすかなささやきも、細い光の筋さえも。

ヘルヴァは彼女をひたすら狂気へと誘う原始的な恐怖の波に懸命に抗った。

考えているのだから、生きている。意志の力を総動員して自分に言い聞かせた。考えられるし、思い出せる。理性的に、落ち着いて、何が起きたのか、何が起きた可能性があるのかを考える。

音と光を完全に遮断される恐怖はあと一マイクロメートルで彼女の自我を完全に支配しそうだった。感情的にならず冷静に、ヘルヴァは裏切りの場面を、その最後の閃光のような一瞬を思い返した。四人が入ってきて、ホイッスルのようなものを首から提げた護衛二人が位置につく。発せられた超音波が回路に干渉し、無許可で彼女の緊急パネルを操作しようとする試みに対する防御を無効化した。三人めの男がテロンを昏倒《こんとう》させる。

ヘルヴァは自分に容赦なく先を続けた。この攻撃は〈筋肉〉と〈頭脳〉を同時に制圧するよう考えられている。中央諸世界と密接な関係がなければ、動ける対象と動けない対象の両方を無力化するのに必要な情報は得られないだろう。解除キーワードとそれを発する正しい抑揚は厳重に秘匿されているし、通常は別々に保管されている。その情報を知っている者がいるというのは衝撃だった。

ヘルヴァは明白な、だがやはり驚くべき結論に到達した。四隻の頭脳船がどのように〝失踪〟したかわかったのだ。疑いの余地なく、今回の彼女と同じように拉致されたのだろう。だが、何のために？ 彼女は訝《いぶか》った。ほかの者たちはどこにいる？ 今の彼女のように外界から断絶した状態なのか？ それとも狂気に陥って……

自分自身も、ほかの外殻人たちも、そんな目には遭わせない。ヘルヴァは強く自分に言い聞かせた。

建設的な考えが、強い集中力が、今の不安を紛らせてくれるだろう。

最初に消えたのはFT‐687で、彼らの任務も薬品の搬送だった。ただ、完成品の配送ではなく原材料の運搬だ。RD‐751とPF‐699も同じだった。この線は可能性がありそうだ。

彼女が運んでいる薬品、メンカライトは中央諸世界に申請しないと手に入らず、特殊チームが必要最小限の量を配達することになっている。百ccのアンプル一つで一惑星に存在する水の全量を汚染でき、全人口を意思のない奴隷に変えてしまう。一方、この薬品の粉末を大量のタンパク質懸濁液で希釈すると、感染性脳炎の予防薬としていくつかの星系の全住民に接種が可能だ。また幻覚性の化合物であるトゥカナイトは周囲の環境に対する受容性と認識力を高めるので、緊張病や自閉症の精神療法で効果を発揮する。惑星トゥカンの虚弱な老人たちはこれを使用して衰えた精神力を甦《よみがえ》らせた。使い方によっては危険きわまりないが、別の使い方をすれば数百万人にとって欠くことのできない、有用なものとなる。人類全体の頭上で揺れつづける、善用も悪用もできるダモクレスの剣なのだ。

狂った人間の企《たくら》みからは外殻人といえども安全ではない。

狂った人間？　ヘルヴァの思考がゆっくりと停止した。そういえば、あの愚かな〈筋肉〉は今どこにいる？　あのネアンデルタール人じみた性質――彼の筋肉は大いに役立つだろう。テロンが三人めの男に手ひどく殴られていたのを思い出し、かすかな喜びを覚える。打ちのめされて、血が出るまで殴られているといいのだが。とはいえ、彼は少なくとも機械の補助なしで目が見え、耳も聞こえる……

感覚を遮断されたヘルヴァは心の襞がことごとく震えているのを感じた。いつまでそこから目をそむけていられるだろうか……

『いずれ劣らぬ二つの名家……』

『わたしは恋の病から飛んで逃げようと……』（ドライデンの詩の一節）

飛んで逃げるなんて。何も見えないのに、飛んで逃げる？

『慈悲は強いられて施すものではない、

恵みの雨のように天から……』（『ヴェニスの商人』四幕一場）

いや、〝天から〟じゃない。ポーシャはわたしの役には立たない。かの詩人の別の演目をやったときはひどい目に遭ったし。

『インドの晴れわたった天気の中、わたしは時間を過ごし……』（キップリングの詩の一節）時間ならたっぷりある。あるいは、足りない。今のわたしは時間と狂気のあいだで宙ぶらりんになっているのだろうか？

『チチェスターの一人の司教が
聖人をことごとく壁龕《へきがん》に収め……』（有名なリメリックの一節）

わたしは壁龕の中にいたが外に出された。司教にではなく、ヒホンによって。

わたしはヒホンに座るかヒホンを据えるかヒホンをなくすか……

動けない。見えない。聞こえない。

いつまでいつまでいつまで？　い・つ・ま・で？

『人類の歴史において、ある国民がみずからを他の国民と結びつけてきた政治的なきずなを断ち切り……』（アメリカ独立宣言の冒頭）――わたしは断ち切られてる。

こんな時空では何も考えられない。感覚が戻ってこないなら……

音だ。

金属を引っ掻くような音。それでも彼女の聴覚回路に入ってきた〝音〟だ。脳に溶けた鉄を流し込まれたかのようだった。灼けるような正気が、重苦しく鈍重な、どこまでも不安な無音状態を駆逐していく。彼女は悲鳴を上げたが、聴覚以外の回路は接続されておらず、それは無音の悲鳴となった。

雷鳴のような声が響く。

「音響システムを再接続した！」

ヘルヴァは急いで音量を適切なところまで下げた。声は荒々しく、鼻にかかって不快だったが、その感覚は神々しいほど歓迎できるものだった。

「船の機能は切り離してある」

すぐには意味がわからなかった。彼女は音の栄光に聞き入ったが、音そのものは信じがたいほどの苦痛をもたらす。音の連なりが意味のある言葉として理解できるまでに一瞬の間があった。

「正気を保てるよう、音声映像回路だけを限定的に接続する。この慈悲を悪用しようとしたら……」陰険な笑いとともに、脅し文句を告げる。「……永久にとは言わないが、また何も感じられなくなる」

いきなり視覚が戻った。それは邪悪な祝福だった。レンズに映ったものを見て、彼女は思わず悲鳴を上げた。

「それがおまえの考える協力なのか？」耳障りな声が聞こえ、象牙色の巨大な歯が並んだ大きな洞窟が目の前にあらわれた。ピンクと赤と、ぬめぬめした白い色が見える。

彼女は急いで視覚を調整し、相手の顔を通常倍率で表示した。大きさが普通になっても、見て楽しい顔ではない。男はもう老人のふりをしていなかった。アンシオラスのヒホンと名乗った男だ。

「協力？」ヘルヴァがとまどって尋ねる。

「そうだ。協力するか、すべてを失うかだ」ヒホンが限られた視界のはずれのほうに手を動かし、入力ケーブルの束をつかんだ。

「やめて。狂ってしまう」ヘルヴァはぞっとして叫んだ。

「狂う?」拷問者が野卑な笑い声を上げる。「おまえの仲間はたくさんいる。だが、おまえには狂ってもらいたくない……すぐには。使い道があるからな」

一本の指が発射を待つ銃弾のようにレンズに大写しになった。

「違う違う、ばかめ、そうじゃない!」彼女を捕らえた男は大声を上げ、視野の片側に急いで移動した。

ヘルヴァは懸命に知恵を絞り、音量を上げ、視覚の焦点を鋭敏化した。目の前に音声映像増幅パネルがあり、そこに彼女のケーブルと……そう……ほかに十二本の……入力ケーブルが接続されていた。彼女から正面に延びているのは視覚用のケーブルが一本だけだ。パネルの真正面には外殻が二つあり、妖精の髪の毛のように細いワイヤーが頂上部分につながっている。二つの外殻の中には彼女の仲間がいるのだろう。あともう二人いるはず。横だろうか? 周辺視野にもワイヤーが見える。間違いない、横だ。

慎重に、増幅装置にパワーを送り込む。容量はごく限られている。左のほう、ヒホンの陰になっていた位置に、外観から複雑な恒星間通信装置と思えるものの一部が見えた。計器の数値はほとんど見えない。

ヒホンが元の位置に戻り、嘲るような笑みを彼女に向けた。

「おまえが歌う船だったのか。忌まわしいヘルヴァ。仲間の忌まわしい者たちを紹介しよう。

もちろん、フォロはうめいたり吠《ほ》えたりするだけだ。闇の中に長く置きすぎた」ヒホンの大笑いは悪意に満ちていた。「デリアも大してましではないのが実際だが、話しかければ返事くらいはする。タギとマールはわたしが話しかけない限り何も言わないことを学んだ。おまえもそうなる。わたしはずっとわたしだけの、忌まわしい者たちの動物園を望んできた。おまえは彼らのすべてを体現している。最新の客であるおまえは、その比類ない声でわたしの無聊を慰めてくれるはず。そうだろう？」

ヘルヴァは何も言わない。とたんに彼女は完全な闇と無音の中に放り込まれた。

あの男は狂ってる。わたしを怖がらせようと、こんなことを。狂人に恐怖したりはしない。とにかく待とう。落ち着いて。わたしにやらせたいことがあるんだから、いずれは視覚と聴覚を回復させるはず。そうしないと目的を果たせないんだから。待とう。落ち着いて。視覚と聴覚はいずれ戻る。待とう。落ち着いて。でも、早く、ああ、早くして……

「さあ、かわいい忌み子よ、わたしがどれほど寛大か充分に考えられただろう」

そのとおりだった。ヘルヴァは一言で降伏を認めた。光と音の福音も、無限に続くかと思えた無感覚の時間を埋め合わせるには足りないが、パネル上の時計を目にしてわかったのは、遮断されていたのがほんの数分間にすぎないことだった。こんな卑劣なけだものに依存するのは恐ろしいことだが。

視覚を鋭敏にして男の目を観察する。肌にはかすかな、だが見間違いようのない青みが差していた。とも座ρ《ロー》星系の居住可能な三つの惑星のどれかの出身か、トゥカナイト中毒だろう。後者のほうがありそうだ。何しろ彼女が運んでいたのがトゥカナイトだし、ＲＤもそうだったとわかっている。

「歌いたくなったか？」悪魔的な笑い声が響く。

「サー？」おずおずしたおとなしい声が横から聞こえた。

話をじゃまされて、苛立たしげにヒホンが振り向く。

「何だ？」

「８３４の積み荷にメンカライトはありませんでした」

「ばかな！」ヒホンは目をぎらぎらさせてヘルヴァに向きなおった。「どこで降ろした？」

「タニア・ボレアリスで」彼女はわざと小声で答えた。

「もっと大きな声を出せ」と、ヒホンがわめく。

「与えられた力じゃこれが精いっぱいです。増幅装置があまり効いてないみたい」

「そんなはずはない」ヒホンは苛立たしげにそう言いながら、きょときょととあちこちに目を走らせていた。突然、彼の指が彼女の視界いっぱいに大きくなった。「言え。次にメンカライトを運ぶのはどの船だ？」

「知りません」

「もっと大きな声で」

「これでも叫んでるつもりだけど」

「いや、ささやき声だ」

「これならまし？」

「まあ聞こえるな。さあ、次にメンカライトを運ぶのはどの船か言うんだ」

「知りません」

「闇の中でも〝知らない〟と言えるかな？」ヒホンの笑い声が頭の中にうつろにこだまする と同時に、ヘルヴァはふたたび闇の中に突き落とされた。

ゆっくりと、一秒に一ずつ数を数え、時間を計ろうとする。

そう長くは待たされなかった。ただ心を音で満たすためだけに悲鳴を上げようかとも思ったが、どうにかごく小さな声を上げるだけでしのぐことができた。

「少しはよくなったか？」ヒホンが疑わしげに顔をしかめて尋ねる。「忌まわしいフォロの接続を完全に切ったのだが」

ヘルヴァは同情心から揺らぎそうになる意志を懸命に引き締めた。フォロがすでに心を失っていることを思って自分を慰める。

「話すだけならこれで充分です」ヘルヴァはほんの少しだけ音量を上げた。かろうじて正気を保っているマールやタギやデリアの精神を危険にさらすわけにはいかない。

「ふむ、まあ、それでいいだろう」

ヒホンの姿が見えなくなる。

ヘルヴァは聴覚を強化した。ごく限られた視界の中だけで、少なくとも十種類の異なる動きのパターンを聞き取ることができた。反響音から考えて、かなり広くて天井の低い、天然の洞窟のような場所らしい。今その一部が見えている主通信パネルが標準的な惑星モデルで、またこの部屋以外に音を拡散させる部屋がたくさんなく、狂人の部下が近くにいないとすれば、彼女にも何かできるかもしれない。

わたしに歌ってもらいたいんだよね？

彼女は静かに待ちつづけた。

やがて彼が戻ってきた。ぼんやりと肩をさすっている。倍率を上げて見ると、皮下に青くなった部分が見えた。トゥカナイトを使ったらしい。

どこからか椅子が持ち出され、彼は腰を下ろした。胴体が見えない別の手がテーブルを用意し、料理を並べる。

「歌え、わたしの忌まわしい者、歌うんだ」狂ったヒホンが命じ、頭上にある彼女の入力ケーブルに物憂げに手を伸ばした。

ヘルヴァは言われたとおりにした。覚えている中でいちばん美しい歌を、音域のまん中から始めて低音を微妙に強調しながら、焦らすようにごく小さな音量で歌う。聞こえにくいので、彼は身を乗り出すしかない。

ヒホンは苛立ち、意地悪く手を伸ばして、ヘルヴァ以外のすべてのケーブルをパネルからはずそうとした。彼女は仲間から感覚を奪わないでと懇願した。

「もちろん、サー、そんなことをする必要はありません。主制御盤からわたしに振り向けるパワーを少し上げるだけでいいんです。そのほんのわずかなパワーがないだけで、たとえば低唱をレチクル座ふうにすることもできなくなっているんです」

彼は座りなおし、期待に目を輝かせた。

「交尾の低唱をレチクル座ふうにできるか？」

「もちろんです」彼女はわずかに驚きを感じた。

ヒホンが顔をしかめる。有名な異星の歌を聴きたいという願望と、外殻の能力を制限しておきたいというきわめて現実的な不安との板挟みになっているのだ。今や彼はすっかりトゥカナイトに耽溺《たんでき》していて、レチクル座の低唱の誘惑はとてつもなく大きくなっていた。

それでも彼は手下の技術者を呼んで相談した。技術者はしきりに瞬きして、頬をぴくぴくと痙攣させている。ヘルヴァは興味を覚え、筋繊維一つひとつの動きが見えるまで彼の顔を拡大した。

一瞬、闇と無音の世界に投げ込まれ、復旧するとケーブルから新たな力が流れ込んでいるのが感じられた。

「これでパワーは充分だろう、歌う船」ヒホンの表情は期待に醜く歪んでいた。「歌わないと後悔するぞ。裏をかこうなどとは思わないことだ。増幅装置のほかの回路はすべて切ってある。歌うのだ、船のない歌う船。自分の視覚と聴覚のために」

ヘルヴァは笑い声が終わるのを待った。そんな声が響いていては、レチクル座の低唱さえアヒルの鳴き声のようにしか聞こえない……あるいは、その程度の効果しか発揮しないだろう。

簡単な歌を選び、最高音のソプラノとカウンター・テノールの二重唱で、どれだけの力が出せるか試してみる。充分行けそうだ。軽快な歌唱の反響から、ここがあまり広くない、自然のままの洞窟らしいと確信する。実に好都合だ。

倍音を付加し、徐々に低い周波数を加える。最初は歌唱の一部に聞こえるよう、ゆっくりと。鋭敏になっている彼の感覚でも、彼女がしていることはわからないだろう。耳に聞こえない周波数をさらに強める。

彼女の歌唱は実に説得力のある変奏で、その歌声に混じって、レチクル座の低唱にそんな威厳ある呼び名を与えることが許されるなら、抵抗できないセイレーンの歌声に引き寄せられ、こっそり近づいてくる彼の奴隷や仕事仲間の足音が聞こえた。

ヘルヴァは気を引き締め、三連符に純粋な音の地獄を仕込んだ。

最初の犠牲者はトゥカナイトで感覚が鋭敏になっていたヒホンだった。音の暴力を大量に受けた脳が取り返しのつかない損傷をこうむり、彼は死んだ。洞窟内にいたほかの者たちにも影響は及んだ。ヘルヴァが作り出した恐ろしい合成音を圧して彼らの絶望の悲鳴が響き、全員が昏倒する。

過負荷で主制御盤のいくつかのパネルがショートし、気絶した者たちと死者の上にまばゆい火花をまき散らした。ヘルヴァはありったけのブレーカーを作動させ、制限のかかった自分の回路を死守した。彼女自身、超音波爆発の余波を感じている。神経の末端がちりちりし、

〝耳〟ががんがん鳴り、とてつもない疲労を感じた。

「栄養液が極度の酸性になってるでしょうね」と、自虐的なユーモアを発揮する。

広い部屋の中は荒い息づかいと、過負荷のかかったケーブルが立てるノイズ以外、静寂に満ちている。

「デリア？　返事をして。ヘルヴァよ」

「ヘルヴァって誰？　記憶バンクにアクセスできない」

「タギ、聞こえる？」

「ああ」平板な、機械的な声だった。

「マール、聞こえる？」

「声が大きすぎるわ」

ヘルヴァは彼らをこれほど残酷に苦しめた男の死体をまっすぐに見つめた。ああ、わたしに二つの手があれば！

だが、もう動かない抜け殻に復讐するなど、非論理的だ。

これからどうする？　彼女は考え込んだ。そこでようやく、テロンを追い出すつもりだったことを思い出す。それに、集束ビーム回線は開いたままだ！　パロランは手をこまねいているタイプではない。彼はいまどこ？

「さあ、ヘルヴァ、これで元どおりだ」ST－1の大佐はそう言って、彼女の柱を慈しむように軽く叩いた。

ヘルヴァは柱をスキャンして、解除プレートが柱のほかの部分と継ぎ目なく接合した状態に戻っていることを確認した。

「きみの新しい音声解除コードは厳重に保管され、レイリー司令官しか知る者はいない」大佐が断言した。

「独立した音声映像リレーを外殻の予備シナプスに接続してくれた？」

「あれは名案だったな、ヘルヴァ。今後は標準装備になるだろう」

「わたしのは接続されてる？」

「ああ、きみは接続済みだ。こういう予防措置は船が爆破されたときにはじめて許可を得るようなものにも思えるが……」

「すべての感覚を奪われたことがある、大佐？」

彼は身震いし、目に怯《おび》えの色を浮かべた。小惑星内部に作られたヒホンの本部に踏み込んだ艦隊や頭脳《B》筋肉《B》船の乗員たちにとって、その場の外殻人たちの悲惨な状態は忘れられないものとなった――人間以上に機能を拡張され、敵はいないと思われていたというのに。

「タギとマールとデリアは回復するだろう。デリアは一年かそこらで復帰できるはずだ」大佐は静かにそう告げ、ため息をついた。フォロの名前を口にする気にはなれないようだ。

「知ってのとおり、きみたちは必要とされている」彼がいきなりパネルのほうに身を乗り出したので、ヘルヴァは息を呑んだ。「落ち着け、ヘルヴァ」そう言って、柱の表面を片手で撫でる。「大丈夫だ。触っても継ぎ目はわからない。きみはもう安全だ」

大佐は繊細な工具を慎重に集め、柔らかい緩衝材で包み込んだ。

「〈筋肉〉たちの様子はどう?」ヘルヴァが再配線された拡張機能で〝伸び〟をし、船体の中で〝肩〟をすくめて物憂げに尋ねた。

「ああ、デリアのところのライフはメンカライト中毒から抜け出せそうだ。一回しか投与されてなかったからな。あとの二隻はまだ調査中だが、〈筋肉〉は全員生き延びられるだろう」その表情が悪臭でも嗅いだかのように急変した。「どうして集束ビーム通信の回線を開きっぱなしにしてたんだ、ヘルヴァ? きみの〈筋肉〉は保護房から助け出されたとき、〝正式な手順に違反している〟と言って憤慨してたぞ」大佐はテロンの声色をうまく真似して見せた。「まあ、あれがなかったら中央司令部にあのやり取りが筒抜けになることもなかったわけだが……どうして回線を開きっぱなしにしたんだ?」

「あまり言いたくないんだけど、テロンに会ったなら察しはついてるでしょ」

「はあ? まあ、理由はどうあれ、あれがきみたちの命を救ったんだ」

「時間はずいぶんかかったけど」

大佐は彼女の不満そうな口調に笑い声を上げた。「忘れるなよ、きみの離陸許可はもう出てたんだ。だから誘拐犯たちは、管理官が止める間もなく惑星ダレルを離れることができた。パロランは周波数範囲内の全オペレーターの耳を聾するほどの声でわめいて、艦隊にきみを探させた。あらゆる宙域をしらみつぶしにして、薬品の密売人があのかんむり座近傍の小惑星を根城にしてることがわかったんだ。ダレルに近すぎて、却《かえ》って発見に手間取ってしまった」

「あのヒホンて男、狂ってたけど頭は切れたようね。目と鼻の先に隠れるなんて」

「まあ、知能ファクターは高かったようだ。二十何年か前に〈筋肉〉の訓練を受けていた」

それは不安になるわね、とヘルヴァは思った。もし彼が正式に〈筋肉〉になったあとで精神に変調をきたしたら……彼は条件づけの精神ブロックを突破するくらいトゥカナイトを摂取していて――これについては今回の結果を受け、中央諸世界が別件として再評価するだろう――レグルス基地の保守要員に浸透し、主要職員にうまく中毒性の薬品を使用させ、地上作業を自分の目的のためにおこなわせていた。もし彼が薬品で支配下に置いた〈筋肉〉と頭脳船を使えるようになっていたら、レグルス基地も含め、どこにでも着陸できていたはずだ。

「わたしはこれで」大佐がうやうやしく敬礼する。「あとはきみの〈筋肉〉に任せよう」

「できれば遠慮したいけど」と、ヘルヴァ。

かつてテロンに多少の絆《きずな》を感じていたとしても、それは彼女が安全な場所から切り離されたとき、完全に切れてしまっていた。テロンは自分が絶望的な状況で監禁されているとわかると守りを固め、静かな威厳をもって最悪の事態を待ち受けた……論理的な男ならそうするのが当然だ。

別の価値観では（表情から判断して大佐の価値観でも）、その論理は臆病でしかなかった。それがヘルヴァの揺るぎない結論でもある。彼の行動が一貫していることは認めるが。

一方、デリアの〈筋肉〉のライフは何とか脱出しようとして、独房の壁の詰め物を爪で引き裂いて足がかりを作り、手足を傷だらけにしながら天井のハッチに到達した。メンカライトの投与でふらふらになり――メンカライトが体内で支障なく働くよう飢餓状態に置かれ、朦朧として体力も落ちていたのに――救助隊が到着したときには這ってエアロックまでたどり着いていた。

ヘルヴァはST－1のために人員用リフトを下ろし、自身の船内を徹底的に、ただし急いでチェックさせた。スキャナー、センサー機器、パワーパイル・エンジンの機関室、備品庫。それはまるで小さな奇蹟が詰まった、忘れられた宝物庫を再訪していくようだった。この船体に組み込まれた多彩な機能に感謝したことがあっただろうか、とヘルヴァは自省した。自由に使える力を本当に尊重し、エンジニアの創意工夫を称賛しただろうか。ああ、また一体になれてよかった。

「ヘルヴァ？」低い声がおずおずと話しかけてきた。「今そこに一人か？」中央司令部からの集束ビーム通信だった。

「ええ、ST－1はちょうど帰ったところ。たぶんまだ連絡はつくと……」

「そっちはいい」ヘルヴァはようやく、そのしわがれ声がナイアル・パロランのものだと気づいた。「きみが本来の居場所に戻ったことを確認したかっただけだ。本当に大丈夫か、ヘルヴァ？」

ナイアル・パロランが喉を潰すまでわたしの身を案じていた？　ヘルヴァは光栄に思うと

同時に、最後に別れたとき投げつけられた不快な言葉を思い出し、驚きを感じた。

「貞操は無事よ、そういう意味で言ってるなら、パロラン」彼女はわざと陽気な口調で答えた。

集束ビームを通じて安堵のため息が聞こえたように思えた。

「それでこそぼくのベイビーだ」パロランが笑う。ため息だと思ったのは喘鳴《ぜんめい》だったらしい。

「もちろん」と、咳払いをして、「からす座β星系でシナプスを混乱させられていなければ、きみはぼくの言葉に耳を貸していただろう。あのアクシオンの単純な猿は規則に縛られた真鍮野郎だと……」

「真鍮じゃないわ、ナイアル」ヘルヴァが鋭く口をはさむ。「真鍮じゃない。真鍮は金属だけど、テロンはそんないいものじゃないもの」

「ほほう、つまりぼくが正しかったと認めるんだな？」

「『過つは人の常……』」

「すばらしい！」

そのときテロンが乗船許可を求めてきた。

「またあとで、ヘルヴァ。胃が耐えられそうにない……」

「行かないで、パロラン……」

「愛するヘルヴァ、ぼくはもう三日もきみのために集束ビーム通信機の前に貼りついてて、刺激剤も品切れだ。シートに座ったまま死んだも同然だよ！」

「もう少しだけ目を開けておいて、ナイアル。公式な話なの」彼女はパロランにそう言うと、テロンのために人員用リフトを作動させた。軽口を叩き合うそれまでの友好的な気分が、急に冷たい嫌悪に変わるのを感じる。

不愉快なネアンデルタール人のような〈筋肉〉その人が大股で主制御室に入ってきた。いちおう儀礼的に、とヘルヴァのいる隔壁に向かって敬礼する。大股で？　むしろ堂々たる足取りじゃない、とヘルヴァは憤慨しながら思った。こんなやつ、いなくても何も困らない。

テロンは両手をこすり合わせ、操縦席に腰を下ろすと、ごく習慣的に指を曲げ伸ばししたあとコンピュータのキーボードの上に置いた。

「全面的なチェックをかけて、何か損傷がないかどうか確認する」それは要請でも命令でもなかった。

「やっぱりそんな調子なわけ？」ヘルヴァが危険なほど静かな口調で尋ねる。

テロンは顔をしかめ、シートを回転させてヘルヴァのパネルに向きなおった。

「今回の災難で、それでなくてもスケジュールが乱れているんだ」

「災難？」

「口調を改めろ、ヘルヴァ。そんなやり口は通用しない」

「何が通用しないですって？」

「いいかい」彼は顎をしゃくってなだめにかかった。「きみが最近、強いストレスに曝されたことは考慮してる。本来なら、きみはわたしに設置作業を監督させるよう、ＳＴ‐１の大佐に主張すべきだった。回路のどこかが損傷した可能性がある」

「そんな可能性を考えてくれるなんて、親切なこと」そういうところよ！

「きみが物理的に傷つく可能性はまずない。純粋チタンの外殻に収まっているんだから」彼はそう言い、シートを元の位置に戻した。

「アクシオンのテロン、今わたしに言えるのは、わたしが純粋チタンの外殻の中にいて、あなたは実に幸運だってことだけよ。もしわたしが自由に動けたら、すぐにあなたをシャフトから蹴り出して……」

「いったい何に取り憑かれているんだ？」

このときばかりはテロンの顔にも、非論理的な驚きによるぽかんとした表情が浮かんだ。

「出ていけ！　わたしのデッキから！　顔も見たくない。出ていけ！」ヘルヴァは大声を張り上げ、人間の耳の繊細な構造などお構いなしに、一音ごとに音量を上げていった。

彼女はテロンを音だけで追いたて、両手で耳をふさいでキャビンから飛び出した彼を、834の側面のリフトが最高速度で地上に降下させた。

「これも当然の行動でしょ？　わたしは信頼できない存在なんだっけ？　非論理的で、無責任で、非人間で……」ヘルヴァは惑星全体に響きそうな声で彼を追いかけ、いきなり笑いだした。こういう感情的な行動こそ、論理に凝り固まったアクシオンのテロンを追い払う唯一の方法だったと気づいたのだ。

「聞こえてる、ナイアル・パロラン？」理性的に、だが勝ち誇って尋ねる。「ナイアル？

ちょっと、中央司令部、集束ビームは届いてるはず……返事して？」

開放チャンネルから大きないびきの身震いしそうな不協和音が響いた。

「ナイアル？」眠りこけているらしく、いびきの音が続く。ヘルヴァは人間の弱さの新たな証拠を前にして小さく笑った。

小惑星上のなかば朽ちかけた宇宙港に連絡して離陸許可を得る。戻ったらレイリー司令官と長話をすることになる。

テロンと〝離縁〟するための罰金は、拉致された四隻のＢＢ船の発見報酬に比べればわずかなものだろう。薬物密売人の逮捕に協力した件で連邦からのボーナスも見込める。その合計は、真の正義が彼女に半分でもチャンスを与えてくれれば、債務を完済して自由船となり、自分自身の本当の主人となれるくらいの額になるはず。そう考えただけで、彼女が歌いだすには充分だった。

船はパートナーを得た

防護措置がなければ人間には耐えられない速度で宇宙空間を疾駆しながら、ヘルヴァは中央諸世界筋肉頭脳《BB》船局への債務を完済した喜びに浸っていた。これで自分自身の主人になった。自由だ。ようやく手に入れた選択の自由。パートナーを、〈筋肉〉を、どこにでもいっしょに行ける行動可能な人間を選ぶ自由。もうアカデミーの訓練を終えたばかりの優秀な若者を、中央諸世界の倫理感を叩き込まれた、思考も行動も条件づけられた、肉体的、知的、精神的、心理的な必要条件に合うよう型にはめられた、彼女の意に染まない相手を押しつけられることはない。誰を選んでもいいのだ。彼女は……

　まあ、そうは言っても、今のところは選べない。〈筋肉〉とは、いくら欠点があろうとも、専門教育プログラムであらゆる惑星から数千人単位で送り出される、単なる技術者ではない。特別な訓練を受け、普通ではないパートナーと組んで力を発揮できるよう教育されているのだ。人柄のよさで選んで、人柄しか取り柄がなかったというのでは困る。企業や惑星当局の代理人との短期契約であってさえ、感覚に優れて誠実でそれなりの教育を受けた〈筋肉〉に、ある程度は頼らざるを得ない。さもないと企業や組織のカモにされるだけだ。加えて、彼女は恒久的なパートナーを求めていた。一時的な相手はもういい。欲しいのは短期の従業員ではなく仲間であり、知的で共感できる友人だった。

別の要素が彼女の選択の余地をさらに狭めていた。複雑で文明化したこの銀河系社会によく適応している市民でさえ、人間が隔壁の中に閉じ込められ、強力な宇宙船の操縦回路に接続されているという状況に、不快感や迷信的な恐怖を覚えることが多いのだ。この神経症がひどくなるとテロンのように、外殻人は人間ではなく、高度なコンピュータにすぎないと錯覚するようになる。

ヘルヴァが会った中で、彼女を一人の人間ヘルヴァとして、考えて感じる存在として、合理的で知的な当たり前の人間として扱った者は、残念ながらごくわずかだ。

ジェナンはそんな一人だった。セオダはごく短いあいだだけ彼女と心を通わせたものの、生涯にわたる贖罪《しょくざい》の意識が強すぎて、人間としてのヘルヴァとの交流を受け入れるには至らなかった。キラ・ファレルノヴァとは三年以上いっしょに過ごしたが、友情が強い愛着にまで発展することはなかった。

実のところ、ヘルヴァをヘルヴァとして見ているらしい移動可能な人間はナイアル・パロランだけだった。それさえ、ヘルヴァの知る限りでは、BB船をきわめて個人的・刺激的なやり方で交互に褒めたりけなしたりすることで、うまく扱う方法を編み出したというにすぎない。

とはいえ、彼は三日間も集束ビーム通信機の前を離れず、彼女の居場所とのか細いつながりを懸命に守り抜いた。部下の通信士に任せることもできたはずなのに。その一事は彼女の過去の不満を消し去るものだった。

誰かが制御パネルの前で眠り込んだ彼を見つけているといいのだが。あの大きないびきから考えて、よほど不自然な体勢だったのだろう。ヘルヴァは小さく笑った。もっと大柄だったらいい〈筋肉〉になっただろうに、残念だ。だが、彼は無視され、長身で見るからに筋肉質の、あの愚かなテロンのような男が訓練に参加するだけでなく、きびしい教程を修了までした。たぶん彼は……ナイアルが当てこすっていたように……理論の点数がよかったのだろう。今回のボレアリス騒動を教訓に、中央諸世界は求める人材の評価基準を見直したほうがいい。パロランのような大重力世界出身者は体格で劣っていても頑丈だし……強情でもある。

「くそったれ」ヘルヴァは慣れない悪態を口にした。声が空っぽのキャビンに満足げに響く。「わたしの離縁を記録するまでちゃんと起きてたのかしら」

彼がテロンの放逐について語るのは聞きたくない。かすれた声で、だからテロンはやめろと言ったんだ、などと言われるに決まっていた。

「賢い船なのに、間抜けなことをする女だ！」

まあ、大惨事というわけではなかった。パロランにばかにされても反論は可能だ。実際、テロンがあそこまで愚かでなかったなら、ヒホンたちはメイン・キャビンに入れなかったろう。彼女とテロンが制圧されることもなく、これほど早く債務を完済できるほどのボーナスと褒賞を受け取ることもできなかった。

その考えはとても心安まるものだった。あらゆるBB船が夢見る完済という目標に、こんなにも早く到達できたのだ。それで、次はどうする？　〈筋肉〉は必要だ。慎重の上にも慎重に選ぶ必要がある。別の目標も必要だった。目指すべきもの、目的地が。前者が決まれば後者も決まるだろう。あるいは、その逆もあり？

「馬頭星雲を目指す」彼女は声に出してそう言った。

その声が慎重に封じ込めていた記憶を呼び覚ます。ジェナンが制御パネルに寄りかかって彼女に笑いかけている。その目は愛とユーモアにきらめいて……

「定期任務がなくなったら、馬頭星雲を目指すのはどうだい？」

定期任務はなくなったが、ジェナンはレグルス基地の共同墓地に眠っていて、二人の荒唐無稽で幸せな計画もいっしょに墓の中だ。挑戦的な航行も、連れがいなければこの船同様、空虚なものでしかない。

馬頭星雲ね、確かに！　思考の目先を変えようと手早く計算してみる。現状で人間に依存している物量を考えると、何とかなりそうだ。彼女のパイル・エンジンは新品だが、できれば誰かが頭を絞って、超光速原理の可能性を完全に引き出せるようなエネルギー源を開発してもらいたいところだった。今のエンジンは強力な地上車に二つのトップ・ギアを搭載しているようなものだが、燃料を数ミリ秒で消費しつくしてしまうため、使用することができない。現状では馬頭星雲に……今出せる最高速度で飛んでも百年ほどかかることになる。で、そのあとは？　偉業の達成を祝うには、ともに喜ぶ誰かが必要だ。そうでなければどんな勝利もむなしい。前進をうながす刺激がなければ進歩は止まってしまう。目標が必要だ。さもないと何の意味もない。

今やヘルヴァにも、古参の船がなぜ急に、さしたる理由もなく退役を選ぶのかが理解できた。なぜ債務の完済があれほど羨ましく思えたのか不思議に感じる。彼女は完済し、それでどうなった？　何としてもこの状態に到達しようとしているアモンやトレールのような外殻人は、債務を完済しようと行動することこそ本当に重要なのだと言っても信じようとしないだろう。

陰鬱な気分でいると、船対船通信の呼び出し音が鳴った。

「ヘルヴァ、こちら422！」

「シルヴィア！」

「あなたになら名前で呼ばれてもいい。噂では、完済したそうね」

「わたしの計算ではそうなってる」

「これからどうするの？　完済は世界の終わりじゃない、始まりよ」

「何の始まり？」

「そうね、ボレアリスの感覚遮断でひどい目に遭ったはずだけど」

「そうでもない。わたしは大丈夫。孤独が好きじゃないってだけ」

「裕福になったことに感謝してないのね」シルヴィアが皮肉っぽく指摘する。「あの愚かなテロンを追い出せて喜んでると思ったんだけど。彼を見ると思い出すの、あの耳が半分の……ううん、何でもない。ヘルヴァ、気をつけなくちゃだめよ。あなたは十標準年もかからずに債務を完済した。早すぎる。中央諸世界がそう簡単に、喜んであなたを手放すはずがない」

「自由になったって確信はないわね」と、ヘルヴァ。

「どういう意味？　聞いて」シルヴィアの声が硬くなった。「もし何か妙な指令が来てるなら、少数派監視団《MM》か知性ある少数派の権利保護協会《SPRIM》に駆け込むべき。レグルスならアミキンとロッコね。アミキンはＳＰＲＩＭで、立派な制服を着てるけど、頭が切れるのはＭＭのロッコのほう。協議の場にはかならず連れていって、揺りかごから外殻に移されて以来かかった経費を全部再計算するよう要求なさい」

「シルヴィア、完済した金額に問題はないんだけど。もう借金はない。それは確実よ」

「だったら、何が問題なの？」

「これから何をすればいい？」

　シルヴィアは一瞬、息を呑んだ。「わかってるの？」と、怒ったように尋ねる。「産業複合体なら、惑星ユニオンは言うまでもなく、言い値であなたを雇ってくれる。契約期間もあなたが自由に決められる。もちろん、民間企業には注意が必要。汚い手を使うから。レグルスに着陸する前にブロウリーに連絡するのね。きっといい契約を紹介してくれる！」

「いい〈筋肉〉も？」

「またその話、ヘルヴァ？」シルヴィアはうんざりした声になった。「考え方を変えるべきよ。必要な技能を持った技術者を選んで、任務が終わったら契約を切ればいい。もうしばらく〈筋肉〉はたくさんだって気分になってると思ってた」

「ええ、〈筋肉〉はもうたくさん。長くいっしょにいられる人がいい。もしもジェナンが……」

「〝もしも〟ね……〝もしも〟はエネルギーに変換できないし、信頼性もない。ヘルヴァ、あなたはBB船のトップの一人なの。乗船を懇願する〈筋肉〉が押し寄せてくるから、好きに選べばいい。あなたとジェナンは確かにいいチームだった。彼が死んだのは不運としか言いようがない。それでも、彼は死んだの。安らかに眠らせてあげるべき。別の男を見つけなさい。あなたの能力に見合う誰かを。大声でわめいてデッキから追い出したような間抜けじゃなくて」

ヘルヴァはもう噂がシルヴィアのところまで広まっていることに驚いた。

「どうしてもパートナーが必要なら、若いのを選んで鍛え上げるのね。訓練校は鍛えるよりもなまらせることのほうが多いから。相手に何を求めちゃいけないのか、もうわかったでしょ。知るべきことを教え込みなさい。あり得ないことが起きるのを待ってちゃだめ！　整理をつけないと。それから、レイリーの策略に気をつけて。きっとあなたを縛りつけようとするはず。そうでなければ、わたしだって四百年も任務に関わりつづけてない」

「どうして四百年も続けてるの、シルヴィア？」

長い沈黙が続き、ヘルヴァは通信可能域からはずれてしまったのかと思った。

「そのことはもう考えないようにしてるの、ヘルヴァ。まだ若くて、完済が目前に思えたときには考えたけど。そのころサダルスウド（みずがめ座β星）星系近くで流星群に突っ込んでしまって……まあ、中央諸世界の仕事はたいていいつもおもしろいことがある。〈筋肉〉だって、いい奴もいれば嫌な奴もいたわ」信号の減衰で声が震えはじめた。「気をつけて、ヘルヴァ。自分を安売りしないで」

通信は途切れたが、辛辣な警告の奥にはシルヴィアの心遣いが満ちているのが感じられた。念のため、ヘルヴァは乳児期から子供時代を手始めに、恐るべき負債額を再計算してみた。肉体がカプセルに入りきらないほど大きくならないよう下垂体を調整し、ヘルヴァを船にするための繊細な脳外科手術を施すには、当然ながら多額の費用がかかっている。とはいえ、中央諸世界には奴隷も年期奉公人も存在しないので、委員会や献身的な市民組織による監視の下、どんな職業に就いた外殻人にも、俸給表やボーナス・褒賞システムに基づく奨励金や報酬が支払われることになっている。

ヘルヴァは人格形成期に受けた微妙かつ全面的な条件づけが諸刃《もろは》の剣だったことを実感した。おかげで彼女は外殻人であることに幸せを感じ、任務に命をかける一方、債務の完済なんて冗談みたいなことになった。BB船にとって、初心を貫徹する以外に何がある……中央の任務を完遂する以外に？　彼女は船を操縦するよう訓練されたが、惑星での採鉱や、産業複合体の管理をしている外殻人も同じことだ。仕事に対する報酬もある。

ジェナンの思い出がまたしても甦り、彼女を苦しめ、慰めた。あれは奇蹟のような年月だった。短かったけれど、自己発見と共同探究のすばらしい輝きに満ちていた。二人はともに新たな任務に就くという挑戦を熱望していた。彼女のあだ名に対しても天邪鬼《あまのじゃく》な誇りを抱いていた。ジェナンはほかの〈筋肉〉の嘲笑から自分たち二人を守らなくてはならず、それはJH－834が〝歌う船〟として称賛と敬意を獲得するまで続いた。ジェナンは唯一無二だった。それでもなお、ほかの資質で推奨できる相手は存在するだろう。テロンにしても、最初の〈筋肉〉とは正反対だったから、無意識のうちに選んでいたのかもしれない。まあ、確かにシルヴィアは正しかった。妥協できる相手を見つけ、理想の〈筋肉〉に育て上げるべきだったのだ。彼女のことを〝船〟や〝感情的に反応するコンピューター〟ではなく、一人の人間と認めるように。

債務は完済した。時間をかけて見てまわり、ブロウリーに信頼できる、独立した契約相手を探させることもできる。彼女はぼんやりと、FG－602がアルペック連盟と契約するまでにどれだけの時間をかけたのだろうと考えた。彼はヘルヴァが生まれる直前に債務を完済した。一度だけジェナンといっしょに会ったことがあるが、彼も〈筋肉〉もおもしろがるような、見下したような態度で、何とも不愉快だった。

今すぐ求人広告を流してみてはどうだろうと考えると、少し気分が上向いた。行動こそが彼女に必要なものだ。だが、たぶんレグルス基地に報告して、すべて順調と伝えておくほうが賢明だろう。中央諸世界とは良好な関係を保っておいたほうがいい。オーヴァーホールの際には彼らの技師と保守点検ドックが必要になるのだから。

速度が落ちていることに気づき、推力を上げて堂々とレグルスに帰還する。彼女はパートナーに求める資質と忌避したい性格をリストアップしていった。それを考えるのがあまりにも楽しくて、中央司令部に着陸指示を要請するまでの時間がほんの一瞬に感じられた。

「何とまあ、ヘルヴァじゃないか」応答したのはナイアル・パロランだった。

「美しい眠りを取り戻した？」

「両方ともね」

「両方？」

「美しい女性と眠りの両方さ！」

「その女性はいびきを気にしなかった？」

「彼女たちはへとへとになってたし、心優しいから何も言わなかったね、ぼくのベイビー」

「わたしはあなたのベイビーじゃない」

「みんな喜んでくれるんだが」

「どうやってそういう妄想を生み出してるの？」

ナイアルは小さく邪悪な笑い声を漏らした。「ぼくは慎重に相手を選んでるからな。顔が整ってるとか、頭が空っぽだとかだけでは判断せずにね」

「わかった、パロラン。あなたの勝ち。ところで、テロンの放逐を記録するまでは起きてたんでしょうね？」

「ああ、それにきみの口座から罰金を引き落とすって大いなる喜びまで味わわせてもらった」

「その余裕はあるから」

「知ってる」彼の口調が思いがけず厳格なものになった。「その怠惰な尾翼を第三離着陸床に降ろしてくれ。管理着陸だ。公式な歓迎委員会が待ち受けてる」

「奴隷解放委員会ってことね」

中央司令部は無言だった。

まあ、パロランは彼女に好意的だった。彼と話せないと寂しくなる。あの皮肉っぽい物言いは刺激的で、動機が何であれ、集束ビームの向こうにいてくれたのは彼だった。でも、独立にはそれなりの代償がつきもの、でしょう?

第三離着陸床にぴたりと正確に着陸すると、新たな不安に襲われた。彼女はこの十年間、意識がある限りすべての時間を中央諸世界に捧《ささ》げてきた。彼女はそこに〝所属〟していて、その恩恵に無自覚だった。どうやら考え方を大きく方向転換する必要があるらしい。成長し、成熟するには変化が不可欠だ。

早くしろ、という断固とした信号を中央司令部に送ろうとしたとき、基地タワーから一団の人影が出てきた。ナイアル・パロランだけ長身のほかの三人に比べて背が低い。がっしりした体格のレイリー司令官はすぐにわかった。彼女の業績を考えれば、司令官が出てくるのは当然だろう。あとの二人は技術局のブレスラウ中佐と、異星関係局のドブリノン大将だった。普通の卒業式の顔ぶれではない。中央はそう簡単には彼女を手放さないというシルヴィアの言葉は正しかったようだ。MMかSPRIMを呼んでおくべきだった。あるいはブロウリーを。今すぐ離陸するわけにもいかない。四人の高官を丸焼きにしてしまう。

彼女はしかたなく人員用リフトを下ろし、音声ユニットを作動させて会話を聞こうとした。だが、訪問客はリフトがエアロックに到着するまで何も言わず、そのあとも型どおりの言葉しか口にしなかった。

ただ、ナイアル・パロランは礼儀正しく司令官をリフトの外にうながしたあと、ヘルヴァのいる柱にまっすぐに、明らかに保護者めいた視線を向けた。エアロックに入り、規定どおり敬礼する。それはまるで彼女は自分の所有物だと宣言するかのようだった。

目眩を覚えるほどの図々《ずうずう》しさだ。警戒すべきなのはレイリーではなく、大重力世界出身の小柄な策略家、パロランだった！

ドブリノンが管理官の敬礼に気づいた。

「諸君、これは礼儀だ」そう言ってきびきびとブーツの踵《かかと》を合わせ、作法に則《のっと》って敬礼する。

中央に残る古くからの風習だ、とヘルヴァは思った。乗船する船に対する挨拶。それとも、士官としての彼女に敬礼しているのか？　いや、たぶん違う。人間同士の敬礼は双方がするものだ。新しい〈筋肉〉にも敬礼することを教えよう。これは中央に対する感傷だろうか？

「心からの感謝を、ヘルヴァ」レイリー司令官が敬礼をしたまま言った。「ボレアリスにおけるきみの卓越した勇気と機転はすでに中央の伝説になっている。身動きはできずとも、精神が勝利したのだ。きみがわれわれとともに任務に就いていたことを、とても、とても誇りに思う」

ヘルヴァは彼が過去形で話したことに気づき、改めてパロランの態度を不審に感じた。

「異星局のドブリノンと技術局のブレスラウはもちろん知っているな」司令官はさっさと話を進めた。ヘルヴァはまだ、独立が承認されたと思っていいのか、聞き間違いではなかったのかと考えていた。暗黙の了解で彼女の独立が認められたなら、ほかの二人はなぜここにいるのだろう。

「ええ、会ったことならあるわ」ヘルヴァがそっけなく認めると、司令官は小さく笑った。ほかの二人に身振りで合図し、腰を下ろさせる。次の仕事を命じる前の儀礼のようなものだ。ヘルヴァは用心深く三人を観察した。パロランはちらりと横目でヘルヴァのほうを見てにやりと笑い、カウチに座って片腕を背もたれに回した。

しばらく腰を据えるつもりみたいね、とヘルヴァは不興《ふきょう》げに思った。

「航行中に報告が届いているかどうかわからないが、ヘルヴァ」と、司令官。「きみが提案した音声映像システムは、今後すべての外殻が装備することになった。われわれの仲間が五感を奪われて苦しむことは、もうなくなるだろう。なぜこういう装備がとっくの昔に提供されていなかったのか、想像がつかない」

ブレスラウが咳払いして自分の左耳を引っ張り、とくに誰を見るでもなく答えた。「成長途中で外殻を乗り換えていた時代には装備されていたんです、レイリー。第四世代までは、船に搭載される最後の外殻にも提供されていたんです。その後、船の設備に直接リンクできるようになったため、補助システムはむだだと判断されたようです」

レイリーは顔をしかめた。「中央が受け継いできた一見古くさい伝統が、現代の文脈でも意味を持つことがときどきあるんだ」

「不運だったのは、ヒホンに誘拐された外殻人がすべてその後の世代だったことです」

「まったく不運だったよ、ブレスラウ。きみの場合、ヘルヴァ」司令官はきびきびと先を続けた。「システムの変更料金はかからない。これで債務の完済にかなり近づく……」ヘルヴァが口をはさもうとすると片手を上げ、穏やかな笑みを浮かべて、「……あるいは、完済してなお余るくらいだろう。きみが行方不明者の発見報酬全額と、連邦犯罪者の逮捕報酬を受け取れるのは確実だ。支払うのは連邦中央政府ということになる」レイリーはキャビン内を端から端まで行ったり来たりしていた。彼が良心の呵責《かしやく》を覚えているのか、それとも精神的に勢いをつけて飛び立とうとしているのか、ヘルヴァにはわからなかった。いずれにしても、彼女にとってろくなことにはなりそうにないが。

「従って、ヘルヴァ、レグルス基地はきみをフリー・エージェントと認めることとする」彼は大声でそう宣言し、ふたたび笑みを浮かべて、明らかな落胆を隠そうとした。「きみの記録は誇らしいものだ、ヘルヴァ。実に誇らしい」内緒話をするように声を落とす。「宇宙の屑《くず》どもは反対するが、われわれはすべてのBB船がきみのように効率的に働いて、財政的に自立することを望んでいる。局を黒字で運営するのも大仕事でね。ただ、きみの褒賞はまだ確定しておらず、レグルス基地はきみを、任務の期間にかかわらず、どんな任務にも就かせないよう要請を受けている」

「でも、わたしにやらせたい仕事があるわけね」

「そう、一つ考えているものがある」レイリーは目を輝かせ、保護者じみた笑みを浮かべてそう言うと、パロランに期待するような視線を向けた。

「そんな話をするのは貴重な時間のむだじゃないの、司令官？」ヘルヴァがそう言ったとたん、パロランが立ち上がった。

「いや、司令官はきみとの時間をむだだなんて思ってないさ、ヘルヴァ」パロランが目にからかうような光をたたえ、挑発的に言う。「もちろん、ボレアリスからの帰途に次の計画を決めてたんなら、ここに立ち寄って別れを告げるのはとても礼儀正しい行為だ」踵を中心にして身体の向きを変え、わざとらしくエアロックに向かう。「いつかまた訪ねてきてくれ」

「ちょっと待て、パロラン」と、レイリー。

司令官は感情が顔に出るのを何とか抑えているが、ブレスラウはパニック寸前のようだし、ドブリノンの笑みも危険な感じに凍りついている。彼らがヘルヴァに何を期待しているにせよ、それはとてつもなく大きいものに違いなかった。パロランの策略に引っかかるつもりはないが、あとの二人は鋭敏で厳格で名誉ある専門家だ。話を聞いても悪いことはないだろう。

パロランはエアロックの前で足を止め、振り向いて彼女に温かく手を振った。

「パロラン！」

彼は足を止め、片手で左側の手すりをつかみ、穏やかな表情を見せている。考えていることはわからない。

「何を企んでるの、パロラン？」

「ぼく？　ぼくは何も企んでなどいない」

ヘルヴァはドブリノンの驚きの声を無視した。

「われわれは企んだがね」彼はちらりと司令官に目を向けてから告白した。「あの目をみはる薬品運搬航行のあと、ＴＨ－８３４をどんな任務に就けるべきか話し合った。もちろん、われわれにはどうにもできない要因で放棄されたわけだが」

ヘルヴァは内心で小さく笑った。結局、彼はテロンの一件を忘れていないのだ。今後二十五年にわたって、彼女のミスをずっとちくちくと……

「純粋に学術的な興味から――報酬が振り込まれるまでの暇つぶしに――訊くんだけど、その中止された任務の話ってできるの？」

「もちろん、話すだけなら問題ない」パロランはゆっくりとキャビンに戻ってきた。「連邦から確認があるまでの暇つぶしにね」引き締まった身体で楽な姿勢を取り、先を続ける。

「最初はＴＨ－８３４にからす座β星系の任務を任せる予定だった」

「からす座β？」ヘルヴァは湧き起こる警戒心を抑え込み、すぐに大きな笑い声を上げた。

「アクシオンのテロンをからす座β人の外皮に入れて、あの環境に対応させようってこと？」

ナイアルは一瞬、ばかにするような視線を彼女に向けた。「きみ自身がアンスラ・コルマーという実例を報告したじゃないか。きわめて自己中心的で偏狭で頑固で実用主義一辺倒の彼女がからす座βの転移という現象で負った人格的なトラウマは、最小限のものだった。テロンも同じようにご立派な特性の持ち主だから、彼なら間違いなく……」

「……からす座βの人格としては一分ももたないでしょうし、あなたもそれはわかってるはず、ナイアル・パロラン。あの男にああいう異常事態に対処する能力はないもの」パロランのやり口には腹が立った。彼の提案はほとんど殺人と変わらない。しかもレイリーを説き伏せて引きずり込んだ？　二人とも、そこまでしてテロンを厄介払いしたいわけ？

「いや、実のところ、ヘルヴァ」レイリーがパロランと彼女のあいだに割って入るように進み出て言った。「わたしはテロンがきみの〈筋肉〉にふさわしいと思ったことがなかった。こう言っては何だが……」

「まさにそのとおりよ、司令官」ヘルヴァが甘くしおらしい声で言うのを聞いて、パロランは鼻を鳴らした。

「……心から残念に思っている。ただ、結果として損害はなかったようだし」

「今やヘルヴァがフリー・エージェントだということを除いて」パロランがまったく感情のこもらない声で言った。

「そのとおりだ」レイリーが意外なほど熱心に話しつづける。「そして、ヘルヴァに今後の予定がないなら、たとえ立場は変わっても、この新たな任務を引き受ける利点は充分に納得してもらえると思う」

パロランは奇妙な半笑いを浮かべ、司令官の強い視線を見つめ返した。

「ええ、そうかもしれません」管理官の言葉にはまるで熱意が感じられなかった。

ヘルヴァはドブリノンが彼に訴えるような視線を向け、ブレスラウが単純に驚いているらしいことに気づいた。彼らのあいだで売り文句に何か齟齬《そご》が生じたのだろうか？

「では、ヘルヴァ」レイリーが意を決したように言った。「何か今後の予定はあるのか？」

「彼女には自分を売り込む時間がありませんでした」ナイアルがいきなりそう言った。「ここに戻るまで、どこの惑星とも通信してません。どれほど勤勉な情報屋でも、ＸＨ－８３４が債務を完済したことはつかんでないでしょう。こんなに早く完済するなんて、まずあり得ませんから」

「自分で答えられるわ。でもありがとう、パロラン」

ほかの二人は目を丸くして管理官を見つめていた。キャビンには緊張が満ちている。ヘルヴァはなぜパロランがレイリーの作り出そうとしている雰囲気をぶち壊すのか、理解に苦しんだ。何か下心があるはずだが、いったい何だろう？

「つまりわたしの進取的な管理官は、わたしをまたからす座β星系に行かせるつもりだったの？　そう考えれば、ドブリノン大将がここにいることにもある程度説明がつく。あなたもなの、ブレスラウ中佐？　それとも技術局は異星局より高値をつけたのかしら？」

「力を合わせられればと思ったのだ、ヘルヴァ」不愉快な沈黙のあと、ドブリノンが答えた。

誰かがキューを出しそこねたらしいとヘルヴァは思った。

「そうするのがいいと思えたんだ」ブレスラウも沈黙を破る。「きみが持ち帰ったからす座β星系のデータから生じる利益を最初に享受するのは、きみこそがふさわしいと」

技術局が不安定同位体を安定させる方法を利用するとしたら……

「わたしにどんな利益があるの?」ヘルヴァは何気ない口調で尋ねながら、パロランから目を離さなかった。彼は他人の興味を引くのがうまい。この会談のお膳立てにも関わっているだろう。本人は一見興味がなさそうな顔をして、彼女に無分別なことをさせようとしている。もちろん、彼女としても超光速航行の改善は願ったりだ!

「基礎理論の研究を始めると、現行の超光速システムにすぐに応用できるとわかった」と、ブレスラウ。「きみも気づいているだろうが、ヘルヴァ、超光速原理の潜在力は現在の性能をはるかに上まわるものだ。問題は超光速で最高速度を出したとき必要なエネルギーをまかなえる、エネルギー源だった。からす座βの技術を使えば、十年以内に銀河間航行が可能になるだろう。それどころか、今年じゅうにでも!」

銀河間航行? ヘルヴァにもブレスラウの興奮が伝染した。どの銀河からどの銀河に行く? この銀河系から……馬頭星雲?

「そう、銀河間航行が現在の推定よりもはるかに短時間で済むことになる」まるでヘルヴァの興味を引いたことに気づいたかのように、レイリーが言った。「想像してみたまえ、ヘルヴァ。無尽蔵のパワー、事実上尽きることのないパワーが、きみを天の川銀河のはずれからようやく見える数々の銀河に運んでくれる。人類がまだ知らない宙域の向こうに」レイリーは熱心に彼女の期待を掻き立てた。「超光速エンジンが設計されて以来はじめて、その性能を完全に引き出せるパワーだ。これまでわれわれになかったのは、必要な燃料消費に耐えられるだけの恒久的なエネルギー源だった。きみには未知の宙域を探査するチャンスがある。

新たな星系を星図に記載し、中央諸世界にいくつもの銀河への扉を開くチャンスが」

その言葉で彼女の心は星々のあいだから現実に引き戻された。

「興味深いわ。とても興味深い。超光速航行はこれまでずっと、荷車はいいのに、それを引く馬が力不足って状態だった。でも、からす座βのデータで根本的な新開発ができるなら、どうしてまた向こうに行く任務が必要なの？」

レイリーがブレスラウに合図すると、中佐はキューブグラフとコンピュータ・リールを取り出し、注意深くヘルヴァのコンソールにセットした。

「不安定同位体を安定化させるからす座β人のデータによって、これまでむだになっていたエネルギーが利用できるようになった。原子が崩壊する数ミリ秒という短い時間ではなく、必要な時間だけ、いくらでもだ。想像してみろ、ヘルヴァ」ブレスラウは目を輝かせていた。「新星爆発並みのパワーだ。新星爆発並みの、最高のエネルギー・レヴェルのパワーが使い放題になる」

その言葉に、キャビンが暗くなったような気がした。最高のエネルギー・レヴェルで爆発する恒星ラヴェルの炎に灼かれて、ジェナンは死んだ。彼女がその狂乱するエネルギーから何とか逃れようとする中で。そんなパワーを……自分の要求のために使役できる？

何としても手に入れなくては。外なる新星の罪を償うための、内なる新星。最高に純粋な〝目には目を〟だ！　彼女は無理にもブレスラウの説明に耳を傾けた。

「確かに、ヘルヴァ、きわめて微妙な要素が絡んでいて、白状するが、うちのチームにはそれを理解できるほど科学的素養のある人間はいない。からす座β人はまるで亜原子粒子に関する事実ではなく、個人的な秘め事の話をしているかのようで、なのにその結果、信じられないほど正確に核力が制御できるのだ。

気づいているだろうが、ヘルヴァ」と、キューブを指さし、船のコンピュータに方程式を打ち込んで、「同位体は周期的にエネルギーを放射しながらも、劣化して利用できるエネルギーを減少させることなく、エネルギー・レヴェルを一定に保っている。毎秒、というか、この場合は一ミリ秒ごとに、開始時点の周期を変換することで」ブレスラウは自身の論理展開に満足して保護者めいた笑みを浮かべた。「超光速エンジンは光速を超えるためのエネルギーを繰り返し取得できる。所定の距離を所定の時間内に翔破《しょうは》するのに必要な周期変換率《CV》を、この独自の超光速方程式で算出することができるのだ！」

ブレスラウは実用主義的な男にしては劇的なしぐさで、航行に必要なデータをタップで呼び出した。

「航程としては、そうだな、ミルファク（ペルセウス座α星）に二標準日で到着しなくてはならない場合、今ならそれが可能だ。従来は……どれくらいかかる？」

「四週間」ヘルヴァが上の空で答えた。呼び出された非常に興味深い方程式にすっかり気を取られている。

「では、四週間だ。で、その利点はわかるな」

ヘルヴァはからす座β星系に向かう新たな任務の必要性を理解した。

「それほどのエネルギーを太陽系内で、主観的にも客観的にもどんな影響があるのかを考えず、解放しようなんて考える人はまずいない。どんなまずいことがあったの？　この計算は実験に基づいたもの？　それとも、単なる机上の計算？」

彼女の示した疑念と不安がブレスラウの熱意を削《そ》いだようだった。「周期変換エネルギー源の試験をした。できる限り注意を払い、ごく低い周期率を使ったが、残念ながら」と、顔をしかめ、「実験船を計測範囲内に収めておくことはできず……」

「有人船だったの？　それともＢＢ船？」

「有人だ」ブレスラウの返事はかろうじて聞き取れる程度だった。

「加速度が乗員にとって致命的だったわけ？」

「わかっている限りでは、それはない」ブレスラウは鋭くレイリーを見やった。司令官は低い声でパロランと何か話している。ヘルヴァは音量を上げて話を聞こうとしたが、その前に二人は離れてしまった。レイリーはカウチでドブリノンの横に座り、パロランはその向かいに一人取り残された。表情は不可解なほど穏やかだが、目には警戒の色がある。

「〝わかっている限りでは〟？」

「船がまだ戻ってきていないのだ。帰着予定は九年後になる。従来航法で帰途に就いたことが観測されている。最後に傍受した通信で、このエネルギー源の使用には細心の注意が必要であることが示唆されていた」

「でしょうね。通信範囲からそれほど離れてしまうなんて、ＣＶスイッチの操作を間違ったのかもしれない。試験航行には脆弱な〈筋肉〉を乗せない、頭脳船を使うべきだったのに」

「からす座βから得たデータの解釈を間違ったという指摘もある」ブレスラウは彼女の考察に慎重にうなずき、先を続けた。「CVファクターに破壊的な特性が潜んでいることは容易に想像できる。データの解釈を誤って制御できない不安定なエネルギーを放出し、宇宙的な影響を及ぼしたわけではないことを確認したいのだ」ブレスラウは不安と期待の入り混じった視線を彼女に向けた。

これは慎重になるべきね、とヘルヴァは思った。とはいえ、計画を放棄されるのも困る。銀河間航行！　実験船は既知空間から九年分の距離を移動したのだ！

「まず、わたしを信頼してくれたことには感謝するわ」彼女はしばらく考えてからそう言った。「ただ、わたしを選んだ理由が債務を完済してるから、つまり理論上、わたしを失っても会計的には中央の資産の損失にならないからじゃないかって考えざるを得ないんだけど」

彼女の軽口を理解して遠慮なく大笑いしたのはパロランだけだった。

「そんな冗談を言うタイミングではないだろう、ヘルヴァ」レイリーが抗議する。「きみはわれわれの船の中でもっとも失いたくない一隻だ。こう言っては何だが、パロラン、今のとんでもない指摘に笑える要素があったとは思えない」その言葉の奥には間違いようのない怒りが感じられた。

「だったらあなたはたちの悪いたかり屋ね」

「何だって？」レイリーの矛先がナイアルからヘルヴァに向いた。

「よくわかってるでしょ、レイリー司令官。わたしがそんなエンジンの存在を知ったら、喉から手が出るくらい欲しがるに決まってるってこと。それが手に入るなら、中央諸世界BB船局に残ったたっていいわ！」

パロランが瞬時に真顔になり、じっと彼女を見つめた。

「そういうゲームなんでしょ？」ヘルヴァの声は冷たかった。話している相手がパロランで、相手もそれを承知しているからだ。彼女を見つめつづける彼の顎の筋肉がぴくぴくと動いた。

「正直、そのとおりだ」パロランが答えようとしないので、レイリーが言った。「決断までの時間は、もうあまりない」

「どういうこと？」

レイリーの表情が微妙に変化し、ヘルヴァは苦い怒りを覚えた。これが中央諸世界によるBB船の扱いか。やっぱりMMかSPRIMを呼んでおくべきだった。あるいはブロウリーと連絡を取るか。中央諸世界には内なる敵と戦ってもらおう。

「中央諸世界は連邦法令に縛られているんだ、ヘルヴァ。文明的な銀河系人民の管理の下で公布された法令に。その中には自由裁量の及ばない規範もある。追加ボーナスが連邦から支払われるまでは、きみと中央諸世界のあいだの当初の契約条件はまだ有効だ。だが、支払い完了後はまったく別の法令によって、管轄する部署、契約の種類、条項による制約の文言、今後のBB船との取引における支払いと特権を連邦が管理することになる。この手続きを無視したらだな、ヘルヴァ」レイリーは冷酷に先を続けた。「人類の守護者がわれわれのリールをスキャンし、つねに頭の上に居座って活動を妨害するようになる。きみは自分がきわめて有能な契約者であることを実証した。中央諸世界にはきみが必要だ。われわれにとっての必要は、今のところきみの利益にもなっている。きみがごく早期に完済を達成できたのは、尋常ではない機会を何度も与えられたからだ。完璧な超光速エンジンを備えた初のBB船になるというチャンスまで提示されている今、そのことを思い出してもらいたい」

「謝罪すべきというなら、そうするわ。完済で契約条件が変わることは知らなかった。ただ、報酬の確認のための単なる話し合いだったはずの場で、あらゆる要素を熟知してなかったからって、責めることはできないと思う。

ブレスラウ中佐の説明内容からすると、わたしは新星になって吹き飛ぶ可能性が……」

「それは違う」ブレスラウは弾《はじ》かれたように立ち上がった。「理論の有効性はわかるだろう！　試験の結果……」

「あなたは震え上がって、データの解釈間違いがないか、事前にチェックすることにした。わたしはこの身体が好きなの、紳士のみなさん。ばらばらに吹き飛ぶのはごめんよ」

「外殻は頑丈なチタン製だ」ブレスラウはかっとなった。「堅牢この上なく……」

「体内で恒星が大爆発するのよ？」ヘルヴァがぴしゃりと言い返す。「わたしは新星爆発の熱を経験したことがあるの、ブレスラウ。この堅牢なチタン製の外殻も、どんな傷にも耐性があるわけじゃない……変態的な人間にもね」

ブレスラウは完全に意気消沈してカウチに沈み込んだ。残る二人のうち、パロランは慌てても悔しがってもいなかった。反駁する彼女の柱のほうに顔を向けている。もともと皮肉屋の管理官だが、その唇はいつも以上に苦々しげに歪んでいた。一瞬、目が無防備になり、そこに肉体的な苦痛と、ヘルヴァが前に見たことのある表情が浮かんだ——死に行く男の目に浮かんでいた表情だ。

沈黙を破ったのは彼だった。重々しく、疲れた声が響く。

「危険があることを隠そうとしたわけじゃないんだ、ヘルヴァ。むしろ手に負えない山盛りの制約を、何とかきみに有利なように持ってこようとしてきた。元の契約を延長するほうが、まったく新たに契約を結ぶよりもきみの利益になるはずだ。嘘だと思うならファイルをチェックしてみるといい。古い条項がいくつか変更できるようになっている。われわれはきみが変更した条項に手を加えられない。どうかわれわれの話を聞いて、単純にイエスかノーかで答えてくれ」

パロランはヘルヴァが下す結論に関心がないようで、彼女はそれを不思議に感じた。

ドブリノンが咳払いし、混乱した考えをまとめようとするかのようにゆっくりと彼女の柱に近づいた。

「からす座β星系に赴く任務には複数の目的があるのだ、ヘルヴァ。そのどれもが、きみにしかない能力と才能と背景を必要とする。その中で、わたしの職掌の範囲にあるものを説明しよう。

からす座β人の外皮に入った人間の精神がどう変化するか、ある程度の情報があれば、将来の観測者が転移に伴う心理的な見当識喪失に耐えられるよう、条件づけが可能になると思う。そう、ヘルヴァ、それにはきみの持つ〝魂の肉体〟とも言うべきものが必要になる。とはいえ、またあそこに行くよう頼むのは、それがきみのためにもなるからだ。パロランとも意見の一致を見たが、きみがからす座βを再訪し、ソラール・プレインとカーラ・ステアとチャドレス・トゥロとアンスラ・コルマーの、向こうの環境における人格の統合を……あるいは崩壊を……確認できれば、最初の任務の結果として生じた罪悪感と敗北感を解消できるのではないかと思う。

きみは〝移住者〟を識別できる、唯一ではないにしても最高の人材だ」ドブリノンは自分の表現にかすかな笑みを浮かべた。うまい言い方だわ、とヘルヴァは思った。またあそこに行くことを思うと恐怖と同時に誘惑も感じることは、できるだけ認めまいとする。「現在、デイヴォ・フィラナサーが再訪に志願している。ただ、正直なところ、精神プロファイルで深刻なトラウマが指摘され〟ている。どうやら彼は……その……自分も〝移住〟したいと思っているらしい」

「それは不安になるわね」ヘルヴァはデイヴォの肉体が空っぽになってカウチに横たわっているのを想像し、嫌な気分になった。だが、もしプレインとカーラとチャドレスがからす座βを気に入っているなら……ヘルヴァは無理にも別のことを考えた。「銀河系全体に損害を与えずにからす座β人のおもちゃで遊ぼうと思ったら、彼らの助力が必要なのは明らかね。わたしの精神プロファイルも精査して、再訪しても問題ないことがわかってるってわけ？」

「そうだ」ドブリノンの返事はすばやく、断固としたものだった。

「ボレアリスで感覚を奪われたことがあっても？」

「推測だが、その際もからす座βでの体験が力になったのではないかな」

「抜け目ないのね、ドブリノン。誰だってそれまでの体験の集合体だもの。そうでしょ？　じゃあ、俗っぽい話をするわ。思うに、ブレスラウ中佐、ＣＶファクターはからす座β再訪前にわたしのエンジンに組み込まれるわけね？」

「当然だ。そうしないと、こちらのデータ解釈を彼らが評価できない」

「その組み込み費用はどれくらい？」

　ブレスラウが不安そうな視線をちらりとレイリーに向けると、司令官は小さくうなずいた。

「正確な費用はまだ不明だ。実験船は何度か改造されている。装甲を強化し、構造体を倍にして、船体には新合金を使う。そうだな、五十万銀河クレジット前後といったところだろう」

　申し訳なさそうな顔をして見せるくらいの嗜《たしな》みはあるのね、とヘルヴァは思った。とはいえ、その巨額さに彼女がたじろぐことはなかった。すでにそれ以上の額を返済しきっているのだ。

「今すぐ契約すればって話ね？」

「そうだ」

「今の契約が失効したら、その倍額？」

「そんなところだろう」ブレスラウは計画に対する希望をすべて失ったかのように、陰気な顔でフォルダーを閉じた。その悲観的な態度はヘルヴァをとてつもなく苛立たせた。

「だが、ヘルヴァ、今の契約を延長してくれるなら、われわれはきみのような能力が明確な人材の契約条件を、かなり柔軟に変更できる立場だ」

「急《せ》かさないで、レイリー。まだ自分の視点から、あらゆる角度で検討してる最中よ」

これは事実ではない。心はすでに決まっていた。レイリーに彼女のような能力の人材を縛っている条件を緩めさせ、最終的にはＳＰＲＩＭとＭＭに言って、条件を完全に破棄させるのだ。

パロランが仕掛けた交渉は実に手きびしいものだった。ブレスラウがエネルギー源の説明に使った表現の効果をパロランが熟知していたことには、次のボーナスを賭けてもいい。彼の策略は的確だった。恒星ラヴェルの新星化でジェナンがどうなったか知っているだけに、〝新星〟を彼女の手にもたらすのは正しいことだと考えたのだろう。罪悪感の解消というネタをドブリノンに教唆したのも彼に違いない。まあ、この利己的で自惚《うぬぼ》れ屋で傲慢で策謀好きな大重力世界からの難民に、目にもの見せてやろう……ヘルヴァはそれ以上考えるのを急にやめ、パロランをじっと見下ろした。

その顔は緊張と疲労の深い皺に暗く覆われ、がくりと落ちた肩には、交渉を始める前から出ていくそぶりではったりを仕掛けた傲慢なギャンブラーの姿は片鱗さえ見えない。無気力に彼女の柱に向けられた無防備な目の奥に、悪意ある光は見当たらなかった。自分の勝ちだと知っているのだ！　彼女の興味に確信を持った彼は、策略を用いたことを後悔しているのだろうか？　彼は確かに、その不運な過去のどこかで起きた何かを後悔しているように見えた。

ナイアル・パロランに同情している場合ではない！　彼らがきわめて切実な理由で何としても彼女を欲していて、そのための対価を支払うしかないことを忘れてはならない。

「適性曲線はわたしが高くなってるわけね？」ヘルヴァが沈黙を破った。

レイリーがうなずく。

「さっきも言ったとおり」ドブリノンがすばやく口をはさんだ。「〝移住者〟の過去の人格の痕跡がからす座β人の外皮の中に残っていれば、それを識別できる可能性はきみがいちばん大きい」

「痕跡が残ってないかもしれないと思ってるの？」

ドブリノンは肩をすくめた。「まったく異質な構造と心理を相手に、転移の強さを測れるはずがあるか？　一人の人間として、わたしだって人間性のかけらくらいは残っていると思いたい。だが、最初の接触はごく短時間に留めるべきだろう。つまり」と、慎重に付け加える。「きみがこの任務を引き受けると決めた場合には。状況がどうあれ、他人の捜索のためにきみが命をかけることは求められない」

「この任務の最優先目的はからす座β人からCVデータの評価を得ることだ」ブレスラウが言い、心配そうにちらりとドブリノンを見る。大将は肩をすくめて最優先目的を承認した。

よし、もうこっちのものね。

「実現するなら、ぜひそのエンジンを手に入れたいわ」いったいどうしてパロランがショックを受けてるの？　まだ何か隠してることがあるわけ？

「個人的にきみを信頼していたのが正しかったと証明されたな」レイリーが例によって陽気な声を上げた。

「ただ、いくつか条件に同意してもらう必要があるわ。さもないと話を進めても無意味だから」

「きみがむちゃを言ってきたことなどなかった、ヘルヴァ。わたしにはきみの有利になるように条項をいくつか修正する権限がある」

「約束する前にこっちの条件を聞いたほうがいいわ、レイリー」ヘルヴァが冷たい声で言う。「からす座β人がCVエンジンを精査して、わたしが宙ぶらりんのトラウマをいくつか解決できるって推測だけで、五十万クレジットを返済するために自分の魂を二十五年かそこら、抵当に入れるつもりはないから。

今の契約の延長は、CVエンジンが実用化されなければ無効になる。船体の改造は受け入れて、合金コーティングの費用は支払うけど、それ以外は実験の経費として損金処理すること。以上が条件よ」

レイリーとブレスラウが急いで話し合い、司令官がしぶしぶといった様子で中佐の説得を受け入れた。

「それでいい」

「第二に、からす座β星系に〝移住〟した人間と接触するかどうかはわたしが判断して、任務の各段階で完遂できなかったものがあったとしてもペナルティは受けない」

「偶発的な事態については、ドブリノンが話したとおりだ」

「第三に、パートナーの〈筋肉〉のことだけど……」

「きみはすでに〈筋肉〉なしでもうまくやれることを実証している」レイリーが彼女の意を汲《く》むように口をはさんだ。パロランが喉の奥で曖昧な音を立てる。「何か言いたいことがあるのかね、管理官？」

「最後まで続けていい？」ヘルヴァが棘のある口調で言う。「少なくともパロランは、恒久的な〈筋肉〉が欲しいっていうわたしの要求を知ってるはず。単独で行動する気はないの。絶対にいや」

「〈筋肉〉連れは勧められない」ドブリノンが不安そうに言った。

「自分で選んだ〈筋肉〉なしで、この任務は引き受けられない！」彼女はほかの声を圧する大声で主張した。

「わたしも同意見だ、レイリー。からす座βの精神転移には膨大な感情的反動がある。パロランとわたしが強く思うのは……」ドブリノンはすばやく管理官に目を向けて同意を求めたが、パロランが何の反応も示さないので、慌てて先を続けた。「……ヘルヴァには強靭で協力的な〈筋肉〉の支援が必要だということだ。体験によるトラウマの緩衝材として」

「条件が受け入れられないなら話はここで打ち切りよ、レイリー。そっちの専門家も同意してるとおり、合理的な条件だと思うけど」

レイリーは黙ってうなずいたが、顔から笑みは消えていた。

「けっこう。最後の条件もCVエンジンの成功が前提ね。わたしは五十万クレジットの債務を負うことになる。それは構わない。ただ、超光速エンジンの性能を完全に引き出せるようになったら、目的地までの移動時間はほとんどかからなくなる。これからも尻尾が擦り切れるまでこき使われるわけだけど、移動速度が上がる分、給与とボーナスの評価が今までと同じでいいとは思えないわ」

レイリーは雄弁に反論し、ブレスラウの五十万クレジットという見積もりは控えめなものかもしれないが、喜んで超過負担に応じると主張した。

「ひどいたかりだわ」ヘルヴァは相手の言葉を遮った。「そういえば、からす座β人が莫大《ばくだい》な費用のかかる調整を勧めてきた場合、それはわたしが負担するわけ？　まったく新しいエネルギー源を試用するのに加えて、そんなことまで考えなくちゃならないなんて。いいえ、レイリー、MMもSPRIMも、効率が上がった分、報酬も上方修正されるべきだと考えるはずよ」

「銀河系でいちばん速い船になるわけだからな」と、ブレスラウ。

「きみはどっちの味方だ、ブレスラウ？」

「この場合はヘルヴァの側ですね」中佐は臆することなくそう答えた。

「わたしは控えめに三分の一の増額を求めてるだけよ。これほど忠実な中央諸世界の職員としては、決して過大な要求じゃない。あなたのやり口を見る限り、すぐに元は取れると思うけど？」

「わ、わ、わたしのやり口だと？」レイリーは振り向いてパロランを睨みつけた。

「パロランはあなたの命令で動いてるわけでしょ、司令官。あと、ご都合主義の指示に従って」

言ったとたんに彼女は後悔した。パロランが無関心になっていることは、もうほかの二人にもわかっているだろう。この計画を主導したのは――司令官ではなく――彼だった。彼女が拒否することはないと踏んでいたはずだ。そんな彼にとって、いったい何が問題なのか。彼はそそくさと議論から身を引き、話を無視して個人的な悩みに没頭していた。

ヘルヴァは彼を気の毒に思った。彼を憎み、必要とし、手に入れたいと思った。打ち負かすことはできないが、仲間にはなれる。

「条件を受け入れる、レイリー？　それとも、だめ？　二つに一つよ」

ドブリノンとブレスラウが懇願し、レイリーの同意のうめきを聞くまでもなく、彼には選択肢などなかったことがわかった。

いい負けっぷりだったわ、と声をかけたいくらいだ。基地のコンピュータに条項の修正を入力して正式なものにしたあと長いあいだ、彼はうつむいて操縦コンソールを見つめつづけていた。ようやく振り返ったとき、その顔は冷静だった。

「きみはタフな交渉相手だと警告は受けていたんだ、ヘルヴァ」横目でパロランを見る。「まさかBB船に出し抜かれるとはな。だが、まったくきみの言うとおりだ」彼はさらに目を輝かせて付け加えた。「きみが中央諸世界の船であるあいだは、尻尾が擦り切れるまでこき使ってやろう」

「それなら公平ね」

「さて、ブレスラウが整備ドックできみにCV機関を組み込む手筈だ。からす座βの新型エンジンが使えるようになるまで、標準装備はすべて残しておく。もちろん、これは五十万クレジットに含まれている。ドブリノンがからす座βのトラウマに関する分析結果を持っていて、きみの記憶バンクに転送することになっている」

「それはわたしだけでなく、ナイアルの仕事でもある」ドブリノンは黙ってしまった男をあらためて議論に引き込もうとした。「任務に参加した者たちの報告と精神リールから相関関係を見つけ出し、それをわたしのスタッフが定式化して、予備的な結論を引き出したのだ」

「ああ、そうとも、パロランはとても役に立つ」レイリーがつぶやいた。「つまり、あとは誰を正式の〈筋肉〉にするかという問題だ。今のところ……」

「ちょっと待って」ヘルヴァが割り込んだ。「からす座βの任務には、わたしが選んだ〈筋肉〉しか認めないってはっきりさせたはずだけど。その人が任務終了後にどうするかは問わないにしても」

レイリーは目に警戒の色を浮かべて彼女のほうを見た。「ああ、その点には同意した。だが、恒久的な〈筋肉〉が欲しいとも言っていたはずだ」

「そのとおりよ。でも、パロランがいっしょでないなら、からす座βには行かない」

ヘルヴァはレイリーの爆発的な抗議も、ドブリノンとブレスラウの驚嘆と祝福の声も無視した。彼女の目も心も、存在そのものがナイアルに集中していたのだ。

屈強な小男は振り返り、視線を柱の上にさまよわせて、彼女の顔がある位置を探し出そうとした。

「こんなときに冗談はよせ、ヘルヴァ」

「冗談なんか言ってないわ、ベイビー」

「神聖なものすべてにかけて、パロラン、ヘルヴァは天才だ」ドブリノンは歓声を上げ、無防備な肩をばしばしと叩いた。「きみのはったりを見抜いて、挑発しているんだ」

「そういうことだな。きみはいつも、どんな〈筋肉〉にも負けないと大口を叩いていた」レイリーが冷たく乾いた口調で言う。ヘルヴァは報復のためにパロランを指名したわけではなかったが、レイリーのすばやい掌返しには、一矢報いたいという気持ちが感じられた。「多少のフィールドワークは管理官の仕事にも役立つだろう」

「ヘルヴァなら、実験船を悩ませた重力変動問題も解決できるだろう」ブレスラウがパロランに向かって言う。「加えて、防護用の緩衝ウェブもあるしな」

彼らはさっさと帰っていき、パロランだけが残された。困惑し、呆然として、ヘルヴァに理解できるどんな反応も示さない。

「冗談だろう、ヘルヴァ」何とか自制しようとしているが、その声はひび割れていた。

「どうしてそう思うの？　あなたは中央の誰よりも〈筋肉〉の職務に詳しいでしょ。からす座βの問題にも精通してるし、ブレスラウの方程式だって徹底的に調べたに決まって……」

「もちろん調べたとも」そこで自制が弾け飛んだ。言葉が苦々しく、辛辣になってほとばしる。「徹底的に調べもしないで、きみを行かせると思うのか？　だが、この茶番を仕組んだのはぼくだ。ぼくなんだ！　レイリーじゃない。ぼくが彼を焚《た》きつけた。ブレスラウとドブリノンも。きみが食いつく可能性があると思ったから」

「見え見えだったわ！」

「きみにチャンスはなかった、ヘルヴァ。きみを動かすにはどのボタンをいつ押せばいいか、ぼくは全部知ってる。そしてボタンを押したんだ。くそ、押してしまったんだ！」

「あなたは間違いなく中央でいちばん不謹慎な管理官ね」彼女は相手の自己卑下に冷静なユーモアを返した。「わたしに仕掛けたのも、実に卑劣な策略だった」

「ぼくの話なんか聞いてもいなかったくせに、愚かな缶詰めの魔女め。ぼくが何をしたかわかってるのか？　きみを中央に引き止めたんだぞ！」

「いいえ。決めたのはわたし。自分の条件を押し通して」

ナイアルは荒々しく彼女を見つめた。内心の葛藤に引き裂かれて目つきは暗く、傲慢さも自信もすっかり影をひそめている。一時的に出し抜かれた程度だというのに、その反応は激しすぎた。

「自分の条件？　自分の条件！　これこそまさに宇宙的正義の好例だ」本人にしかわからない皮肉に、しわがれた笑い声を上げる。

「わたしにもその冗談を分け与えてもらいたいわ、ナイアル。たとえ自分のことでも、笑うくらいはできるから」

今やパロランの目には涙が浮かんでいた。彼は両手を握りしめ、腿《もも》に強く押しつけた。

「ぼくがこの茶番のすべてを仕組んだんだ、ヘルヴァ。ぼく、ナイアル・パロランが、きみに中央に残ってもらいたかったから。ああ、そうさ。任務をお膳立てして、きみが早く債務を完済できるようにしたのもぼくだ。でも、実際にそうなってみると、きみがいなくなるのはとても耐えられないことだった。だからこのばかげた茶番を準備して、きみを巻き込んだ。きみが予想どおりに反応するのを見て、ぼくは巧妙で抜け目ない、卑劣きわまる行為に自分の立場を利用したのだと思い知った。だが、始まってしまったことは止められない。きみをそこから救出する方法も思いつかない。するときみが――ヘルヴァが――ぼくを、パロランを、〈筋肉〉にしたいと言い出した」彼の笑い声は苦悶《くもん》の叫びのようだった。

「だからってわたしの選択は変わらないわ、パロラン」彼の恐ろしい笑い声に負けないよう、力を込めて言う。「わたしが〈筋肉〉としてあなたを欲しがるのは、あなたがわたしを中央に残したいのと同じくらい利己的なことよ。あなたが管理官より〈筋肉〉でいてくれるほうがわたしは安全なの。どうせ中央に残る以外の道はないみたいなもんだし」彼女は穏やかな声で先を続けた。「あなたはわたしが自分の条件を押しとおすのを可能にしてくれた。この任務はわたしにしかできないって、彼らはよくわかってた。あなたを〈筋肉〉にしたいわ、ナイアル・パロラン。あなたは頭が切れて、邪道で卑劣で不謹慎で自分本位だから。わたしを動かすボタンを知ってるから。あなたは顔も体格も見劣りするけど、それはわたしも同じ。あなたなら、どんな状況からでもわたしを連れ出してくれると信じられる……からす座βからでさえ」

「信じられる？」それは腹の底からの叫びだった。身を震わせながら懸命に自分を抑えている。「おい、いいか、この愚かな、発育不全で縮れっ毛の、ばかなロマンティストの、缶詰めの愚者。ぼくが信頼できる？　きみのことなら細部まで、すべてを知ってるのがわからないのか？　遺伝子データを持ってるから、推測されるきみの容姿までわかってる。ほんの七日前にきみのパネルに設定された音声解除コードもだ！　ぼくが信頼できる？　きみにとって、いちばん信頼できない人間だよ。そのぼくを〈筋肉〉に？　ばかな！」

ヘルヴァはその告白に仰天した。パロランがわたしの〈筋肉〉になることに執着していた？　至福の歌声を響かせ、激怒してわめき出したい気分だ。高揚感とパニックが同時に押し寄せてくる。だが、何をすればいいのかはわかっていた。そうしたほうがいい。〈筋肉〉がパートナーである〈頭脳〉の顔を見たいという不合理な欲求に囚われることは、両者のあいだの精神的なつながりが強い場合、かならずしも稀ではなかった。通常はアクセス・パネルが開けられないので問題にならないが、ナイアルが音声解除コードを知っているとなると

……

何とかして彼の執着心に対処しなくてはならない。

「だからぼくはきみの〈筋肉〉になれないんだ、ヘルヴァ」血を吐くような声だった。「この種の執着は珍しくない、治療できるなんて話はしなくていい。ぼくは解除コードを知ってる。いずれナイアル少年はがまんできなくなって、彼らがきみを封印してる棺を開けずにはいられなくなる。きみの美しい顔を見て、神々しい笑みに手を触れ、きみを抱きしめ……」

彼は動きだしていた。じりじりと身体を動かし、彼女の柱に抱きついて冷たい金属に頬を押しつけ、指先が白くなるほど力を込めて、びくともしない金属表面に指を食い込ませようとする。片手がゆっくりとアクセス・パネルに近づいた。表情は奇妙なほど穏やかで、幸福そうにさえ見え、まるでもう彼女を抱きしめているかのように目を閉じていた。

「解除コードを言って」ヘルヴァは情熱的に叫んだ。「パネルを開いて、外殻を壊して、わたしの顔を見つめて、ねじれた身体を抱きしめて。あなたの腕の中で死ぬほうが、不可侵の処女のままあなたのいない世界で生きるよりましだわ!」

不明瞭な叫びとともに、彼はまるで赤熱した金属に触れたかのように跳びすさった。顔には恐ろしい苦悶の表情が浮かんでいる。

「今やらないなら、あなたは決してしないわ、ナイアル」ヘルヴァの穏やかな声は彼をなだめるようだった。正気を奪おうとする予期しない願望を懸命に抑え込んでいる。

「くそ、ヘルヴァ、だめだ!」

彼は背を向けてエアロックに駆け込み、リフトを下降させた。地上に着く前に飛び降り、タワーの中に姿を消す。

待つしかない、とヘルヴァは苦々しい気分で思った。決断は彼自身が下すしかないのだ。彼が自分自身を信じられない限り、戻ってくることはできない。わたしの一方的な信頼は無関係だ。彼自身が主導し、操作し、計画しなくてはならない。

わたしはどうしてエアロックを閉じておかなかったんだろう？　彼がもうだいじょうぶだと――もっとも危険な瞬間は過ぎ去ったと本人が自覚するまで、なぜここに留めておかなかったの？　彼の防御はすっかり崩れ去ってた。彼自身に対してもわたしに対しても、あそこまで無防備になることはもうないだろう。自分を取り戻したとき、本人もそのことに気づいてたはず。

当然、彼はすぐに戻ってくるだろう。傲慢に、快活に、自信に満ちて。どれほど執着が強くても戻ってくるしかない。離れてはいられないのだ。ただ――ナイアル・パロランという人間は……必要だと決めたらどんなことでもする。あれはそういう男だ。偽りと馴《な》れ合いと無節操さに満ちた自分のおこないを合理化し、目的を達したら、それを心の中から追い出してしまえる。とはいえ、彼が心の奥底にある圧力に抗し、本人は認めたがらない善意と誠意という自身の核心に触れてしまったら、ナイアル・パロランは気高く行動し、柄にもない犠牲的精神を発揮するかもしれない。そうなったら、二人とも残る一生を後悔して過ごすことになる！

レイリーを呼ぶべきだろうか？　彼ならすぐに行動に移るだろう。どんな行動に？　ナイアルはタワーに引っ込んだ。考えて、熟慮して、決断するために。ヘルヴァは彼が戻ってくることを切望していた。彼らがレイリーにしたことを思えば、司令官を不必要に苛立たせるのは得策ではない。とりわけ、ナイアルに対して。

ヘルヴァはまたしても待つ以外のことが何もできなくなった。エアロックを開放し、リフトを地上に降ろして動かさないまま。

ナイアルは彼女が美しいと言った。彼女の遺伝子情報から、いつ顔の造作を復元したのだろう？　立体造形するだけで一財産かかるのだが。からす座β以前？　ボレアリスのとき？　ああ、まさか、医療記録ごと入手してる？　いや、セクシーな女性を好むナイアルのような男はそういうことを不快に感じるはず。くすくす笑いたい気分だった。自分がセクシーな若い女？　もちろん、輝かしい女性遍歴をほのめかす彼の言葉自体がでまかせかもしれない。いや、小男というのは体格に恵まれない分、ほかの豊かな資質に恵まれ、それに見合う欲望も強いと言われる。ただ、彼はヘルヴァが美しいと言った。それが人工的な復顔によるものだとしても、彼女は確かに喜んだ。ナイアルが〝美しい〟という言葉を気軽に使うとは思えない。彼がそう言うからには、本当に美しいのだろう。

美しいと言われることは自信と同時に困惑ももたらした。外殻人は自分の容姿を気にしないよう条件づけられているし、自分の複製を見ることもない。セキュリティ上の高度機密なのだ。だが、心を決めた者にとってはどんな機密も聖域も存在しないらしい。現にナイアルは更新された音声解除コードを入手していた。レイリー司令官だけが知っていて、しかも追加の防護措置として、彼の記憶の奥に催眠で封じられているはずなのに。

きみは美しい。ナイアルはそう言った。彼はどこ？

『男は次から次へと死んできたけど、そして蛆虫《うじむし》の餌になってきたけど、恋のために死んだ男は一人もいません』（『お気に召すまま』四幕一場）

ふと心に浮かんだおかしな台詞に、彼女は思わず小さく笑った。男たちはほかのどんな動機にもまして美のために、とりわけ、手に入れることのできない美のために、どんなことでもしてきたのだ。

伝説のヘレネーの美のためにトロイは陥落した。黄金や宝石の美のために、命や迷信や自由が危険にさらされた。知識の美のために、人々は無理をしては死んでいった。原理原則の美のために、ありとあらゆる倫理を説く狂信者の群れが命を落とした。

ヘルヴァはナイアルに——美しいかどうかはともかく——彼女のために死んでもらいたくなかった。操縦席に座っていてもらいたいだけだ！

通信回線が開いた。

「はい？」

「何ともチャーミングな歓迎だな」聞き覚えのある声が聞こえた。

ナイアルの声ではなく、安堵感は消え失せた。

「どなた？」

「何とも侮辱的な変化だな、きみ」

「ああ、どうも、ブロウリー。ちょっと……別の通信を待ってたものだから。でも、あなたならいつでも歓迎よ」都市を管理する外殻人と敵対するのは得策ではないし、それがブロウリーならなおさらだ。今はとくに。彼の手助けが必要になるかもしれない。

「とても嬉しそうな声だったな！　待っていた通信の相手は、どうやらわたしの競合相手ではないようだ」

「競合相手？」

「そうとも」ブロウリーの口調に一抹の不機嫌さがにじみ、ヘルヴァは緊張した。彼が愛想よくなるのは何か欲しいものがあるときだ。「確かきみは」口調が柔らかくなった。「債務を完済したはずだね」

「あなたなら知ってると思った」

「ああ、じゃあ、まだどことも契約してない？」

「ごめん、ブロウリー。中央諸世界との契約を延長したの」

「延長した？　中央諸世界と？」ブロウリーはあきれたような小声になった。「きみは頭が切れるやつだと思っていたんだが。プリント基板への愛にかけて、どうしてそんなばかげた、ラリってるのかってくらい不合理な、自分の品格を落とす決断をしたんだ？　きみみたいなBB船が雇えるなら、六カ月契約で十年分の利益を注ぎ込んでもいいって企業が四社と惑星が二つ、わたしの手配で入札の列に並んでいるのを知らなかったのか？　どうしてそんなことをしたんだ？　びっくりだよ！　自分の酸性度レヴェルまで心配になるくらいだ。あきれた愚行だね。開いた口が塞がらない！」

ブロウリーの憤慨ぶりがなぜかヘルヴァに力を与えた。貪欲でゴシップ好きで皮肉屋の外殻人都市管理者が、彼女の決断の正しさを裏づけたのだ。たぶん六名の入札者が互いに相手の財務的な喉を切り裂こうと睨み合っているのだろうが、誰に決まるにせよ、彼らと契約して働くのが楽しいとは思えなかった。敗れた者たちも気分が悪いだろう。中央諸世界は欠点も多いが、少なくとも連邦全体の利益のために働いている。特定の星系の力を増すためでも、金目当てに市場を独占するためでもなく。

「ブロウリー？　開いた口が塞がらない？」ヘルヴァは大笑いした。「そんなふうには聞こえないけど」

「パロランの口車に乗せられたんだろう？」ブロウリーがすばやく言い返す。

彼が立ち聞きした会話の断片や個人的な推測をつぎはぎしてその結論に至った過程が目に見えるようだった。だが、それはどの程度の推測だろう？　彼はどこまで知っているのか？ブロウリーが自分の予想の正確さに誇りを持っているのは彼女も知っていた。だからこそ卓越した都市管理者になれたのだ。広がりつづけるレグルスの都市圏は巨大で複雑で、十数種の亜種族と大きなヒューマノイド人口を抱えている。そこが交通渋滞も雇用崩壊も物資不足も起こさずに運営されているのは――ブロウリーの管理があればこそだった。ただ、彼はトラブルや噂話に対してつねに回線を開いている。トラブル好きで、それが若さの秘訣《ひけつ》だとまで言っていた。噂話を楽しみ、ただ楽しみのために、自分自身の噂を流すことさえ厭わない。

「パロランはわたしの管理官よ」ヘルヴァは気軽にそう答えた。「こっちの契約条件も少し変えさせたし」

「じゃあ、取引したのか？」

「ええ。あなたの心証をよくするために言っておくと、条件が満たされなかったら延長は無効になる」

「少し気分がよくなったよ。その条件を教える気はない？」

「退屈でしょ、ブロウリー？」

「考えているのはきみの利益の最大化さ、ヘルヴァ。きみの最初の〈筋肉〉が、きみの歌を嘲笑った船団のいじめっ子五人とぼろぼろになるまで戦ったときから、きみはわたしのお気に入りなんだ」

ここでジェナンを引き合いに出すのがいかにもブロウリーだ。まあ、条件はいずれ彼も知るところとなる。ここで話して好意をつなぎ止めておいたほうがいいだろう。

「CVエンジンだと」聞いたとたんにブロウリーはわめきだした。「正気か、ヘルヴァ！入札企業は引き止めておくことにするよ」ずいぶん独善的な口調だ。

「CVはそんなに危険なの？」

「おいおい、愛しいヘルヴァ、まったく不実な連中だな。実験船に何があったか聞いていないのか？」

「帰還に九年かかるそうね。でも、あなたはよくわかってるでしょうけど、外殻人なら繊細な回路を扱うのが誰よりも……」

「くそ」ブロウリーが言葉を遮った。「会話を楽しんでいると、かならずじゃまが入るんだからな」

どんな緊急事態が起きたのか知らないが、ヘルヴァはそれに感謝した。ブロウリーの皮肉は少々で充分だ。彼と同じくらい長く仕事を続けたら、彼女もあんなふうにひねくれた人間嫌いになるのだろうか？　それともシルヴィアのように無感動になって、明日こそは美の、愛の瞬間が訪れると期待しながら、静かな絶望の中で何年も過ごすことになるのか？

ナイアルはどこ？　今ごろは落ち着いて、まともにものが考えられるようになっているだろう。彼が立ち去ってから数時間が経過している。彼女とならば豊かで満ち足りた、すばらしいパートナー関係が築けると理解したに違いない。管理官でいるなど時間の浪費だ。二人で働けばCVの負債だって、すぐにとは言わないが、契約期間のうちに返済できるだろう。そうなれば心置きなく独立できる。ナイアルを〈筋肉〉にした彼女を傷つけられる者はどこにもいなくなる。ナイアルさん〈筋肉〉になってくれれば……

期待を込めて外に目を向けると、レグルス基地のある赤道直下では早くも宵闇が落ちていて彼女を驚かせた。タワーの明かりもわずかになり、当直部署のほかいくつかが点灯しているだけだ。着陸したとき、リフトの音声だけオンにしていたことを思い出す。ほかのマイクもオンにすると、遠い整備場のかすかな金属音や、タワー正面を行進する儀式的な衛兵隊のそろった足音なども聞こえるようになった。

これもまた中央の古典行事ね、とヘルヴァは思った。基地周辺の警戒に特化したセンサー群は一匹の虫の動きまで感知して、それが害虫ならすぐさま駆除できる。人間の衛兵がもっと大きい、あるいは騒々しい侵入者に対処するよりもずっとすばやく。ただ、衛兵たちが回れ右するときの音は心地よかった。自分が孤独ではないと感じるから。古い伝統の中には、現代に代用品がないために存在価値があるものもある。たとえば……くそブロウリー！　どうしてジェナンのことなんか持ち出したの？

ブロウリーならナイアルの居場所もわかるだろうが、その場合は根掘り葉掘り事情を訊かれる。しかも彼がヘルヴァに同情することはなさそうだ。ブロウリーの考えでは、外殻人は自分に満足するだけでなく、自立しているべき存在だった。

耳障りな呼び出し信号に、彼女はすぐさま応答した。

「ああ、パロランはきみを騙して計画に引き込んだわけではなさそうだが、確かに何かのお祝いをしているな！」ブロウリーは皮肉っぽさ全開だった。「十五台のホヴァークラフトと三機の大型輸送機を使って、二本の通信マストをへし折った。よく死ななかったものだが、彼自身も、いっしょにいた三人の女性も、かすり傷一つなかった。幸い、周囲の車輛にいた人たちも肝を潰しただけで済んだが、彼にはこの無責任な行動に対して千クレジットという高額な罰金が科された。あの男、笑っていたぞ。上に顔が利く管理官でなかったら、何カ月か食らい込んで頭を冷やすことになっていただろう。みんなきみのせいだ。きみがいなくなるのが楽しみだよ。ああ、くそ！《消失点》の店内に入った。緊急モニターを引っ張り出して見張らないと！　一晩で二つの民事事件を起こして逃げきれると思ったら大間違いだ。パロランの悪質ないたずらで、わたしの街を混乱させたりはしないからな」

言うだけ言うと、彼は通信を切った。

パロランは自殺しようとしていた？　《消失点》なら知っている――多様で独創的な娯楽で悪名高い店だ。たいていの惑星の、とくに宇宙港のある都市にはそういう施設がいくつかあり、ほとんどの〈筋肉〉はその常連だった。

そこで彼が何をしているか考えると落ち着かなくなった。外殻人も眠れればよかったのにと切実に思う。何か精神活動から解放され、耐えがたい思いから逃れる方法があってもよかったはずだ。考えたくないのに、どうしても《消失点》とその評判のことを考えてしまう。

「『いずれ劣らぬ二つの名家……』」決然とした声が誰もいないキャビンに響いた。ソラール・ブレイン／からす座β人は彼女がこの気晴らしにどれほど感謝しているか、理解してくれるだろうか？

通信回線がつながってブロウリーの鋭い声が聞こえてきても、驚きはなかった。ただ、彼の声には苛立ちではなく、不思議そうな響きがあった。

「きみが契約延長の件からナイアル・パロランを排除したのか？」

「そんなことしてない」

「訊いてみただけだ。彼があんな行動をしている理由が想像できない。わたしが知っている

「パロランらしくないんだ」

「どんな行動をしてるの？」考える間もなく質問が口をついていた。

「ある時点まではいつもどおりだったんだが、そこで強い酒を飲んでも残っていた理性が吹っ飛んだらしい。宝石商を呼んだのでカメラをズームしてみると、店の女の子全員に〝思い出のよすがに〟と言って安宝石を買ってやっていたんだ。そのあとは自宅に帰った。一人で。それだけじゃない。今何をしているか、きみには想像もつかないだろう」

「あなたに聞かない限りは」

「家財買い取り業者を呼んで、家具や絵画や工芸品やリールを売り払っている。一財産使って収集したものだが、買値の半額にもならないだろう。エアカーも売却した。持っている服も全部」

ヘルヴァはこの知らせで湧き上がってきた突然の希望を抑え込んだ。彼の人生の私的な部分を象徴的に拒絶してる？　どうして？〈筋肉〉がどこかの寄港地に自宅を構えることはナイアルも当然知ってるはず。どうして売り払おうとしてるの？　まさか……彼女はそれ以上考えるのを拒否した。

「彼がまたレイリーと衝突したんなら、きみは聞いているはずだな？」

「中央司令部から、今夜は何も言ってきてないけど」

「何か聞いたら、ブロウリーのことを思い出してくれるよな？」

「ええ、ブロウリー、きっと思い出すわ」

女の子と酒と娼館、お別れの宝石、どれも独身最後のパーティを思わせるのでは？　彼女は夜明けまで『シーザーとクレオパトラ』に耽溺し、やがて技術者とコンピュータ技師が基地複合施設に出勤してきた。

中央司令部からけたたましく緊急呼び出しがかかり、レイリーの怒鳴り声が響いた。

「いったいぜんたい、パロランが辞表を出すとはどういうことだ？　今度は何を企んでる、ヘルヴァ？　彼と話をさせろ。今すぐに！」

「パロランなら乗ってないけど」

「乗ってない？　どこにいる？」

「知らないわ」

「どうせパロランがわたしのデスクに辞表を置いていって、朝の時間を台なしにしてくれたことも知らないんだろう？　その中で第五条D項を引用したことも？　彼は精神に異常をきたしているようだ。正気じゃない。昨日あんなことがあったあとで、きみたち二人が中央にまだ何か押しつけられると思っているなら……」レイリーの声は次第に勢いを失った。「いいだろう、ヘルヴァ」と、辛抱強い口調になって話しつづける。「われわれがいなくなったあとで何があった？　問題はすべて片づいたと思っていた。パロランはきみが選んだ〈筋肉〉で、きみたち二人が予定どおりからす座βの任務を処理する。結局……何があった？」

「パートナー関係には両者の合意が必要だってこと」ヘルヴァはゆっくりと慎重に答えた。

レイリーの声には危険な響きがあった。無言の脅迫、彼女とナイアルが前日のお膳立てをしたのだろうという、驚くべき疑念のほのめかし。

だからこそナイアルは辞職して、何としても彼を船に乗せようとするはずのレイリーを一足飛びに出し抜いたのだ。ナイアル・パロランは決断した。すべてを売り払い、レグルスからレイリーの権限の及ばないところまで逃げるための資金を調達した。

はっきりものを考えるのが難しい。ナイアルのためにも、気をしっかり持たなくては。それが彼の望みなら、どんなものにもじゃまはさせたくなかった。

「パートナー関係の定義なら知っている、ヘルヴァ」レイリーが辛辣に言う。「それで？」

「ナイアルはわたしとパートナーになることに同意しなかったの」

「いいか、ヘルヴァ、たわ言はもうたくさんだ。ナイアル・パロランは十二年前、〈筋肉〉になるには身長が足りず、それでも懇願して中央に奉職した。管理官になり、〈筋肉〉たちに任務のこなし方、〈頭脳〉の扱い方、命の守り方を説きつづけた。そのナイアル・パロランが、自分を〈筋肉〉にしたいって船が出てきて、身を引くなんてことがあると思うか？言っておくがな、XH-834、彼はからす座βの任務に参加するしかない。しなければ残る一生は鉄格子の向こうだ」

鉄格子？ ヘルヴァの胸が騒いだ。これもまた中央に残る遺物だ。レイリーはどうかしているのではないか。ナイアル・パロランを〝鉄格子〟の向こうに押し込められると思うなんて！

落ち着いて、考えなくては！ レイリーもすぐに、ナイアルが何もかも売り払ったことに気づくだろう。離陸したほうが……

酷使されたエアカーの甲高い騒音が聞こえ、彼女は自動チェックを走らせた。足元に部隊が展開している。リーが取ったようだ。第一ラウンドはレイリーが取ったようだ。

「ブロウリー」通信がつながると、レイ彼女は前置き抜きで呼びかけた。「パロランに警告して。レイリーが血眼で探してるって」

「本当か？」ブロウリーは喜んでいた。「パロランは宇宙港に向かっている。家財買い取り業者から闇チケットを手に入れたんだ。ついさっきわかった」

「離陸はいつ？」

「〇九〇〇だけど……」

「レイリーが止めようとしてるって、パロランに警告して。わたしは周囲に部隊を配置されて動けない。次は宇宙港を押さえようとするはず」

「ヘルヴァ、本気か！　パロランは中央の……」

「もう違うわ。忘れたの？　辞職してる。だからレイリーは彼をレグルスに足止めしたいのよ」

「だが、パロランが辞職したなら、レイリーに彼を止める権限はないはずだ」

「ブロウリー、何を甘いこと言ってるの？　パロランが〈筋肉〉としてからす座βの任務に行かないと、わたしの契約の延長は無効なのよ」

「レイリーは何としても止めたいだろうな」ブロウリーはそう言ってから、ヘルヴァの言葉の意味にようやく気づいたようだった。「きみはパロランを口説いて〈筋肉〉にしようとしたのか？」ブロウリーの笑い声は死にかけたカエルのようだった。笑い慣れていないせいだろうが、少なくとも彼女が情報を隠していたのを怒ってはいないようだ。「愛しいヘルヴァ、きみはすばらしい。本当にすばらしい。ああ、あの男は一途《いちず》な種馬《たねうま》だ。〈筋肉〉の独身生活の中に閉じこもったりはしないが……偉大な離陸の神にかけて、するかもしれない！　昨夜も女の子をみんな追い払ったしな」

「聞いて、ブロウリー。ナイアルに警告して、レイリーが保身のために、何としても契約を延長させるつもりだって伝えて」

「落ち着けよ、きみ。パロランが行方をくらましたら契約は無効になるのか？」

「そう、そうよ」

「そうなれば、わたしの入札に応じるのも自由ってわけだな？」

なかば予期していたことだったので、彼女は同意した。

「レイリーは強敵だぞ、ヘルヴァ」

「パロランがいなければ、わたしには手出しできない。何かしてこようとしたらＭＭとＳＰＲＩＭに連絡するだけ」

「あいつらにか！」ブロウリーがばかにするように言う。

「使い道はあるわ。今回みたいに」

「それでも、まず、わたしの入札者にチャンスを与えてくれるだろう？」

「それには同意した、でしょ？　パロランに警告して、そのあとどこに連絡したのかは忘れて」

「今はタクシーの中だ。この街の管理者として、どのタクシーだったか頭の中ですべて覚えておくことになっているんだがね？」ブロウリーは小さく笑って通信を切った。

「独身生活の中に閉じこもる、か」ブロウリーはそう言ったが、ナイアルは彼女のことを美しいと言ってくれた。その声には憧れがこもっていた。頑強な金属障壁に頬を押しつけて。

彼は彼女を見たいと、抱きしめたいと……

からす座β星系から帰還したあとのあの長い夜、彼はずっといっしょにいてくれた。あのとき彼女に夢中になったに違いない。だからこそ、空になったカーラの肉体を使うよう提案してきたのだ。あの奇妙な会話の理由が何だったのか、気がつかないほど鈍かったなんて！

肉体としての機能を持たない彼女の肉体にはどこまでも人間の魂が宿っている。一方、カーラの肉体はただの肉塊、適齢期で、実体があり、美しく――魂は入っていなかった。

彼のために肉体を手に入れることもできたのだ。彼に使われ、極上の贈り物として自分自身を体験し……

たぶん、カーラの肉体が今も使われていないなら……

だめ！　だめよ。ヘルヴァは決然と、そんな破滅的な考えを退けた。ブロウリーは約束を守るはず。ナイアルに警告してくれるだろう。あとは彼次第だ。レイリーが頭を冷やすまで捕まりはしないだろう。逃走資金はたっぷりある。安全はいつだって金で買えるのだ。

とはいえ、レイリーは強敵だった。ブロウリーの言うとおりだ。それでもその気のないB船を無理に動かすことはできない。レイリーがナイアルを捕まえたとしても、彼女のほうで拒否するだけだ。その気がない〈筋肉〉は欲しくないから。

その気がない？　ふむ、そうね、そこが鍵だわ。ジェナンが死んで以来はじめて〈筋肉〉にしたいと思った相手にその気がないなんて。〝つい忘れてしまうんだ、われわれ外殻人は。誰もがわれわれと運命をともにしたいと思っているわけではないことを〟

でも、ナイアルは〈筋肉〉になりたがった！　肉体が条件に合わないと知ってなお、〈筋肉〉部門全体を管理する立場に身を置いた。そこに彼女がやってきて、はにかみながらも頑固に彼を求め、彼はこれまでに得たものすべてを投げ捨てるしかなくなった。地位も、名誉も、贅沢品も。

「ブロウリー？」

「今度は何だ？」

「警告はしてくれた？」

「すると言ったろう。もうした。ついでにいくつか彼の行動の問題点を指摘して、今後考えられるごたごたについて、独自に助言もしておいた」

やめてよ、と彼女は内心でうめいた。ブロウリーはあんな精神状態のナイアルにお説教したってこと？

「パロランは今どこ？」

「知らないことは教えられない」

「思い当たることくらいあるでしょ」

「ない。だが、何かわかったらまっ先に教えるよ。そのあいだに酸性度レヴェルをチェックしたほうがいいぞ、きみ！」ブロウリーはそんなよけいな忠告を残して通信を切った。

何とかナイアルと連絡を取らないと。彼が管理官の地位に留まるなら、ほかの〈筋肉〉と任務に就いてもいい。彼が彼女のためにすべてを犠牲にするのは耐えられなかった。

心配になって外部をスキャンする。周囲は小型車輛でいっぱいだった。レイリーは集中的な探索を開始していた。ブロウリーの手助けなしで、どうやってナイアルを見つければいい？

まあ、別の方法で目的を達することはできる。レイリーが求めるのはからす座βの件の進展だ。よし、それなら……

彼女が通信回線を開く前にタワーから信号が入った。レイリーが堅苦しい口調で通信スクリーンを開くよう指示する。画面上のレイリーは肩を落とし、焦点の合わない目でまっすぐ正面を見つめ、散らかり放題のデスクの前に座っていた。副官が背後でそわそわしている。室内にはほかに二人の男がいた。年配のほうは悲しげな顔をして、緑と金のＳＰＲＩＭの制服を着ている。若いほうは目つきが鋭く、寡黙な印象だった。寛いだ様子で脚を組み、優美なブーツをぼんやりと指先で叩いている。

「ＳＰＲＩＭのアミキン隊長とＭＭのロッコ氏が、きみの代理で提出された苦情に対応するために来ている、ＸＨ‐８３４」レイリーの声は表情と同じように険しかった。

「ええ、情報提供者によると、あなたは最後の任務で充分に債務を完済できるだけのクレジットを得たということでした」ロッコがするりと口をはさんだ。レイリーの話がまだ終わっていないことに気づいてさえいないようだ。

「連邦から支払われるクレジットの一部はまだ保留中だけど」ヘルヴァは正直に答えるのが得策だろうと考えた。とりわけ、それがレイリーの怒りに影響するなら。

「クレジットは入金しているが……」レイリーが言いかける。

「では、ＸＨ‐８３４の債務返済は終わっているわけですな？」アミキンが穏やかな声で尋ねた。

「そうだが、しかし……」

「ヘルヴァのいる着陸床を囲むように集まっている中央の部隊は、では、独立系の入札者から彼女を守っているのですね？」と、ロッコ。

レイリーは唇を細い一本の線になるまで引き結び、冷たい目でＭＭの代理人を見つめた。

「そうでないなら、倫理観を盾にした拘束の一種としか考えられません。ヘルヴァが動こうと思ったら、彼らを焼きつくすことになってしまう。ＢＢ船には不可能な行為です。撤退させるべきでしょう。即座に」

「ここは中央の基地なのだ、ミスタ・ロッコ……」

「即座にです、レイリー司令官。さもないと、アミキン隊長とわたしは強制性を疑わざるを得なくなります」ＭＭの代理人は穏やかな笑みを浮かべたが、その声はやはり冷たく硬かった。

レイリーが大声で命令すると、副官が通信機を操作した。ほぼ同時に着陸床にいた部隊が分散しはじめる。

「ヘルヴァ、包囲は解けましたか、ヘルヴァ？」

「ええ、ミスタ・ロッコ。でも、わたしが中央諸世界との契約を延長したことは理解しておいて」

「はい、そう聞いています」ロッコは目を輝かせて、礼儀正しく彼女の柱に向きなおった。「つまり護衛の必要はないことになります。とはいえ、あなたがとくに指定した延長の条件の一つが、あなたには手出しできない状況によって満たせなくなったとも聞いています。ゆえに、その契約は無効と……」

「中央諸世界が条件を満たせないと確定するまで、契約は無効ではない！」レイリーが怒りのあまりデスクを叩いて言葉を強調しながら言った。

「条件は満たせていません」ロッコが同じく言葉を強調して言い返す。「あなたが選んだ〈筋肉〉はナイアル・パロランで間違いありませんね、ヘルヴァ？」

「ええ、でも……」

「彼は辞職して、もう任務には……」

「ナイアル・パロランは日没までにＸＨ‐８３４に乗っている」レイリーが咆哮し、立ち上がってその場の全員を睥睨《へいげい》した。「条件は満たされ、契約した任務は遂行されるだろう」

「ナイアル・パロランを見つけられれば、ですね」ロッコが指摘する。

「紳士のみなさん、こんなのおかしいわ」ヘルヴァは声がよく聞こえるように音量を上げた。「確かにわたしはナイアル・パロランをパートナーにしたいと言った。彼が受けてくれなかったのは残念だけど、その意思を強調するために中央を辞職までするなんて思わなかった。でも、重い責務を引き受けるよう強制するつもりはないの……獲物みたいに追いまわすつもりも。話し合って別の〈筋肉〉を見つけるわ」

「このいかれた、裏切り者の、縮れ頭の、缶詰めの脳足りんめ」主通路からしわがれた声が聞こえてきた。「話し合って別の〈筋肉〉を見つける？」

ナイアル・パロランが機関室の開いたハッチの前に立っていた。破れた技師用カヴァーオールは染みだらけで、怒った顔には擦り傷と汚れが目立つ。

「騙したな、ヘルヴァ。パロランはそこにいるじゃないか」レイリーが画面の中から叫んだ。

「そうね。先に彼と話をさせて、レイリー！」ヘルヴァは叫び返し、通信を切り、エアロックを閉じ、船体に干渉防止バリアを張った。今すぐこの件を片付けるつもりだった。「〝話し合って別の〈筋肉〉を見つける〟のがどういう意味かって？　ほかにどうしろって言うの、この酔っ払いの、女たらしの、ちびのごろつき！　ほかにどうすればレイリーに捜索をやめさせて、あなたを自由にできるわけ？」

「自由？　誰が自由だと？　きみはぼくに置き去りにされた瞬間、すぐにまた身売りして奴隷に戻ろうとした！ まったくもって愚かな、考えなしの、近視眼的な、実にばかげた……」

「ばかげた？」憤慨したヘルヴァが言い返す。「自分はどうなの？ 十二年間の激務の成果も地位も全部投げ出して、それもこれも、淫夢に囚われすぎるあまり、わたしのためにひどい任務を一度だけ引き受けることさえできないからだなんて。わたしはたった二日で二回も魂を抵当に入れるような……」

「ロッコとアミキンが来ただろう？ 二人はレイリーが起き出す前に彼を訪ねて、きみは自由だと確認するはずだった。次にぼくが知ったのはゴシップ王ブロウリーからの、大捜索がおこなわれてるって話で……」興奮ぎみに話していた彼がぴたりと口を閉じた。歯を食いしばり、目を怒りにぎらつかせている。ブロウリーの説教がよほど辛辣だったのだろう。「ロッコとアミキンは今、レイリーのところだな？」その口調はだいぶ落ち着いてきていた。

「そうよ」ヘルヴァも穏やかな口調になった。彼を無事に船内に迎えた安心感で、口論の続きをする気にはなれなかった。「あなたもすぐにレイリーにきちんと説明したほうがいい。

着陸床には本気の突入部隊が待機してて、レイリーはわたしの解除コードを知ってるから」ナイアルは言われるまでもなかったろう。突入部隊が船体の外壁を叩く音が聞こえてきている。

「ばかだな、全部すっきりさせられたのに」彼のつぶやきには怒りよりも絶望が強く感じられた。

「からす座βの任務だけよ、ナイアル。レイリーが望んでるのはそれだけだから」

ナイアルはさっと顔を上げた。「いくらレイリーでも、そこまで単純な話だとは思えない」

「CVエンジンがうまくいけば、わたしはゲームの先頭に立てる。だめだったらわたしは自由になって、あなたも自由よ！」

「自由？」ナイアルの声は柔らかかったが、疲れた顔には奇妙な笑みが浮かんでいた。片手を伸ばし、そっとパネルを撫でる。繊細な指先が目に見えない継ぎ目を探り当て、その線に沿って動いた。「ぼくもきみと同じで、自由なんかじゃない。だが、神々もご照覧あれ、ぼくが手がけたこのひどい契約から、何とかきみを解放しようとしたんだ」拳を柱に叩きつける。皮膚が破れ、手に血がにじんだ。

「やめて、パロラン。五十万ぽっちの負債を十年かかっても返済できなかったとしたら、そんなのわたしが考えてるようなチームじゃない！」

彼は拳を固めてもう一度叩きつけようとしたが、手を止めて一歩後退し、彼女を見つめた。驚きと希望に目を丸くしている。

「確かにそのとおりだ。きみは完全に正しい」

「もちろんよ。わかったら通信機でレイリーを説得して、突入部隊を撤退させなさい！」

彼はもうコンソールの前にいて、ヘルヴァのほうがずっと速くできることも忘れ、映像通信のボタンを叩いていた。

「いったい何をやってるんだ、レイリー？　くそ、〈筋肉〉が中央の基地で船を離れて一人で出かけたら、その船はばかげた侮辱の対象になってしまうのか？　例のからす座βの件が最優先だろうが！　諸元データはどこだ？　ブレスラウのモデルは？　ドブリノンのファイルも要る。そっちの技師どもがぐずぐずしてたら、どうして五日以内に離陸できるはずがある！」

「パロラン」レイリーは不機嫌の絶頂だった。「きみを逮捕する。罰金を科す。きみは……」

「もう辞職した。忘れたのか、レイリー？」ナイアルは新たに力を掻き集め、大声で言い返した。「きみにはわたしに罰金を科したり、逮捕したり、どこかへ行けと命じたりする権限なんかない。わたしは中央諸世界の市民で、ヘルヴァ－834の移動できるパートナーとして行動してる。彼女はきみと任務に関する契約を結び、第六条第一項の条件によって自由にパートナーを選択できる。それがわたし、ナイアル・パロランというわけだ。このナイアル・パロランの階級または地位に関しては何の定めもない。それと、もしその点をどうにかできると思ってるなら、わたしの辞職は連邦のクレジットが入金する以前の日時で記録されてる。契約の延長が有効になる日時以前ということだ。さて、この船に関して誰が誰のボスなのか法廷ではっきりさせたいって言うなら、やればいい。だが、彼女の高価な尻をからす座βに送ってかわいい新エネルギー源の性能を試したいなら、すぐに行動したほうがいいぞ！」

ナイアルが説明も譲歩もしないことなど、ヘルヴァにはわかっていて然るべきだった。たぶんこういう攻撃的な態度こそ、レイリーに有効な唯一の対策なのだろう。レイリーのすぐ横でショックのあまり麻痺している副官が気の毒に思える。彼のためにも、また自分たちのためにも、ロッコとアミキンがまだそこにいるのがありがたかった。ナイアルは実際、彼らをあてにして、レイリーに図々しくも事実の訂正を受け入れさせようとしたに違いない。

司令官はこの見解を受け入れるしかなかった。対抗しようのない強大な組織の代理人を前にしては、選択の余地も、取れる手段もない。

「行ってこい、パロラン」レイリーが絞り出すような声で言った。「どんなチームもこんなに働けるとは思わなかったというくらい働いてこい」

「もちろんだ」

「そしていつか……」レイリーが言葉を押し出す。「いつか、パロラン、自分が仕掛けた罠にはまることになるぞ！」

「予言はいいから、司令官、さっさとリールとモデルをよこせ。会えてよかったよ、ロッコ、隊長。以上」

画面が消えるとナイアルはヘルヴァに向きなおった。奇妙なほど無防備な表情をしている。

「ぼくがもう自分の仕掛けた罠にはまってることを知るためなら、レイリーは年金だって差し出すんじゃないか、ヘルヴァ？」諦めたような静かな声だったが、大きな笑みのせいで痛痛しさはなかった。満足そうな、誇らしげで愛に満ちた、生き生きと輝く目を見ると、ヘルヴァの心も喜びに満たされた。

結局、二人でこの危機を乗り越えたのだ。どんな難局にも立ち向かえるだろう。彼女とジェナンが互いに相手を理解していた以上に、二人は相手のことを知っている。それぞれの強みも――欠点も。これからは花火に明るく照らされた空の中、困難に挑戦して任務を達成すべく、どこまでも羽ばたいていくだろう。ヘルヴァはこの至福の時間がいつまでも続けばいいと思った。これほど純粋な幸せはめったに感じられるものではなく、それだけに移ろいやすい。

まさにそれを打ち壊すように、ブザーの音が中央司令部からの通信を告知した。

「あの、ミスタ・パロラン？　つまり、XH、いや、NH-834ですか？」緊張した声がおどおどと尋ねた。

「こちらパロラン」彼はヘルヴァの柱から目を離さなかった。彼女が回線をつないだことはわかっている。

「サー、資料を持ってきたんですが、リフトが使えなくて……」

ヘルヴァはみなまで言わせず、干渉防止バリアを切り、リフトの動力を入れ、エアロックを開いた。

「くそ、こんな恰好で指揮を執るなんて。見てみろ！」汚れたカヴァーオール姿の自分に気づき、ナイアルは悪態をついた。「引きずり戻されてればもっとましな服装だったんだろうが」彼はあちこちが破けた服を脱ぎながら操縦士キャビンに向かった。「基地の補給係将校に新しい制服を注文してくれ、ヘルヴァ。サイズは向こうでわかってる。誰かに言って、十七番哨所《しょうしょ》に置いてある小さな黒いコンテナを片付けさせて――十七番と十八番のあいだの周辺センサーがショートしてることも伝えといてくれ」

彼はシャワーを浴びながら指示を出しつづけ、急いで届けられた船内スーツに着替え、調理室で手早く食事を済ませた。リフトと通信機は一瞬も休むことなく作動し、メイン・キャビンにはテーブルが追加され、そこにエンジンのモデルと、ドブリノンが急いで用意したリール・ファイルが並べられた。ナイアルは実験船が集めたすべての映像資料を要求した。疲れを知らないように見えるものの、前夜はまったく寝ておらず、その後も半日のあいだ走りまわっている。ナイアルが自分を……そしてヘルヴァを……こき使うほど苛酷に働かせることは、レイリーにもできないだろう。

「なあ、ヘルヴァ」ナイアルが突然、開いたままのエアロックのほうに目を凝らしながら言った。「明かりを点けてくれないか。よく見えない」

「もうそんな時間だったのね」彼女はそう言って、赤道直下の夕暮れをスキャンした。ちょうどそのとき、基地タワーの頂上から哀愁を帯びたトランペットの楽の音が鳴りわたり、儀式的に一日の終わりを告げた。一日の終わり……鎮魂曲を。豊かな音色は広大な基地の上に広がり、幾本もの巨木の陰にある遠い共同墓地まで響いていく。今まではそれはただの鎮魂曲にすぎなかったが、今夜は……一日一日が死んでいくのだ、とヘルヴァは思った。夜の闇に悲しみと眠りを完遂させ……新たな一日を始めるために。終わりと始まりを区切る、単純で鮮烈な永別の喇叭《らっぱ》。

日は終わり

陽《ひ》は沈む
海から、陸から、空から。
すべて良し
安らかに眠れ
神はそこにいる!（米軍の鎮魂歌）

さようなら、ジェナン。ようこそ、ナイアル。

最後の響きが暗い宇宙と彼女の心の中に消えていくと、訳知り顔のナイアルの視線があった――用心深い、期待に満ちた視線が。

「現代的な中央にしては情緒的な伝統ね……日没時に永別の喇叭なんて」

「きみは好きなんだろう」ナイアルが思いがけず、かすれた声で言う。「目には涙が浮かぶはずだ――そうできるなら」

「そうね。きっと。できるなら」

「ぼくが皮肉屋なのは幸いだ。心優しいきみとバランスが取れるからな――パートナー」と、ナイアル。「ヘルヴァ！ どうかそのまま変わらないでいてくれ」

その言葉はまるで歌のようだった。

ハネムーン

「乗船してもいいですか、ヘルヴァ？」

ヘルヴァは何も考えずに〝どうぞ〟と答えた。技術者や基地の職員がひっきりなしに出入りしているのだ。そのあとＩＤを確認したのは、声に聞き覚えはあったものの、そんなふうに正式に乗船を要請する技術者はいなかったからだった。

レグルスにおける少数派《M》監視《M》団の代理人、ロッコが呼びかけてくるとは意外だった。彼は頭脳《B》筋肉《B》船での手順に慣れている気軽さで中央制御柱に向かって敬礼し、ラウンジに足を進めた。ナイアルが持ち込んだ選《よ》り抜きの工芸品、制御コンソールに貼りつけられた回路図や垂れ下がっているケーブル、機関室と貨物室のほうに続いている砂埃や砂利を、興味深そうに見まわしている。

「散らかってることを謝るのはもうやめにしたの」ヘルヴァが言った。「調理室は使えるから、よかったら勝手にやって。ナイアルがいないので……」

「彼がいないから来たんですよ、ヘルヴァ」ロッコは礼儀正しいしぐさで彼女の申し出を断り、パネルの正面に腰を下ろした。

「どういう立場で？　ＭＭ、それともロッコとして？」

「非公式ですが、ロッコとして、いつでも喜んで」彼はためらい、唇の端を噛んだ。ヘルヴァはMMの人当たりのいい、ファッショナブルな服装のトラブルシューターが言葉に詰まるのをおもしろがって眺めていた。七日前、彼女と中央諸世界との契約延長に関してレイリー司令官をいたぶっていたときには、口ごもる様子などまったくなかった。「とりあえず、昨日興味深い会談があって、あなたと——非公式に——おしゃべりがしたくなったとだけ言っておきます」

「どういう話？」

「無理強いです」

「誰の？」ヘルヴァはおもしろがっていた。

「主にあなたの。パロランは……まあ、あの若者なら自分の面倒は見られるでしょう」

ヘルヴァは小さく笑った。「でも、ミスタ・ロッコ、あの日はあなたもレイリー司令官のオフィスにいたはずね」

ロッコは苛立たしげに片手を振った。「ええ、公式見解は聞きました。彼らはあなたに契約を延長させた……ぎりぎり合法的に」

「完全に合法よ、ロッコ。自分で内々にチェックしてみて、あれは……」

ロッコは片手を上げ、決然と彼女を遮った。「レイリーはあなたの周囲に部隊を展開し、あなたが望んでも離陸できないようにしたのですか、しなかったのですか？　パロランはあなたのところに行くため、周辺センサーをショートさせたのですか、させなかったのですか？」

「ちょっとした誤解が……」

「ちょっとした?」ロッコの浅黒い顔が暗くなり、その言葉をさらに強調した。「親愛なるヘルヴァ、わたしにも情報源があります。レイリーは惑星じゅうの文民組織と軍を総動員してパロランを探させていました」

「こっちにはブロウリーがついてたわ」ヘルヴァは都市管理外殻人がしぶしぶ協力してくれたのを思い出し、くすりと笑った。ブロウリーは彼女が独立を選択せず、彼が用意した入札相手を選ばなかったので、いまだに彼女と口をきこうとしない。

「あのときはそうだったでしょうが、今は?」

「まあ、まだしばらくは拗《す》ねてるでしょうね」

ロッコはカウチの端に移動した。「いいですか、ヘルヴァ、わたしは書類上の文言を知っているだけでなく、パロランの辞職が今も有効だということも知っています。そう、あなたの〈筋肉〉としてからす座β星系に行くとしても、そのあとは契約関係が存在しないのです」

「だから?」

「ヘルヴァ、あなたが見捨てられるのを見たくないんです。とりわけ、返済すべき莫大な負債を抱え、パロランのせいでレイリー司令官が敵対している状態で。さて、彼はこの十二年のあいだ筋肉頭脳船の管理官を務め、聞くところではきわめて優秀だったとか。それでも彼がいい〈筋肉〉になるとは限りません。今も残る聖なるものすべてにかけて、ヘルヴァ、言うとやるとでは大違いなんです」

「わたしの最後の〈筋肉〉だったアクシオンのテロンを覚えてる？　きちんと訓練を受けて、肉体的にも頑健だったまぬけのことを？」

ロッコは長いため息をつき、最後に歪んだ笑みを浮かべた。「そうですね、あれはＢＢ学校が間違って送り出した失敗作でした。一方、その反対方向に突き抜けることもある」彼はパロランに対するヘルヴァの評価がまさにそれだと思っているようだった。「まじめな話、ヘルヴァ、あの延長契約にはぞっとします。あなたは六十万クレジット近い金額を返済することになる……最新の計算で」

「本当にいい情報源を持ってるわ、ロッコ」

彼はまた邪悪な笑みを浮かべた。「ＭＭでは必要なことですから。いいですか、この件にはあなたがたった十年で中央諸世界に初期費用を、つまり幼少時の養育費、当初の外殻代、教育費、船に適合させるための手術代、整備費その他の債務を完済したという以上のことがあるんです」

「完済できたのはナイアル・パロランのおかげでもあるの、わかってる？」

「はいはい、わかっています」

「からす座βに運ぼうとしてる周期《CV》変換エンジンが改善されたら、そんな債務はほとんど瞬時に返済できる」

「もし改善できれば、ですよ。世の中、そうそう思いどおりには行かないものです。ＣＶエンジンの報告はわたしも見ました、ヘルヴァ。有人実験船がどうなったかも」

ヘルヴァは侮蔑的に鼻を鳴らした。「不器用なのろまども」

ロッコはごまかされなかった。「彼らがエネルギー源の周期を不用意に高く設定しすぎたという事実を指しているわけではありません、ヘルヴァ。原子力研究者たちを震え上がらせた、奇妙なエネルギー放出の話ですよ」

「どうしてわたしたちがまたからす座βに行くと思うの？」

「少なくともあなたはその気でいることを、神々に感謝ですね」ロッコはきちんとブーツを履いた脚を神経質に組みかえた。「エネルギーの源泉が何であるにせよ、あれはとてつもなく危険な代物です。しかも原理やメカニズムは誰にもわからない」

「彼らが教えてくれるわ」たぶんね、と心の中で付け加える。彼らが人類による安定化エネルギーの珍しい利用方法をおもしろがりさえすれば。（それで、からす座βでのアンコールにはなにを演じるの、ヘルヴァ？）からす座βを再訪するのはまったく嬉しくないが、結果は手段を正当化する……彼女はそう期待した。

自分の中にワープ・エンジンが搭載される！　平凡なやり方で歩くしかなかったのが、飛んでいけるようになる。ロッコの〝もし〟なんてくそくらえだ……考えないわけにはいかないが、それでも彼女はからす座β人を信頼していた。自分もからす座β人だったことがあるのだから。

「ねえ、ロッコ、あのエンジンはとてつもない苦労やストレスに見合うものなの。ナイアルはそれがわかってるし、わたしもわかってる」

「なぜです?」

「CVエンジンは従来の超光速より速い、ワープ・エンジンだから。不安定な同位体が膨大なエネルギーを放射する瞬間、それを安定させられれば、同位体は半減期に従って役に立たない物質に劣化しなくなって、CVエンジンはそのエネルギーを全部利用できる。高エネルギーのピーク状態を維持できるわけ。出力はピーク・エネルギーの周期で制御して、推力は――そうやって得られた船の速度は――そのときどきに使った周期によって決まる。確かにCVエンジンで惑星から離陸することはできないし、船の構造は強化しなくちゃならないけど」

「だったら、あの奇妙な粒子の放射はどうなります?」ロッコが皮肉っぽく尋ねる。「通信を混乱させ、航法装置をめちゃくちゃにした未知の何かは? 実験船が通過した星系すべてで記録された、異常な恒星現象は言うまでもなく」

ヘルヴァは無言だった。からす座β人がそうした放射にどう対応するのか、確信がなかったのだ。単なるデータの解釈ミスではなかったとしたら?

「昔ながらの哲学的な問題もあります。この航行は本当に、必要なのか? 人類はこの種の進歩を受け入れる準備ができているのか?」

「ロッコ! 見損なったわ」ヘルヴァは驚き、相手を軽蔑した。「〝人が空を飛ぶことになっているなら、翼が与えられていたはずだ〟ってわけ?」

ロッコはどこまでも辛抱強く、やや悲しげにヘルヴァを見つめた。「ヘルヴァ、わたしがこの仕事をしていて痛々しいほどはっきりと悟ったのは、ある種の進歩が代償として、人間にあまりにも大きな調整を強いるということでした。それは感情的、心理的、場合によっては生理的なストレスさえもたらすことになります」

「肯定的な面もある。百もの異なる少数派のための探査が可能になることに目を向けて」

ロッコは嘆息した。「思うに、われわれはどんな代償を支払ってでも進歩しようとするんでしょう。どこまでも大きく、より良く、より速く、より小さく、より頑丈に、と。ですが本題に戻ると、無理強いです」

「そんなものないわ、ロッコ」

「ほう？　いったいどれだけの回路がそれを指し示しているか、見当がつきますか、ヘルヴァ？」

「いくつかは知ってるけど、あなたが言って」

「銀河系でいちばん速い乙女になりたいという、理解可能なあなたの願望を別にして——しかもあなたはパロランとともにその速度を……」

「ちっちっ、嫉妬？」

「あるいは、本職よりも優れた〈筋肉〉だと証明したいというパロランの望みも別にして、第一に、中央諸世界評議会でのスピード出世を願う、親愛なるレイリー司令官がいます」

「だから彼は蛭《ひる》みたいにわたしたちの背中にくっついてるって言うの？」

「知らなかったんですか？　それこそ〝ちっちっ〟ですよ、ヘルヴァ。まったくそのとおり！　文官部門が有人船で大失敗して、あらゆる栄光がレイリー司令官のものになったと考えてください。エンジンの承認を取りつけ、その名人芸ともいえる交渉術であなたの、貴重で名高い834の契約を延長させたんですから」

ヘルヴァは不作法な音を立てた。「パロランが首謀者なのに」

「間違いなく。ですが、公式にはレイリーの手柄になりました。レイリーが箔《はく》付けのために首を突っ込んだだけじゃありません。ドブリノンは異星心理学の歴史における最大の成果からまっ先に分け前をぶんどれる。ブレスラウは文字どおり目を輝かせて、ワープ航法部隊を指揮する夢を見ています」

「ロッコは？　何を求めてるの？」

「わたし？」ロッコは無邪気に目を丸くした。

「あなたもわたしを駆り立てて、わたしが置き去りにしてきた四人を救出させようとしてるんだと思ってた――ああ、そうか。そうね、彼らも少数派のミュータントといえるわけだから」

「それは実に心優しい呼び方です」ロッコは咳払いした。

「ええ、彼らについては芳《かんば》しくない話がさんざん広められたから。ニュースとしての価値はとっくになくなってると思うけど」

「それほど話は広まっていませんよ、ヘルヴァ」ロッコはまた考え込むように唇の端を噛んでいた。ブーツの片方の爪先が上下に動いている。「そう、社会はその構成員が手元から離れる選択をするのを好みません。とりわけ、まったく異質な形態になるようなことは」

「ましてや肉体を置き去りにしてなんてね」ヘルヴァはずっと、カーラ・ステアとソラール・プレインとチャドレス・トゥロと……アンスラ・コルマーの抜け殻はどうなったのかと思っていた。とはいえ、わざわざ尋ねてみるほど気になっていたわけではない。彼女が劇団一座とともにからす座βで『ロミオとジュリエット』を――同位体の安定化の知識と交換に――演じたときは、惑星のメタン＝アンモニア大気に適応するため、精神だけを外皮内に移さなくてはならなかった。転移ヘルメットにはタイマーが取り付けられ、時間が来たら精神は元の環境に戻るようになっていた。最後の上演が終わったあと四人は戻らず、からす座β人の外皮の中に留まった。全員に充分理解できる理由があった。いずれにせよ、異星学者ドブリノンは彼女にそう信じさせたがった。

「ＳＰＲＩＭとＭＭにとってすさまじいプレッシャーだったことはわかるでしょう」と、ロッコ。「彼らの亡命／移民／誘惑について調査しろと……」婉曲《えんきょく》的に言って、肩をすくめる。

「少なくとも、彼らが新たな人生を幸せに送っているという、確実な証拠を持ち帰れと」

「二人はそのはず――三人か。ソラール・プレインは新しい肉体を得たから。カーラは彼のそばにいられれば、自分のことなんか気にしない。チャドレスは隠退生活に何の期待もしてなかった。アンスラ・コルマーは……」

ロッコは期待に満ちた視線をヘルヴァに向けた。「アンスラ・コルマーは……」

「まあ、からす座β人は彼女の扱い方がわかってるから」

「ふむ」

「でも、ちょっと自己矛盾してない、ロッコ？　つまり、あなたは外殻人を少数派のミュータントに分類してるけど、わたしは正確にはサイボーグ――」

「そのとおりです、ヘルヴァ」ロッコの哀れっぽい声はわざとらしかった。「ブーツがきくて」実際、彼は片足をぶらぶらと揺らしていた。無意識の動きで、ドブリノンなら興味を示しそうだ。「帰らなかった四人がそれを無理強いされたのかどうか……確かめることをあなたに無理強いするのは、自分でも納得できません」

「あなたのジレンマはよくわかるから、一つ荷物を軽くしてあげる。あなたから興味深い話を聞いた今でも、わたしは無理強いされたなんて思ってない。ああ、そうそう」ロッコが言い返そうとするのを制して、「圧力をかけられた？　あるかもしれないけど、ほら、わたしは強い責任感を持つよう条件づけられてるから。あの厄介なエンジン用の方程式をレグルスに持ち帰って、ついあの場違いな四人の乗客を置いてきてしまった。彼らをちゃんと連れ帰るのがわたしの責任だったってことに異論はないはず。それも含めて心の安らぎを取り戻したいの」

「あなたがあのエンジンを諦めるなら、わたしも失われた魂について知るのを諦めます」

「だめね。あのエンジンは欲しいもの。ほかにどうやって債務を返済できる？」

「不正な契約だと申し立てるとか？」

「ロッコ、驚いた。ショックだわ！　これがあの公明正大な……」

「くそ、ヘルヴァ、わたしはあなたをあの契約とパロランから引き離したいんです。あの男は危険だ！」ロッコは立ち上がり、歩きまわりはじめた。

「何てことを！　どうして？」

「彼はあなたに執着してます。〝筋肉執着〟です」

「誰に言われたの？　ブロウリー？　ばかげてるわ、ロッコ！　彼がアスラ人に言って、わたしの遺伝子情報から立体像を作らせたから？」

「知ってたんですか？」

「彼は管理を担当してたBB船全部の立体像を作らせてたわ」

ロッコは人差し指を彼女に突きつけた。「あなたは特別です」

「そのとおりね。彼はわたしの〈筋肉〉だから。率直に言って、ロッコ、あなたはコップの中に嵐を起こしてる」

「パロランの性的欲求を考えると、ヘルヴァ、あの執着は宇宙では危険かもしれません」

「彼の執着は臨界点に達して……もう過ぎ去った。だからナイアルはわたしの〈筋肉〉になったの。筋肉執着の危険性なら、彼のほうがあなたより詳しいわ、ロッコ。あるいはブロウリーより」

ロッコは肩をすくめたが、納得したようには見えなかった。

「いいでしょう、ヘルヴァ、出発点に戻って、最初の質問を繰り返します。あなたはＣＶエンジンを求めているのか、それとも求めさせられているのか？」

「おい、ヘルヴァ、リフトを降ろしてくれ」ナイアルの声が通信機に飛び込んできた。

「よく考えることです、ヘルヴァ。自身の最大の利益に反して強要されていると感じたら、わたしがいつでも力になることを覚えておいてください」

ナイアルの快活な「ヘルヴァ、取ってきたぞ」という声が響く。葡萄《ぶどう》の房のような回路保護器の束を振りながら入ってきた彼は、客人に気づいて驚いて足を止めた。「ああ、こいつは光栄だ。ロッコか？」

「配属おめでとうございます、パロラン。NH-834の活躍を、あらためて興味深く見守らせてもらいますよ」

「まあそうだろうな」ナイアルの笑みはわずかに棘を含んだ言葉の印象をやわらげた。

「もちろんです」MM職員は皮肉っぽい言葉を返し、エアロックに向かった。「ご存じでしょうが、あなたはきわめて明確な少数派です」

「どうして？」ナイアルはおもしろがるように尋ね、カヴァーを取り去ったコンソールに回路保護器を取り付けてからロッコに向きなおった。

「善良なるパロラン、BB船局を辞職して〈筋肉〉になった人はあなたしかいません」

「ミュータントではないがね」

ヘルヴァはその声がこわばっていることに気づいた。彼は小柄だが、普段はとりたてて気にしている様子はない。

「ミュータントの定義とは？」ロッコはそう言い置いてリフトで降下していった。いかにも満足そうな顔をしていた。

「なあ、あいつはいったい何しに来たんだ？」と、ナイアル。

「どうもブロウリーからゴシップを聞いたみたいね」

「都市管理外殻人ブロウリーはどんな福音を告げたんだ？」

「わたしたちが無理強いされたって」

ナイアルは耳を掻き、顔をしかめ、開いたエアロックの外を見つめた。ヘルヴァが着陸しているのはレグルス基地複合施設の巨大な技術格納庫の近くだ。敷地の反対側にある管理部門のビル群まで、はっきりと見わたすことができる。いつもどおり、無数の地上車や小型へリ、ほっそりしたBB船などがひっきりなしに往来している。

ナイアルはエアロックから目をそらし、ヘルヴァのほうを見た。その目はチタン製の柱の奥に収められた彼女の外殻に向けられているのだろうか。それともアスラ人が彼女の遺伝子情報を元に製作した、成熟した人間の姿の立体像を見ているのだろうか。

「〝無理強い〟の定義をロッコに訊けばよかったんだ」

ヘルヴァは鼻を鳴らした。「まあ、あなたは倫理的にも肉体的にも、無理強いされたことなんかないでしょうけど」

「ばかばかしい」ナイアルがうんざりしたように言う。「だが、ロッコにつきまとわれたくはないな」

「つきまとうといえば」通信機のランプが点灯しようとしていることに気づいたヘルヴァが穏やかに言った。「日課みたいにレイリーが連絡してきてるわ」

「くそったれ！　二分遅刻だぞ、レイリー」ナイアルは司令官の機先を制した。「二日前に届くはずだった回路保護器の設置であっぷあっぷしてるんだ。あとにしろ。終わったら連絡する」

「パロラン、この基地の組合はそんなこと……呼ばれてるうちにコンソールの下から出てこい！」

レイリーにはパロランの尻しか見えていないようだ。

「しょっちゅう呼んでばかりじゃないか。あんたの顔はよく知ってるから見るまでもないし、この姿勢でも話を聞く障害にはならない。今は忙しいんだ」

「パロラン、警告するが……」

「一時間おきに警告してるだろうが。あんたはこの高価な船にケツを上げさせて、目障りになるのをやめさせたいんだと思ってた。今度は何が気に入らないんだ？」

「何度も言うが、この基地のほかの部門に乗り込んで部門長や管理官を脅迫したり威圧したりして、きみの要求を最優先で処理させるような真似は許されない！」

「従わなかったらどうする？　基地から放り出すか？」ナイアルはいきなりレイリーのほうを向き、画面を睨みつけた。「けっこう、ぼくが〈筋肉〉でなければ、ヘルヴァがこの任務を引き受けないだけだ」彼は作業を中断する様子を見せた。

「パロラン！　作業を続けろ！　だが、警告しておく……」

「ええと、今日四回めの警告かな、ヘルヴァ？」

「数えてないわ、ナイアル」彼女は穏やかに、もっと愛想よくしろという警告が伝わることを願いながら言った。CVェンジンがからす座β人に受け入れられなかったら、あとはレイリーの胸先三寸なのだ。

幸い、レイリーのほうから通信を切ってくれた。ナイアルが小さく笑いながらコンソールの下に潜り込む。

「ちょっと、ナイアル、もし……」

「ヘルヴァ！」少し苛立ちは感じられるが、頼もしい口調だった。「この世界のレイリーみたいな連中は、きみが思ってるよりはるかに、口答えに耐性がある。とりわけ、ぼくのベイビー、きみで大きく儲《もう》けが出るとなれば……」

ヘルヴァとしては〝きみ〟ではなく、〝ぼくら〟と言ってもらいたかった。

「例のエンジンがなくたって、きみはほかの船の倍の価値がある。レイリーみたいな連中に懐柔されないようにぼくがついてるから、どう転んだってぼくらは何とかなるさ」

今度は〝ぼくら〟と言ってくれたのが嬉しかった。しかしロッコはなぜ質問攻めで彼女のじゃまをしたんだろう？　自分のために戦ってくれる友人がたくさんいると考えるのは楽しいが、彼女は〈筋肉〉に頼りたかった。

ちょうどそこに緊急用糧食の搬入のため、補給係が到着した。

「どうして〝濃縮コーヒー〟なんだ？　くそ！」画面に請求書が表示されると、ナイアルは悪態をついた。

「CVエンジンを試してみてうまくいかなかったら、あるいは特定の放射が適合を阻害したら……」

「ポジティヴに考えるんだ、ベイビー。きみは有人実験船の連中みたいに不器用じゃない」

「濃縮した補給品が必要に……」

「あんなくそコーヒーは――」

「それでもないよりはましでしょ。補給品の半分はコーヒーなんだし。どうしてみんなあれを欲しがるのか、ぜひ知りたいわ」

「それで思い出した」ナイアルはコンソールの下から這い出して調理室に向かった。

「ああ、もう十五分もカップを手にしてなかったもんね」

「もっとだ。自分で保護器を取ってこなくちゃならなかったからな。しかも、今夜はパーティがある」

「パーティなら毎晩じゃない」

ナイアルはあまりにも無邪気な視線をヘルヴァに向けた。「仕事ばかりで遊ばないと……」

「宇宙に出たら何をするつもり？」そんな質問が口をついたのは、たぶんナイアル・パロランが禁欲を強制されることをロッコが嘲笑ったせいだろう。

「現代人は生殖腺に支配されてはいないのさ、ベイビー。自分を支えるすばらしい思い出がどれだけできるか考えてみてくれ」彼はその言葉を強調するように、コーヒー容器の封を切った。

と、リフトのブザーが鳴った。「ブレスラウでなかったら、入ってきた瞬間に逮捕するわ」

確かに技術局のブレスラウ中佐だった。広大な敷地を突っ切って走ってきたため、息を切らしている。彼女の改装作業を監督しているのだ。今の地位に昇進して以来、彼がこんなに懸命に働いたのははじめてだろうとヘルヴァは思った。彼女の艤装《ぎそう》を細部まで点検し、コンピュータはあまりの酷使に熱暴走しそうだ。体重も落ちてるようね、とヘルヴァは冷静に観察した。悪くない。彼がヘルヴァの将来を賭けたギャンブルに勝ったら、制服姿の見栄えがもっとよくなるに違いない。

「きみたち、わたしに感謝してるんだろうな?」ブレスラウがエアロックの隔壁にもたれ、息を整えながら言った。「とにかく、セラミック・コーティングは明朝〇九〇〇の予定だ」

「やっとか」

「パロラン……」ブレスラウの見せかけの敵意にはわずかに棘が感じられた。「近いうちにわたしは――」

「変化に一役買ったことで、階級章に線が一本増えるんだろうな」ナイアルがあとを引き取った。「セラミック・コーティングはすぐやるって、この三日間言いつづけてきたじゃないか。くそ、この基地の運営はどうなってるんだ?」

「なあ、パロラン、機関室の耐久性の最終チェックをしたいんだが」

「当然だな。出せるようになった速度で航行中に何かがおかしくなったりするのは願い下げだ」

「出せるようになりたい速度、だろう」ブレスラウが暗い顔で指摘する。

ナイアルはそれを無視したが、ロッコの訪問で動揺していたヘルヴァは中佐の悲観的な言葉に不安を覚えた。

「ヘルヴァ、電気技師が来たら――」と、ナイアル。

「わたしが監督するわ」

「連中がはじめてまともな仕事をするようにしてやってくれ」

彼とブレスラウがハッチをくぐって機関室に姿を消すのと入れ違いに四人の技師が到着した。ヘルヴァはパロランが彼らと顔を合わせなかったことで大いにほっとした。

「人使いの荒いやつだ」コンソールを調べながら一人がつぶやいた。

「そいつがいなくて幸いだ」と、別の一人。「戻ってくる前に済ませちまおう。さもないと、おれたちがきちんと作業できるってことを見せるために、一からやり直すことになるぞ」

「だったら最初からちゃんとやりなさいよ」ヘルヴァが言った。

「くそ」最初の一人が不安そうに周囲を見まわす。「彼女がいるのを忘れてた」

「ヘルヴァがほかのどこにいると思ったんだ?」最年長の技師が言った。「すいません、マダム。まずこの緑の回路を設置しちまわないと。任せたぞ、セーウェル」

ヘルヴァはマイクロヴィジョンをオンにしてセーウェルの手元に焦点を合わせた。彼が作業内容を理解しているのを確認し、ほかの者たちもスキャンする。そのパネルはきわめて正確な配線が必要で、さもないとクロス回路が決定的な瞬間にパネル全体をショートさせてしまう危険があった。作業はむだな動きを最小限に抑えて進められた。ナイアル・パロランは人使いが荒いかもしれないが、おかげで彼と彼女のための作業は手早く良好に完了した。

作業が終わると、彼女は感謝の印にパーティ用の酒を数本開栓した。

「あんたも朝の一杯をやる時間だ、中佐」ナイアルが埃だらけの、だが嬉しそうなブレスラウといっしょに戻ってきた。「上出来だな」と、コンソールの配線を調べて言い、グラスを上げて乾杯する。「ご苦労だった、諸君。パートナーも喜んでる」彼はヘルヴァの柱に向かってグラスを掲げた。「ブレスラウ中佐も感謝してるし、軍も間違いなく、きみたちの尋常でなくすばやい作業に感謝するにやぶさかではないだろう」

セーウェルやほかの者たちは乾杯に加わっていいものかどうかとまどっていたが、スパイシーなヴェガ産の酒のおいしさには抵抗できなかった。

ボトルからそれぞれ三杯めを飲んだあと、ブレスラウは突然、自分がレグルス基地技術局の管理官で、NH‐834の再艤装と同じくらい緊急の案件を抱えていることを思い出した。

「でも、利益はそれほどじゃないだろ」ナイアルはそう言ってブレスラウを引き止めた。

セーウェルが帰ろうとしたときには、ほかの技師たちもいっしょに、パーティが始まるまでここにいろと説得された。

「ほら、今日の仕事はもう終わりだ。ヘルヴァには明日、壊れず熱くならずたわみもしない耐核融合コーティングが終わるまで、してやれることは何もない。だから今は楽しもうぜ」

技師たちは帰ることなどもう頭になく、ナイアル・パロランが次に電気系統の緊急作業を必要とするとき、この同じ面々がその仕事に飛びつくだろうとヘルヴァは確信した。

ちょうどそのときリフトの信号が入った。パーティの正式な招待客が到着したようだ。

ナイアルのパーティではいつものことだが、ラウンジもキャビンも調理室も通路も、楽しむ気も楽しませる気も満々の人々ですぐにいっぱいになった。数人の〈筋肉〉もやってきて、そのうちの二人はヘルヴァも知っており、配属を希望していて、ナイアルの幸運を大いに羨んだ。とはいえ、来客のほとんどは軍関係者ではない。それだけにヘルヴァは新来者がまず彼女に敬意を表してパネルに正対し、はじめてならば自己紹介を、知り合いならば旧交を温める軽いおしゃべりをするのを嬉しく思い、とても楽しんだ。誰もが彼女を自分たちと同じ、その場にいて動きまわれる人間として扱った。軍関係者ならそうした礼儀をわきまえているのは当然だが、旅をする中でわかったのは、一般の人々にとって、残念ながら〝外殻人〟という概念を理解するのは難しいらしいということだった。現実の外殻人を前にすればなおさらだろう。それを逆手に取ることもあるが、実在する一個人と認識されるのは歓迎できる変化だった。ナイアルがパーティ前に教え込んだのか、知的で世慣れた男女の礼儀正しさなのかはわからないが、実に心地いい状況だった。

へびつかい座のまだ若い画商、パーミュート・キャピアムが彼女に説明した。

「実はナイアルに会ったのは、彼が担当しているＢＢ船のためにいつも作らせる、惑星アスラ製の立体像の注文を委託されたときだったんだ。きみのパートナーがしょっちゅう替わるので、その立体像を保管しておくのにずいぶん金がかかると、よくこぼしていた。自分のはもう見たかい？」パーミュートは顔をしかめた。「いや、むしろ見ないほうが……」小さく笑って、「きみから見ると出来がよすぎるかもしれない」パネルの奥の彼女がいる位置にまっすぐ指を向ける。「パロランがきみにご執心なのも無理ないな、ヘルヴァ。きみのは数ある中で最高の出来だから。そのパネルよりも立体像のほうがずっとイメージしやすい」

つまりナイアルの彼女に対する執着は周知のものだった？　これはいい徴候なの、悪い徴候なの？

いくつもの委託を受けてきたパーミュートはアスラの復元技術についてその知識を惜しげなく披露した。「先史時代のローマやギリシャの彫像が最近になって大流行していて、アスラ人は断片があれば全体像を復元できる。素材も依頼主の望みのまま――無生物でさえあればいい。今は下等生物の使用を禁じる法律があるから」その顔に真剣な表情が浮かぶ。「ああいうのは狂気の沙汰だ……うげ！　ゾンビだよ。中央諸世界評議会が取引を禁止してくれてほっとしたね。下等生物による復元はとても危険なんだ」彼は〝とても危険〟という部分をとくに強調した。

「手がけた作品の3Dを持ってない？」ヘルヴァが好奇心から尋ねた。

「実物ってこと？」パーミュートが驚いて尋ね返す。

「いえ、3Dというのは、たとえば最近の展示物の立体映像ね。わたしはたいていの画廊には入れないから……」

「ああ、なるほど、わたしの画廊をきみの中に入れることならできるけどね」

「それにこのところずっと忙しくて、ライブラリを充実させる暇がなかったの」

「親愛なるヘルヴァ、何と恐ろしい怠慢だろう。パロランはどうしたんだ？　最低限それくらいはできるはずなのに。〝人はパンのみにて生くるにあらず〟と言うとおり、純粋に物質的な感覚だけで存在しているわけじゃないんだから。まったく。そう、ちょうどいい者がいた――アブー、きみ、くじら座ツアーのときのすばらしいリールのスペアを持ってきてなかったかな？　地球外のダンス形態は好きかい、ヘルヴァ？　きみもいわば、舞台を経験しているわけだし。アブーは実にすばらしい自由落下パフォーマーを何人か抱えているんだ」

アブーは遺伝的にアルビノであることを売りにした、信じられないほどしなやかな女性だった。光過敏症なので保護コンタクトを装着しているほか、ヘルヴァの鋭い目で見ると、拡大しないとわからないほど巧妙に皮膚フィルムを貼っているのが見て取れる。

彼女の話し方には母語が高低アクセント言語らしい軽快さがあった。その優しく音楽的な声ときわめて優雅な所作はヘルヴァをすっかり魅了した。アブーも同じようにヘルヴァに魅了され、三人は新しいダンスや芸術様式について語り合った。

突然、ナイアルが肉と野菜を刺した、火のついた長い串を二本持ってメイン・ラウンジに駆け込んできた。そのうしろでは今レグルス・シティで大人気のベテルギウスのダンス・チーム、〝三つ子のダンス・ガールズ〟の三人が、やはり火のついた串を危なっかしく振りまわして踊っている。

「古代地球のレシピだ」ナイアルが宣言した。「シシケバブという。熱いうちに食べてくれ。まだたくさんある。舌を火傷するなよ」

ヘルヴァは彼がどこに行ったのかと思っていたところだった。

「三人とも?」パーミュートーが残念そうに笑う。「どうりで彼が調理室を立入禁止にするわけだ」

ヘルヴァは調理室で調理以外のことがあったというほのめかしを感じ取った。

「三人とも?」アブーも同じ解釈をしたようだ。保護コンタクトがあってさえ、残念そうな目の色は隠しきれていなかった。

「パロランがどういうやつか知ってるでしょ、あなた」

「もっとよく知りたいの」

そこへナイアルがまだ煙を上げている肉を差し出した。

「あら、おいしい」一口齧《かじ》ったアブーは目を丸くして称賛した。「これ、マトンじゃないわよね?」

「レグルス・マトンさ!」と、ナイアル。

「まさか」パーミュートが指を舐め、もう一本串を取りながら言った。

「全部マリネしたんだよ、マリネ」

「新しい体位《ポジション》か?」パーミュートが混ぜ返す。

ナイアルは寛容に笑ってほかの客に給仕しに行ったが、ヘルヴァは下品な意味にも取れる表現を不快に感じた。

「においはわかるの、ヘルヴァ?」アブーが尋ねた。「あなたの前であまり……その……食べ物の話をするのは失礼な気がして」

「あなたたちと同じようににおいを感じるわけじゃないけど、内部と周囲の大気組成の変化はかなり敏感に感じ取れるわ」

「アブーが言ってるのはそういうことじゃない」と、パーミユート。

「わかってるけど、そうとしか言えないもの」

「味もわからないの?」

「ええ」

アブーの表情豊かな顔に狼狽《ろうばい》の色が浮かんだ。「外殻人はわたしたちにできることなら何でもできると思ってた」

「何でも……ではないな」パーミユートはそう言ったあと何か思いついたらしく、身をよじって大笑いした。

アブーは一瞬無表情に彼を見つめ、徐々に苛立ちと不快感をあらわにした。

「何でもセックスに結びつけるのね、パーミユート」

「何でも……ってわけじゃ、ない」彼は笑いながら何とか言葉を押し出した。

「実のところ、アブー、嗅覚センサーのプログラムで、人間が感じるにおいはある程度判別できるの。空気中に硫黄が存在すればわたしにはわかるし、明らかに不快なにおいだと判断できる。味覚のほうはそもそも感じたことがないから、なくてもどうってことないわ」ヘルヴァはパーミュートが下品なことを言うのをやめてくれることを期待しながらそう言った。今のところ、それ以外はいい話し相手だ。「コーヒーの味は知りたいかも。みんなどんな飲み物より好きみたいだから」

アブーが笑い声を上げる。「味よりも香りでしょうね。とくに焙煎《ばいせん》したての豆を挽《ひ》いたときは」

「ああ、コーヒーを豆から淹《い》れるのを忘れてた。船内には容器入りタイプしかないから」

「最高の豆はアルフェッカ星域の惑星イポメナ産ね。ファンから少しもらったのがあって、特別な日のために取ってあるの」

「本当に?」パーミュートは急に落ち着きを取り戻した。「本当に?」そう繰り返してアブーのほうを向き、おかしな顔をして見せる。彼女は笑いだした。「そうだ、アブー、こうしてはどうだ? 純粋にヘルヴァの教育の手助けのため、わたしがそのイポメナ・コーヒーのお相伴《しょうばん》にあずかって、品質やアロマや味わいについて意見を……」

「何言ってるの!」

突然、ナイアルが嬉しい驚きの声を上げた。「デイヴォ・フィラナサー? もちろん、大歓迎だ。上がってきてくれ、デイヴォ。ヘルヴァ!」

ナイアルの朗々とした挨拶で雑談は一気に静まり、すべての目がエアロックからあらわれた新来者に向けられた。デイヴォは笑みを浮かべ、存在しないケープと帽子を取って華麗に一礼して見せた。全員が拍手喝采した。

「フィラナサーはからす座βでヘルヴァと共演したんだ。主役級で帰還したのは彼だけだった」ナイアルがそう紹介すると、俳優はたちまちみんなに取り囲まれた。デイヴォはユーモアめかした絶望の視線をヘルヴァに向け、「あとで話がしたい」と口だけ動かして、そのまま連れ去られた。

その後ナイアルはレイリーからパーティは一時までだと釘を刺されたと嘘をつき、リフトをひっきりなしに往復させて客を送り出しはじめた。デイヴォはようやくヘルヴァに近づけるようになった。

「きみと話すチャンスはあるかな、ヘルヴァ?」

「内密《プリヴィリィ》にってこと?」

デイヴォはシェイクスピア時代の用語に沈んだ笑みを浮かべてうなずいた。

「そうね、ナイアルが全員を追い出したら……」

「できれば彼もいないほうがいいけど、それは求めすぎかな?」

パーティの残骸の片付けを三つ子が手伝っていたという状況がデイヴォの望みを叶えることになった。三つ子が無事にシティに帰れるよう、送っていかなくてはならないとナイアルが言い出したのだ。

「シンデレラの馬車がカボチャに戻っちゃう時刻ですもんね」ヘルヴァが言い、ナイアルはデイヴォを彼女に任せて、くすくす笑っている三人娘といっしょに姿を消した。

「彼はあの三人を一手に引き受ける気なのか、ヘルヴァ？」デイヴォが尋ねた。

「彼らは何か企んでるような気がするわ」そう答えたあと、つい小さく笑い声を上げる。ドブリノンはフロイト派の船をどう思うかしら？　デイヴォが大笑いし、ヘルヴァは彼がシシケバブの一件を耳にしたようだと判断した。

だが、笑い声はすぐに消え、彼はラウンジ内を歩きまわりはじめた。ヘルヴァは待ちつづけた。ここは彼の台詞を待つ場面だ。

「債務を完済したらしいね、ヘルヴァ」

「偉大なるお天道《てんとう》さまにかけて、銀河系の全員が知ってる話なの？」

「きみは自分にどれほどたくさん友達がいるか知らないんだ、ヘルヴァ。それがみんな、きみの動きを見守るのが仕事だと思ってる」

「あなたはドブリノンのために、からす座β再訪を志願したって聞いたんだけど」

デイヴォはたじろいだ。「CVエンジンを積んだ有人実験船を送り出そうとしてたときだ」

ヘルヴァは笑った。「行かなくてよかったじゃない、デイヴォ。帰ってこられるのは九年後だそうよ」

「行かなかったのはそういうことじゃない。最後の瞬間に手を引いたんだ。ドブリノンから聞いたのか？」デイヴォは今やまっすぐに彼女を見つめていた。目には興奮した光があり、顎の筋肉がこわばっているのがわかる。「怖《お》じ気《け》づいたんだよ。もう一度あれを体験するなんて、とてもできない。いくらカーラとプレインがどうなったか知りたくても……それにチャドレスも。ヘルヴァ……」デイヴォの声はかろうじて抑えられた感情に震えていた。「本当なのか？　きみが再訪を無理強いされたっていうのは？」思わず口をついたように問いかける声は乱れていた。「またあんな危険なことをやらせようなんて、どういうつもりなんだ？　つまり、ヘルヴァ、きみには重要な地位にいる、権力を持った友人がたくさんいる。教えてくれさえすれば……」

デイヴォの心配と提案を聞いたヘルヴァは驚きのあまり笑いだしそうになった。

「デイヴォ、わたしの最高の友達、危険なことなんてないのよ」

「なあ、聞くんだ、ヘルヴァ」デイヴォが腹の内を明かすように言う。「どれだけの回線を盗聴して、どれだけ買収や偽証をすることになっても、きみを――」

「デイヴォ、誰から話を聞いたの？　ブロウリー？」

「ブロウリー？」その驚きようから、都市管理外殻人が情報を提供したわけではないらしいとわかる。

「まあ、あなたが都市管理者と知り合いだと思ったわけじゃないけど」

「話をしたことはあるよ。舞台は全部観にくるから。でも、この航行の話はしてない」

「だったら、わたしの身が危険だなんてでたらめをどこで聞き込んできたの？」

「みんなそう言ってる」デイヴォは屈託のないしぐさを見せた。「まさか、もう一度からす座βに行きたいなんて思ってるわけじゃないだろう？」身震いは本物だった。目の奥の恐怖の色も。

「正直、行きたくはないけど、ほかに調べる方法がないから」

「理性の愛にかけて、何を調べるんだ？」

「ああ、ＣＶエンジンがうまく作動するか、特殊な放射で宇宙を粉々にしないか、友人たちが……まだ存在するかを。落ち着いて、デイヴォ」相手がまた爆発しそうになっているのを見て、ヘルヴァは穏やかに付け加えた。「わたしは喜んでこの賭けに乗るわ……可能性をしっかり見据えた上で。結局、わたしの利益になるわけだし。賭け金は高いけど、溶接の継ぎ目まで突き詰めればＣＶエンジン以上のものが、失われた魂がかかってる。ねえ、こんな話をする程度のことで、どうしてナイアル・パロランを追い払ったわけ？」

デイヴォは一瞬だけ居心地悪そうな表情になり、ためらった。大きく鋭く息を吸い込み、顔をしかめて彼女を見つめる。

「なあ、ヘルヴァ、パロランはわれわれがからす座βから帰還したあと、報告のために大忙しだった。あのときの彼はよかった。全員に心から同情して——任務がきみに与える影響を本気で心配してた。正直言って、おれが事情聴取のとき訊かれたのは、ほとんどきみに関係することばかりだった」

ヘルヴァは帰還した夜、ナイアルがどれだけ神経を使って彼女の気を紛らせ、彼の存在がどれほど回復に役立ったかを懐かしく思い出した……その共感は数日後、アクシオンのテロンを〈筋肉〉に選んだ彼女の判断に異論を唱えたことで、完全に崩壊してしまったが、彼の意見の正しさはその後充分に証明された。

「レグルス・シティについて最近聞いた話なんだが……」デイヴォは低い声で概要を説明した。

「ねえ、わたしたちのパートナーシップが持続する期間の賭けはどうなってるの？　任務の成功については？　レイリーの中央諸世界評議会入りや、ブレスラウの司令官就任は？」ヘルヴァが問いを重ねるたびに、デイヴォの目は徐々に丸くなっていった。

「くそ、ヘルヴァ、きみとパロランに関して耳にした話は、ほかの人々については言うに及ばず、何とも……何とも嫌になるくらい商業的で、強欲で、だからきみに会わなくちゃならないと思った。聞いた話とおれが知ってるヘルヴァとが、まるで一致しなかったんだ」

「あなたが会ったパロランとも」

「そのとおり！」

「人はストレスに曝されるとパーティなんかで噂話をするときより正直になるって言うけど、あなたもそう思う？」

「もちろんだ」

「だったら、わたしがあなたの心遣いにすごく感謝して感動してるってことを理解して、デイヴォ。本当にそうなの。でもわたしたち、ナイアルとわたし、ＮＨ‐８３４は勝ち馬のコンビだと思う」

「もちろんそう願ってるよ、ヘルヴァ。心から」

ヘルヴァは内心、楽しくなってきていた。「その台詞はもっと説得力と本気度を感じさせたほうがいいわ、デイヴォ」

「自分でもそう感じたいよ。きみにこの場面は似合わないんだ、ヘルヴァ。そう思ってるのはおれだけじゃない。覚えておきなよ、いざとなったら、ただ叫べばいい」

「メタン＝アンモニア大気の中で叫ぶの？」

「きみもあそこで再演したいなんて言わないだろうな、フィラナサー？」ナイアルがエアロックの中から言った。

「登場のキューがなかったな、ヘルヴァ？」デイヴォは憤然となった。

「このチームは二つのレヴェルで同時に行動はできないの、デイヴォ。やってもうまくいかない」

俳優はうなずき、ナイアルに片手を差し出した。

「旅の安全と無事の帰還を祈る、ヘルヴァ、パロラン」

その台詞には確かに本気度が感じられた。

「意外と早かったわね」自分には詮索できない理由でナイアルの帰りが遅くなることを心配していたヘルヴァがほっとして言う。

ヘルヴァがハッチを開けたままにしておいたので、ナイアルは闇の中を下っていくデイヴォを見送り、鼻を鳴らしてラウンジに向きなおり、顔をしかめてその内部を調べた。

「いや、ゲートに着いたらイェリーたちが燃料を補給してたんで、三つ子を任せてきた。ところで」彼は伸びをして、大きなあくびをした。「ぼくは美しい眠りが必要だ」身をかがめてカウチの端に押し込んであった容器を手に取り、廃棄シュートに投げ込む。ごみがまん中に命中すると、彼は手を叩いて埃を落とした。

「明日はきみの化粧直しだ、ベイビー。そうしたら……」彼は期待を込めて両手をこすり合わせ、自分のキャビンに向かった。

「上昇してひとっ飛び？」

「そうとも！」

彼はいつものように手際よく服を脱いで身体を洗い、両手を頭のうしろで組んで寝台に横になった。

「本当にいいパーティだった」つぶやいて目を閉じ、幸せそうな笑みを浮かべる。「おやすみ」

「おやすみなさい、気高い王子。どうか……」

ナイアルはぱっと目を開き、怒ったふりで喉の奥で荒々しい音を立てた。「ぼくをシェイクスピアから解放しないつもりか？　すばらしく完璧で品行方正な船が下品で乱暴な役者なんかとつるんでるのを考えると……ぞっとするね」彼はまたあくびをし、口が閉じきる前にもう眠りに落ちていた。

ヘルヴァはくすりと笑ってハッチを施錠し、安全灯以外の明かりをすべて消し、習慣である夜のチェックを開始した。突然、静かすぎると感じる。ナイアルと彼のエネルギーが感じられない。彼は一人きりのハリケーンのようなもので、CVエンジン並みのエネルギーを消費するのだろう。

あれはうまく作動するのだろうか？　ブレスラウはなぜ悲観的なのか？　再チェックで何か成功率を低下させる要素を発見した？　それとも、誰もが気にする特定放射のせいか？　CVエンジンが実用化できたとしても、放射のせいで住民がいる宙域では使用がきわめて困難になるかもしれない。そうなればヘルヴァも使用を禁止されるだろう。銀河系外の調査に派遣されるなら別だが、そんな長距離の孤独な旅にナイアル・パロランは耐えられるだろうか？

今日はどうしてロッコとデイヴォがそろって訪ねてきたのか？　なぜアブーは彼女にない二つの感覚のことを尋ねたのか？　からす座β人の外皮の中では感じることができた感覚だ。彼らがコーヒーを好むとは思えないが、それに相当する嗜好品があるのだろうか、とヘルヴァは思った。

ナイアルは本当に筋肉執着を克服したのか？　それ以上に彼女の心の平安を蝕んでいるのは、徹底的に抑え込んでいるものの、アスラ製立体像を見たいという彼女自身の欲求だった。外殻人は自分の肉体の外観について考えないよう条件づけられている。肉体は外殻にうまく収まるよう、発育を止めてあると聞かされていた。必要上、栄養液の中に浮かんで、それぞれの船やメカニズムを運用するため、脳のさまざまな部分とセンサーをつなぐ大量のケーブルが接続されている。完璧な肉体と美しい容姿が保証された文明において、外殻人の姿がグロテスクなものだというのは暗黙の了解だった。

外殻人になることを運命づけられた生来の欠陥がなかったら自分は美しかったという認識が重要になったのは、ここ最近のことだ。彼女は美しくなりたかったし、なっていたはずだが、実際はそうではない。長旅のあいだ女性との触れ合いをなくしたナイアルが、彼女の外殻を開けようとする誘惑に駆られる可能性もあった。彼は本来なら一人しか知らないはずの彼女の音声解除コードを、一連の言葉と音程を、違法に手に入れていた。それがあればパネルを開き、その奥のチタン製外殻にアクセスできる。ロッコも言っていたとおり、筋肉執着は危険なのだ。

ナイアルが調理室で妙齢の女性三人と楽しんでいるのを思わず想像し、さらに胸が痛くなる。パーミュートとアブーに、そのあいだ彼女の気を引いておくように言ったのだろうか……？

あなた……嫉妬に狂ったあばずれじゃない！　ヘルヴァは驚きと自責に満ちた口調で自分を叱りつけた。外殻人が動ける人間に嫉妬する？　性的な理由で？　ばかげているが、この症状は間違いなく燃えるような嫉妬そのものだった。

かつて彼女はジェナンを愛していたが、二人のあいだにこんな人間的な悪徳はいっさいなかった。

まあ、ジェナンの場合、銀河系の女性人口の半分と共有する心配など無用だったわけだが。それに、彼のことはこんなふうには愛していなかった。ジェナンへの愛はジュリエット的に純粋で、二人の肉体の現実などどうでもよかったのだ。ジェナンがまだ生きていたら、事情は変わっていたかもしれない。

そうかしら？

ジェナンは少なくとも慎重だった。今彼女が乗っている種馬とは違って。

ナイアルは執着の危険ポイントを通過したのか？　それとも宇宙でリビドーが限界を超えたら、パネルを開けたいという誘惑が甦ってくるのか？

ナイアルはからす座β人がCVエンジンを承認することをどの程度期待しているのだろう？　承認されなかった場合、いつまで彼女の〈筋肉〉でいてくれるのか？

試運転中なのはCVエンジンだけではないと考えても、大した慰めにはならなかった。

巨大なクレーンがヘルヴァの船体を尾翼を下にした正位置にもどしたときには、彼女はもう新しい超微細スーパースキャンの評価を終えていた。

「ベイビー、きみは艶《あで》やかにきらめいて、陽光を浴びた宝石のように輝いている」ナイアルが連絡ボタン越しに言った。ブレスラウとレイリーとセラミック技師数人がいっしょなので、彼は窯《かま》がある建物前のエプロンに、彼女から少し離れて立っていた。「本当に、光の加減で青っぽく見える。あれは玉虫色なのか、ブレスラウ？」

ヘルヴァは映像を拡大して一同を眺めた。ブレスラウはばかみたいににやにやしている。

この工程は昔からある技術の新たな応用で、コーティングはほぼ休止も障害もなく終了していた。できあがりは確かに印象的だ。

「どんな気分だ、ヘルヴァ？」ナイアルが尋ねた。

「美容整形したときはどんな気分になるべき？」

「内出血だらけってとこかな。いつまでも女性気分にひたってるんじゃない。システムに問題はないか？　毛穴が詰まったりしてないだろうな？」

ヘルヴァはすでに手早く外部装置をチェックしていた。すべて正常に作動しているが、以前とは違う感じがする。不快ではなく、単に変化していた。

「では」レイリーが歯を食いしばり、こわばった声でナイアルに言った。「いつ離陸できる？」

「いや、司令官、そっちがまともに協力してくれてたら、二日前には出発できてたんだがね」レイリーが目を丸くしたのを楽しそうに無視して、ナイアルは驚いているセラミック技師に向きなおった。「塗装が乾くまで待つ必要はあるのか？」

上級技師が口ごもりながら温度変化と耐久性について何か言い、最終的に肩をすくめて、必要ないと答えた。

「けっこう。では諸君、さようなら。一昨日会おう！」

ナイアルは尊大に敬礼するとエプロンを横切ってヘルヴァに近づいた。彼女はすばやくリフトを降ろし、ナイアルの計算ずくの横柄な態度に苦虫を嚙みつぶしたような顔をしているレイリーを注視しつづけた。ブレスラウが上官に話しかけたが、ヘルヴァには彼がレイリーをなだめているのか、別の話題で気をそらそうとしているのかわからなかった。セラミック技師たちは当然、そそくさといなくなっていた。

ナイアルは船内に戻るとすぐさま無愛想に、離陸を求める信号を送った。管制塔から離陸許可が来るのを待っていたヘルヴァは、ちょっとした問題に気づいた。

「管理官がいないわ」

「いや、いるとも。レイリーだ！」まるで呪いの言葉を吐くような言い方だった。ナイアルは操縦席にどさりと腰を下ろし、ハーネスを締めた。「このくそ基地からずらかろう。さあ！」

ヘルヴァは離陸を開始した。ゆっくりしているのは機関室と構造材と塗装による余分な重量のせいだ。

「楽じゃないわよ、ナイアル」そう警告して、推力をかける。

レグルスの軍用衛星の圏内を離れると、ナイアルはコンソールからヘルヴァに向きなおった。

「あと一瞬でも下でレイリーの話を聞かされたら、頭がおかしくなってた！」操縦席を離れ、ラウンジを漂って横切る。疲れた様子で顔色が悪かった。

ようやく出発できて気分が高まっていた彼女はめまぐるしい変化についていけず、一瞬、呆然となった。さらに驚いたことに、彼は調理室に寄らずにまっすぐ自分のキャビンに向かった。

「何かびっくりすることがあったら起こしてくれ」

彼は蹴るようにしてブーツを脱ぎ、船内スーツを脱ぎ捨て、上掛けの下で丸くなると自由落下時用のハーネスを締め、ゆっくりと腕が落ちたときにはもう眠り込んでいた。

そのあと彼は眠りに眠りつづけた。ヘルヴァにとっては何の慰めにもならない。

とりあえずすべての機能を宇宙空間で試験して、船体の改造が操縦性にどんな影響を与えたか感覚をつかむため、軽く推力をかけてみたりした。まるで平底船にでもなったような気分で、今は死荷重でしかないCVエンジンが作動したら、多少は動きが軽くなるのだろうかと思った。

眠っているナイアル・パロランは起きているときとはまるで違っている。口元は奇妙に弱弱しく、幅広の頰骨の上には長い睫毛が見える。実際の年齢に比べてずいぶん若く見え、どこか無防備な印象があった。寝返りも打たずいびきもかかず、彼女が通常の睡眠パターンと思っているものからすると動きが少ない。経済的な眠りだった。彼女はしばらくのあいだ、記憶に留めようとするかのように、彼のやや荒れた肌の毛穴や後頭部のつむじの形をじっと見つめつづけた。

やがてしっかりとスキャナーを閉じ、彼が眠っているあいだの暇つぶしを探した。アブーのダンスのリールがあったので最初の一本を五分ほど観てみたが、すぐにそのダンスの表現がきわめてエロティックで、今の彼女の精神状態にとって挑発的すぎることがわかった。パーミユートの最近の展示に切り替えてみたが、どれほど客観視しようとしても、そこに集められた作品はことごとく、明らかに男根を象徴していた。大した展示会だ！

あからさまな性的モティーフに辟易《へきえき》した彼女は、善良なソラール・プレインが夜中にやっていた台詞の暗誦に逃げ込んだ。『ジュリアス・シーザー』なら安全だろうと思ったが、すぐに嫉妬の感情があまりにも明白になってきた。『リア王』も大して変わらず、『コリオレイナス』も同様だ。喜劇に切り替えて『間違いの喜劇』をかなり進めたが、やがて主従の愚かさが皮肉すぎて耐えられなくなった。『テンペスト』もだめだった。憐れなキャリバンをきわめて身近に感じてしまい、気分が落ち込む。

ただ一つ安全だと思えたのは、CVエンジンの仕様書だった。データを検分しているから す座β人になったつもりで、それ／彼女／彼ら／彼ならどんな反応をするだろうかと想像する。ただ、結果はあまり芳しくなかった。CVエンジンはエネルギーをとてつもなく浪費するので、うまくいかないだろうと思えてきてしまう。脆弱な人間の肉体を保護するため、推力をあさっての方向にかけつづけなくてはならないのだ。その結論に落ち込んだ彼女はアブーのリールに戻った。エロティックな愛や拒まれた愛を描いたダンスばかりではないだろう……

そのとおりで、五本めのリールはこと座第四星系の昆虫のダンスだった。色彩と動きは催眠的で、落ち込んだヘルヴァの感覚を確かに癒してくれる。彼女は感謝しながら形と色の乱舞にのめり込んだ。リールが半分ほど終わってかなり落ち着いたところで、心配すべきなのはナイアルの性衝動なのだろうかと考えはじめる。

十六時間後、ナイアル・パロランは目を覚まし、伸びをして、一気に寝台から飛び出し、陽気に歌いながらシャワーを浴びた。

「からす座β星系までの所要時間は？」と、服を着ながら尋ねる。「それと、少しだけ重力をかけてくれ、ベイビー」

「十四標準日、十二時間と九分。重力は四分の三でいい？」彼女が重力を調整するあいだに、彼は調理室に向かった。

「ばっちりだ」両手を上げて〝そこで止めろ〟と指示し、少し弾《はず》むような足取りでコーヒーが入っている戸棚に近づく。彼は片手に加熱容器を持って強化タンパク食を用意した。

「あら、シシケバブじゃないの？」

「ああいうジャンクは他人に見られてるときだけさ」熱くなったコーヒーを一口飲む。「ああ、こうでなくちゃ。イメージは大切だからな」そのイメージを鼻で笑い、「きみといていちばんいい点は、ベイビー、きみという荘厳な壁の内側で、ぼくがナイアル・パロラン以外の何者でもなくいられるってことだと思うんだ」もう一度大きく伸びをすると、肩の骨がぼきぼきと鳴った。「やれやれ、まだ疲れが残ってる。出発するのにあの技師どもの尻を叩きつづけてたからな。それで、きみの栄養バランスはどんな具合だ？」

「上々よ」

「昨夜は何をして過ごしたんだ？」

「実はアブーが送ってくれたリールを観てたの……こと座のフォーマルな昆虫ダンス」

ナイアルはまじまじと彼女を見つめた。「何てとんでもないものを！　もう少し興奮できるものはなかったのか？」

「あったけど」ヘルヴァはくすりと笑い、説明はしなかった。「でも、ほら、なかなかのダンスだった」

「いつもそんなことをしてるのか？」ナイアルは明らかにショックを受けていた。まるで彼女の顔にいきなり髭《ひげ》が生えてきたかのように。

「いいえ。近くにほかの船がいればおしゃべりしてるし」

ナイアルは小さく笑った。「ああ、きみたちBB船は地上職員より先にゴシップを知ろうと躍起だからな」

二人で四方山《よもやま》話をしながら、ナイアルは大量の食事を平らげた。カウチの上で身体を伸ばし、ふくらんだ腹をさする。

「いつもそんなに食べるの？」

「まさか。太っちまう。これでかなり長くもつ」あくびを一つ。「何か最近の音楽はないかな？　アブーが新しいリールが入ったとか言ってたけど……」

半時間もしないうちに彼はまた眠り込んだ。最初は心配したヘルヴァだったが、ナイアル・パロランが人前で不撓不屈《ふとうふくつ》に見えるのは、こうしてエネルギーを貯め込んでいるからだという結論に達した。数時間後にすっかりリフレッシュして目覚めた彼は軽い食事を摂《と》り、〝朝食の腹ごなしに〟アイソメトリックスによる筋トレをこなし、そのあと腰を据えて、へルヴァ経由でレグルス中央情報室から取り寄せた技術情報誌に目を通した。二人は異星珪酸《けいさん》塩《えん》からのポリマー抽出に関する記事について議論し、彼はそのあとCVエンジンの仕様をもう一度確認し、コーヒーを飲んで休憩しながら二人で惑星デルタンの文字表記を使ったクロスワード・パズルを解き、彼女に愛情のこもったおやすみの挨拶をして、また寝台に横になった。

その後の行動はこのパターンを踏襲することになった。訓練を受けた〈筋肉〉に期待されるとおりのものだ。からす座β星系まであと二晩というとき、ヘルヴァはナイアル・パロランのことをまったく知らない人々の言葉に、自分が影響されすぎていたことを悟った……彼の評判だけを聞いてわかった気になっている人々の言葉に。彼女は、834のヘルヴァは、イメージや気取りを排した彼〝自身〟の別の一面を知っている。その人格はとても好ましい、好ましすぎるほどのものだ。もう十二回めになること座の昆虫ダンスを観て夢中になりながら、彼女はため息をついた。心から愛する人を星々のあいだに連れていきながら、触れることはできない。それでも彼女はパロランにとって、銀河系のどんな女よりも大事な存在になれる。二人の仲を引き裂こうとする女がいたら、呪われてしまえ！

ヘルヴァが最初のからす座宇宙標識をスキャナーでとらえると、画面上で鮮やかな赤橙《あかだいだい》色の光点が点滅した。映像の色彩がすぐに調整され、黒一色の絨毯の上に小さな恒星が表示される。

彼女は大の字になって眠っているナイアルを起こした。同時に彼女の心の中の精神転移回路が起動して、異質な精神からの合図を感じた。

ナイアルが寝台から起きてきたときには、からす座β人はもう訪問者が誰なのか、何をしに戻ってきたのか、彼女の船体の変更点、CVエンジンが作動していないことを把握し、彼女に惑星周回軌道を指示していた。

「おい」ナイアルはヘルヴァのせいではないエネルギーの奔流による揺れでよろめいてドア枠にぶつかり、抗議の声を上げた。

「失礼、あなた。向こうが操作してるの」

「操作してる？」ナイアルは右腕をさすりながらメイン・キャビンに入った。「最初の標識に到着したら起こしてくれると思ってたんだが」

「そうしたわ」彼女は後方映像を表示し、急速に遠ざかっていく標識を彼に見せた。「からす座β人は時間をむだにしないの。彼らは時間もエネルギーの一形態だと考えてるから」

「ふむ。おもしろい概念だ」

「間もなく周回軌道よ」

彼は驚いて目をしばたたいた。「一つ確かなのは、改造で確実に速度が上がったことだな」

「いい点に気づいたわね」

「なあ、食事するまで待ってくれないかな？　せめてコーヒー一杯くらい？」何も着ていないことを手振りで示し、「髪はどうする？　服は？」

「少しなら時間はあるけど」ヘルヴァが笑いながら言う。彼の表情は恥じらう少年のようだった。

「いつも礼儀正しいホストたちだ」

明るく輝くからす座β星系第六惑星がスクリーンいっぱいに映し出された。メタンとアンモニアと水素が渦巻く大気の底のどこかにからす座β人がいる。それともソラール・プレインとカーラ・ステアとチャドレスが、あるいは復讐に燃えるアンスラ・コルマーが華々しい炎とともに上昇してきて、訪問者を出迎えるのだろうか？　彼らの個性がまだ残っていればだが。ヘルヴァはドブリノンの楽観的な予想どおり、彼らがまだ以前の人格を保っていることを望んでいた。

ヘルヴァは船の変化を感じた。ナイアルの前のコンソールにもそれが反映される。

「軌道に乗ったか？　転移するのか？」

その声の熱意にヘルヴァは妙な気後れを覚えた。彼女やデイヴォやほかの者たちがさんざん話して聞かせはしたものの、彼はこの体験がどれほど破滅的な、どれほど陰惨なものになり得るかわかっていない。今、彼女は新たな恐怖に脅かされていた。ようやく築いたばかりの二人のあいだの脆い絆に、その体験は何をもたらすだろうか？

「ええ、転移できるわ」彼女は恐怖が声に出ないようにして答えた。ドブリノンはヘルヴァがこの再訪に適応できると断言し、彼女もそう思っていた。あれは自分を欺いていただけだった。

ナイアルはヘルメットをなかば上げて椅子を回した。

「まだそんなに不安なのか、ヘルヴァ？　きつそうならぼくが一人で行くぞ」

「二人いっしょでなくちゃ意味がない」

「それがぼくらの合言葉さ、ベイビー。いっしょに」

「行きましょう——いっしょに」

「それでこそぼくのヘルヴァだ」かれの目はヘルメットに隠れていたが、熱意と自信に満ちた口元の笑みははっきりとわかった。

外殻から出るときの一瞬の恐怖を知っているヘルヴァは、転移に解放と同時に抵抗を感じた。それでも転移が始まると、ボレアリスですべての感覚を失うという最悪の経験をしながら切り抜けられたのは、からす座βでのできごとのおかげだったことを思い返した。

しかも、今回はナイアルがいっしょだ！

圧力が心地よさを装って彼女を包み込む。身震いすると、下からの上昇流が彼女を浮かび上がらせた。

「ナイアル！」瞬間的に彼と離れてしまう不安に駆られ、大声で呼びかける。

「ぼくは恐ろしい海の怪物だ」ナイアルの心強い思念体が大きな葉の陰に感じられた。「いたね！」あらわれたのは彼女と同じ存在で、すでに彼自身の強烈な個性が外皮を彩っていた。

彼女と同じ生命体になって！

「ヘルヴァ！　きみは……」二人はくるくる回りながら互いに近づいた。

「そのように連続してエネルギーを放出してはならない！」暗く、濃く、強力な思念体が新たにあらわれた。その威厳が二人を圧倒する。「きみたちは外皮の制御が不完全だ」

ヘルヴァとナイアルの鬱積した欲求不満よりも強い力が二人を引き離した。結合したいという二人の強い欲求が思念体によって勢いを削がれていく。

ヘルヴァは今やあまりにも人間的なものになった自身の反応を、からす座β人の感覚に埋め込もうとした。「エネルギーを抑えて。回転を減らして。傘の回転速度を固定するの」

ナイアルの外皮が脈動し、震えた。彼にはまったく馴染《なじ》みのない異星的な感覚で感情を抑制し、きわめて上位の威厳に服従する努力をしているらしい。

「放出が異常に豊富だ」からす座β人が抑圧的な威厳を少し弱めて意思を放射した。「前回の分析で多様な放出を見てきたとはいえ、これほどの浪費は観測したことがない」その言葉には是認の響きがあったものの、最初の警告を強化してもいた。

ヘルヴァは暗く恐ろしい絶望を抱えながら、無理にも思念体に注意を向けた。ナイアルが近くにいることから気をそらせるものなら何でもいい。そうしていると、思念体に馴染みのあるオーラを感じた。

「あなたはマネジャー？」

「その同じ熱核だ。群体内で組み替えがあった」思念体はからす座β人が歓喜を示す濃い紫色に変化し、ヘルヴァはその口調を〝自己満足〟と解釈した。

気後れしたヘルヴァはすぐさま任務に逃げ込み、要請もないのに戻ってきた理由を説明した。要点を話すと、マネジャーの密度に承認を見て取ることができた。

「きみたちの種族の限定的なパラメータで使うためにそのようにデータを適用した場合、安定形態に不調和が生じ、結果的に望ましくない要素が出現することはあり得る」マネジャーがくすんだ青を波立たせながら言う。「多重相互作用は質量エネルギーを正しく保存するための望ましい関係を示している。仮説は検証されるだろう。不正な方程式は無効な結果をもたらし、結論を誤らせる。物質の消費は建設的な量だけなされるべきだ」

同時にほかにも一団の思念体の存在が感じられた。彼女とナイアルに対する権威の圧力が膨れ上がる。新来者たちは、ヘルヴァの感覚では、重厚な経験エネルギーを持ち、強力な手綱で制御されているようだった。からす座βでの最初の任務で似たようなエネルギー群体には出会っていない。彼女は抑えきれずに、小さく悲痛な喪失感を放出した。

「何をそんなに怖がってるんだ、ヘルヴァ?」ナイアルに声をかけられ、彼女はその自制心に怒りに近いものを感じた。

「今来た一団の実体はとても力が強いの。でも、恐怖っていうのはわたしのエネルギー損失の要素じゃない。からす座βには恐いものなんて……」

「ぼくたち自身のほかには何もない」ナイアルがあとを引き取る。彼の下には触手が優しくなびいていた。

ヘルヴァは自分の触手をしっかりと身体に巻きつけた。それらが無意識にさまよい出て……彼に触れないように。

「そのようにエネルギーをむだにするな」新来の群体の一つから忠告されたが、非難するような響きではなかった。ヘルヴァは傘にそっと回転を加え、触手が不可避的にナイアルのほうに漂っていくに任せた。からす座β人がヘルヴァを彼女自身から守ってくれるだろう。ヘルヴァたちが持ち込んだ問題を議論するため二人から話を聞くあいだ、からす座β人たちは一時的に融合したり薄まったりした。その一連の濃縮と消散、膨張と収縮が彼女とナイアルのどちらの外皮も貫いて感じられるようで、彼女は気が散ってしかたがなかった。どうやら安定化同位体のこんな使い方は、からす座β人には思いつかないものだったらしい。彼らの慎重な放出は楽しんでいる様子が支配的だった。その長命な実体のオーラは濃密だが、よく知っているエネルギーをそんな方向に使う可能性は考えたこともなかったようだ。

実体の一つは、生命体がその中で進化しなくてはならないあらゆる制約の中で、この特定種族の思春期的な活力が楽しくなるくらい機知に富んでいるのは間違いない、と主張した。

ヘルヴァとナイアルは虚空を漂いながら、ときおり起きる色とりどりの議論の嵐を楽しんだ。

と、突然オーラが変化した。からす座β人は父親のような寛大さでCVエンジンを承認した。ただ、ぎごちないプロセスで無分別に放出されるcuy粒子を減衰させるため、変更を加えることになる。抑制にはフィードバックが必要だった。さもないと、いかに外皮が信じられないほど不器用な、まったく不要な代物で、脆弱なタンパク質を保護する緊急の必要から用意されたものだといっても、適用データの壊滅的な誤用の原因を推測することができない。

今後の使用には阻止剤が必要だという。銀河系内のcuy粒子の計測で、この条件が無視されれば、彼らにはすぐにわかる。そのときはただちに罰が与えられるだろう。

思念体は集まったときと同じように唐突に散開し、ヘルヴァとナイアルとマネジャーはひらひらした葉と黄土色の噴出物のあいだに取り残された。遠くの放出が新星となって、信心深い者たちの軽やかな笑い声のように、聞こえたというより見て感じられた。

「エンジンは本当に承認されたのか?」ナイアルの触手の動きは明らかに当惑を示していた。

「放出は好意的だった」ヘルヴァとマネジャーが同時に答える。

「今のはどっちだ? ヘルヴァか?」ナイアルが一方から一方へと向きを変えて尋ねる。触手はとまどって硬直していた。

「ヘルヴァはこっちよ」彼女はナイアルのためにヘルヴァでありつづけたい願望と、不安定な刺激を制御するため充分にからす座β人でいる必要のあいだで苦闘していた。

「さっさとほかの連中を見つけて、帰ることにしよう」

「もう見つけたわ」と、ヘルヴァ。

「近くの熱群体が感知できなかったのか?」マネジャーが黄土色の中立性に翳《かげ》りながらナイアルに尋ねた。

「彼は前に彼らの思念体と接触したことがないのよ、マネジャー」

マネジャーは色彩を増やし、最後に少し青をにじませて姿を消した。

「だったらプレインと話をするチャンスだったんじゃ――」

「熱群体の一つの中で接触したの。船に戻ったら説明するわ」

「じゃあ、任務は完了か?」勝ち誇ったナイアルの声が外皮を鮮やかな赤橙色に染め上げる。彼はヘルヴァに肉薄した。

葉陰からまず一体、次いでもう一体のからす座β人があらわれたが、ヘルヴァは目まぐるしく変化するナイアルの色に目を奪われていて、気がつかなかった。

「結合はできないわ!」そう叫んで、彼から距離を取ろうとする。

片方のからす座β人が彼女にぶつかり、ナイアルのほうに押し戻した。

「ぼくに向かって筋金入りの処女の演技をするなよ、ヘルヴァ!」憤然とした人間的な反応が、炎が燃えるようにすべての粒子が励起した外皮によって強調される。彼女を押しやったからす座β人はナイアルに力を送り込み、さらに興奮させている。ヘルヴァは二つのレヴェルで、彼らが彼女を知っていることに気づいた。だが、識別している時間はない。ナイアルを避けなくては。

「あなたはわかってない! やめて、ナイアル! 船に戻れなくなる!」

「ヘルヴァ!」

「わたしたちには危険だわ。エネルギー・レヴェルが高すぎる……統合性が破壊されて――」

彼の外皮の外縁が彼女の外皮に触れた。まともな思考は、からす座β人としても人間としても、もう不可能だ。双方で爆発的に興奮が高まり、彼女の中のあらゆるエネルギー準位が彼の中に同等のものを求め、減速し、加速し、繊細に調整し、両者のパターンが完全に一致する融合状態を模索する。すべてのエネルギー準位が一致し、すべてが相補的になり、すべてが……

別の熱群体が放出に惹かれて近づいてきて、エネルギーを送り込みはじめた。ヘルヴァは自分の外皮が信じられないほど膨張し、さらに高い励起レヴェルへと、際限なくエネルギーを吸収するのを感じた。粒子の回転が速くなり、さらに速度を上げ、結合し、目くるめく力で中性子が分離して……

核分裂……信じがたいほどのエネルギーの奔流……雷鳴とともに大気は裂け、計り知れない陽電荷が再結合して……

ヘルヴァは遠いところにいた。感覚を奪われた黒い意識、小さな自我のちらつきとなり、何もかも失われ、失われ、失われて。元に戻りたいとも思わない。ゆっくりと意識が戻ってくる。ストレスを受けすぎた心は死ぬほど消耗している。どこまでも優雅に回転しながら無意識へと落ちていく、その激しく震える解放こそ心地いい慰めだった。

不快な臭気を感じる。強く刺激的なにおいが肺を冒し、この負荷から逃れなくてはという思いが感覚を甦らせた。

取り戻しながら失うことを望むとは！　何て奇妙な！

現実に焦点が合ってきた。悲しいことに、自己認識も戻ってくる。

ナイアルはコンソール近くで大の字に倒れていて、ヘルメットは床に転がり、片手がその数センチ手前まで伸びていた。船内スーツは黒く濡れている。身動きはしていないが、生きているのは疑いなかった。ヘルヴァにはわかる。彼女自身の生命力がぎりぎりまで低下しているのがわかるのと同じように。

彼の姿を見るのは慰めだった。疲労の色濃い顔は無防備で少年のように若々しく、黒髪は乱れ、強靭な身体は引き締まっている。間もなく彼は目を覚まし、今のそんな姿からは打って変わって、彼女だけのものではなくなってしまう。

いいえ……ヘルヴァはためらった。実体のない違いが目覚めていく意識に響く。彼女自身もまた元の彼女ではなかった。微妙な変化がある。

好奇心に駆られ、彼女は自身の船の部分を調べはじめた。システムにも船体にも、以前との決定的な違いはない。あらゆる機能を完全に制御できている。

アイドリングしているエンジンからは安定した振動が伝わってきていた。ただ、そこに新たな周波数が加わっている。

長いうめきが彼女から漏れ、それがキャビンから静かな通路に響いてデッキの床を震わせ、ナイアルを目覚めさせた。

CVエンジンが作動している。からす座β！　記憶が巻き戻り、ヘルヴァは津波のように押し寄せてくる感情の大波を否定／受容しようと悪戦苦闘して、茫然自失していた。

ナイアルが四つん這いになり、よろめきながら立ち上がり、ふらふらしながら操縦席に二歩近づく。

今、彼らはここにいる。それ以前は……

もう一度転移する気力など残っていなかった。脱げてしまったヘルメットを拾い上げる力もなさそうなナイアルに、事情を告げるだけの心の強さも。

本能が答えを導き出した。この災厄の軌道を離れ、からす座β星系から脱出しなくてはならない。奇妙なことに、からす座β人は静かだった。人類がこの星系に立ち入ることを禁止し、不用心な者たちがあの破滅的な異星人に遭遇しないようにする必要がある。人類の進歩のためだとしても、大きすぎる代償というものがあるのだ。誰の言葉だったろう？　思い出すのはあとでいい。今は本能と条件づけに従うべきだ。逃げなくては。航行パターンの計算を始めた彼女はぴたりと手を止めた。そこはあの忌々しい惑星の周回軌道上ではなかった。からす座βの光など届かない、遥《はる》かな宇宙空間だったのだ。

ヘルヴァは驚いて天体等級を確認し、周囲にいくつか見慣れた恒星を識別して安堵した。からす座βからは数光年離れている。もう大丈夫！

すでに逃げきっていたのだ。どうやって？　覚えていない。記憶バンクをスキャンしてみて、からす座β第六惑星への狂気じみた転移を始めてから銀河系標準時で三日が経過していることがわかった。ここまでの距離から考えて、ＣＶエンジンを使用したのは間違いない。からす座β人は阻止剤がどうとか言ってた？　ｃｕｙ粒子の痕跡を残してきてない？　罰が与えられてしまうの？

ナイアルが身じろぎし、震える手でのろのろと自分の顔をまさぐった。前屈《まえかが》みになり、両肘を膝で支えて頭を抱える。細い身体は抑えきれない痙攣の発作に震え、脂汗がにじんでいた。

「何か飲んで、ナイアル。何も食べてないせいもあるわ」とても自分の声とは思えなかった。

「転移してから三日も経ってるの」

彼はふらつく足で立ち上がり、調理室によろめき入った。ヘルヴァは栄養液をチェックし、急いで酸性度を調整した。ナイアルがカウンターにつかまって身体を支え、回復スプレイを手探りし、大量に自分に吹きつける。彼は最初に手が触れた容器を開け、温めもせずに中身を貪った。缶を一つつかもうとして、いくつか叩き落としてしまう。ようやくスープの容器を開けて飲み干すと、やっと震えがましになった。回復スプレイを手にしたまま、まだおぼつかない足取りでキャビンに戻り、シャワー室に入る。服を着たままなのも構わず震える手で蛇口をひねり、冷水と温水を交互に浴びた。スプレイと飲み物で多少元気が出たのか、彼は服を脱ぎ、失われた三日間の身体の汚れを丹念に落とした。

着替えた彼は調理室に戻り、コーヒーを取り出した。容器を温めながらラウンジに持ち込み、カウチに座ってヘルヴァと正対する。

「自分のチェックは済んだか？」心配そうな声だった。

「ええ。酸性度ね！」

「無理もない。阻止剤はどうしたんだ？　どうやってからす座βから脱出した？　いや、説明はいい。わかってる。くそ！　例のｃｕｙ粒子の航跡は残してきたんだろうか？」

「ｃｕｙ粒子って、見てもそれとわかるかどうか」ヘルヴァがそっけなく答える。「でも、エンジンのシールドに彼らが何かしたのは確かね。合金自体に。密度が上がって軽くなってる。わたし自身も軽くなった気がする。わかってもらえるかどうか知らないけど」

「あいつらのやることに、わかるもわからないもないさ」ナイアルは憐れっぽく鼻を鳴らした。

「そのエンジンを使ったのは確かね。三日でどこまで来たかわかる？」

「まだ充分じゃない」ナイアルは少し間を置いた。「帰還を急ぐこともないだろう。ＣＶエンジンが使えようと使えまいと。今は報告ができる状態じゃない。実際、できることなら避けたいところだ」それでも彼はいつものナイアルらしい笑みを見せ、乾杯するようにコーヒーを掲げた。

「おいしいわ！」ヘルヴァが味わいに軽い驚きを感じて言う。

ナイアルは目をしばたたいた。「何だって？」身を乗り出し、「味を感じたのか？」

「ええ、コーヒーがおいしかった」かなり長く黙って考え込んだあと、彼女はそう答えた。

「何と！」ナイアルは鼻を掻いた。「リンゴは好きか？」

「まだ味わわせてくれてないでしょ」

ナイアルは大きく息を吸い込み、細く長い笑い声にして吐き出した。そのあいだずっと、コーヒー容器から上がる触手のような湯気を見つめている。「ヘルヴァ、結合は完了してな

「さて、だらだらしてるわけにもいかないな」長い長い内省を終えてナイアルが言った。「決定的瞬間に制限時間が来て、送り返されたんだと思う」その干渉に自分がどう反応したか、検証するのはためらわれた。二人がどれほど危険なところまで接近したかは、今やナイアルとなった自分の一部のおかげでわかっているし、今や彼女となったナイアルの一部のおかげで彼にもわかっている。

「もしも——結合が完成してたら、それでもからす座βから逃げ出したかな？」ナイアルが静かに笑う。その目にはおもしろがっている光があった。「なあ、ベイビー、どっちがどっちの中に入ったんだろうな？　ほら、きみはちびだし、ぼくもそうだ。でも、どっちが〝われわれ〟になるんだ？　それとも外皮に入ったままなのかな？　あと、あっちできみを押しつづけてたやつは何だったんだ？　ぼくを引っ張ってたやつは？　ああ、〝やつら〟って言うべきかな？　くそ、ぼくらもあの女、コルマーみたいになるとこだったのか？」不興げな表情は弱々しい安堵の笑いとともに消え、彼は長いこと満足そうにパネルを見つめて座りつづけ、コーヒーもすっかり冷めてしまった。彼も二人の精神的な結びつきの範囲を探っているのはわかっている。

「完全にわかるには一生かかるでしょうね」

「ありそうな話だ」

だからといって二人が怯むことはなかった。

「さて、だらだらしてるわけにもいかないな」長い長い内省を終えてナイアルが言った。カウチから身体を起こし、冷めてしまったコーヒーを廃棄シュートに投げ込み、もう一杯取りに行く。

「シールドは変更されてるんだな？」ナイアルがカウンターに寄りかかって尋ねた。「阻止剤は別にあるのかな？ それとも、シールドの変更が阻止剤に当たるのか？ それと、〝cuy粒子〟が何だかわかったか？ それが危険だってことだけじゃブレスラウは納得しない。もっと具体的に知りたがるだろう」

「疑ってるはずだし……」

「からす座β人が、cuy粒子を作り出して排出してるぼくたちを捕まえたら都合が悪いってことも？」

「そこは彼らの警告が充分に抑止力になると思う。エンジン同位体に前はなかった黒い核があるの。補給庫の特殊シールド容器の中にも同じ黒い物体がもっとたくさんあって、紫がかった放射を発してる」

「おい、ヘルヴァ、本当にカーラとプレインとチャドレスの人格を確認したんだろうな？ ドブリノンに何て言うつもりだ？」

「できるだけ何も言わないわ。ええ、彼らがあそこにいたのは確か。少なくともカーラ＝プレイン熱核には気づいたけど、それは結合がとても強かったからよ」

ナイアルが後悔にたじろぐのが見えた。その感覚は彼女も共有している。

「ぼくたちがお互いの一部を共有してることは、ドブリノンには言わないほうがいいな？」

「もちろんよ！　こんな個人的なことを説明なんてしたくないわ」

「コーヒーの味とか？」

「ほかにもいろいろね。ドブリノンはわたしたちを引き離して、あなたのどの面がわたしの中で共有されてるか、調べようとするでしょうね」

「ベイビー、ぼくたちはずっといっしょだ！」彼は指を振って一語一語を強調しながら言った。「誰にも、どんな相手にも、ぼくたちの感覚を分析なんかさせない。そうだな？」

「そのとおり！」

彼は相好を崩し、いたずらっ子のような、喜んでいるような、勝利に酔っているような表情になった。

「ああ、ベイビー、いっしょにやっていこう！」かぶりを振り、腿を叩く。「そうとも！　まだ神聖さを残しているすべてのものにかけて、ヘルヴァ、今やぼくたちにできないことはない。さあ、ベイビー、エネルギー注入だ。くそエンジンをぶん回して、昨日のうちにレグルスに戻るぞ。どこだろうとcuy粒子をばらまけ。この肉体を永久に買い取って、われらがレイリーから自由になるんだ」

星々に耳があるなら、パートナーを得た船から響く盛大なハレルヤの声が聞こえたことだろう。

船は還った

ヘルヴァは膨大な音楽ファイルのあいだをうろついて、何か本当に特別な楽曲はないかと捜しまわっていた。そのとき外部センサーが彼女の注意をとらえた。警報に意識を向ける。まっすぐ前方に、小型船と中型船と大型船が入り交じった、大規模な船団の残したイオン航跡があった。船団が通過したのは数日前だが、今なお汚染された放射の〝悪臭〟を感じることができる。もちろん彼女はその情報を分析した。即座に探査範囲を最大に上げると、左舷センサーの範囲ぎりぎりに、ちらりと船団の影を垣間見ることができた。

「通常の航路からは少しはずれてる」

「まったくだ」ナイアルが答える。

ヘルヴァの気持ちがなごんだ。最後の微調整でホログラム・プログラムは見違えるほどよくなっていた。ナイアル・パロランは操縦席に座って、小さな片手を圧力プレートの脇に広げ、もう片方は肘掛けのところでぶらぶらさせている。好きだった黒い船内スーツを着て、いつもどおりの自惚れた様子で「黒が似合うようになったのさ。髪の色が白くなったからな」などと言い出しそうだ。きっと豊かな銀髪を掻き上げ、彼女のほうに向かってちょっと恰好をつけて見せるだろう。

「正確にはここはどこなの、ナイアル？　あまり注意してなかったんだけど」

安らぐ。

「どうやらここは……」プログラムが現在の座標にアクセスする。「ケフェウス座第三宙域だな」

「はっ！　また夢の国に行ってたのか」

「どこにあるのか知らないけどね」彼女は楽しそうに答えた。彼の声を聞くと、本当に心が安らぐ。

「やっぱりそうよね。どうしてこんなところに大船団がいるの？　この付近の空間には何もないはずなのに」

「アトラスを参照してみよう」プログラムしたとおりの反応でナイアルが言う。

二カ月前に死んだ男のホログラムとは不気味に思えるが、こうして死者が動くのを見ているほうが――心理学的には――気持ちが慰められるのだ。この〝道連れ〟は死んだ〈筋肉〉をレグルス基地まで連れ帰るあいだ、彼女の嘆きを鎮めてくれるだろう。そして動き回れるパートナーとして、まだしも耐えられる新しい〈筋肉〉を見つけることになる。ナイアル・パロランという生き生きした個性を相手に過ごした七十八年五カ月と二十日という年月は、簡単に消してしまえるものではない。しかも彼女には彼を〝生かして〟おく技術があった――ある意味で、それこそ彼女がしたことだった。二人の普段のやり取りの記録はいくらでもあったから、それをプログラムに組み込んだのだ。いずれ手放さなくてはならないだろうが、そうするのは嘆きを遠ざけておくために、その存在に頼る必要がなくなってからだ。もちろん彼女がこれまでの生涯、そうした感情にあまり曝されてこなかったというのではない

――最初の〈筋肉〉だったジェナンを、一生続くはずだった関係が始まったほんの数年後に亡くしているのだから。

その時期、ナイアル・パロランはレグルス基地の中央諸世界頭脳《B》筋肉《B》船管理局で彼女の管理官だった。比較的短期間の、あまり成功したとは言えないほかの〈筋肉〉たちとのパートナー関係を経たあと、彼女は喜んでナイアルを自分の動ける片割れに選んだ。二人はいっしょに銀河系を飛びまわった。ナイアルが器用に立ちまわって、彼女の子供時代と教育期間中の中央諸世界に対する債務を完済させていたので、二人は自由契約になっていた。強制的に割り当てられた任務ではなく、気に入った仕事を引き受けることができるのだ。かつて気まぐれでジェナンに言ったように馬頭星雲へ行ったりはしなかったものの、NH-834はこの銀河系内だけで、興奮を求めて外に出ていく必要などないほど、たっぷりと冒険や仕事をこなしてきた。

「もっとよく見えるかどうかやってみましょう、ナイアル」

「こういう退屈な日には悪くないアイデアだ」彼の指が操縦席の制御盤に並んだ圧力パッドの上をすばやく動く。とはいえ、実際に針路を変更したのはヘルヴァだった。いずれにしても彼女がやっていたはずだ。ナイアルの生前から、彼がすべきことは実のところ何もなかった。それでも彼に仕事を任せるのは彼女の喜びでもあった。〝ぼくがやりたくない仕事ばかり、よくそう次々に見つけてくるもんだ〟と、彼はいつも文句を言っていた。そして彼女は、ちょっとした力仕事をしたって誰の迷惑にもならないと言い返す。もちろん彼が肉体的に衰えてきてからは、こういう古いやり取りをなぞることがリップ・サービスにもなっていた。彼女がNH-834になったとき、〈筋肉〉のナイアルは四十代なかばだった。非殻人としてはずいぶん長生きをしたことになる。

「ぼくの肉体は頑健だからな」ホログラムが言い、ヘルヴァははっとした。声に出して考えていたのかしら？　何かプログラムの反応を誘うようなことを言ったに違いない。

「大切に使えば何世紀ももつわよ」いつもそうしていたように、彼女は答えた。

制御パネルが示す座標に合わせて九〇度回頭する。

「ぐずぐずするな、ベイビー」ナイアルは椅子に座ったまま、彼女のチタン製の外殻が収まっているパネルに顔を向けた。

そのまま彼と〝いつもの〟やり取りをすることも考えたが、ここはもう少し〝侵略〟に目を向けたほうがいいだろうと思い直す。

「なぜあれが侵略だと思うんだ？」ナイアルが尋ねた。

「あれだけの数の船がみんな同じ方角に向かってる。ほかにどんな可能性があるって言うの？　貨物船は船団を組んだりしない。少なくとも、こんな辺境では。放浪民はもっと入植地の多い宙域にいて、決まった航路に固執するはず。それにもしわたしがあの船団のKPSを正しく読み取っているとすれば……」

「……もちろんきみは正しく読み取ってるに決まってるさ、わが友なるレディ……」

「あの船団の船は貨物船どころじゃない仕様に改造してあって、そこらじゅうに汚染物質を吐き散らしてる。許されることじゃないわ」

「宇宙を汚染するのはいかんな」ホロの右の眉が、ナイアルの癖を真似てぴくりと上がった。「エンジンの改造も同様だ。誰かに警告する必要は？」

ヘルヴァはこの宙域のアトラスの記載を見た。「目的地と思われる星系に、人の住んでる惑星は一つしかない。ラヴェル……」その名前を見て、彼女はいきなり心臓をわしづかみにされた気分だった。「よりにもよって」

「ラヴェル？」あれほど昔の記録を瞬時に検索するとは、よくできたプログラムだ。思ったとおりのホロの反応に、彼女は内心たじろいだ。「ラヴェルと言えば、新星化してきみの〈筋肉〉のジェナンを殺した恒星の名前だろう？」ナイアルはその事実を完璧に知っていた。

「思い出させてもらうまでもないわ」

「わが最大のライバルだ」ナイアルはいつものように明るい調子で言い、操縦席を回転させて悪びれない笑顔を彼女に向け、そのまま三六〇度回ってふたたび制御盤に向き直った。

「ばかなことを。もう一世紀近く前に死んだ人なのに……」

「死んではいるが、忘れられてはいない……」

ヘルヴァは黙り込んだ。いつものようにナイアルは正しい。たとえ死んでいるとしても。もしかすると、反論できるようにしたのはあまりいい考えではなかったのかもしれない。だが生きていればどのみち同じようなことを言ったろう。何度もこういうことがあったからこそ、プログラムにもそれが反映されているのだ。

せめて診断で彼の全面的な衰弱の原因を一つに絞り込めていればと思う。そうすればその死を出し抜くことだってできたかもしれない。何とか方法を考え出して。

「擦り減ってしまったのさ、ベイビー」自分が徐々に弱っていることを否定できなくなったとき、彼は諦めたようにそう言ったものだった。「変質していく生命形態に何を望むんだ？これだけ生きられて幸運だったくらいだ。最後の七十年間、ぼくのためにやきもきしてくれてありがとう」

「七十八年よ」

「きみを独りにしてしまうのはすまないと思ってる」ナイアルはそう言って、彼女が収められているパネルに頬を押し当てた。「ぼくの生涯で、きみは最高の女だった」

「わたしだけはものにできなかったからでしょ」

「何もやってみなかったわけじゃないぞ」ホログラムがいかにも彼らしく鼻を鳴らして答えた。

ヘルヴァはその言葉を繰り返した。思い出に浸ってひとりごとを言うなんて。このままではすぐに記憶とプログラムの区別もつかなくなってしまうだろう。

なぜナイアルが買った義体を使わなかったのだろう——あれのおかげでクレジット残高は危険なほどゼロに近づき、二人のあいだに修復できないほどの溝を作るところだった。それほどまでに彼は物理的な触れ合いを求めていたのだ。そんなのは代用品だと彼女は反論したのだが。義体こそが、ナイアルの目には――そして腕にも――彼女自身になってしまうだろう。何しろ動かすのは彼女なのだから。しかも彼は激しく彼女をものにしたがっていた。だからこそソーグ・プロスセティクス社に彼女の立体像のホログラムを渡すことまでしたのだ。それは彼がヘルヴァの〈筋肉〉になるずっと以前に、彼女の医療記録にあった遺伝子情報と両親やきょうだいのホロをもとにして作り上げたものだった。彼から聞かされるまで、両親に普通の肉体を持った別の子供たちがいることを彼女は知らなかった。もちろん、外殻人は家族への好奇心を抑制されている。彼ら外殻人は非殻人とはまったく違っているのだ。遺伝子情報からホログラムを作るとき、外見には――その女性ははっとするほどの美女だった――誓って手を加えていないと彼は言った。調査資料を提出して、彼女にチェックまでさせたくらいだ。

「気に入らないかもしれないけど」彼はいつもの不遜な調子で言った。「でも、きみはブロンドの青い目の女性で、しなやかな長身に育ってたはずだ。ぼくの好きなタイプにね。お父さんはなかなかのハンサムで、女の子は父親に似ることが多いから、その顔立ちも参考にした。お母さんが美人じゃなかったってわけじゃないぞ。きみのきょうだいもみんなそうだ。確実に推測できること以外、何も手は加えてない」

「自分が好きだからブロンドを選んだくせに。そうじゃないなんて言わせないわ！」

「ぼくがそんなことをすると思うかい？」ホログラムが答え、ヘルヴァは即座に現実に――拒否しつづけている事実に――立ち返った。ナイアル・パロランは、彼女が愛した男は、死んだのだ。本当に、まぎれもなく。彼が〝浮世の重荷〟と呼んだ肉体は、彼の居室に静かに横たわっている。穏やかな臨終だった——騒動と憤激と名演に彩られた彼の人生とは裏腹に。生体信号がゆっくりと薄れていったかと思うと、次の瞬間には何も存在しないことを示す平坦な一本の線となり——ナイアル・パロランだった個性の本質は肉体を離れ、魂だか霊的実在だかが行くべきどこかへと向かっていた。

泣くことのできない彼女の心は粉々になった。あとで思い返してみると、彼女は何日も宇宙空間に浮かんで、彼の死を受け入れようとしていた。何度も何度も繰り返し、二人は長いこといっしょにすばらしい時間を過ごしたと自分に言い聞かせた。今度のことはジェナンの場合とは違う、ほんの短い数年をいっしょに過ごしただけのジェナンは、充実した、生産的な、長い人生を送ることができなかったけれど、ナイアルはそれができたのだと。だから欲をかいて、もう少しいっしょにいたいなどと思うべきではない。とくに最後の十年間、あれほど夢中になって熱心に、他人《ひと》の言うことを聞かない騒々しさで追い求めていた生き方を、彼はもう楽しめなくなっていたのだから。もちろん彼女はこの百年のあいだに、嘆きと折り合いをつける方法を学んでいた。だからこそレグルス基地まで長い無言の旅を続けることに耐えられないと気づいたのだ。彼はつねづね、自分は局の英雄たちと並んで埋葬される権利があると主張していた。すでに亡くなった彼らに、また、とりわけ彼女に、何十年も耐えつづけてきたのだから、と。その話をしたときは今よりもずっとレグルスの近くにいた。だが、そんなことには関係なく、彼女はその要求を聞き入れるつもりだった。

近くの空間には、エスコートしてくれるほかの頭脳船はいなかった。彼女とナイアルは未踏の星系を最初に探査する仕事に従事していたのだ。ジェナンの遺体を乗せてラヴェルから戻る際、エスコートがついたときには憤然としたものだった。今回のことで彼女が自殺するなどという危険があるわけではない。その試験には、葬儀のためにはじめてレグルス基地に帰還したときもうパスしている。あのときだった、複製をプログラムすることを思いついたのは。だとしたら、それは相棒の死の受容を遅らせるため？　もちろんこの違反には目をつぶってもらえるだろう——これが違反だとしても。レグルスに報告する必要もない。彼女が別の相棒を受け入れる気持ちになっていると知れば、向こうは大喜びだろう。経験を積んだBB船は、微妙な任務のためにいつだって引っ張りだこだ。彼女は中でも最高の一人だった。彼女には頭脳船やステーションのために開発された最新技術の成果が詰まっている。ナイアルが買ったあのスペアの肉体も含めて。あれはまだ一度も使っていない。使う気になれないのだ。あのソーグ社の義体にはどうしても入る気になれない。ああ、もちろんティアが使ったことは知っているし、自由に外殻を〝離れて〟移動できる能力をあの子が大いに楽しんだことはわかっている。いい言葉だ、〝離れて〟というのは。彼女とナイアルは義体というものの全体について、何度も激しく議論したものだった。

「もしぼくが腕か脚を一本なくしたら、義手や義足を使わせるんじゃないのか？」というのがナイアルの反論の一つだった。

「歩いたり手を使ったりできるようにね、ええ。でもそれとこれとは話が違うわ」

「ぼくがきみをどう扱うか知ってるからだって言いたいんだろう?」彼はパネルのすぐそばに迫っていて、顔がぼやけて見えるほどだった。彼女が妥協しないことに、いつも悪態をついていた。「ぼくのまん中の足なんかお呼びじゃないってわけだ」

「少なくともそれは、義体にはついていないでしょうね」

「賭けるか?」彼はくるりと背を向け、操縦席に戻って大の字になり、パネルを睨みつけた。「問題はだな、ベイビー、きみがそんな樽の中で歳をとっていくってことだ。プラスクリートの中に閉じ込められて。自分が何を体験しそこなってるのかも知らずに!」彼は苦々しげに鼻を鳴らした。

ヘルヴァは自分のことを寛容で進取の気性があると考えていたので、その非難は胸にこたえた。今でもそうだ。あるいは彼女の頭が年老いて、肉体的な自由というものを想像できなくなっているのかもしれない。彼女はどうしてもあの空っぽの人工身体を自分自身の、ヘルヴァの肉体として操る気になれなかった。ソーグ義体のことを話し合った頭脳船のすべてが、それを外殻の中で身動きできない肉体の代用品と考えていたわけではない。中にはただそれを使いこなしてしまう者だっていた。もちろんティアは——アレックス/ヒュパティアAH-1033は——子供のころ非殻人として歩きまわっていたわけだが。あるいはナイアルが大声でわめき散らしていたとおり、ヘルヴァは条件づけを変更すべきなのかもしれない。倫理観のアップデート。実のところ彼女は頭脳船としてそれほど年配というわけではない。ナイアルがあれほど望んだのに、どうして義体を使うことを受け入れられなかったのだろう?

二人は長いことパートナーを組んでいた。そこで個性をもう一つ、最終的に手放したくらいで、どうしてその関係が壊れたりするはずがある？　ナイアルはよく彼女のことを科学技術的に貞潔な乙女と言ってからかったが、彼女自身はそんなふうに考えたことはなかった。自分は乙女なんかじゃない。ただ自分自身を受け入れるように条件づけされていて、だからこそ〝外殻から出る〟のは考えうる限り最悪の運命なのだ。義体を使うのと外殻から出るのとはまったく別の話だと、彼は大声で言い返したものだった。前に一度知覚を奪われていたあいだも、外殻から外に出たわけではなかった。頭がおかしく《アウト・オブ・マインド》なりそうではあったけれど、外殻の外《アウト・オブ・シェル》に出たわけではない。だが彼女はどうしても、とにかく従うことができなかった。従う？　いや、あれはただ単に従わなかったのではない。彼の不合理な、だがどこまでも肉体的な欲求に対する彼女の反応を語るのに、そんな言葉は弱すぎる。はっきりと拒否したのだ。そして今、そうしなければよかったと彼女は思っていた。だがもし今もナイアルが生きていたら、果たして言うとおりにしただろうか？　そうは思えない。彼が死んだからこそ後悔しているのだ。

「できればぼくが不能になる前にしてくれよ、ベイビー」それはホロの言葉だった。

「どれだけ申し訳なく思っているかわかってもらえれば、ナイアル……」彼女はそうつぶやいた。

センサーからぱちぱちと情報が入りはじめた。イオン航跡の分光分析をいつ指示したのか、はっきりとは思い出せない。そういう行動は彼女の標準操作手順の一部に組み込まれているので、自己批判をしつつナイアルの言葉を聞いていたとき、なかば自動的に起動していたのだろう。

「あらあら、熊狩りみたいにびっしり武装してるわね」

「なるほど」ナイアルのホロが答える。「でもどんな熊を狩るつもりなんだ？」

「クロエの狂信者たちは寒さしのぎに毛皮にくるまってた……だからこの比喩は正確そのものよ」ヘルヴァはその正確さをおもしろいと思った。「覚えてるわ。あの人たちが嬉々《きき》として……」

「嬉々として？」ナイアルの声は不満そうにひび割れていた。「あの連中はそんな言葉、きっと聞いたこともないさ。それで、こんな宇宙の果てで熊狩りをしてるのはどこのどいつだ？」

「まあちょっと聞いて。はじめて会ったとき罰を受けることに貪欲だったあの人たちは、新たに居住可能な惑星に移って、そこをラヴェルと名付けたの」

「自分たちの罪をいつも思い出すようにって仕掛けに違いないな」ナイアルがむっつりと感想を述べる。

ヘルヴァは報告を分析した。「お客さんの身許《みもと》がわかったわ。海賊ね」データ・ファイルと照合した結果、放射の特徴が一致したのはコルナー人の侵略艦隊だった。小型船はたぶんヨットだろう。中型の宇宙船は貨物船を海賊稼業の用途に改造したもので、そのほかに二隻、大型だが旧式の巡洋艦サイズの船もいるようだ。

ナイアルのホロは勢いよく椅子を回して彼女に向き直った（こういう動きをする場面では、プログラムが非常によくできているのがわかる）。「コルナー人だと？　きみの友達の宇宙ステーション、シメオンを襲ったやつらか？」

「まさしくそれよ。中央諸世界宇宙軍が包囲して一網打尽にしようとしたけど、全員を捕まえることはできなかったの」

「強敵だな、コルナー人とは」ホロの表情は真剣そのものだった。「レグルスからの最新の報告によると、少なくとも二グループ、もしかすると四グループが逃げおおせたそうだ。やつらのやり口なら、ラヴェルでの熊狩りくらい一グループでも充分だろう」ホロは不満げに両手を肘掛けに叩きつけた。

「本当にまだ生き残りがいるのかしら？　ショーンドラ博士がやつらのあいだにばらまいたウィルスは、これまでに知られた中でいちばん毒性が高いものよ」ヘルヴァはため息をついた。「コルナー人はばたばた死んでいってるはずだわ」

コルナー人は苛酷な惑星環境に適応した犯罪者のグループで、一種の亜人類と考えられており、致命的な病気やウィルスやきびしい環境条件にさらされても生き抜く能力を身につけている。ライフサイクルは短く、ほかの人類種族の男性がやっと思春期に達するくらいの年齢で成熟するが、短命という限界にもかかわらずきわめて危険な種族だった。惑星だろうと宇宙空間施設だろうと貨物船団だろうと、襲えるものは手当たりしだいに襲撃し、捕虜にした住民や乗員を奴隷にして、捕獲した船は自分たちの目的に利用する――海賊行為に。きわどいところで宇宙ステーション《ss》９００に対する襲撃を退けた中央諸世界宇宙軍は、徘徊《はいかい》するコルナー人の本隊をほぼ壊滅させたと考えていた。宇宙軍の警戒態勢は続いていて、残存勢力は発見しだい撃破することになっている。

「ふん！」ナイアルは鼻を鳴らした。「特定のウィルスに適応するのはコルナー人のお家芸だぞ。あのひねくれた性格と狂気じみた代謝能力のおかげだな」

「そうじゃないかと恐れているのよ。あんな状態で船を飛ばすような頭のおかしいのがほかにいる？　放浪民でさえ、あそこまで放射に無頓着ではいられないわ」

「放浪を続けたくて、星系からこっそり船出しようとしてるならな。コルナー人を追いかけるのが賢明と言えるか？」ナイアルの口調に不安の影が忍び入った。「きみは最高の戦利品になるぞ」

ヘルヴァは怖気《おぞけ》を振るった。コルナー人の指導者、ベラジル・ト・マリードが宇宙ステーションの〈頭脳〉のシメオンに何をしようとしたか、ありありと思い出したのだ。ナイアルにそれを指摘されたのが不思議だった。プログラムには自信があったものの……魂の転移などということが合理的に信じられるだろうか？　あのホロが本物のナイアルの幽霊だなどと？

「ラヴェルの狂信者たちにとって、コルナー人は新星爆発みたいなものよ。見殺しにはできない。詩的な正義とでもいったものを感じるわ」ため息が出た。「考えてもみて。太陽に灼きつくされようとする惑星からあの人たちを救出して、もう百年近くになるわ。新星化する恒星からも、男だけが持つ邪悪さからも充分に離れたちょうどいい星系を探し出すのに、中央諸世界はかなりの時間を費やしてる。そのあいだにあの人たちが、多少とも現代的な機器を手に入れたことを祈りましょう。新星爆発はともかく、せめて掠奪者《りゃくだつしゃ》から身を守れるくらいのものはね。へえ！　アトラスによると、太陽は安定してるし、回心者を受け入れるための宇宙港もある。少なくとも以前はあったみたい」

「はっ！」ホロがいまいましげに叫ぶ。「人工衛星システムは？」

「記載がないわね。実際、この四十年間ずっと接触の記録がない。瞑想か何かしているところへ乱入することになるのかしら。惑星上には女性しかいない。敬虔な乙女たちをコルナー人の手に渡すことはできないでしょ？」

「見てる分にはおもしろそうだ」悔い改めることを知らないナイアルが言う。

「お黙り、好色なサディスト」彼女はできるだけ毅然とした口調でそう言った。プログラムを閉じてしまったほうがいいのかもしれない。いえ、それはだめ。どういう形にせよ、彼は必要だった。そのプログラムに埋め込まれているのは七十八年にわたる経験の粋なのだ……彼と彼女の。

「ぼくはサディストだったことなんてないぞ、愛しいヘルヴァ」横柄な口調でそう言い、にやっと笑みを浮かべる。「快楽主義者だってことは認めるけど、ぼくの態度を気にした女なんかいなかったぜ……きみ以外には！　近くにいる中央諸世界の部隊にラヴェルの緊急事態を打電したらどうかな」

「やってるわ」最後に〝全員注目〟タグをつけてビームを送信する。「送り出したところよ」

はじめて彼女が安堵を覚えたのは、ラヴェルに男性の存在という汚れを持ち込まずにすむと思ったときだった。プログラムは止めたほうがいいだろう——どうもナイアルは彼女からの合図がなくてもしゃべりだすようだから。惑星のあちこちに身を隠すよう説得するのは、少なくとも前回ほど難しくはなさそうだった。前にも一度彼らを救出しているという事実があるので、コルナー人がやってきたときできるだけ人数を少なく見せるようにという彼女の要求も受け入れられやすいはずだ。何としても従わせなくては！ 彼らをコルナー人の強姦《ごうかん》や暴力の犠牲者にするわけにはいかない。それにラヴェルはレグルス基地へ向かう航路からほんの少しはずれているだけだ。ナイアルの死で逃避的になっていたところへまた自分が役に立てる事態が起きて、彼女は気分がよくなり、活気づいていた。クロエで必要とされたときのように、ジェナンの父親がパルシーアで必要とされたときのように。本当の悲劇とは、助ける力を持った者が必要なときそこにいないために起きるのだ。彼女はそこにいて、必要とされている。栄養液供給チューブに力がみなぎった。

「絶好調って感じかい？」ホロが明るく尋ねた。「それ行け！ しなくちゃならないことをするんだ。データを見ると、小さな入植地がたくさんあるようだ。修道院と呼ばれてる。クロエ時代からだいぶ人口を増やしたらしい」彼はため息をついた。「充分な地勢環境調査がなされてないんで、隠れ家になりそうな場所がどのくらいあるのかはわからない。でも、植物の豊かな惑星だ」

「森や山や谷がたくさんあるわね。ばらばらになれば、身を隠す場所はいくらでもありそう。コルナー人が空から探してもそう簡単には見つからないと思う。つまり、油断なく気を配ってれば」ヘルヴァは希望が湧き上がってくるのを感じた。「宇宙軍が到着するまで、頭を低くしてればいい」

「とはいえ――」ホロの声が皮肉っぽいものになる。「――それは宇宙軍の艦隊が近くにいて、間に合うように駆けつけてくれればの話だ。ひょっとすると、そんな小さな入植者のグループは救助する価値がないと判断するかもしれない。はじめて聞く宗教団体だな……インナー・マリアン・サークルか。誰なんだ、このマリアンていうのは？」

「その場合のマリアンは形容詞よ。イエスの母のマリアのこと」

「ああ……じゃあインナー・サークルってのは？」

「わからないけど、どうってことじゃないわ。とにかく警告しないと」

「警告する相手がもういないかもしれないぜ」とナイアル。「ちょっと待て。クロエ時代から人口を増やしたって言ったな？　独身を誓う宗教団体が、どうやって人口を増やすんだ？」

「改宗かしら」生殖を罪とみなすような信仰を、小さなグループがどうやって維持しているのかというのは彼女にも謎だった。「四十年前に新しい入植者が到着してるわ」

「まったく！」ふと気づいて言い足す。「子供のころに入植したとしても、今ではみんな四十代以上か。敏捷《びんしょう》なコルナー人より速く走れるのか？」

「処女生殖は？」

「なるほど、それなら文字どおりだな」彼はにやにやした。

「マリアについても言われてることよ」

ナイアルは鼻を鳴らした。「単に婚外妊娠の最初の記録ってだけさ」

「かもしれないけど、だからって救世主が人類に及ぼした影響が薄れるわけじゃないわ」

「それは認めるがね」

「心が広いこと」

「現実主義だよ」彼はそう言って、椅子の中で身を乗り出した。「まず救出する相手がいるかどうか確認するのが先決だ。その上で、もし安全に身を隠せる場所があるなら、宇宙軍の艦隊が来るまでコルナー人に見つからないように隠れててもらう。あいつらの手に落ちるなんてことは、一番の敵の身にだって降りかかってもらいたくない運命だからな……いや、二番めの敵の身にも、かな」

ヘルヴァはコルナー人のファイルに目を通した。「新たな本拠地を探してるのかもしれない。本来の出身惑星は中央諸世界が殺菌したから」

「だったらなおのことラヴェルは渡せない。住みやすそうな惑星だからな。近所にあんな犬畜生どもがいたんじゃ……」

「ラヴェルには犬に似た原生種の動物がいるのよ。また速読でわたしより先を読んでたの？」

彼女は驚いてそう尋ねた。ちょうど現地の動物相の説明を読みはじめたところだったのだ。

「M型惑星にはたいてい犬に似た動物がいるもんさ。猫はかならずしもそうじゃないが」ナイアルはちらりと意地悪そうな目を彼女に向けた。彼は犬派だったが、ヘルヴァのほうはずっと以前に、自分が犬よりも猫の独立性を好んでいることに気づいていた。恒星系から恒星系を飛び回るあいだ、二人は犬と猫それぞれの長所について楽しく議論を続けたものだった。

「惑星には肉食獣もいるはずだ。なのにわれらがインナー・サークルの連中は武器も持たず、狩りもしない。菜食主義者だからな」彼はまた横目で彼女を見て笑みを浮かべた。

「じゃあ完全な有機栽培なの？」ヘルヴァは無邪気な声でそのテーマを追求した。

「コルナー人が大好きな有機栽培の処女たちさ」ホロが両手をこすり合わせ、薄笑いを浮かべる。

ヘルヴァはそれを無視した。「気候も温暖ね。ほとんどの時期を雪と氷に閉ざされてたクロエとはずいぶん違う」

「何だって？　肉体と魂を純化するきびしい気候じゃないのか？」

「違うのよ！　しかも基本的な環境は良好で、そこには手を加えてない。現地の動物を使役することさえしてないわ。最後の船が着陸した四十年前の記載によるとね。環境と調和して生活しており、収奪けしてないって書かれてる」

「おかげで自分たちが収奪されるはめになりかけてる。だがまあ結局のところ、ぼくとしてはその人たちが野菜畑のまん中で、コルナー人に蹂躙《じゅうりん》されたり犯されたりするのを見たくはないな」

「そんなこと、もちろん許さないわ」ヘルヴァは断固とした口調でそう言ったものの、最初のときに出会った猜疑《さいぎ》心と敬虔な運命論——そのためにジェナンは死ぬことになった——にふたたび直面するのはごめんだと思わずにはいられなかった。

「正直なところを言うと、どうやって愛しいきみの手助けをすればいいのかわからないんだ。女性についてのぼくの評判は知ってのとおりだし……」

「話はわたしがするわ」彼女は強い調子でホロの言葉を遮った。

ナイアルは椅子に背を預け、水平機構の上でぶらぶらと身体を揺らした。「きみはインナー・サークルの中で救世主の一人に数えられてるんじゃないかな」

「まさか。当時の人間はもう残ってないでしょうし、人工的な寿命の延長も認めてないから……」

「病気の治療も祈るだけかい？」

「不純な物質を避けているの。コルナー人を避けるみたいにね」

ナイアルは首をかしげて彼女を見た。「もしかするとコルナー人を、宇宙の神だか何だかが送ってきた試練だとして歓迎するかも……」言葉を切り、顔をしかめる。「マリアは神だったわけじゃ——いや、つまり女神だったわけじゃないんだろう？　まあともかく、コルナー人は信仰を試すために遣わされたって考えたりはしないか？」

「そうならないといいんだけど。シメオンが送ってくれた記録がまだあったかしら？」

「あの強姦シーンのことかい？　ぼくのお気に入りだけど」ナイアルは指で制御盤を叩いた。

「まさかあれを無垢《むく》な人たちの前で上映しようって気じゃ……」

「百聞は一見に如《し》かずよ。クロエのときジェナンとしたみたいに惑星上をあちこち飛び回らなくちゃならないなら、強い印象を与えて即座に理解してもらわないと。ホログラム作りなら任せといて」ホログラム・プログラムの出来に満足していた彼女はそう付け加えた。

「ぼくのホログラムの半分も本物らしくできればきっとうまくいくさ、ベイビー」

その一言にヘルヴァは驚いて、ホログラム映像を拡大してみた。間違いなくただのホログラムだ……ごくかすかに光源も見える。だが、ナイアルはどうして自分がホロだと気づくことができたのだろう? そのときふと思い出したのは、アストラダⅢの疑り深い観衆の前である事実を証明するため、二人で歴史上の出来事を再現して見せたことだった。もちろん彼はそのことを言っているのだ。

「人口がどのくらいかについては、どこにも書いてないみたい」ラヴェルに関する記載を何度か見返してから彼女が言った。

「正確な人口調査なんかやってないんだろう。だいたい宇宙関連施設は何かあるのか?」

「ないわ。でも接近警戒用の人工衛星がある!」彼女は勝利の叫びを上げた。

「で、その警報で行動を起こす、あるいはせめて警報が鳴ってることに気づいてくれるいちばん近い星系はどのくらい離れてるんだ? どうせごく普通の、くだらない警告メッセージしかないんだろう」ナイアルは人工音声の平板な口調を真似しはじめた。「……この……惑星は……立入……禁止です。これより……先へは……進入……できません」そこで声を敬虔そうな裏声に変える。「禁を破ると宇宙軍にお仕置きされます」

ヘルヴァは彼が望んでいるはずの短い笑い声を上げた。「わたしたちのメッセージで対応は早まるはずよ。BB船のメッセージを無視する人はいないから」

「まったくそのとおり」ナイアルはその点を強調するように、片方の拳をデスクに叩きつけた。

もっとも、それにともなう音はしない。この点は何とかしなくてはならないだろう……クロエ人、元クロエ人、あるいはインナー・マリアン・サークルのラヴェル人を、差し迫ったコルナー人の襲来から何とか保護した暁には。コルナー人がどれほど危険で血に飢えた連中なのかということをはっきりとわからせ、ラヴェルの人々をできる限り急いで避難させせなくてはならない。

ヘルヴァはイオン航跡に沿って速度を上げていった。距離が縮まるにつれ、汚染物質の存在がますますはっきりしてくる。彼女は二十時間もかからずにコルナー艦隊に追いついた。ラヴェルには四日か五日先んじて到着できるだろう。太陽圏の境界を越えたら減速しなくてはならないが、それはコルナー艦隊も同じことだ。

「隠れ蓑《みの》を忘れるなよ」ナイアルはそう言って椅子から立ち上がり、筋肉のきしむ音が聞こえると思えるくらいに身体を伸ばした。ホロに音声以外の音を付加しなかったのはこのせいよ、と彼女は思った。ストレッチをするのは構わないが、指をぽきぽき鳴らす音を聞かされるのは願い下げだ。「パーティが始まるまで、少し目を休めておくか」

「いい考えね。そのあいだにホログラムを準備しておくから、起きたら意見を聞かせて」
ホロのナイアルはメイン・キャビンを横切り、通路に入ってナイアルの居室に向かった。ホロは自分が寝台の上の静止状態に保たれた遺体と重なり合うのを奇異に思わないのだろうか？

光や能動センサーの探査波を曲げて姿を見えなくする〝隠れ蓑〟機能のことを、彼女はほとんど忘れかけていた。この装置を使ったのはこれまでに一度だけで、彼女はナイアルに向かって、BB船がクレジットをこんな技術に注ぎ込むのは浪費だと指摘したものだった。それがまた役に立つわけだ。BB船は自衛のための武器を持たないが、これならどれほど強力で突破不可能なバリアよりもずっと効果的な防御になる。

コルナー人が宇宙ステーション900を占領したときのリールを慎重に編集しながら、彼女はクロエ人との最初の遭遇のことを思い返した。少なくとも、今回は〈筋肉〉が殺されることはない。もちろんジェナンも故意に殺されたわけではないが。今の彼女は当時の若くて未経験だった頭脳船と違い、いろいろな手管を身につけていた。

速度を上げ、コルナー人が持っていると思えるセンサーに接近を探知されるずっと前に隠れ蓑を身にまとう。もちろん彼女のセンサーのほうも、彼らを3D表示の船ではなく、いくつもの光点としてしか認識できなくなる。それでも追い越すときの信号の強さからかなりのことがわかるはずだった。まず手始めに、予想以上に数が多いということがわかった。汚れた放射をばらまいていることを考慮してもずいぶん多い。ほとんどは彼女の友達であるシメオンを襲撃した船の特性と一致しなかった。だからといって慰めになるわけではない。

　コルナー艦隊はどこかを襲撃した戦利品らしい大小のヨットをでたらめに取り混ぜて編成されていた。ヨットの数はちょうど一ダース、どれも最適とはほど遠い数の肉体を詰め込んでいる。最後の手段として脱出用ポッドに押し込められている者もいるようだ。この過剰積載ぶりでは、たとえ生命維持システムが何とか対応しているとしても、船内の居住性は最悪だろう。三隻の中型貨物船にも大小のコルナー人が同じように詰め込まれている。二隻の駆逐艦タイプはどちらもかなりの旧型だが、ミサイルなどの武器をびっしりと装備していた。貨物船のうち二隻は無人機を牽引《けんいん》している。五機もの無人機を引っ張っているせいで速度が落ち、それが艦隊の足枷《あしかせ》になっていた。五機中四機は弾薬やミサイルや交換部品だけを積んでいて、最後の一機には、金属反応が何もないところから見て、食料が積まれているらしい。二隻の大型巡洋艦を含め、全部で十九隻。まさしく大艦隊であり、ラヴェルの住人を圧倒するくらい造作ないだろう。あの不運な惑星は、だからこそ標的にされたのだ。

　先に送ったメッセージに詳細を補足して、彼女は近くの宇宙軍艦隊にパルス信号を送った。パルスの速度でもたっぷり十日はかかる距離だ。宇宙軍本部はこの宇宙からコルナー人海賊を一掃すると厳粛に誓っている。野心的な前哨《ぜんしょう》隊長あたりがここで手柄を立てて昇進しようと、勇んで駆けつけてくる希望もあった。最新兵器を装備した小艦隊なら、このかろうじて宇宙航行が可能なぼろぼろの艦隊くらい簡単に制圧できるだろう。とはいえ、コルナー人は武器を振るいミサイルが撃てる限り徹底的に、最後の男児一人まで抵抗する……しかもその人数は決して少なくない。さらに女たちもまた侮りがたい戦士だ。ただ、そのライフスタイルについて知られている限りでは、女たちの大部分は奴隷であり、捕まって、コルナー人の子供を産むことだけを強制されているようだった。

ヘルヴァは速度を上げながら、もっとクロエに関する情報があればよかったのにと思った。異星で自然に近い暮らしをするというのは理論的にはすばらしいが、それを実践するのはまったく別の話だ。元の宗教グループは百年前、ダフニスとクロエでそのことを思い知らされた。

あまり愉快とは言えないコルナー人の行動をホログラム化した映像を、彼女はすでにいくつか完成させていた。平和な惑星ベセルを侵略した際の手口も含まれている。元の3D映像は宇宙船の残骸の中から発見され、SS900で捕縛された者たちの裁判で証拠として採用された。コルナー人が抵抗する相手をどんなふうに扱うかがまざまざと示された映像の存在は、彼女にはありがたかった。短時間で事態がはっきりとわかる映像が必要なのだ。彼女はそれを編集し、音声を入れ、外部映写システムで上映できるようプログラムした。

これがあれば議論に費やす時間を短くできるだろう。コルナー人がやってきたとき、ラヴェルに住む女性には最後の一人まで安全に身を隠していてもらいたかった。

ナイアルは起こさなかった——死んだように眠っている彼を煩わせる必要がどこにある？——つまり、ホロは起動しなかった。彼はいつもなかなか目を覚まさなかったが、起きてしまえば即座に活動状態に入った。まだ少し時間があったので、彼女は惑星を夜の側から昼の側へと周回し、生命反応の集まっている場所を確認した……ずいぶんある。すべてを回るのは不可能だろう。独身主義を奉じる宗教の信者たちが、どうやって元の人数の四倍にも人口を増やせたんだろう？ 〝産めよ、増えよ〟という聖書の教えはあるが、四十年前に最後の入植者があったとはいえ、この増え方は多すぎる。兎《うさぎ》ならこのくらい増えても不思議はないだろうが、処女の兎だったらどうだろう？ まあとにかくできるだけたくさんの……何と言ったかしら、そう、修道院――を回るしかない。大陸全体に広く散らばっている以上、入植地のあいだで連絡を取り合う方法は何かあるだろう。島にいるグループは無視して、コルナー人がまず最初に狙いをつけそうな、人数の多い〝おいしい〟場所に集中するしかない。

最大の大陸のちょうど中心に、着陸場はすぐに見つかった――船かシャトルが人々や物資を降ろした跡なのか、薄くコンクリートで覆われた、一ヘクタールほどの四角い土地が黒く焦げている。雨ざらしで補修が必要そうな仮設のバラックが並んで二辺の境界を形成し、たとえ短いあいだだったにしろ、そこに人間が住んでいたことを示している。低出力のエネルギーも感知できた。植物はまだ着陸場を奪回してはいないが、この四十数年のあいだに根を張りはじめている雑草もあるはずだ。今は斜めに傾いたずんぐりした塔が一つ、バラックの列の角に立っている。上空から見ている彼女には四本の道路も識別できた。人気《ひとけ》のない着陸場から北へ南へ、東へ西へと延びている。四本の道路からはいくつもの細い道が分岐していた。毛細血管のような道がさらに小さな入植地へと続いているのだろう。どれもただの泥道にしか見えないが、繁茂する植物はいまだに道を呑み込んではおらず、路肩ははっきりとした直線になっていた。何らかの薬品を使って植物の繁茂を抑えているようだ。

「誰がどっちの方角へ行くのか、どうやって決めたのかしらね」一瞬、事態が差し迫っていることも忘れて彼女はそうつぶやいた。

「神の啓示だろ」操縦士の制御パネルの前に座ったナイアルが答えた。

プログラムに音声起動コマンドを設定した覚えはなかったが、何日ものあいだ無言で内面の旅を経てきた彼女には、他人の声を耳にするのは嬉しいことだった。

「進むべき方角が四つしかないんだ、だいぶ話が簡単になったじゃないか」

「何年ものあいだ使われつづけたに違いないわね。そうでなかったら四十年も経って、これほどはっきり残ってるはずがないわ」

「そうだな。さて、ど・れ・に・し・よ・う・か・な……まずどの道をたどってみる？『東は東、西は西、どこまで行っても交わらぬ』（キップリングの詩の一節）ってね」彼はいつものお気楽な調子だった。

「北と南はないの？」

「じゃあこっちへ行ってみるか？」彼は腕を組み、左右の手で別々の方角を指差した。どっちも東西南北とはずれている。

「まず北でどうかしら。そのあと旋回して……」とヘルヴァ。

「だんだん大きく、渦を描くように？」口調の明るさが彼女の胸を灼く。

「山のほうもね。それがいいわ」

「『紫の山々の威容、肥沃な平原の上に』……」（『美しきアメリカ』の歌詞）

「それとはちょっと違うみたいだけど」

「この先を忘れちまったな」彼は顔をしかめた。

「歳を取るとまず衰えてくるのは記憶力だって言うわね……」

「そいつはどうも！　覚えておこう」

　隠れ蓑に隠れたまま低高度で北の道をたどり、分岐する脇道を見ていくと、住人の半分に警告するだけでもいささか手に余る大仕事だということがわかった。とはいえ、どんな事実があろうと、自分で選んだ仕事が不可能だとは認めたくない。大陸が夜の帳《とばり》に包まれはじめた。

「おっと！」ナイアルが慌てた様子で舷窓を指差した。「火が見える。左舷三度の方角」

「着陸しようにも、森が深すぎるわ」

「着陸できる場所を見つけたら、そこからはぼくが徒歩で……と、そういうわけにはいかないんだったな」

「そうね。でも申し出には感謝するわ。とりわけ、ホロを上映しないと誰も動き出しそうにないこの状況でね」

「きみが義体を使うって手もあるぞ」彼は誘うようにそう言って、彼女に笑みを向けた。

　ヘルヴァはわざと何も答えず、彼は小さな笑い声を上げた。夜が明けても着陸できる入植地が見つからなかったら、そうする以外にないだろう。ホバリングという手もあるが……しかし最大の効果を考えるなら、ホロを映し出すものが何か必要だ。

「とりあえず闇に紛れて、訪問しなくちゃならない場所が何カ所くらいあるのか見てみるわ」

「いい考えだ。ぼくは座標のリストを作ろう。宇宙軍艦隊が救助に駆けつけたときには必要だろうから」

朝までには、あらゆる方角に広がる入植地のリストが三百件に達していた。森の中の小さなものもあるが、平原や起伏する丘のあいだには数百人を擁するものも多かった。どこも壁に囲まれ、その壁からはエネルギーが感知できた。ナイアルは土塁のようなその壁を女のい《ノー・ウーマ》ない国《ンズ・ランド》の境界と呼んだ。中でも最大の修道院は二つの川の合流点にあった。

「行政センターとでも言うべきものがあるとすれば、あれがそうみたいね。朝一番にあそこを訪ねてみましょう。島の施設をざっと見てまわったあとで」

「そうしよう、ベイビー」ナイアルはいつになくすなおに応じた。

かくして彼女は――二人は――早朝の光とともに、まわりを囲む山々の上に太陽が顔を出すころ、ラヴェルのクロエ人が営む最大の入植地に到着した。

「なかなか印象的じゃないか」ナイアルが感想を述べる。「秩序があって、きちんとしてる。ひとりひとりに個室があるようだな。修道院みたいなもんだとか言ってなかったか？」

そこは町というよりちょっとした都市で、そのたたずまいはヘルヴァを驚かせた。中央に街路が走り、庭園区画や広い畑がその左右に広がっているのだが、そうしたものはすべてあの低い壁の内側にあった。東西南北それぞれに門があるものの、頑丈そうには見えない。コルナー人の戦斧《せんぷ》にかかれば一撃で粉砕されてしまうだろう。センサーにはエネルギー源も見えているが、そのエネルギーは壁に供給されているようだった。締め出しているのは背が高くなく、大きくも強くもないものらしい。奇妙だ。フェンスをめぐらした畑の中に見えるやや大ぶりな建物は倉庫か納屋のように思える。草を食《は》んでいる家畜の姿は見当たらなかった。耕地の若々しい緑の色から判断して、春の盛りらしいというのに。その耕地もすべて壁の内側にあった。

四つの門からはそれぞれに大通りが延びている。その名にふさわしい広い通りで、街路樹が立ち並び、その先には中央に鎮座する大建築物があった。部分的に教会のような外観をしていて、その前には人々が集まるらしい大きな広場がある。教会の背後には低い建物が連なっていた。たぶん行政府だろう。元のクロエに比べて、この社会ははるかに組織だっていた。この一世紀のあいだにそれなりのことを学んだのかもしれない。そう願いたいわね、と彼女は思った。

「おい、あれを見てみろよ、ヘルヴァ」ナイアルがいきなり声を上げ、建物の正面、屋根の上に飾られた細長いものを指差した。「尖塔《せんとう》ってわけじゃないし――鐘も見当たらないけど――上に何か載ってるじゃないか」

彼女が近づくのは地上からもすでに見えているようで、通りでも、また家々のあいだの細い路地でも、人々が集まって空を見上げているのがわかった。教会のように思える大建築物の前の広場に次々と人が駆けつけてくる。

「早起きね……」ヘルヴァがつぶやいた。

「早寝早起きなのさ――あのエネルギー源は壁だけに使われていて、ここには電気なんかないからな」ナイアルの口調は不快なまでにおどけたものだったが、彼はそこで実務的な口調に切り替えた。「あの教会の前にある広場、着陸スペースとしてはぎりぎりだぞ」

「そのようね。しかも満員だわ」二人は建物の裏側に近づいており、旋回すると広場がひざまずいた人々に埋めつくされているのがわかった。畑には誰も出ていない。

「押しつぶす人数が多いほど、コルナー人から救ってやらなくちゃならない人数は少なくてすむぞ」

「もう、黙ってて」

「すべてはきみ次第だ、愛しいヘルヴァ。がつんとやってやれ」

信心深い人々はひざまずいたまま顔を上に向けている。その口がOの形になっていた。驚いてはいるが、怯えてはいない。と、何か目に見えない合図があったらしく、人々は急いで立ち上がり、だが慌てた様子ではなく、次々と広場の外に待避した。

「恐がらないで」ヘルヴァは外部音響システムを使って優しい声でそう言った。ナイアルのおもしろがるような笑い声は無視する。

「恐がってなんかいないよ。プログラムを変更したほうがいいんじゃないか、ベイビー？」

「あなたがたに話があります」

「だったら何をためらってるんだ？」

音声が内部だけになっていることを確認してから、彼女は鋭くこう言った。「口を閉じて
わたしに任せてくれない、ナイアル？」

「クロエで業火から救ってやったことを思い出させてやれよ」

「それが次の予定の台詞よ」痛烈な口調でそう言い返す。「わたしの名前はヘルヴァだって」

「おい、ヘルヴァ、あの建物の上に載ってる飾り、あれはきみだぜ」

慎重に垂直降下していった彼女は、今ちょうどその尖塔状の飾りと同じ高さにいた。それは尖塔ではなく、昔の彼女の船体をかたどったレプリカだった。尾翼から何からすべてそろっている。

「聖人に列せられた気分はどうだい？」ナイアルの声に、彼女は誇らしげな響きを聞き取った。「これならたぶんうまくいきそうじゃないか、ベイビー」

ナイアルに見せた以上にその工芸品に感動しながら、彼女は着陸を終えた。船体に施された改良点の一つに、垂直キャビンと直接そこにアクセスできる斜路がある。船尾から上がっていくリフトはもう取りはずされていた。

「たった一人の歓迎団までいるみたいじゃないか」右舷のカメラに背の高い人影が見えてくると、ナイアルはそう言った。広場にいた全員がその人影のほうを向き、うやうやしく頭を

下げる。

「あなたはほかにどう呼ばれていますか、船ヘルヴァ？」その長身の女性が尋ねた。フードをうしろに押しやると、年配の落ち着いた女性の顔があらわれる。

「悪くないじゃないか」ナイアルがつぶやいた。「女っぽい服を着てればもっと映えるのに」

実際、ヘルヴァもその女性の顔立ちが驚くほど魅力的だと感じた。男性と家族の代わりとして宗教を選んだのが残念に思える。丈の長いカソックは身体の線を隠しており、たぶん地元産の繊維を実用一辺倒で織るか叩くかしたものだろう。

「わたしはNH－834、以前はJH－834と呼ばれてたわ」

女性はうなずき、腰を折って深々と一礼した。

「大当たり！」とナイアル。

「ジェナンの魂が安らかに憩うことを、ずっと祈りつづけてきました」豊かで音楽的な女の声に応えて、周囲の人垣からもつぶやきが上がった。「その名が永遠に称《たた》えられますように」

「ジェナンの思い出は永遠よ」ヘルヴァは厳粛に答えた。「名前を聞かせてくれる？」

「わたくしはヘルヴァナの地位にあります」女は答え、ふたたび深々と一礼した。

「何てことだ、ヘルヴァ、きみは本当に聖人にされてるんだ」ナイアルは不遜この上ない態度でそう言い、操縦席の中で身をよじって笑い転げた。「きみのための神官階級までできてる。わお！」

その反応はなぜか怒りを呼び起こし、彼女はもう少しでホロのプログラムを消してしまうところだった。だがそこで常識が割り込んできた。もし本当に彼女がここの人々の聖人なら、彼の不遜な態度こそが必要なものだ――心のバランスを取るために。

「あなたがここの指導者？」

「みなの中から選ばれた者です。何十年ものあいだ、あなたがふたたびご来臨なさる日を待ちわびてきました……」

「今度もまた悪い知らせを持ってきたの」ヘルヴァは熱烈な信仰の言葉を浴びせられる前に急いで相手を遮った。

「あなたが来てくださっただけで充分です。ご命令は何でしょう、歌う船よ？」

「きみのことなら何でも知ってるんだな、ベイビー」ナイアルがばかみたいににやにや笑いながらつぶやく。

「敵がこの惑星に近づいてきてるの……ええと……ヘルヴァナ」ヘルヴァはその名前／称号を口にするのにいささか抵抗を覚えた。「救援は要請したけど、敵の着陸を阻止するのは時間的に間に合いそうにない。その敵――コルナー人――が、無防備な人たちに振るう暴力を阻止するのも」

喉にかかった豊かな笑い声にヘルヴァは面食らった。広場にいる人々のあいだにも笑みが広がる。

「笑いごとじゃないのよ、ヘルヴァナ。コルナー人が抵抗を圧殺するときの映像がある。どんなにひどい……暴力を振るうか」まだ十代と思える少女たちもいる前では、強姦という言葉は使いにくかった。「敵の艦隊が到着する前に、できるだけ安全な森や山の中に隠れてもらいたいの。このすばらしい街に警告を発したあと、できるだけたくさんの人たちを救えるように、ほかの場所にも警告を伝えるつもり」

ヘルヴァナと名乗った女は片手を上げ、穏やかに彼女を遮った。「鳥飼いは群れを放って、姉妹たちに警告を送りなさい。歌う船よ、その敵がいつごろやってくるかわかりますか？」

「わたしはせいぜい四日ほど先に着いただけよ」ヘルヴァは相手の落ち着きぶりを訝しく思った。ほっとしたことに、かなりの数の女たちが広場を離れ、鳥飼いの仕事を果たすために散っていった。「身のまわりの荷物だけまとめて、森や山に隠れてちょうだい」

「四日もあれば準備は充分に整います、歌う船よ」

このヘルヴァナという女は少しも怯えている様子がなかった。本来なら怯えきっていいはずなのに。

「あなたにはわかっていないのよ、ヘル……ヘルヴァナ。やってくる男たちは海賊で、とても邪悪な、犠牲者に一片の情けもかけないような……」

「映像を見せてやれよ」ナイアルが言った。

「これはベセルという惑星が襲われたときの様子よ」彼女は外部ディスプレイを起動し、建物の白塗りのファサードをスクリーンにして映像を投影した。

「その必要はありません」とヘルヴァナ。「すぐに消してください。お願いです！」装甲戦闘服に身を包んだコルナー人が悲鳴を上げて逃げ惑うベセル人の中に飛び降りる最初のシーンで明らかに不安そうな顔になった観衆の反応を見て、ヘルヴァもその言葉に従わざるを得なかった。「恐怖を掻き立てる必要はありません。無用なことです」

「そうは言うけど、ヘルヴァナ、この男たちは……」

「二人きりでお話ができませんか、歌う船よ」

「ぼくだったら逆らわないな」ナイアルが言う。「タフな相手だ」

「もちろん構わないわ」ヘルヴァはそうヘルヴァナに答え、ナイアルに対してはこう言った。

「消え失せて！」

「ただちに」ナイアルは立ち上がり、軽やかにキャビンに姿を消した。

ヘルヴァナは背が高く、ハッチをくぐるとき軽く頭を下げなくてはならなかった。しばらくその場で静かにあたりを見回し、口許《くちもと》にかすかな笑みを浮かべる。と、驚いたことに彼女は、そのうしろにヘルヴァのチタン製の外殻が収められている中央パネルに向かってうやうやしく一礼した。

「このような瞬間が訪れることを夢に見ていました、歌う船よ」その声は歓喜に震えていた。

「右手にあるラウンジに腰を下ろして」とヘルヴァ。

ヘルヴァナはナイアルのお気に入りの場所だった一段高いブリッジ区画にもう一度目をやり、ラウンジ区画に向かった。重いカソックの襞がなかなか優雅に足に絡んで渦巻き、頑丈なブーツが床の金属部分をこする。カウチを置いた一角に歩み寄った彼女はもう一度頭を下げ、ヘルヴァのパネルに正対して腰を下ろした。

「このことはお話ししておくべきでしょう、歌う船よ。あなたがラヴェルの新星化から救ってくださった憐れな宗教入植地は、あの基本的な過ちから教訓を得ました」

「それを聞いて嬉しいわ。でもわかってもらいたい……」

大きな袖の奥から優美な片手が上がった。「インナー・マリアン・サークルがあなたがたの科学文明を生き延びるためには、いろいろなことを学ばなくてはなりませんでした」

「本当？」今は話に耳を傾けるべきときだとヘルヴァは判断した。

「衛星があらかじめ準備してあるメッセージを送り出すはずです。あなたもきっとメッセージを送っておられるかと？」語尾が上がって、質問の調子になる。

「何回か、侵攻してくる敵の詳細がわかるたびに。でもね、ヘルヴァナ、これは本当に……」

手が上がり、ヘルヴァは黙った。とにかくまだ四日あるのだ。

「祖母は……」

おや、これは思いがけなかった。

「……あなたに救出された一人でした。賢明ながらも旧弊なキリスト教婦人伝道会が祖母やもっと若い仲間たちに手を差し伸べ、教団が移住する新しい惑星が見つかるまで世話をしてくれました。そのあいだにさまざまな知恵も授けてくれたのです」

「そうは言っても血に飢えた海賊と戦う方法は……」

手が上がり、またヘルヴァは黙り込んだ。

「クロエでのわたくしたちは子供でした。無知の中に無知のまま置かれていたのです。知恵があれば自分たちを、そして聖なるジェナンを救えたというのに。祖母とその仲間たちは多くを学びました。祈りと調査によって、この惑星に住めることもわかりました。主星が安定していることを第一に考えたのは言うまでもありません」そう言って優雅に片手を動かす。「ラヴェルを調査した結果、そこがわたくしたちの必要を満たし、わたくしたちの選んだ生き方に適していることがわかりました。つまり惑星の自然を……克服できれば。この惑星には固有の危険がありました。実際、最初の入植予定地に安全に着陸するためには、それなりの措置を講じなくてはなりませんでした」彼女は思い出をたどる遠い表情になったが、すぐに頭を振って現実に立ち戻った。「テクノロジーの使用を嫌っていたのですが、最終的にはそれを求め、採用することになりました。奔放な自然に対してテクノロジーが達成したことを記念するため、着陸場はそのままにしてあります。そのスイッチを切れば、どんな招かざる……訪問者であっても、きっと阻止できるでしょう」

その話し方はクロエのあの狂信的な修道院長に比べるとはるかに理性的だった。だがラヴェルの広大な平原を防衛するとなると、それは軍隊の仕事だ。それもここの人々が用意できるよりもずっと高度な装備を身につけた。

「わたくしたちは土地を耕しただけでなく、植物や野生生物も手なずけました。ラヴェルには獰猛《どうもう》な……」

「どんなものだろうと、装甲戦闘服のコルナー人には歯が立たない……」

ヘルヴァナは微笑んだ。

「装甲戦闘服のコルナー人というのは何人くらいいるのでしょう?」

はじめてまともな質問が出たわね。

「五連隊か六連隊はいると推測してるわ」

形のいい眉が驚きに吊《つ》り上がった。「連隊というのは何人くらいでしょう?」

ヘルヴァはそれに答えた。

「そんなにたくさん?」

「そう、そんなにたくさん。それがみんな堅固な装甲戦闘服に身を固めているの。あの平原に装甲を貫く徹甲弾でも隠してあるなら話は別だけど」

「装甲を貫くものはありません」ヘルヴァナは〝貫く〟というところをわずかに強調して明るく答えた。「でも防衛はできるでしょう」

「素手で立ち向かおうなんて考えてもむだよ、ヘルヴァナ」

「あら――」かわいらしいコントラルトの笑い声が響いた。「――誰かを襲うなどということは思ってもいません」

「じゃあどうやってコルナー人に立ち向かうつもり?」

「見てのお楽しみということではいけませんでしょうか?」

「それがあなたをはじめ、外にいる罪もない人々の虐殺につながるようなことにならなければ構わないけど」

「そんなことにはなりません」

「それで思い出したけど、ヘルヴァナ、外には子供たちもいたわね？　十代の少女や、あなたと同じか、もっと年配の人たちも」

ヘルヴァはずっと映像を見直していた。静かな群衆の年齢構成に戸惑いを覚えていたのだ。

「ああ、はい」ヘルヴァナは上品に微笑んだ。「祖母は人口を増やさなくてはならないとも考えたものですから……」

「処女生殖？」

「いえ、それでは戒律に違反することになるでしょう。信者たちから採取した卵子を受精させ、冷凍して持ち込んでいるのです。そうすることで遺伝的な多様性を確保して、この社会が何世紀も続くようにと考えています」

「賢明ね」

「それだけがわたくしたちの……賢明さではありません、歌う船よ」

そのときヘルヴァの外部センサーが小さな咳払いの音をとらえ、彼女は数人の少女がハッチの外に立っていることに気づいた。

「あなたと話がしたいようね、ヘルヴァナ。入っていらっしゃい、みんな」

少女たちの顔はあるいは興奮で赤らみ、あるいは狂喜のあまり青ざめていた。全員がそれぞれに度合の異なる上品さで、ヘルヴァナと同じように、ヘルヴァのパネルに向かって一礼する。この星ではみんなわたしがどこにいるのか知ってるわけ？

「鳥を飛ばしました、ヘルヴァナ。近くからはもう返事が来ています」

ヘルヴァナは嬉しそうにうなずいた。「返事を受け取って、全部の返事がそろったら報告なさい」

少女たちは急いで立ち去ったが、ヘルヴァにお辞儀をしていくことは忘れなかった。

「鳥を訓練してメッセージを運ばせてるの？」

「修道院のあいだはかなりの距離がありますし、決定を迅速に回付しなくてはならないこともありますから」

「どこの修道院にも……ヘルヴァナがいるの？」

「いいえ。わたくしが同輩たちの中から選ばれる名誉に浴しました」

「どのくらいのあいだその職に仕えることになるのかしら？　こういう言い方で間違ってない？」

「わたくしがお仕えするのはあなたです」ヘルヴァナは大いなる威厳を込めてそう答えた。「みずから知性をもって治めつづけることができなくなったと感じたら、このサークルの正典と伝統を勤勉に学んできた者たちの中から後継者が選ばれ、わたくしに取って代わります」

「なるほど。ところで、話を本筋に戻しましょう。宇宙軍の艦隊が到着するまで見つからないように隠れていられる場所がどこかにある？」

「ラヴェルが守ってくれます」ヘルヴァナはまたしても自信満々の笑みで答えた。

「だったら理由を説明して。わたしにはあなたがたの安全を不安に思う理由が山ほどあるんだから」

「もっとよくラヴェルをご覧になることです」

「猛獣を訓練して守らせているってこと？」

「いいえ。惑星そのものが守ってくれるのです」

「もしそれが秘密の防御だということなら誰にも話さないと約束するけど、コルナー人はあらゆるヒューマノイドの中でも飛び抜けて効率的で容赦のない戦闘種族よ。その……」

「ほかの人類にとっては、きっとそうなのでしょう」

「やつらの武器にかかれば——」どんなに脅しても自信を崩さないこの女性を説得するのに、ヘルヴァはそろそろ疲労を覚えはじめていた。「——こんな入植地なんかたちまち木っ端《こ　ぱ》微塵にされてしまうわ……」

「空からでしょうか？」ヘルヴァナの声にかすかな恐怖の響きが忍び込んだ。ヘルヴァがそっけなく答える。

「幸いなことに、コルナー人の戦略は地上軍事力で標的を圧倒するというものなの。もちろん衛星警戒システムは発見され次第吹き飛ばされてしまうでしょうけど、ここに向かってる海賊艦隊は強襲艦を持ってないわ。大型ヨットを改造してない限りはね。いずれにせよどの船も満員だから、地上攻撃ミサイルを装備してるとは思えない。とは言っても」ヘルヴァは考えながら付け加えた。「装備してないとも言いきれない。ただ、すばやく掠奪するためには完全な奇襲が一番だとは考えてるでしょうね」

ヘルヴァナは腕を組み、かならずしも独り善がりというわけではない顔で言った。「それならば、わたくしたちに害は及ばないでしょう」

「ねえ、やつらは船に満載されてて、自分たちの目的のためにこの惑星を占領しようとしてるのよ。言っておくけどその目的は、あなたたちには絶対に気に入らないものよ。なのにここには武器もなく……」

「必要ありませんから……」

「そうは言っても、コルリー人が惑星を占領する様子は見たことがないでしょう。どんなことをするのか見せてあげる……」

ヘルヴァナは片手を上げた。「神がお許しになりません」

「神は許したり許さなかったりできる立場じゃない。いいこと、警戒態勢を取らなくちゃならないの」

「それはもうできています」

「何ですって？」

「惑星そのものが」

「堂々巡りだわ」ヘルヴァはうんざりしてきた。「これはクロエの再現で、ただ少しシナリオが違うだけなんだけど」苛立ちを声ににじませる。「今回は太陽にフライにされることはない。そのかわり……」

「いいえ」ヘルヴァナが片手を上げる。その威厳にヘルヴァは思わず黙り込んだ。「大きなところも小さなところも、修道院のまわりには壁をめぐらしてあることにお気づきになったでしょう……」

「装甲戦闘服のコルナー人に対する防御の役には立たない……」

「その者たちは壁に近づくこともできないでしょう……わたくしたちも壁の向こうへ行くことは滅多《めった》にありません。ラヴェルの植物は誰にとっても危険なのです。猛獣でさえ、出歩くのは惑星が眠っている寒い夜だけです」

「どういうこと？」

ヘルヴァナはあと一歩でわざとらしくなりそうな笑みを見せ、かすかに首をかしげてヘルヴァのパネルに目を向けた。「そのコルナー人は、この惑星のことをどのくらい知っているのでしょうか？」

「銀河アトラスに載ってることだけでしょうね」

「見せていただけますか？」

ヘルヴァはその記載をメイン・ラウンジのスクリーンに映し出し、ヘルヴァナはすばやくそれを読んで、読み終えると笑みを浮かべた。

「追加の記載はありませんね。約束どおりです」

「わたしもあなたみたいに自信満々でいられたらいいんだけど」

ヘルヴァナは立ち上がった。「前回わたくしたちを滅ぼそうとしたのは主星でした。今回は惑星がわたくしたちを守ってくれます。一つ教えてください。アトラスには宇宙港のことが記載されていますが、コルナー人もまずそこに着陸しようとするでしょうか？　侵略の隊列を整えるために？」

ヘルヴァはあのおんぼろ艦隊の姿を思い浮かべた。「利用できるものは何でも利用しようとするでしょうね。着陸場を埋めつくすほどの数がいるわけだし。ただわたしの考えでは――」彼女は暗い声で付け加えた。「――まともに着陸できない船も何隻かいるでしょう」あの荒廃したビルには今でも緊急車両や救急機器が残っているのだろうかと彼女は思った。だがそこで無情に、コルナー人が何人か死んだところでどうでもいいと思い直す。「かろうじて宇宙航行に耐えられる程度の船もあったし、一隻なんか空気が漏れてた。これはたぶんコルナー人にとって、再定住するための最後のあがきなんでしょう。あなたが何を考えてるにせよ、敵は必死に抵抗するはず。この星なら楽勝だと思ってるだろうし」

「楽勝……」ヘルヴァは不可解に唇を歪めた。「……というわけにはいかないでしょう。どう考えても」

「高度な武器を大量に持ってるのよ。空から地上を攻撃して、抵抗を弱めようとする可能性もないわけじゃない」

ヘルヴァナは声を上げて笑った。「畑や入植地に爆弾を落とすとおっしゃるのですか？　ここに定住するのが目的だとすれば、使える家や耕地を破壊したりはしないでしょう」

「あなたはわたしほどコルナー人のことを知らないわ、ヘルヴァナ。軽く考えちゃだめよ」

「肝に銘じます」彼女の顔に真剣な、不安そうな表情が浮かんだ。「畑や家が標的にされるでしょうか?」

「可能性はあるわね。ただそれと同じくらいの確率で、抵抗を恐れるに足りないと見て、まっすぐ着陸して進軍することも……」

「ああ、ぜひそうなりますように」そう言うヘルヴァナの顔が一瞬だけ勝利感とも取れる色に輝いたが、それはすぐに自責の色に変じた。「ラヴェルで何かが破壊されることを喜ぶなどと」

「自分たちの命を守るためであっても?」

「あなたがおいでになり、警告してくださっただけで充分です」

「わたしは武器を持ってない。あなたたちを守ることができないのよ」声に不満と怒りがにじまないようにすることはできなかった。

ヘルヴァナは振り向いて首をかしげた。「存じています。あなたご自身の安全を考えなくては。この宇宙でどんなことが起きているのか、わたくしはほとんど何も存じませんけれど、ちらりと見せていただいたものだけで、あまり安全な場所ではないことがわかります。あなたの身にも危険が迫っているのではありませんか? わたくしたちは警告と助言をいただきました。もう安全です。あなたも安全な場所をお探しください、歌う船よ」

「あなたたちを放ってはおけない!」ヘルヴァの声が高まり、外に響いたその声に、まだ広場に残っていた女たちは思わず顔をそむけた。

「あなたには身を守るすべがありません」ヘルヴァナの口調は、ヘルヴァのほうがその信奉者たち以上の危機に瀕《ひん》していると言いたげだった。「出発なさってください。わたくしはいろいろと手配することがあります」

「そう言ってもらえて嬉しいわ」ヘルヴァは痛烈な口調で答えた。

ヘルヴァナは踵を返してエアロックに向かい、敬意を込めて深々と一礼すると斜路を下りていった。すぐにあれこれと指示を出しはじめ、成り行きを眺めていた女たちが急いでそれに従う。たちまち広場からは人影がなくなり、ヘルヴァナは教会だか行政府だか何だかの中に姿を消した。

「さて、さて」ナイアルが居室に続く通路の端から顔を覗かせた。「なかなかの風格だ！」

「狂信的にわめいてたクロエの修道院長と何も変わらない！」ヘルヴァの声は怒りにひび割れていた。「わたしのほうが無防備みたいな言い方をするなんて」

「植物の話は何だったのかな？　それとハッチを閉めたほうがいいぞ、ベイビー。誰かに中を覗かれたら、そこにいるのはなんと……男だ！」道化のような仕草で両手を動かし、最後の言葉を強調する。

「植物の話ねえ？」ヘルヴァは苛立たしげにそう言いながら、斜路を引っ込めてハッチを閉めた。

「植物は危険だから、壁にエネルギーを供給して遠ざけてるって感じの言い方だったな。道路を思い出してみろよ。端がきれいな直線で……使われていなくて……メッセージのやり取りには鳥を使ってる。つまり修道院の壁の外を出歩いたりはしないってことじゃないか？」

ヘルヴァはその可能性を考えてみた。「それがコルナー人に対する武器になる？」はっきりした不信感のこもる口調だ。

「姿を隠して観察することはできる」ナイアルは彼女が見落とした何かに気づいて小首をかしげた。「あの女性は自分たちの……現地的な……防衛力に自信満々だった。ぼくたちはまだこの世界のすべてを見たわけじゃない。そうだろう？」

ヘルヴァは外部センサーで周囲をスキャンした。最初は立ち並んだ煙突だと思ったものが実は屋根の上の鳥小屋で、そこに次々と鳥が到着している。彼女は状況を再考した。

「別の入植地を試してみるわ」周囲に人がいないことを確認すると、彼女はゆっくりと離陸した。広場はしっかりと踏み固められていて、吹き上げられた土埃はごくわずかだった。

彼女は九つの入植地を回った。中規模、小規模、そしてもう一つの大規模入植地。そのすべてで女性たちの長《おさ》は、間違いなくうやうやしい態度で、今回は歌う船にラヴェル人の心配をしていただくには及びません、試練の時が迫っていることを教えにきていただき感謝しますと返答した。ヘルヴァはホログラムを上映しようとしたが、最初の場面をちらりと見ただけで誰もが背を向け、彼女の提示しようとする証拠に対してしっかりと目を閉じた。

「これはきみの腕が落ちたとかって問題じゃないよ」ナイアルが指先で音もなく肘掛けを叩きながら言った。「みんな本気で安全だと信じてるんだ。もちろん有徳の誉れのみで聖人が助かった例がないのと同じく、ここの女性たちがコルナー人の魔手を逃れることはできないだろう。ただ、きみが頭に来すぎて気がついてないといけないんで言っとくと、修道院を囲む壁のパワーは全開になってる」

「エネルギー源はどこ？　空からひととおり偵察しただけでコルナー人にわかってしまうわ」ヘルヴァは前にも増して不安になっていた。前回は膨れ上がる太陽そのものが証拠となって、疑い深い信仰者たちにも危機を納得させることができた。今回はどうすれば証明できるだろう？　なぜいつもこういう頑固者を相手にしなくちゃならないんだろう？


彼女は巡回を続け、訪れた九十七の修道院ですべて同じ返答を受け取った。九十八番めに向かっているとき、空に明るい閃光が見えた。コルナー人が人工衛星を破壊したようだ。

「向こうもちゃんと警告してくれたってわけだ。隠れ蓑を着ける潮時だぜ、ヘルヴァ」ナイアルの指は肘掛けの上で踊りつづけていた。

「頑固者の町のあいだを飛び回るとき、ずっと着けてたわ」彼女はぶっきらぼうにそう答え、あの憐れな着陸場に向かった。植物が繁茂するこの世界で、コルナー人を迎えるように広く開けた場所はそこしかない。侵略者はまずそこに着陸するだろうと思ったのだ。

夜明けとともに彼女とナイアルは着陸場のそばに到着し、施設を囲むいちばん近い丘の上にホバリングで静止した。

「ほほう」ナイアルが声を上げ、制御パネルの上に身を乗り出して前方スクリーンを見つめた。外部カメラを次々とオンにして、その映像をパッチワークのようにつぎはぎする。ヘルヴァはめまいがしてきた。と、そのとき彼の注意を引いたものがわかった。

以前は一面に濃淡などなかった着陸場に、何ともいやらしい感じで模様が浮き上がっている。脂のような粘液のような、ねっとりした黄色と黴《かび》の緑色が混ざった色。数センチほど盛り上がっているが、上空から見ればなだらかで平坦な土地に思えるだろう。

「足場にするには気に食わない色だな、ヘルヴァ」ナイアルが低い不気味な声で言う。「このままホバリングで、隠れ蓑をまとったままにしとこう」

「いい考えね」船首に近い左舷のセンサーが、彼女のほうに伸び上がってくる触手をとらえた。船をからめ取ろうとしている。彼女は地表から大きく距離を取った。「実に興味深いわ。邪悪な植物だなんて」

ナイアルは両手をこすり合わせはじめた。顔には不吉な表情が浮かんでいる。「海賊どもはいい気味だ。やつらの放射性代謝が影響しないことを祈るだけだな。さっさとやっつけないと、逆にそこらじゅうを汚染しはじめる」

「コルナー人は好敵手に出会うことになるのかもしれない」彼女は喜んでそう信じたかった。

最初に着陸したコルナー船は二隻の大型武装巡洋艦だった。脂じみた草地のまん中に接地したとたん、即座に武装歩兵部隊が展開を始め、砲兵が可搬ミサイル・ユニットを組み立てはじめる。ヘルヴァは敵がまず傾きかけたビルを破壊するのではないかと予想していたのだが、そうはならなかった。ビルは今や薄緑色の蔓草《つるくさ》にびっしりと覆われていたものの、コルナー人が色に敏感だとは思えなかった。疑いなど抱くはずもない。彼らの母星はどぎつい外観で有名だったのだ。

部隊はすでにふくらはぎあたりまで伸びて進軍をじゃまする草や茂みを、金属製のブーツで踏みしだきながら進んでいた。植物がつい最近になって茂ったものだとは知るよしもない。隊は四つに分かれ、四本の道路を別々に進んでいく。中型の船がさらに三隻、着陸場の端に降りてきて兵員を吐き出した。彼らは先行部隊のあとを追い、道が分岐するたびに少人数に分かれていった。続いてコット・サイズの船が着陸を始める。中に一、二隻、乱暴な着陸で地面に舳先《へさき》を突っ込んだものもあった。するとたちまち伸びてきた触手や小枝が船体を覆いつくし、それがあっという間に太い枝になって、船を地面に釘付けにした。これがラヴェル人を捕えて奴隷にするのが目的のコルナー人でなかったら、ヘルヴァは警告を発せずにはいられなかったろう。武装もせず、宇宙服も着けずに船から降りてきた者たちは、咳《せ》き込みながら地面に倒れ、これで救われたとでも言うように腕を空に向かって伸ばした。少なくとも窒息死する運命は免れたわけだ。ラヴェルの原生植物が貪欲に彼らを呑み込んでいく……まだ息のある肉体を……そのことは緑に覆われたねじれた塊が発する苦しそうな悲鳴や叫びからもはっきりとわかった。獲物を探す蔓は開いたハッチの中にも入り込み、異変に気づいて船内に逃げ込んだ者たちを追いつめていった。

どんなに頭の回転が速い艦長も、上空の僚船に警告を発する暇はなかったらしい。船は空いている場所に次々と着陸していた。上空に留まるという選択肢はないのだろう。どの船も早く着陸しようと焦っていて、先に着陸した者たちの運命には気づいていない。

「まさしく因果応報だ。惑星が反撃してる！」ナイアルがつぶやいた。植物はそこらじゅうでうごめき、探りを入れ、絡まり、入り込んで、古くて脆い船体を次々と破壊していた。「疑うことを知らない無垢な人々に暴力を振るってきた報いだ……」その声が小さくなって消え、彼は緑の地獄の映像を切った。

ヘルヴァは何も言わずに上昇し、いちばん近い道路——最大の入植地に続く道路——をたどって、ラヴェルの植物が装甲歩兵部隊をどう扱ったか、確認することにした。地上部隊は艦隊に比べると多少は持ちこたえたようだが、それでもいちばん近くの、いちばん小さい修道院にさえ到達できていなかった。修道院に声が届く範囲にさえ達していない。

「あの植物はすさまじく腐食性の強い酸を分泌するようだな。装甲に斑点ができて——穴まであいて——そこから先端が内部にもぐり込んでる」ナイアルが驚きにかぶりを振りながら言った。「装甲宇宙服さえあんなにするようなものを、あの女たちはどうやって手なずけたんだ？」

「とにかく威力があるんだから、どうやったかなんてどうでもいいわ」

遅まきながら危機的状況に気づいた勇敢なコルナー人たちは、仲間を襲っている悪魔の植物に当然その武器を向けた。どうやら着陸した中に、仲間と連絡を取るまで生き延びた者がいたらしい。だがこの戦場においては、コルナー人の武器は敵の数を減らすよりもむしろ増やしていた。吹き飛ばされ、炎に包まれた植物はばらばらの破片となり、その破片ひとつひとつがたちまち大きくなって、新たな攻撃を始めるのだ。重いブーツを履いたコルナー人の戦士たちは草に足を取られ、倒れるとその場で緑と黄色のうごめく藪《やぶ》に変じた。動力パックは蔓草に侵入され、ショートした。コルナー人の武器に狙われる危険がなくなったので、ヘルヴァは隠れ蓑を脱ぎ、彼らが敗北する様子をカメラに収めた。粉々になった植物がみるみる再生する場面にも焦点を合わせる。虐殺の現場から……養分吸収の現場からと言うべきか……充分に高度を取り、接触しないよう気をつける。ほんの一瞬、一瞬だけ、木の葉を一枚か小枝を一本、厳重な管理下で採取してみたいという思いがちらりと頭をよぎった。中央諸世界の危険生物研究所で分析できるように。

「こんなのははじめて見た」ナイアルがかぶりを振りながら言った。「敵対的な惑星環境が存在することはわかるが、それを手なずけて、危機が迫ったとき利用するだなんて。ファイルに新たな項目が加わることになるな！」彼は椅子の背にもたれ、指を組んで両手をこすり合わせると、思いがけないコルナー人の全面的な敗北を大いに喜んだ。「これであいつらも消極的抵抗の恐ろしさが少しはわかったろう」

「あれのどこが消極的なのよ」ヘルヴァがおどけた口調で混ぜ返す。「ラヴェル人はただ自然に本来の働きをさせただけでしょ。あの人たちのマリア信仰の教義には、きっと人間の命を奪うことに関する何かの教えが……」

「はっ！　ぼくはコルナー人を人間だなんて考えたことはないね。そもそも宗教者にだって、ほかの生命体と同様に自分を守る権利はあるんだ」

「あの人たちは何もしてないわ。やったのはこの惑星よ。そこがエレガントなところね」

「ああ、まったくだ」ナイアルは殊勝ぶった口調になった。「柔和なる者を許容せよ。彼らは地《アース》を継ぐであろう……ラヴェルをだな、この場合。よくやった、乙女たちよ、よくやった」彼は音のない拍手をした。「もう少し表現を練ったほうがいいな。それはきみの仕事だ」

「この結末は当然だと思われてただけじゃなくて、観察もされてたみたいね」ヘルヴァは長距離スクリーンをオンにした。鳥の群れがあちこちで旋回し、たちまち四方八方へばらばらに飛び去っていった。目的地の数はヘルヴァにさえわからないほどだった。

ヘルヴァがふたたび広場に着陸すると、ヘルヴァナを先頭に十四人ほどの一団が彼女を待ち受けていた。みんな黒くて長いスカーフを巻き、頭をぴったりと覆う黒いフードをかぶっている。

「『わたしが来たのはシーザーを葬るためだ。褒め称えるためではない』(『ジュリアス・シーザー』三幕二場)」と、ナイアル。

「ならば去れ、マーク・アントニー」彼女は警告を込めてそう答えた。

「わかった、わかった。この葬儀に喪服で参加する気はないからな」

「あなたはもうふさわしい服装をしてるわ」去っていく彼の背中にそう声をかけると、彼女はエアロックを開き、斜路を下ろした。

代表団が入ってきて、全員がラウンジに整列するまで彼女に頭を下げつづけた。その表情はうやうやしいものの陰鬱で、中には目を泣き腫らしている者もいる。こういう人々は心が優しいのだろう。どんなことになっていたかわかっていながら、なおコルナー人のために涙を流す心性というものは、ヘルヴァの理解を超えていた。だがまあ、彼女は宗教的なたちではない。まず彼女が口を開いた。この二度めの偶然の〝救助〟について、くだくだしい感謝の言葉を聞きたくなかったのだ。そもそも今回は救助船ではなく、通りすがりの傍観者に過ぎなかったのだし。

「ごめんなさい、ヘルヴァナ、何とも効果的なあなたがたの防衛網を疑ったりして。本当に『柔和なる者が地を継いだ（新約聖書の一節）』のね」

通路のほうから聞こえてきた、ばかにするように鼻を鳴らす音が、誰の耳にも届いていなければいいのだが。

「ラヴェルでのわたくしたちの無敵さを証明することになって、誰もが深く嘆いています」ヘルヴァナがゆっくりした、悲しげな口調で言う。「肉体を離れた魂のために祈ります」

「あいつらにそんなものがあるのか、かなり疑わしいけど」ヘルヴァの辛辣なコメントに、年若い数人が驚いて息を呑んだ。「無情だと思えるかもしれないけど、わたしは征服の跡をこの目で見てるから。あいつらが壊滅して、残念だって気はしないわ。あなたがたもこれ以上自責の涙を流したり、今回のことを嘆いたりする必要はないの。おかげで宇宙はだいぶ平和な場所になったんだから。それに結局あなたがたは……」そこで一拍置く。「……何も手を下してないわけでしょ。この惑星は望まない訪問者を自力で処理する。今回もそうしただけよ」

ぎごちない沈黙が降りた。信者たちは〝救世主〟の思いもかけない率直さに戸惑っている。その沈黙を埋めるようにヘルヴァは言葉を継いだ。

「着陸場と道路のダメージを補修するのにどれくらい時間がかかる?」

「補修はしません」ヘルヴァが仲間に目をやってから答えた。「ほかの修道院との連絡は保たれています。全員が一堂に会する必要は、実のところもうないのです。修道院はそれぞれに自給自足していますから、着陸場ももう必要ありません」

「でも、壁の機能は維持しなくちゃならないでしょ?」

小さな笑みがヘルヴァナの口許に浮かんだ。「はい」彼女は頭を傾けた。「ラヴェルの植物を押しとどめておくのに必要ですから」

「ただ、あの植物はあれほどの……」ヘルヴァは〝生殖力がある〟と言いかけて、その言葉はここにいる心優しい女たちを慌てさせるかもしれないと思い直した。「……自由意思を持ってるわけだから、当然ながら失地を回復したいと感じてるんじゃないかな」

「直すべきところは直します。それは長くつらい作業になりますし、日々の生活の中でやるべきこともたくさんあります」

随行員の一人がヘルヴァナの袖を引いた。

「ええ、そうですね。先にわたくしたちの永遠の感謝を表明すべきでした」ヘルヴァナはその女性に優しく声をかけた。「あなたにはまたしてもお世話になりました、歌う船よ。そしてまたしても、いつもわたくしたちを見守っていてくださるあなたに何のお返しもすることはできません」

「たまたま近くを通りかかっただけだって言ったら信じる？」ヘルヴァは静かにそう尋ねた。

ヘルヴァナは皮肉を感じ取り、ごくかすかに目をきらめかせた。

「だとしたら、この足止めのせいで遅れたりなさらなければいいのですが」

「その心配はないわ」ヘルヴァは少し愛想よくそう答えた。正直なところ、この星の修道院における評判をあまり下落させたくなかったのだ。「目的地に着くのが遅れたりはしないから」レグルスは彼女が到着することを知らないのだから、これは嘘ではない。とはいえ、もう少し如才ないコメントもあっていいだろう。「宇宙軍にはわたしの要請による警戒態勢を解いてもいいと連絡しておくわ。報告には敵が壊滅したと……」

いっせいに声が上がったものの、ヘルヴァナが片手を上げると人々の驚きの表情はどうやら落ち着いた。

「人が死んだことは報告なさらないでください。ただ単に……緊急事態は処理されたとだけ」ヘルヴァナの態度は威厳に満ちていた。

「ではそうしましょう」ヘルヴァは厳粛にそう答えた。とはいえ、コルナー人の一団が完全に消滅したという報告を宇宙軍艦隊に送る名誉は彼女のものだ。「もしよかったら、わたしに代わりの警戒衛星を用意させて。外からじゃま者がやってこないように。今までのは……今回の訪問者に吹き飛ばされてしまったから」コルナー人侵略者の末路が知れわたれば、あえてラヴェルに着陸しようなどという者はいなくなるだろう。「わたしが手配してもいい？」

「ヴェガⅢに同じ信仰を持つ小さなグループがあります」ヘルヴァナが答えた。「もしよろしければ、そちらに……新しい衛星が必要だと伝えていただけますでしょうか。費用と設置はその者たちが面倒を見てくれます。あなたにそのような些事《さじ》の手配をしていただくには及びません」

「何でもないわ。同じ信仰を持つ仲間の方たちには、必要なものがあることと、あなたがたが引きつづき安全だと伝えておく。わたしたちのあいだに貸し借りはなしよ、賢明にして善良なヘルヴァナ。わたしがここへ来たのは、クロエのときと同じように、必要とされていたから。それで充分よ」

「ではそのように」ヘルヴァナは頭を下げて受諾を示し、ほかの者たちもそれにならった。はっきりした身振りで代表団をエアロックに向かわせたヘルヴァナは、ひとりひとりがヘルヴァのいる中央制御柱に向かってお辞儀をするあいだ脇に立っていた。これにはいささか時間がかかり、ヘルヴァはやきもきした。このところのストレスに対処するため、栄養液を調整する。

ヘルヴァナは深々と一礼してから、ためらった様子を見せた。彼女はナイアルの居室のほうに顔を向けた。「亡くなられたパートナーのためにお祈りします」彼女はナイアル・パロランに劣らない人がその地位に就きますように」

彼女は出ていき、ヘルヴァは衝撃のあまり声もなかった。

「ぜひぼくのために祈ってもらいたいね！」ナイアルがメイン・キャビンに出てきてぴしゃりと言った。

ヘルヴァが音を立ててエアロックを閉める。

「あんなゴシップをどこで聞き込んだんだ？」ナイアルは言葉を続けた。「さっさとこの星を離れようぜ。ぞっとするよ。コルナー人のために涙を流すなんて。ぼくのためならともかく」

ヘルヴァは船体を離昇させるのに必要な手順をできる限り巧妙にやり遂げた。広場にいるのはヘルヴァナとその代表団だけで、彼らは建物の陰に立ち、階段の上でヘルヴァナを頂点とする三角形を作っていた。右舷のセンサーを見ると信者たちが顔を上げ、〝自分たちの〟船がふたたび天に昇っていくのを見送っていた。自分たちを救いに天からやってきた船を。

「〝たまたま近くを通りかかった〟なんて絶対に信じてないぜ」ナイアルはそう言ったが、その口許は奇妙に歪んでいた。「少なくともあの賢女はな」

「でもそうなのよ」答えながらも彼女の思いは、なぜヘルヴァナにナイアルの死がわかったのだろうというほうに傾きがちだった。エアロックとラウンジよりも奥には足を踏み入れなかったというのに。そしてそれ以上に驚いたのは、ヘルヴァナの言葉に本当に彼女が慰められたという事実だった。

星系を出るとヘルヴァは全方位通信で、緊急事態が終わったこと、コルナー艦隊の生き残りが壊滅したことを報告した。詳細はレグルス到着時に説明の予定。到着予定時間は知らせなかった。彼女の招請に応えた哨戒部隊が全速力で飛んでいくのとすれ違う。コルナー人最後の生き残りと戦い、手柄を立てて昇進するチャンスを逃したのはがっかりだったろう。ラヴェル人のことは、話題になるのをあまり好まない人々だと伝えてある。コルナー人が壊滅する様子を収めた映像は切り貼りしてしまえばいい。実際、彼女はすでにそうしていた。曲がりなりにもヘルヴァナとの約束を守りながら、艦隊情報部も満足させなくてはならない。そのとき彼女が認識していなかったのは、その無口さが生きた伝説としての彼女の栄光をさらに輝かしいものにするという事実だった。

レグルス星系から五日のところでエスコートに出会った。それは何と二つの小艦隊で構成され、ノヴァ級の旗艦には准将が乗り組んでいた。

「ハリマン准将より連絡。貴殿とナイアル・パロランのエスコートに参上した」最初のメッセージとともに、巡洋戦艦の艦橋で礼装用の制服を着て満面の笑みを浮かべた准将の顔があらわれた。彼はヘルヴァの〈筋肉〉を捜してあたりを見回した。

「探索員ナイアル・パロランの遺体とともに帰還しました、准将」思っていた以上に落ち着いて報告できた。ヘルヴァナのお祈りのおかげかしら？

「そんなこととは……」准将はショックをあらわにし、艦橋につぶやきが広がるのがわかった。「お悔やみとお詫《わ》びを申し上げる。つらい旅だったろう。コルナー人との戦いの犠牲になったのかね？」

「ナイアル・パロランは眠るように静かに息を引き取ったわ。診断は高齢による老衰死よ」訊かれる前に死亡の日時と場所を告げる。停滞は何の糸口にもならない。「パロランは地位と名誉にふさわしい葬儀を希望してたの、准将」そう言いながら内心で笑みを浮かべる。ずっと彼女に我慢しつづけた仕返しだとナイアルは言っていた。

「当然の権利だな。すぐに準備に取りかからせよう……きみさえよければ」

「お願い」彼女は小さくため息をついた。あのプログラムは悪い出来ではなかった。ナイアルの死という事実に慣れるための時間を稼がせてくれたのだから。死よ、死よ、汝の棘はどこにある？　墓よ、汝の勝利は？

「心よりお悔やみ申し上げる」准将は背筋を伸ばして敬礼した。背後でほかの士官たちが直立し、敬礼するのが見える。「NH-834は中央に卓越した貢献をしてくれた」

「ナイアルはパートナーの鑑《かがみ》だった」ヘルヴァが答える。「しばらく沈黙にひたらせてちょうだい」今回の事件について虚偽の報告をするつもりはなかったが、それでもいくつか、彼女の胸一つに納めておかなくてはならない事柄がある。

「そんなことでコルナー人の一件を説明しなくても済むなんて思うなよ、ベイビー」ナイアルは准将との通話に使うため起動したスクリーンの、可視範囲のすぐ外に立っていた。「ぼくは本当に英雄的にその役割を果たしたかな？」

「もちろんよ。受けるべき名誉をすべて受けるまでは、墓になんか入らせませんからね。ラヴェルでも立派に役目を果たしたわ。姿を見られないようにするって役目を」

「完璧にってわけじゃなかったらしいがね」ナイアルはちらりと口許を歪め、彼女に向かって指を振った。

「ヘルヴァナのちょっとした指摘のことを言ってるなら、忘れてしまいなさい。当てずっぽうよ。どこかに〈筋肉〉がいるはずだってことは知ってたはずだし」

「名前まで知ってたぞ」

「きっとあの人は死者と話ができるのよ。そしてあなたは確かに死者なんだし。そろそろ消えない？」

「どうして？　自分の葬式を見逃せって？　よくそんなことが言えるな」彼は片手を胸に当てて落胆を表明した。

ヘルヴァナは笑い声を上げた。「トム・ソーヤを引用すると見当をつけてもよかったわね」

彼も声を上げて笑う。「いいじゃないか。ものを見る能力を授けてくれたんだから。みんながぼくのことをどう思ってるのか、ずっと知りたかったんだ」

「葬儀で率直な言葉なんか聞けないわ。故人を悪く言うのはマナー違反でしょ。それにわたし、あなたのホロ・プログラムを作ったなんて知られたら、シナプスが何本か吹き飛んだと思われて、精神科医の診察を受けることになる。そんなのはごめんよ」

「誰にも姿を見せたりはしないさ、ベイビー。約束する」

もともとこのプログラムは、レグルス基地に着いたら完全に消去してしまうつもりだった。それを収めていた数ペタバイトのメモリーごと。だが気が変わった。彼には葬儀を見る権利がある。棺を担いでのゆっくりした行進から、大気圏内機が翼を振る敬礼や、ライフルの一斉射撃や、延々と続く鎮魂歌まで、名誉ある死者のための儀式のすべてを。今回の彼女は愛するパートナーの思いがけない不慮の死を悼むのではない。親しかった友人の、長く充実した人生の終わりを祝福するのだ。彼もまた彼女の中で忘れられることはない。

埋葬班が亡骸《なきがら》を受け取りにやってくると、彼女が長旅のあいだ無傷で運んできた遺体は棺の中の静止状態に移された。レグルスのお歴々が大挙して登場する。式典用の礼装制服に身を包んだ随行員の一団を引き連れた中央諸世界の首席行政官から、エレガントな黒のドレスにファッショナブルな帽子をかぶった惑星政府長官まで。いろいろな制服が入りまじった軍人の団体、そのとき基地にいたすべての〈筋肉〉と訓練生たち。葬儀はちょうどいい長さだった。あと少しでも長かったら、死者を誉め称える言葉を彼女は信じてしまっていただろう。その本人は操縦席に腰を下ろし、満足しきった顔で式典を見物している。彼女にとってはそれがこの葬儀の最大の見どころだった。

「これが見られたんだから、とうとう馬頭星雲へ行けなかったのも惜しくない」彼は何度かそう叫んだ。彼女は地上からも高位高官の居並ぶ高い壇上からもキャビンの見えない、だがキャビンからは外を覗ける位置に駐機していた。そこで彼は思いのままに警句を吐き、追憶にひたった。

ヘルヴァは前にもそうしたように、また歌う船として彼女に期待されているとおり、夜と葬送の歌を心に染み入る旋律で空に鳴りわたらせた。だが今回、そこには勝利の響きがあった。やがて最後の音が墓地の空と垂れた頭《こうべ》の上から消えると同時に、彼女はナイアルのホログラム・プログラムを消去した。

当局が一人にしてくれたので、彼女は充分孤独にひたることができた。あと何日かナイアルの消去を遅らせてもよかったのだろうが、ものごとには終わるべき時というものがある。葬儀の終わりがまさにその時だ。彼女は本部に連絡した。

「こちらはXH‐834、新しい〈筋肉〉を要請します。宇宙軍艦隊はラヴェル事件についていろいろ質問したいでしょうから、そのための時間も取ってちょうだい。すべて記録に残しておきたいの。それから、ヴェガⅢのマリアン・サークル修道院に最優先メッセージで、ラヴェルが新たな警戒衛星を求めていると伝えて。前のはコルナー人に吹き飛ばされてしまったから」

「新しい〈筋肉〉？」通信を受けた女性が言った。思いがけずXH‐834から連絡を受けて、頭の中がまっ白になってしまったらしい。

「ええ、新しい〈筋肉〉よ」ヘルヴァはもう一つの要求も繰り返した。「わかった？　じゃあ、急いでお願い。〈筋肉〉宿舎にわたしの要請を伝えたらすぐに、経験豊富な頭脳船向きの任務を何でもいいから割り当てて」

「わかりました、XH‐834、はい、了解」相手は興奮のあまり言葉にならず、しばらく

る。

最初の乗船者になろうと駆けつけてく

してようやく筋の通った話が聞こえてきた。奇襲はいつもこっちを優位に立たせてくれる。

彼女は純粋な悪意に満ちた笑い声を上げながら、〈筋肉〉宿舎でみんなが慌てて服を着込んだり髪をとかしたりボタンをはめたりするのを眺めた。その光景は昔の楽しい思い出を呼び起こした。若い男女が栄誉の中の栄誉を目指して、最初の乗船者になろうと駆けつけてくる。

彼らが斜路にたどり着こうとするとき、ヘルヴァはぼんやりした影に気づいた。輪郭は霧のようだが、それはナイアル・パロランだった。彼女のいる中央柱に近づき、肉体を覆うパネルにもう一度だけ頬を寄せる。

「次のやつをぼくみたいに嘆かせるんじゃないぞ。いいな、ベイビー」背を向けると輪郭がいよいよ不明瞭になる。「それと、もしきみがあのソーグの義体をぼく以外の誰かのために使ったら、きっとそいつを殺してやる！　わかったか？」

ヘルヴァは自分が何かつぶやいたような気がした。彼の影はエアロックではなく、前方スクリーンのそばの船体へと吸い込まれていった。押し寄せる〈筋肉〉たちの足音がちょうど聞こえてきたとき、彼は最後に片手を一振りして、彼女自身である船体の金属の中へと消えていったように見えた。

「乗船の許可をお願いできますか？」息を切らした声が聞こえた。

旧版解説

新藤《しんどう》克己《かつみ》

「そのころ隣に魅力的な娘さんが住んでいて、毎日のように本を借りに来ていました。そこで私は彼女に『歌う船』を勧めたのです。「SFはだめなの」彼女は断わりました。でも私はそのとき忙しかったし、彼女は私のミステリの蔵書を読みつくしてしまっていたので、とにかく試しに読んでごらんといって本を渡しました。彼女はしぶしぶ読みだしたようです。それ以来『歌う船』は私の手に戻って来ません。

「しばらくして彼女から、もう三回も読んじゃった、と報告がありました。お兄さんは四回、それまで一度もSFを読んだことのなかったお母さんまでが二回も読み返したのよ、と。

「いいえ、かついでいるわけではありません。アン・マキャフリーの『歌う船』は、少なくとも四人のSFを読まなかった人たちを、私以上のコレクションを持つ熱烈なSFファンにしてしまったうえ、私の知る限りではいまだに彼女の家族のあいだで回し読みされているのです」

右に記したのは、ポール・ウォーカーがSF作家を相手に行なったインタヴューをまとめた *Speaking of Science Fiction* から、アン・マキャフリーの項の前書きを抜粋したものです。

本書の持ち味をうまく表現してはいますが、ひと言つけ加える必要があります。それは、『歌う船』は、SF初心者ばかりではなく、かなりSFずれした古参ファンが読んだとしても充分に満足のいく、優れた作品だということです。

主人公のヘルヴァは、そのままでは生命を維持できない、極端な奇形の体を持って産まれました。幸いなことに頭脳は人並み以上の優れたものでしたが、機械の助けなくしてはすぐに死んでしまいます。そこで彼女の両親は決断を下しました。ヘルヴァを〈中央諸世界〉の手に託し、外殻人《がいかくじん》としての道を歩ませることにしたのです。

外殻人。それはヘルヴァのような人たちを生命維持装置の完備した金属の殻の中に封じ込め、脳髄から出るたくさんの神経の一本一本を各種機械の制御装置につないで、ひとつの機械システムを意のままに動かせるようにした、一種のサイボーグでした。赤ん坊のヘルヴァは金属の殻の中に移され、足をけるかわりに車輪を動かし、手でつかむかわりに機械の伸縮腕をあやつりながら、すくすくと成長しました。異常な監禁状態と、彼女がいずれ就《つ》くことになる重要な任務の重圧からくるであろう心理的抑圧を取り除くため、外殻心理学を応用した教育を受け、暗号理論や基礎異星心理学などさまざまな科目の勉強もしました。

ヘルヴァの十六歳の記念日に、彼女は無事教育課程を修了し、機械の体を与えられることになりました。彼女をおさめた恒久的なチタン製の外殻は厳重にバリヤーを施された中央制御柱の奥深くに置かれます。知覚系、発声系、運動系の神経が接続され、封印されます。麻酔をかけられて意識を失っているあいだに複雑な脳の接続手術が行なわれ、目が覚めると、ヘルヴァは船になっていました。飛ぼうと考えただけで飛び、曲がろうと思っただけで曲がることのできる、サイボーグ宇宙船になっていたのです。

赤ん坊の頃から特殊な英才教育を受け、任務をこなすために必須の数々の技術を身に着けた彼女は、いまや〈中央諸世界〉の期待をになったエリート・サイボーグ宇宙船。前途は洋洋たるものです。けれど、ヘルヴァが十六歳の多感な少女であることもまた事実なのです。

アン・マキャフリーはそんなヘルヴァの人間としての成長を、同性である女性の目から、繊細な潤いのある筆致で描いていきます。勘所をおさえたプロットの組み立て方、壺を心得た描写は心憎いほどで、感動のあまり思わず前に戻って、クライマックスの部分を読み返している自分に気づくこともしばしばです。

著名なSF作家によるSF作法についてのシンポジウムをまとめた本、*Of Worlds Beyond* の中で、R・A・ハインラインはSFにはふたつのタイプがあるといっています。すなわち、こまごました新奇な発明品が主人公になって、登場人物は名前だけの存在でしかないような〈道具だて小説《ガジェット・ノヴェル》〉と、あくまで主人公は人間であり、そこにでてくる機械や宇宙船や光線銃はあくまで脇役としてひかえている〈人間小説《ヒューマン・インタレスト・ノヴェル》〉のふたつです。もちろんたいていのSFはこのふたつがある程度混在するものですし、ガジェット・ノヴェルを楽しんで読むことがあるとハインライン自身認めています。しかし、道具だてのみに重きを置き、人間を描くことを怠ったSF小説が、いつまでたってもお子様ランチの域を出ないこともまた明らかなのです。

優秀な人間の頭脳と、大宇宙を超高速で駆けめぐるロケットの体を持ったサイボーグ宇宙船の活躍を描く『歌う船』は、スペースオペラの壮大さとガジェット・ノヴェルの新奇さを併せ持つ、いわゆるSFらしいSFといえるでしょう。しかしこの本の本当の魅力は、世間を知らない少女が幾多の困難な任務をこなしながら、嘆き、喜び、怒り、愛し、歌うことによって人間的な成長を遂げていく、という人間を描いた部分にあるのです。だからこそ、『歌う船』にはSF嫌いをSFファンにしてしまい、すれっからしのSFファンを熱中させてしまう力があるのです。

それにしても、サイボーグを描いた作品には、どうしてこんなにメランコリックなものが多いのでしょう。

サイボーグはサイバネティック・オーガニズムの略、つまり機械と人間の有機的複合体のことです。病気や障害のために人体の一部を機械装置に置き換えた場合も、サイボーグと呼べば呼べないことはありませんが、SF小説に登場するサイボーグは、たいていの場合頭脳以外のすべての体の部分を機械装置に置き換えてしまったものです。生身の肉体を失ってしまった頭脳は、しばしば地獄の苦しみを味わうことになります。アレクサンドル・ベリャーエフの『ドウエル教授の首』（創元SF文庫刊）に登場するドウエル教授は、死後間もない体から切り取った諸器官を復活させる研究をしていましたが、喘息《ぜんそく》の発作で死んだあと研究助手の手で首だけ蘇生させられます。生前は思考活動のみに自分の存在理由を見出《みいだ》していた教授でしたが、いざ生身の肉体を失ってみると、脳髄だけの存在であることに嫌悪感を覚えるのでした。C・L・ムーアの「美女ありき」では、偉大な美人ダンサーが事故に遭い、目を見張るような美しさと機能性を兼ね備えた金属の体に移し替えられることになります。しかしその美しさも機能性もロボットのものでしかないと、彼女は悩み抜くのです。

ジョーン・D・ヴィンジの短編集『琥珀《こはく》のひとみ』（創元SF文庫刊）に収められた「錫《すず》の兵隊」には、戦傷のため体の半分を機械に置き換えられたサイボーグが登場します。生身の人間と比べてほとんど年をとらない彼は差別を受け、さみしい生活を送っています。唯一わかり合える友だちとなり得たのは、亜光速航行によるウラシマ効果のためにゆっくりと年をとる、宇宙船乗組員の女性だけでしたが、彼と彼女が本当に結ばれるためには、彼女のほうも事故に遭ってサイボーグになる必要がありました。トマス・M・ディッシュの“Come To Venus Melancholy”の女主人公は、不治の病に冒されて、そのまま死を迎えるか政府管理下のサイボーグとして生きるかの選択を迫られ、後者を選びます。金星上に設置されたステーションのハウス・キーパーとして家の体を与えられた彼女は、初めのうちこそそこに住むことになった男とうまく折り合っていたものの、欲求不満からノイローゼを起こし、男を外へ追い出してしまいます。そしてその後は自分の愚かさを呪いながら、ひとりぼっちで暮らすことになるのです。

外国作品ばかりではありません。平井和正作、『サイボーグ・ブルース』（角川文庫刊）には中枢神経以外はすべて機械と化したサイボーグが登場しますが、彼も自分が生身の体を持たぬことに悩んでいます。漫画やアニメの分野に目を移しても、「サイボーグ009」の島村ジョーしかり、「エイトマン」の東《あずま》八郎しかり。みんな常人がはるかにおよばぬ能力を持ちながら、サイボーグになってしまったことにどこか引け目を感じているのです。

しかしヘルヴァはちがいます。外殻心理学の成果ということもあるのでしょうが、自分がサイボーグであることに誇りを持ちこそすれ、引け目を感じたりすることはありません。それどころか、新しい生身の肉体を与えられるチャンスを得たときには、転換を拒否しさえするのです。それから、幾多の困難を乗り越えたヘルヴァを待つのは（まだ本文をお読みでない方は、ここから先を読まないで）、ご安心ください、ハッピー・エンドなのです。

一九八三年十二月

そして、船は行く

三《み》村《むら》美《み》衣《い》

本書は *The Ship Who Sang*（1969）の全訳である旧版『歌う船』の新訳に加え、単行本刊行後に発表された短編「ハネムーン」と「船は還った」の二編を収録した、つまりアン・マキャフリーが単独で執筆した《歌う船》の全作品を収録した日本版オリジナルの連作短編集である。

〈F&SF〉一九六一年四月号に発表された短編「船は歌った」の冒頭は鮮烈だ。

重度の障害を持って生まれたその子は、まず〝もの〟と表現される。しかしその後、電子脳造影テストによって知性が確認されると、今度は二つの選択肢が与えられる。安楽死か、さもなくばカプセルの中に閉じ込められたシステムの〈頭脳〉となるかだ。両親からすると、いずれを選んでも子どもは自分たちの手の届かないところに行ってしまい、もう二度と抱くこともできない。

それでも。

両親はその子が生存し続けられる唯一の道を選んだ。

こうして〈中央諸世界〉に託された子どもは、そこではじめてヘルヴァという名を与えられた後、カプセルの中に入れられ、数学や物理や歴史から芸術や心理学まで、さまざまな教育を受け、十六歳の誕生日に宇宙船の〈頭脳〉となった。そして〈頭脳〉には共に働く生身のパートナー〈筋肉〉が寄り添う。

文庫本にしてわずか三〇ページほどの短編だが、機械と人間の融合、〈外殻人《がいかくじん》〉となった少女の成長と初恋、そして別れを盛り込んだ「船は歌った」は好評を博し、続編として発表された雑誌掲載の五編に加えて一編を書き下ろし、連作短編集『歌う船』が刊行された。以来半世紀以上経った現在でも読みつがれる古典的名作となった。とはいえ、アメリカにおいてマキャフリーといえば〝ドラゴン・レディ〟の異名で語られるほど《パーンの竜騎士》の作者というイメージが強いのだが、これが日本においては逆転し『歌う船』の人気が際立つ。それは『歌う船』が喪失の物語だからだろう。

実は『歌う船』を執筆していた時期、マキャフリーは二つの問題を抱えていた。ひとつは本書の献辞に認《したた》められている父の死がもたらした喪失感だ。兵士として二度の大戦に従軍したマキャフリーの父親はたいへん厳格な人で、家でも子どもたちから〝大佐〟と呼ばれていた。第二次世界大戦前夜には家族に行軍練習をさせただの、娘が大学の卒業式で優秀賞を受賞したときに「最優秀じゃないのか」と叫んで妻から窘《たしな》められただの、強烈なエピソードに事欠かない。その父が一九五四年、マキャフリーの作家としての成功を見ることなく病で他界した。悲嘆に暮れたマキャフリーは、父の期待に応えられなかったという思いに苛《さいな》まれつづけた。あるとき、ヘミングウェイの自殺にショックを受けたレイ・ブラッドベリが、それを乗り越えるために「キリマンジャロの雪」を再話したと語るのを聞いたマキャフリーは、自分も物語として父を描くことにした。ヘミングウェイの自殺は一九六一年の七月であり、それより前に発表された「船は歌った」執筆の動機をそこに求めるにはタイムマシンを必要とするが、第二話の「船は悼んだ」をはじめ、以降の多くの作品で、師匠や父親的なポジションにある人物への喪失感と回復というモチーフは繰り返される。

さらにこの時期、彼女は夫との不和にも悩んでいた。マキャフリーはファッション業界誌〈ウィメンズ・ウェア・デイリー〉の記者だったホレス・ライト・ジョンソンと一九五〇年に結婚した。〈ウィメンズ・ウェア・デイリー〉は影響力の強さと、反論を封じる強硬な姿勢で知られており、ライトは仕事のストレスから、家庭内でも常にピリピリと張り詰めていた。さらにマキャフリーの友人であり、出版エージェントでもあったヴァージニア・キッドは、二人の不和の原因は作家志望であった夫のクリエイター・コンプレックスにもあったと分析している。しかし当時のマキャフリーは、その原因が自分の至らなさにあると考え、自分を責め続けていた。マキャフリーは本書を刊行した翌年の一九七〇年、《パーンの竜騎士》シリーズの高評価や、アメリカ国内における女性自立の気運にも後押しされ、子どもたちを連れてアイルランドへ移住することで、ようやく夫との関係を断ち切った。

ヘルヴァは、生物の境界を超えた存在でありブレイン・マシン・インターフェイスの先駆として、SF史上最も有名な女性サイボーグだ。しかしヘルヴァには、宇宙船が手足の代用だという意識はない。彼女にとって宇宙船が身体そのものなのである。にもかかわらず、物語はヘルヴァと生身の搭乗員である〈筋肉〉とのパートナーシップを主眼とする。このSFならではの先進的なアイデア性と、古典的ともいえるロマンチックな恋愛物語とのギャップこそが本書の魅力なのだ。〈頭脳〉は何百年も生きるが、〈筋肉〉の寿命は普通の長さしかない。〈頭脳〉は常にいつか必ず訪れる喪失への恐怖を抱えながらも、それでも誰かを、往々にしてパートナーである〈筋肉〉を愛さずにはいられない。この悲しみを抱えながら生きる船＝ヘルヴァの圧倒的な寂寥《せきりょう》感と孤高の美しさ、決然と顔をあげる強さとその歌声は、読むものの魂を揺さぶるのだ。

マキャフリー自身、数ある自作の中でこの『歌う船』が最も好きな作品だと語っているほどだ。ところが、人気作品は必ずシリーズ化していたマキャフリーが、『歌う船』の続編には着手しようとしなかった。この作品に向き合うと、執筆当時のつらい記憶がフラッシュバックするためだったという。そんなマキャフリーの心の壁を突き崩したのは、マキャフリーのファンで、友人でもあった作家ジョディ・リン・ナイとその夫で出版プロデューサーのビル・フォーセットだった。マキャフリーとの共作は、若手の作家にチャンスを与えると同時に、経済的にも助けることになると、マキャフリーの親切心に訴える作戦に出たのだ。下積みの苦労を知るマキャフリーは折れ、こうして《歌う船》のシリーズ化が実現した。

《歌う船》シリーズと呼んではいるが、ヘルヴァの物語ではなく、共作者である四人の新鋭がそれぞれの特質を生かした〈頭脳〉と〈筋肉〉を新たに誕生させ、独自の物語を展開している。

マーガレット・ボール『友なる船』は、〈頭脳〉ナンシアの物語。パートナーすら決まらない初飛行で彼女が知ってしまった乗客たちの陰謀の顚末が描かれるサスペンスタッチの物語。マーセデス・ラッキー『旅立つ船』は、先天性の障害ではなく後天的な要因から、つまり両親ではなく自らが船と融合することを選んだ少女ティアが主人公。生身の身体感覚を記憶として持つ船の冒険と恋が描かれる。S・M・スターリング『戦う都市』は船ではなく宇宙ステーションを操る男性の〈頭脳〉シメオンが主人公であり、家と家族を守るために戦う。同作家による単独作『復讐の船』はシメオンの養女（！）を主人公とするスピンオフだが、実は〈頭脳〉も〈筋肉〉も登場しない。ジョディ・リン・ナイの『魔法の船』と、同作家による単独作『伝説の船』はRPGオタクの〈頭脳〉キャリエルと〈筋肉〉ケフのコンビが活躍する王道の作品。それぞれの面白さがあるが、原典に対する問題提起や異なる視点との化学反応が際立つという意味で、『旅立つ船』と『戦う都市』の二作を強く推す。

さて。人間と機械の融合というテーマに果敢に挑んだ『歌う船』は、発表当初の衝撃が和らいだ後も、時にはマキャフリーの意図さえ超えたところで、さまざまな議論を呼びつづけている。

マキャフリーが〈外殻人〉のアイデアを思い付いた背景には、一九五〇年代から六〇年代にかけて、世界十数カ国で発生し、数千人から一万人の被害者が出たサリドマイド薬害事件の存在がある。アメリカは妊娠初期の胎児への安全性に疑問があるとして同薬を認可しなかったので被害は少なかったが、新聞や雑誌では連日、各国の被害の状況や実態が報道されていた。マキャフリーが使った〝もの〟という表現や安楽死の存在、身体を伴わない〈外殻人〉に性別を付与し、従来の結婚制度や異性愛をそのまま作品に取り入れた点や、〈外殻人〉の年季奉公的な側面などは、SF界はもとより、科学哲学、社会哲学などさまざまな方面からも考察されている。科学哲学者ダナ・ハラウェイ「サイボーグ宣言」や、サミュエル・ディレイニーによる「サイボーグ宣言」批判、ジェシカ・アマンダ・サーモンスンによるジェンダーとセクシャリティからの『歌う船』批判など、議論の一端は巽孝之《たつみたかゆき》編『サイボーグ・フェミニズム【増補版】』（水声社《すいせいしゃ》）にて読むことができる。

シリーズ続編の共作者の一人マーセデス・ラッキーは、マキャフリーは〈外殻人〉の世界がディストピアであることを自覚していたが、あくまでもその中で生きる者の物語を描く作家だったと語っている。奴隷のように扱われる〈外殻人〉、さらにその選択肢すら与えられずに葬られてしまった犠牲者の上に世界が成立していることは意識しながら、その社会制度を嘆いたり破壊するのではなく、愛する心を失わず、自己の所有者となるために歩き続けるヘルヴァの姿を描き抜いた。その姿こそが、別離と喪失の苦しみを抱えていたマキャフリーが求めていたものであり、決意だったのだ。

マキャフリーは二〇〇〇年に心臓発作、二〇〇一年に脳卒中を起こしながらも精力的に創作を続けたが、二〇一一年十一月二十一日にアイルランドの自宅で八十五歳の生涯を閉じた。

しかしその作品は読みつがれ、今も、船は歌いつづけている。

本稿執筆にあたり、マキャフリーの死後にマキャフリーの息子であり共作者でもあるトッド・マキャフリーが編纂《へんさん》した追悼《ついとう》集 *Dragonwriter: A Tribute to Anne McCaffrey and Pern*（2013）、生前に刊行された評伝 *Dragonholder: The Life and Dreams of Anne McCaffrey*（1999）の電子版（2014）、同じく生前に刊行されたロビン・ロバーツの評伝 *Anne McCaffrey: A Life with Dragons*（2007）などを参照させていただいた。

最後にシリーズの原題と初出及び発表年を付す。

本書収録作

『歌う船』THE SHIP WHO SANG（1969）
「船は歌った」"The Ship Who Sang"／The Magazine of Fantasy and Science Fiction（1961/4）
「船は悼んだ」"The Ship Who Mourned"／Analog（1966/3）
「船は殺した」"The Ship Who Killed"／Galaxy Magazine（1966/10）
「劇的任務」"Dramatic Mission"／Analog（1969/6）
「船は欺いた」"The Ship Who Dissembled"

※雑誌掲載時 "The Ship Who Disappeared" ／ If（1969/3）
「船はパートナーを得た」"The Partnered Ship"／書き下ろし（1969）
「ハネムーン」"Honeymoon"／『塔の中の姫君』書き下ろし（1977）
「船は還った」"The Ship That Returned"／ロバート・シルヴァーバーグ編『SFの殿堂 遙かなる地平2』書き下ろし（1999）

共作

『友なる船』PARTNERSHIP（1992）マーガレット・ボール／浅羽《あさば》莢子《さやこ》訳
『旅立つ船』THE SHIP WHO SEARCHED（1992）マーセデス・ラッキー／赤尾《あかお》秀子《ひでこ》訳
『戦う都市』THE CITY WHO FOUGHT（1993）S・M・スターリング／嶋田《しまだ》洋一《よういち》訳
『魔法の船』THE SHIP WHO WON（1994）ジョディ・リン・ナイ／嶋田洋一訳

原案

『伝説の船』THE SHIP ERRANT（1996）ジョディ・リン・ナイ／嶋田洋一訳
『復讐の船』THE SHIP AVENGED（1997）S・M・スターリング／嶋田洋一訳

シェイクスピア作品の引用は基本的に松岡和子訳シェイクスピア全集（ちくま文庫版）に依拠し、表記をほかの部分に合わせています。文脈との兼ね合いで独自訳にした部分もあります。

検印
廃止

訳者紹介　1956年生まれ。静岡大学人文学部卒。翻訳家。主な訳書に、ワッツ「ブラインドサイト」「エコープラクシア 反響動作」「巨星」、フリン「異星人の郷」、M・M・スミス「みんな行ってしまう」他。

歌う船［完全版］

2024年7月12日　初版

著　者　アン・マキャフリー

訳　者　嶋《しま》　田《だ》　洋《よう》　一《いち》

発行所　(株)　東京創元社
代表者　渋谷健太郎

162-0814／東京都新宿区新小川町1-5
電　話　03・3268・8231-営業部
03・3268・8204-編集部
URL　http://www.tsogen.co.jp
DTP　フォレスト
暁印刷・本間製本

ISBN978-4-488-68311-5　C0197